Alejo Carpentier

Los pasos perdidos

·

잃어버린 발자취

창 비 세 계 문 학

89

•

잃어버린 발자취

•

알레호 까르뻰띠에르

황수현 옮김

창비

차례

•

일러두기

1. 이 책은 Alejo Carpentier, *Los pasos perdidos* (Losada 2013)를 번역 저본으로 삼았다.
2. 본문의 각주는 옮긴이의 것이다.
3. 외국어는 되도록 현지 발음에 가깝게 표기하되 우리말 표기가 굳어진 것은 관용을 따랐다.
4. 원문에서 이탤릭이나 대문자로 강조한 부분은 홑따옴표 안에 넣었다. 원문에 일부 외국어로 표기된 부분은 뜻을 적고 괄호 안에 원문의 외국어를 밝혔다.
5. 이 책에 인용된 성경 구절은 공동번역성서(대한성서공회 1977; 1999)를 따랐다.

제1장

너희가 이고 있는 하늘은 놋이 되고
딛고 서 있는 땅은 쇠가 될 것이다.
앞이 캄캄하여 허둥대는 장님처럼
대낮에도 허둥대게 되리니,
—— 신명기 28:23, 29

1

법원처럼 엄숙한 분위기를 자아내는 근엄한 페디먼트를 지닌 이 흰색 기둥의 집을 찾지 않은 지 사년 칠개월이건만, 지금도 변함없이 제자리를 지키고 있는 가구와 집기를 보니 마치 시간을 거슬러 오른 듯 불편한 느낌이 들었다. 외등 근처에는 와인 빛깔의 커튼이 드리워 있고 장미 넝쿨이 벽을 타고 올라간 곳 옆으로 빈 새장이 걸려 있다. 그 너머로 초창기, 열정으로 가득했던 시절 같이 힘을 모아 일할 때 그들을 도와 심었던 느릅나무들이 보이고 껍질이 벗겨진 통나무 옆으로 구두굽 소리가 묵직하게 울리는 돌벤치도 그대로이다. 뒤편으로는 강으로 가는 길을 따라 키 작은 목련화가 심겨 있고 뉴올리언스풍의 쇠창살로 된 울타리가 있다. 첫날밤과 마찬가지로 내 발밑의 공허한 울림을 들으며 주랑현관을 지나, 낙인찍힌 노예들과 승마용 치마를 팔에 감아올린 여자들, 누더기를 걸치고 대충 붕대를 두른 부상병들이 유향과 낡은 펠트, 땀에 찌든 코트 냄새를 풍기는 어둠 속에서 자신의 등장 순서에 맞춰 움직이는 곳으로 재빨리 가기 위해 나는 정원을 가로질렀다. 내가 불빛을 뒤로하고 나오자 사냥꾼이 쏜 총소리가 나면서 배경의 삼분의 이 높이에서 새 한마리가 무대로 떨어졌다. 아내의 장신구가 내 머리 위를 스치듯 날아갔다. 그녀가 무대로 향하는 바로 그 지점에 내가 있었으니 안 그래도 좁은 통로를 더 비좁게 만들었을 것이다. 방해가 되지 않도록 그녀의 분장실로 갔는데, 그곳의 시간은 현재와 일치했다. 사년 칠개월 동안 색이 바래고 오염되고 훼손되는 것을 피할 수 없었음을 집기들은 잘 보여주고 있었다. 클라이맥스 때 입는 무대의상의 레이스에는 때가 묻어 있었다. 춤추는 장면에서 입는 검은색 비단 무대복은 빳빳함이 사라져 몸을 굽혀 절할 때 마른 잎이 스치는 듯한 소리를 내지 못했다. 사람들이 늘 지나다니다보니 대기실의 벽은 분장용 화장품과 시든 꽃들, 무대의상과 함께한 긴 시간의 흔적이 남아 지저분해졌다. 바닷빛 푸른색에서 이끼의 푸른빛으로 변해버린 소파에 망연히 홀로 앉아 이 모든 무대장치와 출렁다리, 복잡하게 엮인 거미줄과 가짜 나무로 만든 감옥이 얼마나 루스를 힘들게 했을지 생각해보았다. 실험극을 막 마친 젊은 작가와 극단을 도와 「남북전쟁」이라는 비극의 초연을 올릴 때에는 기껏해야 이십일 정도 상연할 것이라고 생각했었다. 하지만 1,500회 공연을 맞이한 지금, 무한 연장 계약의 족쇄에 묶인 배우들은 이 작품에서 벗어날 어떤 기회도 없다. 순수한 열정을 지닌 청년기를 지나 큰 시장에 뛰어든 사업가들이 컨소시엄 형태로 기획한 공연. 결국 루스에게는 연극의 넓은 세계를 향해 열린, 도피를 위한 문이기는커녕 악마의 섬이 되고 말았다. 허락받은 자선공연을 하러 포르키아식으로 머리를 꾸미고 이피게네이아 주름 스커트를 입고 잠시 벗어나는 것도 그녀의 숨통을 트이게 하지는 못했는데, 관객들은 그녀가 다른 옷을 입어도 무대에서 매번 보던 장신구를 찾고 안티고네의 대사를 읊어도 아라벨라의 콘트랄토 음성을 듣기 때문이다. 그녀는 지금 이 순간도 무대에서 ─ 비평가들이 놀라우리만큼 영리하다고 평가하는 장면인 ─ 부스라는 등장인물로부터 정확한 라틴어 발음법을 배우느라 "시크 셈페르 티란니스"(Sic semper tyrannis)[1]라는 구절을 반복하고 있다. 자신의 몸을 숙주 삼아 기생하며 피를 빨아먹는 불치병 같은 그 기생충을 제거하기 위해서는 비극 배우로서 천부적인 재능이 필요할 것이다. 계약을 파기하고픈 충동이 없지는 않았다. 그러나 이런 직업에서 저항은 배역을 얻지 못할 것을 각오해야 하는 일이었다. 서른살부터 대본을 읽기 시작한 루스는 ─ 여름 순회공연은 말할 것 없이 ─ 주중에는 매일 밤마다, 토요일과 일요일은 물론 휴일에도 오후 시간에 같은 대사를 외우고 같은 몸짓을 하며 서른다섯살을 맞고 있다. 작품의 성공은 배우들을 천천히 파괴하고 있었고, 그들은 관객들의 시선 아래 변함없는 무대의상을 입고 서서히 늙어가는 중이었다. 어느날 밤 무대의 막이 내리고 얼마 지나지 않아 누군가가 심장마비로 죽었을 때, 다음 날 공동묘지에 모인 단원들은 ─ 어쩌면 무의식적으로 ─ 은판사진을 찍듯 상복을 입고 자세를 취했다. 이 모든 것에도 불구하고 자신이 본능적으로 너무도 사랑하는 이 일을 잘해낼 수 있을지 고심하고 시간이 지날수록 점차 자신감을 잃

---

1 '독재자는 필시 이렇게 되리라' '이것이 독재자의 말로이다'의 뜻이다.

고 고통스러워하면서 아내는 주어진 일을 기계적으로 해내고 있었다, 내가 내 일을 기계적으로 처리하는 것처럼. 그녀는, 적어도 전에는 맡고 싶은 중요한 역할을 되풀이해 연습하면서 분노를 다스리려고 노력했었다, 노라에서 유디트, 메데이아에서 테스까지 새로운 배역에 대한 설렘을 품은 채. 하지만 결국에는 거울 앞에서 홀로 독백을 읊조리는 것이 서글퍼져서 그 희망을 버리고 말았다. 서로 생활방식이 다르고 맞출 수 있는 적당한 방법을 찾지 못하다 보니—여배우의 생활방식은 회사원의 그것과는 다르다—우리는 각자의 침대에서 잠을 청하게 되었다. 일요일 늦은 오전 시간이면 나는 그녀의 침대에서 잠시 시간을 보내며 남편의 의무라 생각되는 일을 수행했는데, 정작 나의 행위가 루스가 진정 원하는 것이었는지는 확실치 않다. 어쩌면 그녀도 혼인신고서에 서명한 그때부터 효력을 지니게 된 의무에 따라 매주 반복되는 육체적 행위를 해야 한다고 믿었을 수도 있겠다. 내 입장에서는 그녀를 만족시켜야 한다는 강박에서 자유롭지 않았던 만큼 자각적인 행동이었고, 그렇게 해서 일주일 동안 일종의 양심의 가책으로부터 벗어날 수 있었다. 지루하긴 해도 그 포옹이 서로의 생활방식의 차이로 인해 벌어진 부부의 연결 고리를 매번 다시 조여주는 것은 사실이었다. 육체의 온기가 일종의 친밀감을 회복해주었고, 잠깐이긴 해도 신혼 초의 가정으로 돌아가는 것처럼 느껴졌다. 우리는 지난주 일요일 이후 잊고 있던 제라늄에 물을 주고, 액자의 위치를 바꾸고, 가계 지출을 계산했다. 그러나 곧 가까이에서 종소리가 울리며 우리에게 은둔의 시간이 다가왔음을 일깨워주었다. 오후 공연시간에 맞춰 아내를 극장에 바래다줄 때면 무기징역형을 사는 감옥으로 들여보내는 듯한 느낌이 들었다. 총소리가 울리고 가짜 새가 무대

배경의 삼분의 이 높이에서 떨어지면 '일곱째 날의 공동생활'이 끝난 것을 의미했다.

하지만 오늘은 잠을 청하려 새벽에 먹은 수면제 때문에 일요일의 의례가 바뀌었다. 예전에는 무슈가 권한 수면 안대를 쓰기만 하면 금방 잠들었는데 이제는 쉽게 잠들지 못한다. 잠에서 깼을 때 아내는 이미 가고 없었고, 서랍장에서 꺼내다 만 듯 정리되지 않은 옷가지와 구석에 처박혀 있는 분장용 화장품, 여기저기 널린 콤팩트와 병 들이 예기치 않은 여행을 전해주고 있었다. 이제, 희미해지는 박수 소리를 뒤로하고 무대에서 돌아온 루스가 코르셋의 호크를 서둘러 풀고 있다. 늘 그러듯 발뒤꿈치로 밀어서 닳아빠진 문을 닫고, 머리 위로 벗어던진 속치마가 카펫 위에 길게 펼쳐졌다. 장식용 레이스에서 벗어난 뽀얀 몸이 새삼 아름답게 느껴져 쓰다듬으려 다가서는 순간 그녀가 옷장에서 꺼낸 벨벳을 벌거벗은 몸에 둘렀는데, 어릴 적 어머니가 마호가니 옷장에 고이 간직해둔 자투리 천에서 나던 것 같은 냄새가 났다. 마치 성인들의 이야기에 등장하는 천사의 겉처럼 항상 우리 사이에 끼어드는 배우라는 바보 같은 직업에 대해 나는 이글거리는 분노를 느꼈다. 우리 집을 둘로 나누고, 나를 별자리로 장식된 벽이 있는, 내 욕망을 항상 따뜻하게 받아준 그곳으로 내모는 바로 그 연극에 대한 분노였다. 힘들었던 초창기 배우 시절, 나는 그때만 해도 무척 사랑했던 그녀가 행복해하는 것을 보고 싶어서 그녀를 지지하고 응원했다. 그녀로 인해 내 운명은 선회했고, 물질적으로 안정된 직업을 찾아 원치 않는 직장의 포로가 되었다. 지금 루스는 등을 돌린 채 다급한 얼굴로 윤이 나도록 화장을 덧칠하며 거울에 비친 내게 말을 걸고 있다. 그녀는 이번 공연이 끝나면 그길로 건너편 해안 쪽으로 순회공연을 떠나야 해서 아예 자신의 여행가방을 들고 극장으로 왔다고 설명했다. 그녀가 지난밤 개봉한 영화에 대해 건성으로 물었다. 내가 영화는 성공적이었다고 말하고 이번 일이 끝나면 바로 휴가라고 말하려는 순간 누군가가 문을 두드렸다. 루스가 일어섰고, 그와 동시에 내 아내에서 여주인공으로 변신하는 것이 보였다. 허리에 인조 장미 한 송이를 꽂고 살짝 양해를 구하는 몸짓을 취하며 그녀는 오래된 목재와 먼지 냄새를 풍기는 커튼이 쳐진 무대로 향했다. 마지막으로 내 쪽으로 돌아서서 작별을 고하고 키 작은 목련들 사이를 걸어갔다. 벨벳이 융단으로 교체되고 분장을 새로 고칠 다음 막간까지 기다릴 마음이 내키지 않았다. 나는 몹시 급하게 떠난 어수선함이 여전히 부재자의 흔적을 남기고 있는 집으로 돌아왔다. 그녀의 머리 무게가 베개에 자국을 남겼고, 침대 옆 탁자 위에는 반쯤 마시다 만 녹색 침전물이 있는 컵과 어느 장의 끝부분이 펼쳐진 책이 놓여 있었다. 그녀가 흘린 로션 자국을 손으로 더듬어보니 아직 물기가 남아 있었다. 아까 방에 들어올 때는 미처 보지 못했던 찢어낸 달력 한장이 예기치 못한 여행을 알려주고 있었다. "키스를 보내요, 루스. 추신: 탁자 위에 셰리주 한병 있어요." 엄청난 고독감을 느꼈다. 십일개월 만에 처음으로 잠들지 않은 상태로 혼자, 당장 해야 할 일도 없고 어딘가에 늦을까 두려워하며 거리로 달려나갈 필요도 없는 자신을 보고 있었다. 나는 스튜디오의 정신없는 혼란에서 멀리 떨어져 기계음악이나 큰 목소리에 의해 깨지지 않는 고요 속에 있었다. 나를 재촉하는 것은 아무것도 없었고, 같은 이유로 스스로가 막연한 위협의 대상처럼 여겨졌다. 떠난 이의 잔향이 배어 있는 이 방에서 혼잣말을 하게 될까봐 불안했다. 낮은 목소리로 중얼대는 나를 깨닫고 놀랐다. 다시 침대에 누워 천장을 응시하며 최근

몇년간 가을에서 부활절로, 북풍에서 여름날의 눅눅한 아스팔트로 — 심야 식당의 개장이나 야생 오리의 귀환, 굴 채취 금지 기간의 종료 혹은 다시 밤贈이 열릴 때가 되어 문득 깨닫게 되었던 — 세월이 흐르는데도 제대로 그 시간을 살아보지 못하고 보낸 것을 돌이켜보았다. 때로는 붉은 색종이로 만든 크리스마스 장식이 상점 진열장에 걸리거나 소나무를 싣고 지나가는 트럭이 잠시 거리에 남기는 향을 통해 계절의 변화를 감지하곤 했다. 나의 실존의 연대기에는 몇주간의 공백이 있었는데, 이 기간 동안의 제대로 된 기억이나 특별한 감정의 흔적, 지속되는 감정은 남아 있지 않았다. 모든 몸짓이 이미 예전에 같은 상황에서 똑같이 했던 듯하여 — 같은 구석자리에 앉아 크리스털 문진의 범선이 새겨진 부분을 바라보며 같은 이야기를 들었던 듯하여 — 집착에 가까운 느낌이 들던 나날이었다. 늘 같은 사람들이 같은 장소에서 같은 노래를 합창하며 내 생일을 축하할 때면 그 전해의 생일과 다른 점은 같은 맛의 케이크 위에 단지 초가 하나 더해진 것뿐이라는 생각이 들었다. 늘 같은 바위를 어깨에 짊어진 채 일상의 비탈길을 오르내리며 발작적으로 생기는 충동 — 언젠가, 매년 달력에 표시된 날짜 가운데 하루인 그날이 오면 멈출 충동 — 에 의지해 견뎌냈다. 내 운에 따라 살아야 하는 이 세상에서 그것을 피하는 것은 영웅주의나 어떤 신성한 몸짓을 이 시대에 되살리려는 시도만큼이나 불가능한 것이다. 우리는 비정한 인간의 시대, 인간이 없는 시대로 추락했으며, 이 시대는 영혼을 악마에게가 아니라 회계사나 권력을 가진 자에게 판다. 두번의 사춘기 — 바다 건너에 남겨둔 하나와 여기에 갇힌 또다른 하나 — 를 겪은 혼돈 이후에 반항이 헛되다는 것을 이해하게 되자 나는 무질서한 밤에서 자유를 찾아야 했다. 낮의 영혼은 회계사에게 팔았다고 스스로를 비웃었다. 그러나 회계사는 그가 볼 수 없는 도심을 내가 야음을 틈타 기행하는 것을 모른다. 그곳은 술을 마시면 달아오르는 내 오랜 습관으로 인해 입구에 들어서는 순간 성도 이름도 잊어버리는 비밀의 방에 들어가 낮 동안의 기억을 지워버리는, 술집 베누스베르크나 천문관 같은 공간이 있는 도시 안의 도시였다. 펠트지와 다른 방음재로 둘러싸인 창 없는 방, 인공 조명이 비추는 공간 안에서 시계와 타이머, 메트로놈 사이에서의 작업에 얽매인 나는 본능적으로, 저녁마다 어두워진 거리에서 시간의 흐름을 잊게 해줄 쾌락을 찾아 헤맸다. 시계를 뒤로하고 술을 마시며 즐겼다, 검은 안대를 두르고 청하는 그 잠에 취해 자명종 앞에 쓰러질 때까지. 안대를 두르고 잠든 내 모습은 틀림없이 휴식을 취하는 괴수를 연상시킬 것이다. 그 우스꽝스러운 모습을 떠올리자 기분이 약간 좋아졌다. 머릿속을 가득 채운 상념을 마비시키려 셰리주를 잔에 가득 따라 단숨에 들이켰다. 방금 마신 술과 어제 마신 술로 취기가 오르는 것을 느끼며 진한 아세톤 냄새가 향수의 향기를 걷어내고 있는 루스의 방 창가에 다가섰다. 막 잠에서 깨어나 흐릿한 시선 사이로 도시의 빌딩숲 너머 강에서 강으로 서로 화답하는 선박의 고동 소리가 들리고 여름이 와 있었다. 희미하게 사라져가는 옅은 안개 너머로 도시의 꼭대기가 보였다. 기독교 성전의 녹슬지 않은 시곗바늘들, 그리스정교회 성당의 돔, 너무 높아서 잘 보이지 않는, 한세기 전만 해도 그 높이 때문에 건축가들로 하여금 이성을 잃게 만들었을 고전적인 엔타블러처의 건축물 아래 순백의 간호사들이 활약했던 큰 병원들. 거대하고 조용하며 끝없이 뻗은 복도가 있는 장례식장은 일요일마다 아내의 침대에 누워 별로 할 말이 없을 때면 숫자를 세곤 했던, 회색의 똑같은 창이 죽 이어 있고 벽에 장식이라곤 없는——중간에 유대인 회당과 공연장이 있는——산부인과 병원의 복제물처럼 보였다. 아스팔트가 깔린 차도에서는 가솔린 냄새를 풍기는 배기가스에서 푸르스름한 열기가 올라왔고 뒤뜰에서는 코를 찌르는 쓰레기 냄새가 났는데, 그곳은 헐떡이는 개가 가죽이 벗겨진 토끼처럼 늘어져 미지근한 바닥에서 일말의 시원함을 찾으려 하는 곳이다. 카리용[2]이 「아베마리아」를 반복적으로 연주했다. 오늘, 6월 4일은 어떤 성인을 기리는 날인지 궁금해졌다. 내가 작년에 「그레고리오성가」를 공부한 바티칸 판본에 의하면 성 프란체스코 카라촐로를 기리는 날이라고 한다. 듣도 보도 못한 이름이다. 내가 잔병치레로 학교에 빠질 때면 어머니가 읽어주곤 하던, 마드리드에서 출간된 성인들의 생애에 관한 책을 들춰보았다. 프란체스코 카라촐로에 해당하는 내용은 아무것도 없었다. 하지만 경건한 제목이 달린 몇장을 읽기로 했다. '천국에서 로사를 방문하다' '로사가 악마와 싸우다' '땀 흘리는 상(像)의 경이로움'. 그리고 라틴어 단어가 뒤섞여 있는 부채꼴 모양의 사진 「리마의 성녀 로사, 라틴아메리카의 수호성인」과 하느님에게 열정적으로 올린 성녀의 노래.

아아 가련한 나! 내 사랑하는 이를
누가 못 오게 하시나?
늦어져서 정오인데,
아직 안 오시네.

---

2 carillon. 20개 이상의 종을 음계 순서대로 달아놓고 치는 악기. 종탑에 설치된다.

내 유년 시절의 언어를 통해 많은 것들이 함께 떠오르면서 목구
멍에 아픔이 차올랐다. 확실히 이번 휴가는 나를 유약하게 만들었
다. 남은 셰리주를 마시고 다시 창가에 기대어 밖을 바라보았다. 모
델로 공원의 먼지로 뒤덮인 네그루 전나무 아래에서 놀던 아이들
이 모래로 성을 만들다 말고 분수대에서 신문지 조각과 담배꽁초
사이를 헤엄치는 따오기를 물끄러미 보고 있었다. 그것을 지켜보
다가 어디 수영장에 가서 운동이나 해야겠다는 생각이 들었다. 나
홀로 집에 머물러서는 안 되었다. 찾던 수영복이 옷장에 보이지 않
자 차라리 기차를 타고 숲이 있는 곳에 내려 맑은 공기를 마시자
는 생각이 들었다. 기차역을 향해 가던 도중 추상미술 전시회가 열
리는 미술관 앞에 멈춰 섰다. 장대에 달린 모빌들이 전시회를 알리
면서 버섯, 별, 나무로 만든 리본이 니스 냄새를 풍기며 돌아가고
있었다. 계단을 오르려다 바로 근처에 천문관으로 가는 버스가 있
는 것을 본 순간 무슈의 스튜디오를 새롭게 꾸밀 아이디어를 찾으
러 그곳에 가보는 것도 좋겠다는 생각이 들었다. 그러나 버스 출발
이 너무 늦는데다 여러 선택지에 혼란스러워 생각 없이 걷다가 첫
번째 모퉁이에 멈춰 서서, 가슴에 무공훈장을 주렁주렁 단 짝다리
장애인이 색분필로 길바닥에 그림을 그리는 것을 지켜보았다. 정
신없이 바쁜 일의 리듬에서 벗어나 지난 수년간 나를 먹여살려준
회사로부터 삼주간의 자유를 얻은지라 이 여가 시간을 어떻게 누
려야 할지 방법을 알지 못했다. 나는 갑작스런 휴식이라는 병에 걸
린 것처럼 평소에 다니던 거리에서 방향을 잃고 구체화되지 못한
욕망 앞에서 주저하고 있었다.『오디세이아』나 최신 추리소설, 그
것도 아니면 브렌타노 서점에 진열된 로뻬 데 베가[3]의『꼬메디아
스 아메리까나스』를 사서 내가 이제 더이상 쓰지 않는 언어를 다시

만나고 싶다는 생각이 들었다. 비록 구구단을 외울 때나 덧셈을 할 때는 에스빠냐어로만 연산이 가능했지만 말이다. 하지만 그곳에서 『사슬에서 풀린 프로메테우스』⁴를 보고 급히 거리를 두고 물러섰다. 책의 제목이 내 오래된 작곡 기획을 연상시켰기 때문인데, 금관합주로 끝나는 서곡 다음에 프로메테우스의 반항적이고도 엄숙한 외침 "이 땅을 보라——두려움과 겸손과 희미한 희망을 가지고——무릎을 꿇고, 기도하고 찬양하며, ——수고하고 상한 영혼을 희생으로 바치라고 그대가 요구한——그대의 수많은 노예들로 만들어진 이 땅"으로 이루어진 초반부에서 더 나아가지 못했다. 실은 몇 달 동안 무심히 지나쳤던 이 상점들 앞에 멈춰 설 시간을 갖게 되자 상점들은 내게 너무도 많은 것을 말하고 있었다. 여기에는 갤리언선과 방위 표시로 둘러싸인 섬들의 지도가 있고 그 뒤로 악기학 논문이, 또한 보석상을 광고하며 빌린 다이아몬드를 뽐내는 루스의 사진이 걸려 있었다. 그녀의 여행을 떠올리자 갑자기 짜증이 났다. 지금 내가 쫓고 있는 것은 사실 그녀였다. 날이 어두워지고 광고용 전광판에 불이 들어오면서 단조로운 깜빡임이 반복되는, 구름 끼고 답답한 이 오후에 내 곁에 두고 싶은 오직 한사람. 하지만 또다시 어떤 대본, 무대, 공간적 거리가 우리의 육체 사이에 끼어들어 일곱째 날의 동거와 몸을 섞는 기쁨이 있는 만남을 어렵게 한다. 무슈의 집에 가기는 아직 일렀다. 은박지를 찢거나 손으로 오렌지 껍질을 벗기며 반대 방향으로 걷는 인파를 헤치고 선택한 길을 가는 것에 지쳐 나는 나무가 많은 곳으로 가고 싶었다. 경기가 끝난 후 귀가하면서 시합 이야기를 하거나 관련 장면을 흉내 내는 관중

---

3 Lope de Vega(1562~1635). 에스빠냐의 극작가로 에스빠냐 국민극을 진흥시켰다.
4 *Prometheus Unbound*. 영국 시인 셸리(P. B. Shelley)의 4막으로 된 극시.

의 무리에서 벗어났을 때 차가운 빗방울이 손등을 스치며 떨어졌다. 당시에는 의식도 못 할 정도로 그쳤다 떨어지기를 반복하는 통에 시간 감각을 잃었었기 때문에 얼마만큼의 시간이 흘렀는지 알수 없지만, 마치 우리 만남의 첫 경고, 그때는 이해할 수 없었던 경고와도 같이 내 피부를 찌르던 달콤한 빗방울을 기억한다. 어찌 보면 통속적인 만남이었다. 모든 만남의 진정한 의미는 나중에, 그 만남의 얽히고설킨 암시적인 구조 속에서 드러나기 마련이다…… 분명 우리는 모든 것의 시작을 위도가 다른 천둥소리들과 함께 예기치 못한 비를 뿌린 그날 오후의 구름에서 찾아야 한다.

2

비구름이 비를 뿌리기 시작했다. 나는 비를 피할 처마가 없는 콘서트홀 뒤편 인적이 드문 골목을 걷고 있었다. 연주자 출입구로 통하는 철제 계단이 있다는 것을 잊지 않았고 지금 지나치는 이들 중 몇몇은 아는 이들이었기에, 유명한 합창단 멤버들이 파트별로 모여 있는 무대까지 가는 것은 그리 어렵지 않았다. 팀파니 연주자 하나가 더위로 음높이가 올라간 북면을 손마디로 치고 있었다. 악장은 바이올린을 턱에 괸 채 피아노 연주자에게 '라'음을 쳐보라고 주문했고 트럼펫, 바순, 클라리넷 연주자는 악보 정리 전에 트릴과 조율에 집중하고 있었다. 보면대 뒤에 앉아 있는 교향악단 연주자들을 볼 때면 나는 늘 시간이 조화롭지 않은 음을 만드는 것을 멈추고 지휘자의 몸짓을 통해 표현되는, 인간의 의지 아래 조직적인 체계를 이루는 순간을 초조히 기다리곤 했다. 지휘자는 흔히 백년,

이백년 전의 결정을 그대로 따르기 일쑤였다. 그러나 악보 표지 속에는 웅장한 무덤 혹은 신원 미상자들의 공동묘지에 두서없이 섞여 매장된 유골 상태에서도 여전히 저자로서 권리를 행사하며 미래에 사람들의 주의를 끌거나 열광하게 만드는 사람들의 명령이 날인되어 있었다. 내 생각에, 때로 이런 사후 권력은 축소되거나 반대로 한 세대의 필요에 의해 강화되기도 했다. 따라서 그 활동의 평균을 기준으로 한다면 올해나 내년에 가장 많은 시간을 소유한 이는 바흐나 바그너, 또는 존재감이 좀 약하지만 텔레만이나 께루비니라는[5] 결론에 도달할 수 있을 것이다. 교향곡 연주회에 가본 지도 삼년이 지났다. 스튜디오에 갔다가 나올 때면 좋든 나쁘든 고약한 목적에 이용되는 음악에 질린 나머지 푸가나 소나타 형식에 맞춰 만들어진 시간에 몰두하는 것은 어리석은 일로 여겨졌다. 따라서 뜻밖에도 콘트라베이스 상자가 있는 어두운 구석에 홀로 앉아 있는 나 자신을 발견하고는 색다른 즐거움을 느꼈다. 으르렁거리는 천둥을 동반한 비가 근처의 물웅덩이에 파문을 일으키며 내리는 이런 오후면 여기서 무대 위에서 벌어지는 일을 볼 수 있었다. 정적을 깨트리는 지휘자의 몸짓 다음에 트럼펫의 가벼운 5도화음에 이어 제2바이올린과 첼로의 삼중주가 진행되고 제1바이올린과 비올라에서 떨어진 듯 낮은음 두개가 그려지자, 슬픔이 고통으로 변하고 갑작스레 분출된 힘의 위력을 감당하기 어려워 자리를 뜨고 싶어졌다. 나는 찜찜한 기분으로 일어섰다. 오랫동안 무시해왔던 음악을 듣고자 마음의 준비를 했지만 '이것', 내 등 뒤에서 크레

5 텔레만(Georg P. Telemann)은 17~18세기 독일의 작곡가, 께루비니(Maria Luigi Carlo Zenobio Cherubini)는 18~19세기 이딸리아 태생 프랑스 작곡가. 모두 종교 음악을 주로 작곡했다.

센도로 부풀어오르고 있는 '이것'이 나와야 했다니. 합창단원들이
무대에 올라가는 걸 봤을 때 미리 알아챘어야 했다. 하지만 고전
오라토리오일 수도 있었다. 보면대 위에 제9번 교향곡이 놓여 있는
걸 알았더라면 소나기 아래라도 계속 머물렀을 것이다. 유년 시절
의 잔병치레를 연상시키는 음악을 참지 못하는 내가 더 견디기 힘
든 것은 "환희여, 아름다운 신의 광채여, 낙원의 딸이여!"(Freude,
schöner Götterfunken, Tochter aus Elysium!)[6]였는데, 마치 죽음을
연상시키는 물건에 수년간 눈길도 주지 않는 사람처럼 '그때부터'
이 음악을 피해왔다. 게다가 우리 나이대의 많은 남자들이 그렇듯
이 나는 '숭고한' 분위기가 깃드는 것을 극도로 싫어했다. 실러의
「환희의 송가」는 「몬트살바트의 만찬」이나 「성배의 승천」[7]만큼이
나 내게 거부감을 불러일으켰다. 나는 다시 거리로 나와 술집을 찾
는다. 술 한잔을 마시기 위해 한참을 걸어야 한다면 가끔 겪는 우
울증이 또다시 나를 엄습할지도 모른다. 출구 없는 감옥의 죄수 같
은, 겨우 매일 아침 고기를 먹을지 시리얼을 먹을지 선택하는 자유
만 있을 뿐 항상 다른 이의 뜻에 떠밀려 정작 내 삶은 아무것도 바
꿀 수 없는 막다른 골목에 갇힌 것 같은 기분이 든다. 빗방울이 거
세지고 나는 달리기 시작한다. 길모퉁이를 도는 순간 우산 모서리
에 머리를 부딪혔다. 그 바람에 우산 주인이 우산을 떨어트렸고 우
산은 차바퀴 아래 깔려 부서졌는데, 그 광경이 무척이나 우스워서
나는 웃음을 터뜨렸다. 욕설이 돌아올 줄 알았지만 정중한 목소리

------

6 베토벤의 교향곡 9번 「합창」의 한 구절. 프리드리히 실러(Friedrich von Schiller)
의 시 「환희의 송가」(An die Freude)에 곡을 붙였다.
7 「몬트살바트의 만찬」과 「성배의 승천」은 바그너의 오페라 「파르치팔」(Parzival)
의 아리아.

의 주인이 내 이름을 불렀다. "자네를 찾고 있었지만 연락처가 없었다네." 이년 넘게 보지 못했던 큐레이터 선생이 말하길, 내게 줄 선물이 있는데 그 특별한 선물은 세기 초에 지어진 낡은 집에, 동네 한가운데 자리한, 때 낀 유리창과 시대에 걸맞지 않게 돌로 만든 지붕이 있는 그 집에 있다고 한다.

나는 이제 군데군데 꺼지고 튀어나온 용수철과 빳빳한 천이 피부에 배기는 안락의자에 엉거주춤한 자세로 앉아 있다. 에스테르하지 가문의 문장紋章이 있는 로코코풍 테두리의 거울에 비친 내 모습에서 부모의 사교 모임에 따라온 아이의 우쭐함 같은 것이 엿보였다. 악기 박물관의 큐레이터는 천식 따위는 아랑곳하지 않은 채 담배를 피우다 눌러 끄고는 기침을 유발하는 산사나뭇잎으로 만든 담배에 다시 불을 붙여 물고 심벌즈와 동양식 탬버린으로 빼곡한 작은 방 안을 종종걸음으로 다니며 차를 준비했는데, 다행스럽게도 마르띠니끄 럼주가 곁들여질 것이다.

두 선반 사이에 잉카의 피리인 께나가 걸려 있고 작업용 책상에는 진귀한 악기인 멕시코 정복 당시의 사까부체8가 미분류 상태로 놓여 있었는데, 그 관의 입구 부분은 구리로 된 이중의 치열을 드러내며 은으로 만든 비늘과 에나멜 눈을 가진 뱀의 머리로 장식되어 있다. 차가 잘 우러나는지 확인하며 큐레이터는 내게 "까를로스 5세 궁정의 트럼펫 연주자이자 에르난 꼬르떼스의 유명한 기수騎手 후안 데 산뻬드로가 사용하던 것"이라고 설명했다. 그런 다음 술을 잔에 따르며, 인간은 시대와 장소를 가리지 않고 취하게 만드는 음료를 제조해왔기에 가끔 알코올을 섭취하는 것은 몸에 좋다고 했

---

8 sacabuche. 트롬본과 비슷한 르네상스, 바로크 시대의 악기.

는데, 듣는 이가 누구인지를 감안하면 이런 조언은 우스꽝스러운
것이었다. 청각장애를 가진 하녀가 내게 줄 선물을 찾으러 느린 걸
음으로 아래층으로 내려간 사이, 나는 잊고 있던 중요한 약속이 갑
자기 생각난 것처럼 손목시계를 보았다. 그러나 ─ 이제야 깨달았
지만 ─ 스스로 휴가가 시작되었음을 각인시키고자 어젯밤 태엽
을 감지 않은 시계는 3시 20분에 멈춰 있었다. 다급한 어조로 시간
을 물어보지만 괜찮다는 답이 돌아온다. 쏟아진 비가 일년 중 낮이
가장 긴 6월의 오후를 어둡게 만들었을 뿐이라는 거다. 생갈수도원
신부들의 「입을 열어 구세주의 영광을 찬양하세」부터 기타 연주용
『암호서』의 초판, 다마스쿠스의 성 요한의 『옥토에코스』 등 희귀본
이 있는 곳으로 나를 이끌며 큐레이터는 나의 조급증을 눙치고 넘
어가려 한다. 컴컴한 구석에 뒤엉켜 있는 구금□鑼과 바이올린, 플
루트, 늘어진 현악기 줄, 묶어놓은 바이올린 목, 주름이 찢어진 오
르간을 보면서 아무 상관도 없는 이곳에 왜 따라왔는지 나는 스스
로에게 화가 났다. 선물을 받으러 다른 날 들르겠다고 단호하게 말
하려는 순간 하녀가 돌아와 고무 샌들을 벗었다. 그녀는 라벨이 붙
지 않은 반쯤 녹음된 레코드판을 가져왔고, 큐레이터는 전축의 바
늘을 조심스레 들어 판에 올린다. 나는 ─ 속으로 ─ 금방 끝날 것
이라고 생각한다. 밴드의 너비로 보아 이분 정도면 될 것이라 생각
하고 잔을 채우기 위해 돌아서는데, 등 뒤로 새소리가 들린다. 놀
라서 노학자를 바라보니 내게 방금 가치를 따질 수 없는 선물을 준
것처럼 아버지 같은 미소를 짓고 있다. 내가 질문을 하려 하자, 그
는 검지로 돌아가고 있는 판을 가리키며 조용히 하라고 지시한다.
의심의 여지 없이 이제는 뭔가 다른 소리가 들리리라. 하지만 아니
다. 녹음이 절반 부분에 이르렀으나 단조로운 새소리는 중간중간

끊기면서 계속된다. 새의 노래는 그다지 음악적이지도 않아서, 트릴이나 포르타멘토를 무시한 채 똑같은 세가지 음만 만들어서 마치 통신실의 모스부호 소리와 비슷하다. 레코드판이 거의 다 돌아갔지만 한때 스승으로 모셨던 분이 그렇게 자랑하던 선물이 어디에 있다는 건지, 조류학자나 관심을 가질 만한 것과 내가 무슨 상관이 있다는 건지 도무지 이해할 수 없다. 음반을 다 듣고 나서 기쁨에 찬 큐레이터가 묻는다. "알겠나? 무슨 소린지 알겠냐고?" 그러고는 이 새소리는 새가 만들어내는 소리가 아니라 대륙의 가장 원시적인 원주민들이 사냥하러 가기 전에 성공적인 사냥을 기원하며 진흙을 구워 만든 악기로 새의 노래를 흉내 내는 소리라고 부연 설명해주었다. "자네의 이론을 증명할 첫 증거라고." 그러면서 노학자가 와락 껴안아서 나는 하마터면 기침을 할 뻔했다. 다시 레코드판이 돌아가고 그가 하고 싶은 말이 무엇인지를 알게 되자, 연거푸 두잔 마신 술기운이 올라오며 짜증이 나기 시작했다. 노래 아닌 노래를 부르는, 새가 아니라 마술적 복제품일 뿐인 새가 내 가슴에 참을 수 없는 반향을 불러일으켰다. 아주 오래전 음악의 기원과 원시 악기를 다루던 작업이 떠올랐다. 시간이 무서운 게 아니라 빠르고 헛되이 흘러가는 것이 두려웠다. 『사슬에서 풀린 프로메테우스』에 관한 내 야심 찬 칸타타 작업이 전쟁으로 중단되었고, 다시 돌아왔을 때는 너무나 '다르게' 느껴져서 이미 완성된 서곡과 오프닝 장면의 초고를 책장 안에 처박아두었다. 나는 오히려 영상과 라디오라는 대체품의 기술에 마음이 끌렸다. 작곡가에게 무한한 가능성을 열어준다고 주장하며 세기의 예술을 옹호하는 거짓된 열정을 통해 내가 찾고자 했던 것은 아마도 포기한 작품에 대한 죄책감을 더는 것, 루스와 함께 도피함으로써 재능 있는 예술가의 삶에서 벗어나 영리기업에 들어간 것에 대한 명분을 찾는 것에 지나지 않았다. 사랑의 무정부 시기가 만료된 지 얼마 지나지 않아, 나는 아내의 직업이 내가 원했던 동거 형태와는 어울리지 않는다고 확신하게 되었다. 이런 이유로 공연이나 무대 준비를 위해 자리를 비울 때면 그녀의 부재로 인한 충격을 최소화하기 위해, 나는 지속적인 창작의 압박이 없는 일요일이나 비번 날에 할 일을 찾았다. 그래서 명망 있는 대학의 자랑거리이던 악기 박물관이 있는 큐레이터의 집으로 향하곤 했던 것이다. 바로 이 지붕 아래서 아직 지구가 거대한 짐승의 뼈로 뒤덮인 시절 인간이 소리를 만들기 위해 사용했던 초기 타악기, 속이 빈 통나무와 돌로 만든 악기, 짐승의 턱뼈, 복사뼈 등에 대해 공부했고,「교황 마르첼로의 미사」와「푸가의 예술」같은 작품을 만드는 길에 나서고자 했다. 내가 할 일이 아닌데도 나서는 주제넘은 활력으로 현악기 제조로 명성 높은 끄레모나의 니스칠 방법이나 성당의 화려한 파이프오르간 제조법, 고대로부터 전해 내려온 소리를 만들어내는 방법에서 모형이 되는 나무나 도기, 구리 파이프, 빈 사탕수숫대, 염소의 창자와 가죽의 형태학적 연구와 그것들을 분류하는 방법에 열중했다. 나는 음악의 기원에 대한 일반론을 믿지 않았던 만큼 나만의 독창적인 이론을 만들고자 했는데, 그 기본 리듬의 표현은 짐승의 걸음걸이나 새들의 지저귐을 모방하고자 하는 열망에서 비롯되었다는 것이었다. 동굴의 벽에 그려진 사슴이나 들소 같은 초기 그림들이 사냥에 대한 마술적 전략──이미지를 미리 확보함으로써 제물로 소유할 수 있다는──에서 비롯했음을 고려해보면, 초기의 리듬은 속보, 구보, 높이뛰기, 새의 지저귐, 목소리의 떨림에 공명하는 육체나 속이 빈 줄기로 내쉬는 숨 등을 통해 표현되었을 것이라는 내 생각이 그리 잘못된 것은 아닐 것이다.

이제 돌아가는 레코드판 앞에서 내 독창적인—아마도 그럴 것이 확실한—이론이 다른 많은 것들과 마찬가지로, 꿈을 모아 쌓아둔 다락방에 갇힌 채 일상의 횡포로 인해 실현되지 못할 것이라는 사실에 나는 화가 날 지경이었다. 갑자기 어떤 손이 레코드판에서 바늘을 들어올린다. 새가 노래하기를 멈춘다. 그리고 내가 두려워하던 일이 일어난다. 큐레이터는 다정하게 구석자리로 나를 이끌어 음악 작업의 진행 상황에 대해 묻고는, 내 이야기를 듣고 토론할 시간이 충분하다고 말한다. 내 연구 결과와 새로운 방법론에 대해 알고 싶어하고, 내가 나의 독창적인 주장인 '모방-마법-리듬' 이론에 의거하여 음악의 기원을 찾을 것이라 믿었던 만큼 나의 결론을 함께 검토하고 싶어한다. 피할 수 없는 상황이라 나는 어쩔 수 없이 작품의 완성을 방해하는 여러 장애 요소에 대해 꾸며내어 말하기 시작한다. 하지만 평소에 잘 쓰지 않는 용어들을 사용하다보니 어처구니없는 실수를 남발하고 분류를 잘못하는가 하면, 예전에는 완벽하게 숙지했던 기초적인 데이터조차 생각나지 않았다. 참고문헌을 통해 이야기를 이어가려 해보지만—듣고 있던 이가 정정해주는 통에—이미 전문가들이 오류를 입증한 자료임을 뒤늦게 깨달았다. 최근 탐험가들에 의해 녹음된 야생의 소리를 검토할 필요성에 대해 언급하려다 내 목소리가 구리로 만든 징 소리처럼 울리며 되돌아오자 거짓말처럼 느껴져 결국 문장을 끝맺지 못하고 도중에 멈출 수밖에 없었다. 거울이 내 피폐한 얼굴을 비춘다. 소매에 숨겨둔 카드를 들킨 사기꾼 같은 얼굴이 거울에 어른거린다. 어찌나 추해 보이던지, 갑자기 부끄러움이 분노로 바뀌면서 큐레이터를 향해 요즘 같은 때에 원시 악기를 연구해서 먹고살 수 있을 거라 생각하느냐고 거친 비난을 퍼부었다. 그는 내가 청소년기에 허황한 생각에 빠져 형편없는 틴 팬 앨리[9]를 배불리는 예술 공부에 발을 들였으며, 몇달간 군대의 통역원으로 일하면서 방황했고 나중에 세상 어떤 곳보다 빈궁함을 견디기 어려운 도시의 아스팔트로 다시 내던져졌다는 것을 알고 있다. 아! 밤에는 단벌 셔츠를 빨고, 구멍 난 신발을 신고 눈 덮인 거리를 걸으며, 버린 꽁초를 주워 피우고, 벽장식 주방에서 요리하고, 결국엔 굶주림에 허덕이며 지적 활동 대신에 오직 먹는 것에만 정신을 팔게 되는 그런 힘든 과정을 나는 경험으로 알고 있다. 해결책이라고는 동틀 녘부터 해 질 때까지 인생의 가장 소중한 시간을 파는 것처럼 헛된 것뿐이다. 나는 이제 소리치고 있었다. "난 텅 비어 있어요! 아주 텅 비어 있다고요!" 큐레이터는 전혀 동요하지 않고 침착하게, 놀랄 만큼 냉정한 시선으로 나를 바라보았는데, 마치 이 급작스러운 위기를 예견한 듯 보였다. 나는 흥분한 뒤라 기가 꺾여 목소리를 낮춰 말을 이어간다. 마치 죄인이 ── 스스로에 대한 혐오를 갈망한다고 할 만큼 자기비하의 충동에 이끌려 ── 고해신부 앞에서 죄와 정욕의 어두운 주머니를 풀어놓듯 스승 앞에서 내 삶의 무용함을, 망상에 가득 찬 낮 동안과 정신을 놓아버리는 밤을 가장 추하고 어두운 색으로 그려낸다. 나의 말이 나를 가라앉혀서 마치 나도 몰랐던 내 안의 재판관이 내 몸을 통해 말하는 것만 같기에, 내 목소리를 들으며 나는 스스로 인간이기를 그만두었을 때 다시 인간이 되는 것이 얼마나 힘든지 두려움을 느꼈다. 현재의 나와 미래에 되고 싶었던 나 사이의 잃어버린 시간의 무덤은 어둠 속에서 점점 더 깊어지

─────────────────

9 Tin Pan Alley. 19세기에서 20세기 초까지 미국 대중음악을 주도한 뉴욕의 음악 출판계와 작곡가 집단의 총칭. 대중음악 출판계의 중심인 뉴욕 지역을 뜻한다.

고 있었다. 나는 입을 다물고 있는데 재판관이 내 입으로 계속 말하는 것 같다. 하나의 육체에 그와 내가 공존하고 있는데, 이는 우리 삶과 우리 살 속에 숨겨진 건축물, 즉 죽음의 존재에 힘입은 것이었다. 바로크풍의 거울에 인식된 존재 안에서 이 순간 연기하고 있는 것은 탕자와 설교자, 도덕적 예화와 교육적 풍자에 가장 먼저 등장하는 인물들이었다. 거울에서 벗어나기 위해 서가로 시선을 돌렸다. 르네상스 음악가들의 서가에는 『참회의 시편』 전집 옆에 마치 의도하기라도 한 듯 '정신과 육체의 재현'이라는 제목이 송아지 가죽으로 만든 책 표지에 박혀 있었다. 마치 연극의 막이 내리듯, 조명이 꺼지면서 다시 사방이 고요해지고, 쓸쓸하게도 큐레이터는 이를 깨지 않았다. 갑자기 그가 야릇한 제스처를 취했는데, 이는 나로 하여금 어떤 불가능한 용서의 힘을 생각하게 만들었다. 그는 천천히 자리에서 일어나더니 수화기를 들고 악기 박물관이 위치한 대학의 총장에게 전화를 걸었다. 내가 감히 바닥에서 눈을 들지도 못한 채 놀라서 듣고 있자니 나에 대해 칭찬을 늘어놓는 것이었다. 그는 나를 방대한 자료를 보유한 세계 유일의 아메리카 원주민 악기 전문가이자 아직 부족한 몇몇 사례를 찾아내기에 적합한 수집가로 소개했다. 내 지식에 대해서는 강조하지 않고, 전쟁통에 증명된 내 육체적 강인함이 나이 든 전문가들은 접근조차 어려운 지역의 탐험도 가능하게 한다는 점을 강조했다. 또한 에스빠냐어는 내 유년기 모국어였다. 이런 설명들이 그 보이지 않는 청자의 상상 속에서 나를 젊은 시절 폰 호른보스텔[10]의 조각상처럼 보이게

---

10 Erich von Hornbostel(1877~1935). 오스트리아의 음악학자. 민족음악학의 선구로 독일 음악학자 쿠르트 작스(Curt Sachs)와 함께 독자적인 악기 분류체계를 세운 것으로 유명하다.

만든 것이 분명하다. 두렵게도 그는 내가 분명 특이한 이디오폰을 비롯, 셰프너와 쿠르트 작스도 모르는 접목 드럼과 리듬스틱, 그리고 원주민들이 장례 의식에 쓰는, 양쪽 구멍에 갈대 가닥을 끼워넣은 유명한 항아리를 가져올 것이라고 굳게 믿는 것 같다. 그 항아리는 세르반도 데 까스띠예호스 신부가 1561년 자신의 논문 「새로운 세계의 원주민의 행위에 대하여」(De barbarorum Novi Mundi moribus)에서 언급했으나 어떤 악기학 소장품 목록에도 포함되어 있지 않았다. 신부의 증언에 의하면 종교의식에서 이를 연주했던 부족이 존속하는 것은, 탐험가와 상인 들도 지적했듯이 최근에도 사용되고 있다는 것을 뜻했다. "총장님께서 우리를 기다리시네." 스승이 말했다. 갑자기 이 모든 게 너무 어처구니없다는 생각이 들어 웃음이 나올 뻔했다. 나는 모든 지적 활동으로부터 멀어진 현재의 무지함을 설명하고 무례하지 않게 여기서 벗어나고 싶었다. 나는 소리를 내는 방식이나 연주 방식이 아닌, 악기의 형태학적 진화에 근거한 최근의 분류 방법도 모른다고 다시 말했다. 그러나 큐레이터는 나를 어떻게 해서든 자신이 원하는 그곳으로 보내겠다는 일념으로 논리적으로 반박할 수 없는 근거를 댔는데, 바로 내 휴가 기간 동안 충분히 완수할 수 있는 작업이라는 거였다. 경이로운 강을 저어갈 기회를 술집의 톱밥에 대한 미련 때문에 포기하느냐 하는 문제였다. 사실 내게는 더이상 이 제의를 거절할 마땅한 구실이 없었다. 내가 조용히 있자 이를 수락으로 받아들인 큐레이터는 옆방으로 코트를 찾으러 갔다. 비가 유리창에 세차게 부딪히고 있었다. 기회를 틈타 그 집에서 도망쳐 나왔다. 술을 마시고 싶었다. 이 순간 내가 원하는 것은 사방의 벽이 경주마 사진으로 뒤덮인 가까운 바에 가는 것, 그것뿐이었다.

3

피아노 위에 기다리라는 무슈의 글이 적힌 쪽지가 놓여 있었다. 하릴없이 건반 오른쪽에 잔을 내려놓고서 피아노 건반을 두드려 별 의미 없는 화음을 만들었다. 갓 칠한 유화물감 냄새가 났다. 맞은편 벽의 사운드박스에서 큰물뱀자리와 아르고스, 사수자리와 머리털자리의 윤곽이 드러나기 시작했는데, 머지않아 내 여자친구의 스튜디오에 유용하고 독특한 분위기를 제공할 것이다. 나는 처음에는 그녀의 점성술 능력을 비웃었지만 나중에는 우편으로 응대해주는 별자리 운세 상담이 꽤 잘되고 있음을 인정하지 않을 수 없었다. 게자리의 목성에서부터 천칭자리의 토성에 이르기까지 무슈는 이상야릇한 책에서 긁어모은 지식을 바탕으로 물항아리나 잉크병을 보고 먼 곳까지 날아가는 '운명의 지도'를 그리곤 했다. 나의 도움을 받아 '천상의 모습, 초신성적 예언'(De Cœleste Fisonomiea, Prognosticum supercœleste) 따위의 라틴어로 치장한 12궁도 장식이 이를 그럴싸하게 만들었다. 때로 인간은 자신이 살고 있는 시대에 대한 두려움이 꽤나 큰 것 같다는 생각이 든다. 그렇기에 점성술사를 찾고, 뚫어져라 손금을 보고 그 선의 의미를 찾는가 하면, 보라하 차의 점괘 앞에 초조해하는 것이리라. 더이상 고대처럼 제물로 바친 동물의 내장을 읽거나 새들의 날갯짓을 관찰하여 미래를 예언해줄 점쟁이가 없기에 오래된 점성술을 활용하는 것이다. 베일로 얼굴을 가린 예언자에 대한 믿음이 강하고, 초현실주의자의 조악한 책을 통해 지식을 습득한 내 여자친구는 책이라는 거울을 통해 하늘을 관찰하고 별자리의 아름다운 이름을 읊는 것에서 유익함과 즐거움을 찾곤 했다. 그것은 그녀가 시를 짓는 현실적인 방법이었다. 예전에 다른 방법을 시도한 적이 있는데, 괴물들과 흉상들의 사진과 단어가 담긴 소책자는—잉크 냄새가 불러일으킨 초기의 감흥이 사라진 후에는—그녀의 영감의 독창성에 대해 실망만 남겼다. 그녀를 만난 것은 이년 전 루스가 공연으로 부재하던 여러날 중 어느 하루였고, 비록 나의 밤이 그녀의 침대에서 시작되거나 끝날지라도 우리 사이에 정감 있는 대화가 자주 오가지는 않았다. 때로는 아주 심하게 다툰 후에 분노의 포옹을 나누곤 했으며, 서로를 볼 수 없을 만큼 가까이 얼굴을 마주하고 욕설을 주고받다가 점차 육체가 주는 기쁨을 노골적으로 찬양하는 것으로 바뀌기도 했다. 무슈는 보통 말을 자제하다 못해 과묵하기까지 했지만 그런 순간에는 창부의 언어를 선택했고, 나도 같은 종류의 언어로 답해야 했다, 그래야 그런 천박한 언어에서 더 강렬한 자극과 유희를 끌어낼 수 있기에. 그녀와 나를 묶어주는 이 방식이 진정한 사랑인지는 알기 어려웠다. 생제르맹데프레의 맥줏집에서 시작된 사유와 행동[11]에 대한 그녀의 맹목적인 지지는 나를 견딜 수 없게 만들었고 그와 관련한 부질없는 언쟁 때문에 다시는 돌아오지 않겠다고 다짐하며 그녀의 집에서 나온 적도 많다. 그러나 다음 날 밤이면 그녀의 난잡한 언행을 생각하는 것만으로도 달아올라서 내가 필요로 하는 그녀의 육체로 되돌아가곤 했는데, 그것은 바로 그녀의 깊은 곳에서 내 오랜 피로를 신경계에서 육체계로 전환시킴으로써 피곤을 덜어주는 고압적이고 이기적인 동물성을 발견하기 때문이었다. 그럴 때면 시골에서 보내는 하루가 끝나고 눈이 감기는, 정말로 드물게 찾아오는 달콤한 꿈을 맛보곤 했다. 한해 중 나무 냄새

---

11 초현실주의를 뜻한다.

가 내 모든 것을 이완시켜서 거의 마비 상태로 만드는 그런 얼마 안 되는 날들처럼 말이다. 기다리다 지친 나는 유명한 낭만주의 협주곡의 도입부 화음을 미친 듯이 치기 시작했다. 그러나 바로 그때 문이 열리고 아파트로 사람들이 밀려 들어왔다. 술을 좀 마셨을 때처럼 얼굴이 발그레해진 무슈가 스튜디오의 화가와 그곳에서 만날 줄 몰랐던 나의 조수 두명, 항상 다른 여자들 소문이나 캐고 다니는 아래층의 실내장식가, 그리고 박수 소리로만 이루어진 리듬에 맞춘 발레 공연을 준비하고 있는 무용수와 식사를 함께 하고 돌아온 것이다. "놀랄 만한 소식을 가져왔어." 내 여자친구가 웃으며 말한다. 그리고 곧 프로젝터가 켜지고 전날 밤 개봉 후 호평을 받은 덕분에 휴가를 얻게 된 그 영화가 상영된다. 불이 꺼지고 내 눈앞에 이미지들이 부활한다. 참치 낚시와 리드미컬한 그물의 움직임, 검은 배에 에워싸인 물고기들의 격앙된 움직임, 우뚝 솟은 바위들 사이 구멍을 비추는 등불, 기지개를 켜듯 포위망을 좁혀오는 문어, 뱀장어들의 등장과 사르가소해의 광대한 구릿빛 해초 군락. 죽은 달팽이들과 낚싯바늘, 산호 정글과 놀라운 갑각류의 전투. 어찌나 솜씨 좋게 확대했는지 가재가 무슨 갑옷 입은 무서운 용처럼 보였다. 꽤 괜찮은 작업이었다. 악보의 가장 훌륭한 순간이 다시 울려퍼졌다. 전투 장면이 전개될 때 흐르는 첼레스타의 아르페지오와 매끄럽게 이어지는 마르트노의 포르타멘토, 하프의 물결과 실로폰의 폭주, 피아노와 타악기. 이를 위해 석달간의 검토와 고민, 시험과 논쟁이 필요했지만 결과는 놀라웠다. 우리 회사 전문가들의 감수하에 젊은 시인이 해양학자 한명과 함께 쓴 대본은 이미 훌륭함 그 자체였다. 편집과 음악에서도 나 스스로 아무런 흠을 찾을 수 없었다. 어둠 속에서 무슈가 말했다. "걸작이야." 다른 이들도 이구동성으로 말했다. "걸작이네." 불이 켜지자 모두 나를 축하하며 다시 한 번 영상을 틀어달라고 부탁했다. 그리고 두번째 상영이 끝나고 손님들이 오기 시작하자 나는 세번째 상영을 부탁받았다. 그러나 작업을 새로 검토하면서, 내 눈이 이 특출한 작업의 피날레를 이루는 해초로 장식된 '끝'이라는 글자를 볼 때마다 점차 자부심이 사라져 갔다. 어떤 한가지 사실이 처음 느꼈던 만족감을 서서히 독으로 물들이고 있었다. 바로 이 모든 혹독한 작업, 멋진 취향의 과시, 직업적 숙련, 조력자와 조수의 선택 및 조정의 결과로 태어난 것이, 결국 협동조합과 싸우는 수산협회가 홍보를 위해 우리 스튜디오에 요청하여 만든 영화라는 것이다. 기술자와 예술가 들로 이루어진 팀이 몇주 동안 어두운 암실에서 이 영상을 만들기 위해 갖은 애를 썼지만, 영화의 유일한 목표는 영향력 있는 관계자의 주의를 돌려 생선의 소비를 촉구하는 산업활동이 전부인 것이다. 성경 구절을 즐겨 인용하시던 아버지의 초라한 홀아비 시절 목소리를 듣는 것만 같았다. "구부러진 것을 펼 수가 없고, 없는 것을 셀 수야 없지 않는가!"[12] 아버지는 항상 이 구절을 입에 담아 적당한 때마다 인용하곤 하셨다. 이 전도서의 구절을 생각하니 씁쓸한 기분이 드는 것이, 가령 큐레이터라면 내 작품을 보고 어깨를 으쓱하며 하늘에 연기로 글자를 쓰는 것이나 비스킷 재료 광고를 그럴싸하게 그려서 보는 이로 하여금 군침이 돌게 만드는 것과 다를 바 없다고 여길 수도 있겠다는 생각이 들었기 때문이다. 나를 풍경을 망치는 이들이나 벽 도배공, 약 광고 쇼를 하는 약장수와 동급으로 여길 것이다. 그렇지만 큐레이터도 '숭고한 것'에 조바심 내는, 바이로이트

---

12 전도서 1:15.

오페라하우스의 해묵은 붉은 벨벳으로 된 어두침침한 특별석을 사랑하는 세대에 속한 이가 아닌가 하는 생각이 들었다. 사람들이 도착하면서 프로젝터 불빛을 머리로 가리곤 했다. "기술이 날로 발전하는 곳이 광고업이라니까!" 내 옆에서 마치 내 생각을 읽기라도 한 듯 얼마 전에 유화를 버리고 도자기로 분야를 바꾼 러시아 화가가 소리친다. "라벤나 성당의 모자이크도 광고, 그 이상도 이하도 아니었어." 추상적인 것을 좋아하는 건축가가 말한다. 이제 그늘에서 새로운 목소리가 들린다. "모든 종교화는 광고지." "바흐의 어떤 칸타타처럼 말이야." "「주 하느님은 태양이며 방패이시니」는 완전히 슬로건에서 비롯된 거라니까." "영화는 팀 작업이야. 프레스코화는 팀으로 그려야 해. 미래의 예술은 팀 예술이 될 거야." 술병을 든 다른 손님들이 도착함에 따라 대화가 점차 산만해지기 시작했다. 화가는 장애인을 그린 스케치들을 보여주며 시대정신을 대변할 "깊이를 가진 해부학 그릇"으로 쟁반이나 접시에 옮겨 그릴 생각이라고 얘기했다. 내 보조 녹음기사는 "진정한 음악이라는 건 주파수를 적당히 맞추는 데 불과한 거야"라고 말하며 피아노 위에 주사위를 던져 어떻게 우연성을 통해 음악의 테마를 만들 수 있는지 증명하려 했다. 우리 모두가 언성을 높여가며 말하고 있을 때 입구에서 베이스톤의 활력 넘치는 목소리가 "그만!" 하고 외쳐서 모두 밀랍 박물관의 인형처럼 동작을 멈추고 숨을 참은 채로 쳐다보았다. 어떤 이는 걷다가 한 발을 든 상태였고, 다른 이는 술잔을 식탁에서 입으로 가져가던 중이었다. "나는 역시 나일 뿐. 나는 소파에 앉아 있다. 성냥을 성냥갑의 마찰면에 막 그으려던 참이었다." 우고의 주사위가 말라르메의 시를 상기시켰다.[13] 그러나 내 손은 내 의식이 시키지도 않았는데 성냥불을 붙이려 했다. 그후엔 잠들었었다. 내 주위를 에워싼 모든 이들처럼. 방금 도착한 이의 또다른 명령이 들렸고 저마다 모두 멈췄던 말이나 행동, 걸음을 마쳤다. 그것은 엑스티에이치X.T.H.가 — 우리는 그를 결코 이름으로 부르지 않고 이니셜로만 불렀는데 발음대로 성을 엑스티에이치라고 불렀다 — '우리를 깨우기 위해', 그리고 비록 하찮을지라도 현재의 우리 행위를 자각하고 분석하게 하기 위해 하는 짓거리 중 하나였다. 그는 우리가 잘 아는 철학 원리를 자기 마음대로 바꿔 "무의식적으로 행동하는 이는 '존재'가 없는 '본질'"이라고 말하곤 했다. 무슈는 직업상 그가 하는 주장의 점성학적인 면에 열광했는데, 내 생각에 그가 제기하는 문제 자체는 꽤 매력적이지만 동양의 신비주의와 피타고라스의 학설, 티베트의 탄트라 외에도 수많은 원리를 너무 뒤섞어버렸다. 엑스티에이치는 우리에게 아사나 요가 동작을 따라 하도록 시켰는데 마트라스 호흡법에 따라 들숨과 날숨을 세면서 쉬는 호흡이었다. 무슈와 그녀의 친구들은 이를 통해 자신을 통제하고 (나로서는 이해하기 어려운) 능력을 얻고자 했는데, 대중 속 영원한 익명의 도시, 항상 바쁘고 눈을 마주치는 일이 극히 드물며 모르는 이의 미소는 항상 어떤 속내를 감추고 있는 이 도시의 차가움과 자신이 쓴 책이 거절당할까 하는 두려움이나 스스로에 대한 불만, 실패의 고통과 낙담을 이겨내기 위해 매일같이 술을 마시는 이들의 이런 행동이 나로서는 도저히 이해가 안 되었다. 지금 엑스티에이치는 갑작스런 두통을 호소하는 무용수를 지압으로 낮게 하려 하고 있다. 현존재(dasein)에서 권투까지, 맑스주의부터 피아노 줄 아래에 유리 조각이나 연필, 박엽지, 꽃의 줄기 등을 놓

---

13 인용문은 말라르메(Stéphane Mallarmé)의 시 「주사위 던지기」(Un coup de dés jamais n'abolira le hasard)의 구절이다.

아둠으로써 소리를 변형시키려는 우고의 시도까지 대화가 뒤섞이는 것에 지쳐서 나는 테라스로 나갔다. 오후의 빗줄기가 강 건너 공장의 굴뚝에서 넘어온 여름 매연으로 더러워진 무슈의 키 작은 라임나무를 깨끗하게 만들어놓았다. 이런 모임에서 유대 신비주의 카발라에서 시작해 레그혼종이나 로드아일랜드레드종 양계 농장을 세우겠다는 누군가의 원대한 프로젝트를 거쳐 '불안'으로 순식간에 바뀌는 만화경 같은 아이디어들은 항상 나를 즐겁게 했다. 초감각적인 것에서 희한한 것, 엘리자베스 1세 시대의 연극에서 그노시스주의, 플라톤주의에서 침술로 비약하는 이런 대화를 나는 항상 사랑해왔다. 언젠가는 탁자 아래 녹음기를 숨겨두고 이런 대화에서 오가는 사고와 언어가 눈이 핑핑 돌 정도로 어지럽게 변하는 것을 증명해 보일 생각까지 했다. 이런 사고의 체조, 문화의 수준 높은 곡예에서 나는 다른 이들에게서 발견했다면 질색했을 도덕적 무질서의 정당화를 발견했다. 그렇지만 이들과 다른 이들 간의 선택은 그다지 어렵지 않았다. 한편에는 상상력이라곤 전혀 없는, 재미없는 유희에만 번 돈을 쓰는 장사꾼들, 사업가들이 있었는데, 낮 동안에는 그들을 위해 일하지만 어쩔 수 없이 나와는 다른 종자임을 느낄 수밖에 없다. 다른 편에는 여기 있는 이 사람들, 알코올의 기운을 빌려 행복에 취해 엑스티에이치가 약속하는 능력에 열광하는, 항상 원대한 프로젝트를 꿈꾸는 이들이 있다. 현대 도시의 무자비한 질서 속에서 이들은 물질적 소유를 포기하고 허기와 가난을 대가로 완성된 작품에서 자기 자신을 발견하는 일종의 금욕주의를 실천하고 있다. 그럼에도 불구하고 오늘 밤만큼은 셈과 이득을 따지는 이들만큼이나 이곳에 있는 사람들도 나를 피곤하게 만들었다. 그도 그럴 것이 내 마음 깊은 곳은 큐레이터의 집에서 있었던

일에서 벗어나지 못했고, 완성하기까지 꽤나 힘들었던 이 상업영
화의 호평도 나를 속이지 못했기 때문이다. 광고와 팝 예술의 패러
독스조차 그저 과거를 선별하여 작품의 보잘것없음을 어떻게든 정
당화하는 것에 지나지 않았다. 저속한 결말 때문에 내 작업에 실망
한 나는 무슈가 칭찬을 늘어놓으며 다가왔을 때 갑자기 화제를 바
꿔 오후에 겪은 모험에 대해 이야기했다. 놀랍게도 무슈는 나를 끌
어안고 근사한 소식이라고 소리치며 최근 꾼 꿈의 예언에 딱 들어
맞는다고 말했다. 사프란색 깃털을 가진 커다란 새들 사이에서 날
아다니는 꿈을 꾸었는데 분명 '여행과 성공, 이동으로 인한 변화'
를 뜻한다는 것이다. 내가 그녀의 오해를 바로잡기도 전에 무슈는
랭보의 시 「취한 배」의 못 박혀 죽은 예언자들과 엄청난 플로리다[14]
의 영향을 받은 게 분명한 어조로 도피에 대한 열망과 미지의 세계
의 부름, 우연한 만남 등에 대해 늘어놓았다. 나는 재빨리 그녀의
말을 자르며 큐레이터의 제안을 거절하고 그 집에서 도망쳤다고
말했다. "하지만 그런 멍청한 짓을!" 그녀가 외쳤다. "내 생각도 하
지 그랬어!" 나는 그녀에게 그렇게 먼 곳으로의 여행 경비를 대줄
돈도 없거니와 대학에서도 아마 일인 경비만 부담할 것이라고 말
했다. 눈동자에 실망감이 어리고, 잠시 언짢은 침묵이 흐른 후 무슈
가 갑자기 웃음을 터뜨렸다. "여기 크라나흐[15]의 비너스를 그대로
그리는 화가가 있잖아!" 그녀는 갑자기 떠오른 생각을 내게 말해
주었다. 북채와 장례용 항아리로 연주하는 부족이 사는 곳에 다다
르려면 우선 아름다운 해변과 화려한 일상을 자랑하는 열대지방의
대도시로 가야 했고, 그런 다음에는 그냥 거기 머무르면서 가까운

---

14 「취한 배」의 한 구절.
15 Lucas Cranach(1472~1553). 독일의 화가. 북부 르네상스의 대표적 인물이다.

숲이나 탐험하며 돈을 다 쓸 때까지 즐겁게 지내다 오면 된다는 것이었다. 내가 악기 수집 작업에 필요한 일정을 진행하고 있는지 아무도 알 수가 없을 것이다. 체면을 지키기 위해서라면 돌아와서 원시예술의 애호가이자 공예 및 복사, 복제에 악마적인 재능을 가진, 거장들의 스타일을 위조하거나 색을 바래게 만들고 벌레 먹거나 낡힌 자국을 인위적으로 넣어서 그럴싸하게 만든 14세기 까딸루냐의 성녀들 조각으로 먹고사는 우리의 화가 친구에게 부탁해서 내 스케치 도면에 따라 만든 — 정확하고 과학적이며 신뢰할 만한 — 흠잡을 데 없는 '원시' 악기를 가져다주면 되는 것이다. 그 친구는 심지어 몇주 동안 세월을 입혀서 크라나흐의 비너스를 글래스고 미술관에 판 적도 있다. 나는 이 제안이 너무 지저분하고 굴욕적으로 생각되어 거절했다. 내 마음속에서 엄숙한 성전과 마찬가지인 대학의 하얀 기둥에 오물을 던지라고 하다니. 한참 이야기했지만 무슈는 내 말을 듣지 않았다. 그녀가 스튜디오로 돌아가서 우리의 여행에 대해 알리자 모두들 기쁨의 함성으로 화답해주었다. 이제 그녀는 내 말은 듣지도 않고 방에서 방으로 쾌활하게 걸음을 옮기며 옷을 넣었다 꺼냈다 가방을 싸고 사야 할 물건들을 읊어댔다. 조롱보다 더 상처가 되는 그 방종에 나는 문을 쾅 닫고 아파트를 나섰다. 다음 날 아침을 생각해 일찍 까페를 나와 비에 젖은 아스팔트 위를 비추는 가로등 불빛 아래 집 열쇠를 뒤적이며 찾는 이들로 인해 월요일을 불안 속에 두려워하는 이 일요일의 밤거리는 유난히 슬픈 빛을 띠었다. 나는 결정을 내리지 못하고 멈춰섰다. 집에서 나를 기다리는 것은 루스가 떠나면서 어질러놓은 어수선함, 베개에 희미하게 남아 있는 그녀의 머리 자국, 극장의 냄새. 알람 소리가 울려도 그것은 목적 없는 자명종 소리일 것이고,

매년 휴가가 시작될 때면 나를 기다리던, 나 스스로 만들어낸 그 인물과 맞닥뜨리리라는 두려움일 것이다. 몇시간 전 큐레이터의 바로크풍 거울 앞에서 보았던, 옛 추억을 들춰내고 싶어하며 비난과 신랄한 논리로 가득한 인물. 매년 여름이 시작될 무렵에는 녹음기기를 점검하고 방음장치가 된 새로운 장소를 찾음으로써 마음의 짐을 덜고자 했는데, 내 시시포스의 돌을 던지면 상처투성이 내 등 위로 도플갱어가 올라타는 통에 때로는 재판관의 무게보다 돌덩이의 무게를 선호하는 건지 헷갈리게 된다. 부둣가에서 피어난 안개가 보도 위에 깔리고 가로등 불빛이 굴절되어 낮은 구름 아래로 떨어지는 빗방울 사이를 핀처럼 꿰뚫고 있었다. 찢어진 티켓으로 뒤덮인 긴 복도 위에 극장의 철문이 내려져 있었다. 저 너머 차갑게 빛나는 적막한 거리를 건너 오르막길을 걸어올라 어둠에 잠긴 예배당에 닿으면 쉰두개의 창살을 일일이 손가락으로 훑으면서 갈 것이다. 나는 전봇대에 기대어 공허한 삼주에 대해 생각했다. 무언가를 하기엔 너무 짧고, 시간이 흐를수록 내가 무시한 그 가능성에 대한 미련 때문에 더욱 씁쓸해질 시간이었다. 내게 제시된 임무를 향해 나는 한발자국도 내딛지 않았다. 모든 것이 우연히 일어났으며, 내게는 내 능력에 대한 과대평가로 인한 책임은 하나도 없다. 사실 큐레이터가 돈을 내는 것도 아니고, 대학이 밀림의 공예품을 직접 대한 적도 없으니, 책에 파묻혀 나이 든 지식인들이 사기를 당했다는 걸 알아차릴 일도 없을 것이다. 따지고 보면 세르반도 데 까스띠예호스 신부가 묘사한 악기들은 예술작품이 아니라 원시 기술로 만든 현존하는 물건들일 뿐이다. 박물관에 소장된 스트라디바리우스 가운데 수상쩍은 것이 한두개가 아니라는 걸 생각해보면, 원시인들의 북 하나 위조하는 게 뭐 큰 범죄이겠는가. 큐레이터가 원하는 악기들은 고대에도 현대에도 제작될 수 있는 것이다……"이번 여행은 벽에 쓰여 있던 거야." 내가 돌아온 것을 본 무슈가 이제 어두워진 방의 벽에 황토색으로 그려진 사수자리와 아르고스, 머리털자리 그림을 가리키며 말했다.

다음 날 아침, 여자친구가 영사 업무를 보느라 바삐 돌아다니는 동안 대학에 가보니 큐레이터는 아침 일찍 일어나 푸른 앞치마를 두른 현악기 제작자와 함께 비올라 다모레를 수리하고 있었다. 그는 별로 놀라지도 않고 안경 너머로 나를 바라보았다. "축하하네!" 내 결정에 대해 축하한다는 건지, 아니면 그 순간 내가 생각이란 걸 할 수 있었다면 아침에 깨자마자 무슈가 내게 준 약 덕분이라는 걸 그가 알아차린 때문인지, 나로서는 알 수가 없었다. 나는 곧장 총장 집무실로 끌려가서 계약서에 서명했고, 여행 경비와 함께 내게 맡겨진 임무의 주요 항목들이 명시된 종이를 받았다. 나를 기다리는 게 무엇인지 아직 정확히 모르는 가운데 일의 신속한 진행에 약간 당황한 채로, 정신을 차리고 보니 나는 암스테르담의 학회에서 막 돌아온 철학과 학과장에게 인사하러 간 큐레이터가 돌아오기를 넓은 홀에서 기다리고 있었다. 이 갤러리가 미술사 학생들을 위한 복제화와 석고 모형 박물관인 것을 보자 흡족한 마음이 들었다. 갑자기 인상파의 님프와 마네의 가족, 마담 리비에르의 신비한 눈길[16] 등 일련의 보편적인 이미지가, 창문이 거의 없는 박물관에서 거룩한 성지의 세속화에 좌절한 순례자, 실망한 여행자의 비탄을 덜어주고자 노력했던 먼 옛날로 나를 거슬러 올라가게 했다. 수공예품을 파는 상점들과 오페라 박스석, 낭만주의풍 조각이 있

---

16 프랑스 신고전주의 화가 앵그르(Jean Auguste Dominique Ingres)의 1805년작 「마담 리비에르의 초상」을 말한다.

는 정원과 묘지를 찾아다니던 시기였고, 그전에는 작품 「5월 2일」에서 고야를 돕거나 「정어리의 매장」에서 그의 뒤를 따랐는데, 그 속의 기분 나쁜 복면들은 환희의 가면들이라기보다 술 취한 고행자들, 종교극의 악마들처럼 보였다.[17] 루이 르냉의 농부들 사이에서 휴식을 취한 다음에는 깃발이 걸린 기둥 사이를, 살과 뼈가 아닌 대리석으로 된 것 같은 말을 탄 채 지나는 용병 그림과 함께 르네상스 시대로 들어가곤 했다. 가끔은 중세 부르주아와 함께 사는 것이 좋았다. 와인을 실컷 마시고, ──후원의 증거로── 후원한 마돈나와 함께 자신을 그리게 하고, 새끼 돼지를 요리하며, 플랑드르식 닭싸움을 시키고, 고해신부에게 속죄하며 또다시 죄를 지을 준비가 된 일요일 오후의, 음탕하다기보다 즐거운 소녀들 같은 창백한 안색의 창녀의 가슴에 손을 집어넣는 이들. 쇠로 된 버클과 망치로 두드려 만든 뾰족한 왕관이 메로빙거왕조 시대의 유럽으로, 깊은 숲과 길도 없는 땅으로, 쥐떼의 이동, 축제의 날에 도시의 마요르 광장으로 끌려와 분노에 떠는 야수들에게로 나를 데려갔다. 그뒤에는 미케네의 돌, 장례 의식, 고전주의 이전의 거칠고 대담했던 그리스의 무거운 도기, 불에 구운 소고기와 양모나 소똥, 또는 발정기의 씨나귀의 땀 냄새가 이어졌다. 그렇게 한계단 한계단 올라 쟁기와 도끼, 규석으로 된 칼 등을 전시한 곳에 이르면 마들렌기와 솔뤼트레 시대, 아쉴 시대[18]의 밤에 매료되어 그 앞에 멈춰 서서 인간의 한계, 어떤 원시시대 우주구조론자에 따르면 인간이 닿

---

17 「1808년 5월 2일」과 「정어리의 매장」은 에스빠냐 화가 고야(Francisco Goya)의 그림. 전자는 프랑스 점령에 저항하는 스페인 사람들의 봉기를 묘사하며 후자에는 흰 가면을 쓴 인물들이 등장한다.

18 각기 프랑스 마들렌(Madeleine), 솔뤼트레(Solutré), 생따쉴(St. Acheul) 지역을 중심으로 발전한 구석기시대를 가리킨다.

을 수 있는 평평한 지구의 끝, 무한한 별의 끝에서 머리를 내밀면 '아래에도' 하늘이 보인다는 그곳에 좀더 가까이 다가간 느낌이 들었다…… 고야의 「크로노스」가 나를 다시 현재로 돌려놓았고 와인 저장고가 있는 넓은 주방에 도달했다. 관리인이 숯불로 담뱃대에 불을 붙이고, 여종은 큰 냄비에 물을 끓여 토끼를 삶으며, 열린 창으로는 느릅나무가 그늘을 드리우는 안뜰의 고요 속에 실 잣는 여자들이 수다 떠는 모습이 보인다. 익히 알고 있는 이미지들을 앞에 두고, 이 여름 인간이 영원히 잃어버린 어떤 삶의 방식을 — 직접 살아보기라도 한 양 — 그리워하는 나처럼 지나간 시대에도 인간이 과거를 그리워했는지 궁금해진다.

제2장

아! 삶의 향기를 맡네!
— 셸리

4

(6월 7일 수요일)

몇분 전부터 비행기가 하강하고 있음을 귀가 알려주고 있었다. 비행기는 어느새 구름 아래로 내려가 마치 자신의 몸체를 붙잡았다 놨다 하듯 날개 하나를 기울였다가, 눈에 보이지 않는 공기의 흐름에 맡기며 불안정한 대기를 믿지 못하는 듯 머뭇거리며 날고 있었다. 오른쪽으로는 비로 뿌옇게 흐려진 이끼색 산들이 높이 솟아 있었다. 저 아래에 햇살이 내리쬐는 도시가 있었다. 내 옆자리에 앉은 기자 — 무슈는 뒷좌석에 길게 뻗어 자고 있었다 — 는 비행기 아래로 모습을 드러내기 시작하는 수도의 거리를 두고 애정과 비아냥이 섞인 목소리로 특정 양식도 없고 지형학적 개념도 부족한 도시라고 말을 이었다. 펠리뻬 2세의 명으로 세운 요새의 기초를 이루는 언덕을 따라 좁은 모래띠 위에 도시의 경계가 형성되었고 도시는 해변을 따라 발전을 도모했다. 이 도시의 주민들은 수세기 동안 늪과 황열병, 해충, 천상의 손이 던진 듯한 돌덩이가 박힌 채 여기저기 솟아 기어오를 수도 없게 미끄러운 검은 암벽이 주는 불편함과의 전쟁을 이겨내야 했다. 건물 사이에 들어선 쓸모없는 암벽들, 현대식 교회의 첨탑, 안테나, 옛 종루, 세기 초의 돔 지붕이 도시의 사실적인 규모를 숨기고 인간이 만든 것이 아니라 먼 옛날 어느 밤 상상의 저편에 있는 문명에 의해 알 수 없는 용도로 만들어진 건물들인 양 속이고 있다. 수백년 동안 건물을 들어올리고 성벽에 금이 가게 만드는 뿌리들과의 싸움이 이어져왔다. 하지만 돈 많은 집주인이 몇달 동안 빠리로 다니러 가며 게으른 하인들에게 집의 관리를 맡길 때면, 노래하고 시에스따를 즐기며 소홀히 하는 틈을 타 뿌리가 곳곳의 기둥을 뒤틀리게 만들어 단 이십일 만에 르꼬르뷔지에의 뛰어난 건축적 시도조차 헛되게 만들었다. 저명한 도시 설계자들이 도심 외곽의 야자나무를 베어냈지만 야자나무는 식민지 시대 집의 안뜰에서 다시 자라나—초기 도시의 건설자들이 적당한 곳을 찾아 칼끝으로 그어 만들었던—중심부 도로를 경작지의 통로처럼 만들어버렸다. 인파로 붐비는 증권가와 신문사 거리, 대리석으로 장식한 은행, 풍요로운 시장, 흰색의 관공서 건물 위로 사계절 내내 내리쬐는 태양 아래, 모범적인 입법 체계를 보유했다고 법령집들에서 칭송하는 도시의 넘치는 풍요를 청동과 돌이 선포하고, 테미스의 저울과 헤르메스의 지팡이, 십자가, 날개 달린 정령, 깃발, '명성'의 나팔, 톱니바퀴, 망치와 승리의 세계가 드높이 서 있다. 그러나 4월의 봄비가 내릴 때면 하수 설비 부족으로 중심가의 광장에 물이 넘쳐 교통이 혼잡해지고, 잘 모르는 길로 들어선 차들이 조각상을 부수고 막다른 골목길에서 우왕좌왕하다 때로는 외부인이나 유명 인사한테는 안 알려진 배수로 옆길로 빠지기도 했는데, 그곳은 옷을 입는 둥 마는 둥 하고 기타 줄을 조이거나 드럼을 치며 양은 주전자에 럼주를 마시는 사람들이 사는 곳이었다. 전등불이 곳곳을 비추고 비가 새는 지붕 아래 기계가 진동을 일으켰다. 이곳에서는 놀랄 만큼 쉽게 기술을 익히는데, 오랜 역사를 가진 부족들이 아직 조심스럽게 실험 중인 몇몇 방법조차 일상처럼 받아들여진다. 매끈한 잔디밭과 호화로운 대사관, 다양한 빵과 와인, 끔찍한 말라리아모기의 시대를 체험했던 전임자들과 달리 만족스러워하는 장사꾼들에게서는 기술의 진보가 보인다. 그러나 공기 중의 해로운 꽃가루 ─ 아주 미세한 꽃가루, 나무벌레, 떠다니는 곰팡이 ─ 비슷한 것이 갑자기 은밀한 목적을 가지고 닫힌 것은 열고 열린 것은 닫으며, 계산을 혼란하게 만들고, 물건들의 무게를 바꾸고, 보증서를 무용지물로 만들기 시작했다. 어느날 아침에는 병원의 링거병에 곰팡이가 가득했는가 하면, 정밀기계가 오차범위를 넘어서고, 병에 든 술에서 거품이 일기 시작했으며, 국립박물관의 루벤스 작품이 산(酸)에 도전장을 낸 정체불명의 벌레의 공격을 받았다. 아무 일도 일어나지 않았는데도 사람들은 은행 창구로 몰려들었고, 경찰이 백방으로 찾으려 했으나 실패한 늙은 흑인 여자의 예언이 공황 상태를 불러일으켰다. 이런 일들이 일어나자 도시의 비밀에 익숙한 이들 대다수가 변하지 않는 사실 한가지를 받아들였다. "구더기야!" 구더기를 본 사람은 아무도 없었다. 그러나 구더기는 존재했고, 아무도 예상치 못한 곳에서 교란을 일으키며 경험 많은 이들조차 혼란스럽게 했다. 그밖에도 번개를 동반한 폭풍우가 자주 몰아쳤으며 십년마다 먼바다 어딘가에서 원형의 춤을 추며 시작되는 회오리바람에 의해 수백채의 집이 파손되었다. 이제 비행기가 활주로에 착륙하기 위해 매우 낮게 날고 있어서, 나는 저 아래 온통 계단식 정원으로 둘러싸이고 조각상과 분수가 해변까지 이어지는 넓고 근사한 집에 대해 기자 친구한테 물었다. 바로 그곳에 새 대통령이 살고 있으며, 며칠만 일찍 왔어도 엄숙한 취임식과 함께 무어인과 로마인의 가장행렬을 볼 수 있는 시민 축제에 참석할 수 있었다는 것을 알게 되었다. 곧 비행기 왼쪽 날개 아래로 그 아름다운 집이 사라진다. 그리고 지상으로의 기분 좋은 귀환과 지면을 구르는 바퀴, 이제 질문에 죄라도 지은 양 위축된 표정으로 답해야 하는 세관이 기다리고 있었다. 평소와 다른 분위기에 당황했지만 서두르지 않고 짐 검색을 위한 순서를 기다리며 익숙한 일상에서 멀리 떨어져 아직 자신에게 익숙해지지 않았다는 생각을 한다. 그와 동시에 되찾은 빛, 따뜻한 풀 냄새, 하늘이 가장 깊은 바닥까지 스며든 듯한 바다 냄새와 해변 어느 동굴에서 썩고 있는 갑각류의 냄새를 실어나르는 바람의 변화가 있다. 해뜰 무렵 어수선한 구름 사이를 비행하고 있을 때 나는 여행에 나선 것을 후회하며 중간 경유지 아무 곳에나 기착하자마자 다시 돌아가서 대학에 돈을 돌려주고 싶었다. 가끔 알루미늄 날개 위에 부드러운 빗방울을 떨어뜨리는 바람을 거슬러 흔들리며 세가지 템포의 리듬에 맞춰 날아가는 비행기 안에 갇혀서, 포로가 되었거나 납치당한 듯, 혹은 저주받은 일의 공범자가 된 듯 느꼈다. 그러나 지금은 기묘한 쾌감이 양심의 가책을 잠재우고 있다. 그리고 어떤 힘, 바로 언어라는 힘이 귀를, 그리고 숨구멍을 천천히 관통한다. 여기 내가 유년 시절에 쓰던 언어, 처음 글을 읽고 악보 읽는 것을 배운 언어, 내게 별 도움이 되지 않는 나라의 쓸모없는 도구라고 내팽개치고 사용하지 않아 머릿속에서 곰팡이가 슨 언어가 있다. 파비오, 아 고통스러워라! 그대가 지금 보는 이것들.[1] 이것들 좀 봐, 파비오…… 오랫동안 잊어버리고 있던 어머니의 초상화와 여섯살 때 자른 내 금발 머리카락과 함께 어딘가 있을 문법책에서 감탄사 사용의 예로 배운 시가 뇌리에 떠오른다. 대기실 창밖으로 보이는 상점의 광고판에 적힌 문구와 웃음을 터뜨리는 흑인 짐꾼들의 은어, '데통령 만새!'라는 풍자화에 적힌 문구의 언어가 바로 그것이다. 앞으로 내가 이 도시에서 그녀의 가이드 겸 통역이 될 것이라는 자부심을 가지고 이런 맞춤법 오류에 대해 무슈에게 이야기했다. 이 갑작스런 우월감이 마지막 남아 있던 내 죄책감을 이긴다. 온 것이 후회되지 않는다. 그리고 이제까지 생각하지 못했던 가능성에 대해 고민한다. 도시 어딘가에서 내게 맡겨진 임무인 악기 컬렉션을 팔 것이 분명하다. 누군가, 골동품 판매상이나 지친 탐험가가 외국인이 무척이나 높이 평가하는 물건으로 이득을 볼 생각을 하지 않았을 리가 없다. 나는 분명 그 누군가를 찾아낼 수 있을 것이고, 그러면 내 속에서 자꾸 흥을 깨는 그것을 잠재울 수 있을 것이다. 너무 근사한 아이디어라는 생각이 들어 중심가를 거쳐 호텔을 향하는 도중 어쩌면 준비된 운명일지도 모를 벼룩시장 앞에 멈추라고 지시했다. 복잡한 모양의 창살이 있고 모든 창문마다 늙은 고양이들이 있으며 발코니에는 녹색 벽에서 태어난 이끼식물처럼, 푹신한 먼지덩어리처럼 보이는 앵무새가 잠들어 있었다. 내게 필요한 악기에 대해 그 싸구려 골동품 상인은 아무것도 몰랐고, 다른 물건

---

1 에스빠냐 세비야 출신의 시인 로드리고 까로(Rodrigo Caro, 1573~1647)의 「이딸리까 유적을 위한 노래」의 한 구절.

들로 내 관심을 돌리기 위해 황금색 나비가 달려 있고 찬가 비슷한 왈츠와 마주르카를 연주하는 오르골을 보여주었다. 홍옥수로 만든 손 모양의 조각에 담긴 잔들로 뒤덮인 탁자 위에는 꽃으로 장식된 서원 수녀들의 초상화가 걸려 있었다. 천사들이 둘러싼 가운데 리마의 성녀 가운데 한명이 장미 꽃받침에서 나오는 그림이 투우 장면과 함께 벽면을 장식하고 있었다. 내가 똑같은 물건을 어디서나 구할 수 있다고 말했음에도 무슈는 산호와 보석 조각상 사이에서 발견한 해마를 가지고 싶어했다. "이건 랭보의 검은 해마라고!" 그 먼지투성이 문학적 물건의 값을 지불하며 그녀가 말했다. 나는 진열대 한군데에 있던 식민지 시대의 가느다란 묵주를 사고 싶었지만 원석으로 만들어진 십자가 때문에 너무 비쌌다. '조로아스터 벼룩시장'이라는 야릇한 간판이 달린 상점에서 나오다 손으로 화분의 박하 잎을 건드렸다. 나는 깜짝 놀라 그 자리에 멈춰 섰다. 어머니가 하바네라[2]를 피아노로 연주할 동안 타마린드 나무가 그늘을 드리운 집의 뒤뜰에서 소꿉놀이를 함께 했던 정원사의 딸 마리아 까르멘, 그 소녀의 살갗에서 나던 바로 그 향기를 맡았던 것이다.

5

(6월 8일 목요일)

손을 뻗어 대리석 스탠드 위 알람 시계를 찾는다, 지도상으로는

---

2 habanera. 꾸바에서 기원해 에스빠냐에서 유행한 민속 춤곡, 혹은 그 춤.

북쪽이고 거리로는 수천 킬로미터나 떨어져 있을 그곳에서 울리고 있을지도 모르는 시계를. 잠시 숨을 돌릴 필요가 있다. 유리창에 드리운 커튼 사이로 광장을 한참이나 바라본 후에야 그곳의 아침 일상에 익숙해져, 노점상의 종소리를 착각한 것이라는 걸 깨달았다. 가윗날을 가는 이가 부는 피리 소리가 머리에 오징어 바구니를 인 덩치 큰 흑인의 카덴차[3] 같은 외침 소리와 묘하게도 조화를 이루었다. 아침 무렵의 산들바람이 불어 나뭇가지가 흔들리니 유명 인사의 동상이 하얀 꽃가루로 뒤덮인다. 청동으로 만든 넥타이가 굽이쳐 휘날리는 모양새가 어딘가 바이런처럼 보이기도 하고, 보이지 않는 반란군 무리를 향해 깃발을 흔드는 모습은 라마르띤[4]처럼 보이기도 한다. 저 멀리서 교회의 종이 울렸는데, 우리나라의 고딕풍 탑에 달린 가짜 전기종들과 달리 줄을 당겨 타종하는 방식이었다. 무슈가 침대에 가로누워 잠든 바람에 내가 누울 자리가 없다. 익숙지 않은 더위에 위에 덮은 홑이불을 치우려다 오히려 다리 사이에 휘감곤 한다. 실망스러웠던 어젯밤에 쓸쓸함을 느끼며 오랫동안 그녀를 바라본다. 오렌지 나무의 향이 사층 방으로 틈입하여 새로운 환경에서 함께하는 첫날 밤을 위해 마음속으로 준비했던 육체적 환희를 사라지게 만들어버렸다. 그녀에겐 수면제를 주고, 나는 안대로 눈을 가리며 애써 실망감 대신 잠을 청하고자 했다. 커튼 사이를 다시 바라본다. 바로크풍 처마 장식을 떠받치고 있는 고전적인 기둥의 관저 너머로 어젯밤 이 지역의 특색 있는 공연을 찾지

---

3 cadenza. 곡이 끝나기 직전에 독주자나 독창자가 기교적으로 화려하게 연주하는 대목.
4 Alphonse de Lamartine(1790~1869). 프랑스 낭만주의 시인이자 정치가. 1848년 2월혁명 당시 임시정부의 수장이었다.

못한 탓에 갔던 극장, 대형 샹들리에와 자코모 마이어베어, 도니쩨띠, 로시니와 에롤드의 흉상이 호위하고 둘러선 뮤즈의 드리워진 대리석 옷자락이 우리를 맞이했던 그 극장의 제2왕정 시절 건립한 전면부가 보인다. 난간 지지대를 따라 로코코풍 장식과 곡선으로 이어진 계단을 통해 벨벳으로 꾸민 방으로 들어갔다. 발코니 가장자리를 황금빛 치상돌기로 장식한 관람석의 시끌벅적한 수다 가운데 오케스트라가 악기를 조율하고 있는 것이 보였다. 모두 서로 아는 사이인 듯했다. 귀빈석에서 웃음이 시작되고 번져나갔으며, 정겨운 어스름 속에 맨살을 드러낸 팔과 손 들이 지난 세기의 유물이라고 해야 할 자개로 만든 커프스단추와 손잡이 달린 오페라글라스, 깃털 부채 등을 만지고 있었다. 옷깃 사이로 드러난 살, 꽉 조인 가슴과 어깨는 부드럽고 희뿌연 풍만함으로 보석과 레이스 숄을 돋보이게 했다. 나는 화려한 고전음악과 성악의 콜로라투라, 장식음을 뽐낼 엉터리 오페라를 보며 즐길 생각이었다. 그러나 이미 람메르무어 성의 정원[5] 위로 막이 올랐고, 유행에 뒤떨어진 무대배경과 잡담, 눈속임 장치는 내 아이러니에 찬 비평을 날카롭게 만들지 못했다. 나는 오히려 먼 옛날의 어렴풋한 기억과 파편적인 그리움에 차서 그 형언할 수 없는 매력에 빠져들고 말았다. 벨벳으로 장식된 원형 연주홀, 가슴이 깊이 파인 드레스, 가슴 사이에 꽂은 레이스로 장식된 손수건, 풍성한 머리모양, 때론 지나치다 싶은 향수, 무대장식용 막이 무겁게 드리워진 무대 가운데서 성악가들이 가슴에 손을 얹고 아리아를 열창하는 그 무대. 현대적 대도시에서는 쇄신할 수 없을 복잡한 전통과 예절과 에티켓이 마술적인 연극 세계

....
5 도니쩨띠(Gaetano Donizetti)의 오페라 「람메르무어의 루치아」(Lucia di Lammermoor)의 1막 배경.

로 향하게 했다. 아버지가 생활이 궁핍해지자 팔아버린, 마드라소가 그린 초상화 속에서 순백의 새틴 옷을 입고 관능적이고 신비로운 눈으로 바라보는 창백하고도 열정적인 모습의 내 증조모가 알았던 세계, 소년 시절 나를 꿈꾸게 했던 바로 그 세계로 말이다. 어느날 오후 혼자 집에 남게 되었을 때, 나는 궤짝 깊숙한 곳에서 초상화에 나오는 증조모가 약혼 시절 적은 듯한, 상아로 장식된 표지와 은 자물쇠가 달린 일기장을 발견했다. 한쪽에는 시간의 흐름에 따라 갈색으로 변한 장미 꽃잎이 있고 그 아래에 아바나의 어느 극장에서 공연된 「젬마 디 베르지」⁶에 대해 경이로운 감상평을 써둔 것이었다. 이 밤 내가 관람하고 있던 것과 같은 것이리라…… 이제 마부가 검은 장화를 신고 리본으로 장식한 실크해트를 쓰고 밖에서 기다리는 일은 없다. 부두에서 전함의 불빛이 흔들리거나 파티가 끝날 때 경쾌한 가곡이 흘러나오지도 않을 것이다. 그러나 로맨틱한 공연을 앞에 두고 기쁨에 찬 관객의 불그스레한 얼굴은 여느 때와 같다. 주요 인물들의 아리아를 제외한 다른 모든 곡에 대한 무관심과 아는 곡이 끝나자마자 배경음악으로 전락해버리는 음악, 의미심장한 눈길과 경계하는 눈길의 다양한 조합, 부채 뒤의 속삭임, 숨죽인 웃음소리, 오가는 소문들, 귀엣말, 콧방귀 뀌는 시늉은 어린 시절 가면무도회 밖에서 부러워하며 바라보던, 나는 몰랐던 게임의 규칙들이었다.

중간휴식 시간에 무슈는 더이상 못 견디겠다며 마치 "루앙에서 보바리 부인이 보는 「루치아」" 같다고 했다. 아주 틀린 말은 아니었지만 내 여인의 습관적인 반응에 갑자기 짜증이 난 것은 그녀가

---

6 Gemma di Vergy. 역시 도니쩨띠의 오페라.

유럽에서 흔히 접했던 예술적 분위기의 성인들이나 그런 표지에 대한 것이 아니면 냉담한 반응을 보이기 때문이었다. 이 순간 그녀가 오페라를 무시하는 이유는 그녀의 음악적 감수성이 부족해서가 아니라 오페라를 무시하는 것이 그녀 세대의 어떤 경향이기 때문이다. 스땅달 시대 빠르마의 오페라를 상기시키는 내 꼬드김에도 흥미를 되찾지 못해 그녀를 좌석으로 돌려보낼 수 없었기에 나는 몹시 언짢은 기분으로 극장을 나왔다. 그녀와 심하게 말다툼을 하고 나서, 나는 이 여행의 즐거움을 반감시킬 몇가지 사항에 대비해야 할 필요성을 느꼈다. 그녀의 집에서 종종 나눴던—지적인 것에 대한 편견으로 가득한—대화를 떠올려볼 때 앞으로 그녀가 늘어놓을 것이 뻔한 비판을 미리 막고 싶었다. 그러나 곧 극장의 밤보다 더 깊은 밤이 우리에게 찾아왔다, 침묵의 가치와 별들로 가득한 그녀의 엄숙한 존재감이 우리를 짓누르는 밤이. 소음이 잠시 이를 깨트렸다. 그런 다음 다시 온전해지면 밤은 현관과 복도를 채우고, 사람이 살지 않는 것 같은 집의 열린 창을 통해 집 안을 메우고, 돌로 된 아치로 꾸며진 인적이 드문 거리에 무겁게 깔렸다. 소리에 놀라 멈춰 섰다가 몇걸음을 뗀 후에야 그 정체를 알게 됐는데, 우리의 걸음 소리가 앞 도로에서 울리는 것이었다. 스투코로 장식된 그늘지고 별 특징 없는 성당 앞 광장의 포세이돈 조각상이 있는 분수에서 털이 복슬복슬한 개 한마리가 뒷다리로 서서 맛있게 물을 핥아 마시고 있었다. 시곗바늘은 전혀 급하지 않다는 듯이 오래된 종탑과 도시의 외벽에 걸린 채 자신만의 기준에 따라 시간을 가리켰다. 언덕 아래 바닷가를 향해 있는 현대적 풍경의 동네들에서 분주함이 느껴졌지만 그쪽에서 아무리 야간 영업을 알리는 화려한 간판들이 번쩍거려도 도시의 진실, 그 성격과 대표성은 여기 일상의 흔적과 돌들을 통해 표현되는 것이 분명했다. 거리의 끝에서 열린 창문을 통해 넓은 현관과 이끼 긴 지붕, 금빛 액자 속 오래된 그림들로 장식된 홀이 보이는 집에 다다랐다. 울타리 사이에 얼굴을 갖다대자 군모를 쓴 멋들어진 장군 그림과 마차를 탄 세명의 귀부인 그림 옆으로 등에 작은 잠자리 날개를 단 딸리오니[7]의 초상화가 보였다. 샹들리에가 환하게 붉을 밝히고 있었지만 불 켜진 다른 방으로 연결된 복도에 인기척은 없었다. 마치 아무도 오지 않은 무도회를 위해 한세기 전에 모든 것을 다 준비해둔 것 같았다. 열대지방의 온기로 인해 클라비코드 같은 소리가 나는 피아노에서 갑자기 연탄곡 왈츠의 화려한 도입부가 흘러나왔다. 그 순간 산들바람이 커튼을 흔들었고, 홀 전체가 가느다란 명주 그물과 레이스의 소용돌이 가운데 사라지는 듯 보였다. 주문에서 깨어난 듯 무슈가 피곤하다고 말했다. 어떤 희미한 기억의 정확한 의미를 드러내는 그밤의 매력에 내가 깊이 빠져든 순간, 내 여자친구가 나를 피곤에 지치지 않고 새벽까지 이끌어줄 잊고 있던 평화의 시간을 부숴버렸다. 지붕 저 높은 곳의 별들이 어쩌면 무슈의 스튜디오를 장식하고 있는 히드라와 아르고스호, 머리털자리의 꼭짓점들을 그리고 있는지도 모른다. 그러나 그녀에게 물어봐야 소용없는 것이, 그녀도 나와 마찬가지로 — 북두칠성을 제외하면 — 정확한 별자리 위치를 모르기 때문이다. 점성술로 먹고사는 이가 그런 걸 모른다는 우스꽝스러운 사실을 깨닫고 나는 그녀 쪽으로 몸을 돌려 웃음을 터뜨렸다. 그녀는 잠든 상태에서 눈을 뜨고, 나를 향하되 응시하지는 않으면서 깊게 한숨을 내쉬고는 벽 쪽으로 돌아누웠다. 다시 눕

---

7 Marie Taglioni(1804~84). 이딸리아의 발레리나. 로맨틱 발레의 대표자로 발레 의상 튀튀를 최초로 입었고 발끝으로 서는 토(toe) 춤을 창시했다.

고 싶은 마음이었지만, 간밤에 생각했듯이 그녀가 잠든 사이에 원주민 악기를 찾아보는 것이 좋겠다는 생각이 들었다. 내가 이렇게 내 역할에 집중하는 것은 좋게 말해 순진하다고 할 만한 것이었다. 나는 급하게 옷을 걸치고 그녀 몰래 빠져나왔다.

거리를 가득 채운 햇살이 유리창에 부딪히고 연못의 물을 일렁이게 하는 것이 무척 신기하고 새롭게 느껴졌다. 선글라스를 구입해서 그 앞에 서보기로 했다. 그다음에는 근처에 싸구려 제품과 희귀한 물건을 파는 상점이 있을 법한 식민지 시대 저택이 있는 동네로 가려 했다. 좁은 보도블록 길로 접어들어, 때로는 멈춰 서서 신세계의 미려하고 장식적인 글자체와 유러피언 골든부트, 미다스왕과 노래하는 하프, 바람이 불 때마다 흔들리는 헌책방의 천체도처럼 지나간 시대의 공예품을 연상시키는 물건들을 파는 작은 가게들을 바라보았다. 한쪽에서는 마늘 가루를 뿌린 송아지고기를 굽는 화로에 부채질을 하고 있었는데, 오레가노와 레몬, 후추를 뿌린 고기에서 기름이 떨어질 때마다 매운 연기가 피어올랐다. 그 너머에서는 기름 냄새를 풍기는 튀긴 생선과 함께 상그리아와 가라삐냐[8]를 내놓고 있었다. 갑자기 갓 구운 따뜻한 빵의 온기가 지하실 환기구를 통해 퍼져 나왔는데, 반지하의 불빛 아래 머리부터 발까지 밀가루를 뒤집어쓴 여러명의 남자가 노래를 부르고 있었다. 나는 예상치 못한 기쁨으로 멈춰 섰다. 오래전부터 아침 밀가루의 존재를 잊어버려 어디서 반죽했는지 알 수 없고 마치 부끄러운 물건이라도 되는 양 밤새 사방이 막힌 트럭에 실려오는 빵은 더이상 손으로 쪼개는 빵, 아버지가 축도한 후 나눠주는 빵, 부추 수프가 담

8 garapiña. 파인애플 껍질과 설탕물로 만든 강장 음료.

긴 넓적한 그릇 위에 얹고 자르기 전, 또는 오디세우스의 동료들이 이미 혓바닥에서 느껴본 지중해의 맛을 느끼기 위해 기름과 소금을 뿌리기 전에 경의를 표하는 제스처를 취해야 하는 빵, 그런 빵이 아니었다. 이렇듯 오랜만에 다시 만난 밀가루와 쇼윈도에 걸린 마리네라 춤을 추는 흑인 혼혈아의 그림을 발견한 기쁨으로 인해 나는 이 낯선 거리에서 무엇을 찾아 헤매고 있었는지 그 목적을 잊어버리고 말았다. 여기서는 「막시밀리안의 처형」 그림 앞에 멈추고, 저기서는 어딘지 「마술피리」의 프리메이슨 미학을 상기시키는 그림이 있는 마르몽텔의 『잉카인』의 오래된 판본을 들여다보았다. 커스터드 냄새가 풍겨나는 뜰에서 노는 아이들이 부르는 「굴뚝」을 들었다. 그렇게 오래된 공동묘지의 서늘한 아침에 마음을 뺏긴 채 이제 잡초와 초롱꽃 가운데 사람들에게 잊힌 채 누워 있는 무덤 사이, 사이프러스 나무 그늘 아래를 걸었다. 때로 곰팡이 핀 유리 너머로 대리석 아래 누워 있는 이의 은판사진이 보였다. 달아오른 눈망울의 학생, 국경 전쟁의 참전 용사, 월계수 면류관을 쓴 여성 시인. 홍수의 희생자들을 기리는 비석을 보고 있을 때 어디선가 파라핀지를 찢는 것 같은 총소리가 공기를 갈랐다. 사관학교 생도들이 사격 연습을 하고 있는 것이 분명했다. 잠시 침묵이 흐른 후 다시 로마풍 항아리 주변의 비둘기들이 모이를 쪼는 소리가 들렸다.

    파비오, 아 고통스러워라! 그대가 지금 보는 이것들,
    고독의 평원, 마른 언덕은
    한때는 그 유명한 이딸리아였다네.

도착했을 때부터 자꾸만 귀에 맴돌던 이 구절이 거듭 반복되었는데, 기관총 소리와 함께 다시 더 크게 들리는 순간 내 기억 속에서 완전한 모양새를 갖추게 되었다. 어린아이 하나가 온 힘을 다해 뛰어 지나갔고 그 뒤를 맨발의 여자가 공포에 질려 달려갔는데, 팔에는 젖은 옷을 걸치고 큰 위험에서 도망치는 듯 보였다. 벽 너머 어디선가 외치는 소리가 들렸다. "시작됐어! 시작됐어!" 무언가 불안한 마음으로 나는 묘지를 나와 도시의 번화가로 돌아왔다. 거리에 행인이 자취를 감추고 상점도 문을 닫고 셔터를 내렸다는 걸 깨달았는데, 좋은 현상은 아니었다. 여권 종이에 찍힌 스탬프가 마술처럼 나를 지켜줄 힘을 가지기라도 하는 듯 여권을 꺼내들었을 때 비명 소리가 들렸고, 나는 정말로 두려움에 사로잡혀 기둥 뒤에 그대로 멈춰 섰다. 공포에 찬 인파가 소리를 지르며 거리에서 몰려나와 총격으로부터 도망치기 위해 모든 것을 넘어뜨리고 있었다. 깨진 유리가 허공을 메웠다. 총알이 가로등의 금속 기둥을 때려 오르간 파이프처럼 떨리게 만들었다. 고압전선이 끊겨 부딪히는 통에 사람들이 도망다니고 아스팔트 여기저기에 불이 났다. 가까이에서는 오렌지 장수가 거꾸러지며 과일들이 이리저리 구르다 바닥에서 총알을 맞고 튕겨올랐다. 나는 가장 가까운 모퉁이로 달려가 처마 밑에 숨었는데, 기둥에는 도망치며 버린 복권들이 붙어 있었다. 이제 조류 시장만 지나면 호텔이었다. 어깨를 스쳐 약국의 쇼윈도를 뚫은 총알이 울리는 소리에 결심을 굳힌 나는 내달리기 시작했다. 새장을 뛰어넘고 카나리아에 부딪히며 벌새를 걷어차고 두려움에 질린 앵무새 횟대를 넘어뜨리며 달려 호텔의 열려 있는 후문 중 하나에 다다랐다. 날개 하나가 부러진 큰부리새 한마리가 보호를 바라는 듯 내 뒤를 쫓아오고 있었다. 그 뒤로 누군가 버린 세발자전거 핸들 위에 앉은 잉꼬 한마리가 인적 없는 광장 가운데서 홀로 햇볕을 쬐고 있었다. 호텔의 객실로 올라왔다. 무슈는 아직도 셔츠를 엉덩이까지 덮은 채로 베개를 끌어안고 다리 사이에 침대 시트를 끼운 채 잠들어 있었다. 그녀를 보자 안심이 되었고, 나는 이 사건의 자초지종을 알아보러 로비로 내려갔다. 사람들은 혁명에 대해 이야기하고 있었다. 신대륙 발견과 정복, 원주민 악기에 대해 언급한 몇몇 신부들의 여행에 대한 것 외에 이 나라의 역사에 무지한 나 같은 이에게는 그런 설명이 별 의미가 없었다. 열정적인 태도와 말하는 내용으로 봐서 알짜 정보를 가진 것 같은 이를 골라 물어보았다. 그러나 모두 각자 상황에 대해 다른 버전을 이야기하고, 내게는 전혀 낯선 이름들을 언급한다는 것을 깨달았다. 그래서 대치 중인 무리들 간의 경향이나 이상理想을 알아보고자 했으나 별로 명확해지는 것이 없었다. 보수주의자에 대항하는 사회주의자의 운동, 혹은 가톨릭 신자에 맞선 급진주의자와 공산주의자의 운동이라고 이해한 순간 게임이 다시 섞이며 위치가 뒤바뀌고 이름을 다시 말해서, 마치 일어나는 모든 일이 정당 간의 문제라기보다는 개인 간의 문제인 것처럼 되었다. 내게는 교황파와 황제파의 이야기처럼 보이는 사건들에 대한 나의 무지를 알게 됐는데, 그 집안싸움과 적대적인 형제간의 다툼, 어제는 절친한 사이였던 이들의 싸움이 놀라울 뿐이었다. 평소의 내 논리에 따라 이 시대 특유의 정치적 갈등에 가까이 다가갔다고 생각했을 때, 오히려 종교전쟁에 가까운 상황을 접하게 되었다. 진보 성향을 대표하는 이들과 보수파 간의 다툼은 각자가 주장하는 이상이 믿을 수 없을 정도의 시간차를 보여 마치 다른 세기를 살아가는 인물들 간의 시간을 초월한 전투 같은 양상을 띠었다. 상황을 놀랄 만큼 침착하게 받아들이는 것 같은, 구식 프록코트를 입은 변호사가 내게 답했다. "정확해요. 전통적으로 우리는 루소와 성직자의 공존, 성모마리아의 성물과 『자본』을 함께 보는 것이 익숙하다고 생각하세요……" 그때, 조류 시장을 지나다가 널브러져 있는 새장 때문에 급정거하며 남아 있던 앵무새와 황조를 깔아뭉갠 구급차의 사이렌 소리에 잠에서 깬 무슈가 불안한 모습으로 나타났다. 가택연금에 해당하는 불쾌한 상황에서 그녀는 자신의 모든 계획을 망치는 사건에 몹시 짜증을 냈다. 바에서는 외국인들이 언짢은 얼굴로 술을 마시고 카드와 주사위 놀이를 하며 언제든 소요가 발생할 수 있는 메스띠소 국가들에 대해 불평하고 있었다. 그러다 우리는 호텔 종업원 여럿이 사라졌다는 것을 알게 되었다. 조금 뒤 그들이 모제르총에 탄띠를 차고 길 건너편 상점가를 걸어가는 것이 보였다. 그들이 근무할 때 입는 하얀 재킷을 여전히 입고 있는 것을 보고 우리는 그 위풍당당한 군복에 대한 농담을 주고받았다. 그러나 다음 모퉁이에 도착했을 때 맨 앞에 있던 두명이 갑자기 기관총 사격으로 배에 총알을 맞고 쓰러졌다. 무슈는 공포에 질린 비명을 지르며 양손을 자신의 배에 갖다댔다. 붉게 물든 아스팔트 위에 늘어져 또다른 핏자국을 만들며 몸에 박히는 총알을 더이상 느끼지 못하는 육체에서 눈을 떼지 못한 채 우리 모두는 조용히 홀 가장자리로 이동했다. 조금 전에 나눈 농담은 이제 천박하게까지 여겨졌다. 이런 나라에서 나로서는 이해할 수 없는 열정 때문에 죽는 이가 있다 해도, 죽음은 똑같은 죽음일 뿐이다. 나는 정복자의 자부심 따위는 느낄 수 없는 폐허의 잔해 속에서 이곳 사람들이 외치는 이상에 맞먹는 믿음을 위해 죽어간 이들의 시체 위에 발을 들인 적이 있다. 그 순간 ─우리 전쟁의 폐기물인─ 여러대의 장갑차가 지나갔고, 천둥처럼 울리는 기관총 사격음으로 거리의 투쟁은 더욱 과격해진 것만 같았다. 펠리

삐 2세 요새 근처에서 밀려오는 파도 소리처럼 총격 소리와 굉음이 바람에 실려 가까이 들렸다 멀리 들렸다를 반복하며 공기를 뒤흔들고 있었다. 그러나 가끔은 잠시 조용해지기도 했다. 마치 모든 것이 끝난 것처럼 보였다. 이웃의 아픈 아이의 울음소리가 들리고, 닭이 울며, 누군가가 문을 두드렸다. 그러다 갑자기 기관총 소리가 들리며 다시 소음이 시작되고, 고막을 찢는 구급차 소리가 더해진다. 오래된 성당 근처에서 총격이 시작되었고 가끔 총알이 종에 부딪히며 금속음을 냈다. "아 이런, 낭패로군." 우리 옆에서 단조롭고 약간 빼기는 듯한 음성을 지닌, 자신을 중미의 외교관과 결혼했다 헤어진 캐나다 국적의 화가라고 밝힌 여자가 심각한 어투의 프랑스어로 말했다. 무슈가 다른 이와 대화하는 틈을 타 나는 독주 한 잔을 들이켜며 바로 옆에 있는 시체, 도로 위 식어가는 시체의 존재를 잊고자 했다. 앞으로 연회를 벌이지 못하리라 예견하는 듯 가공육으로 차려진 점심을 먹었고 오후 시간은 놀랍게도 빨리 지나갔는데, 중간중간 독서와 카드놀이를 하고 다른 곳에 정신이 팔려 있었지만, 의례적인 대화를 나누면서도 밀려오는 초조함을 감추기 어려웠다. 밤이 되자 무슈와 나는 방문을 닫아걸고 정신없이 술을 마시며 우리가 처한 상황에 대해 너무 많이 생각하지 않으려 했다. 마침내 어느정도 걱정에서 벗어나, 주변이 죽음의 게임에 자신을 바칠 때 우리는 육체의 유희에 자신을 던져 서로를 포옹하면서 보기 드물게 날카로운 관능을 맛보았다. 커튼 너머로 총소리가 울리고 총알이 돔 모양의 지붕에 가서 박히는 가운데—더이상 불가능할 정도로 행위에 집중하며—더 가까이 서로를 붙드는 데 열중했고, 죽음의 무도에서 연인을 부추기는 광란과도 같은 것을 느꼈다. 마침내 우리는 바닥의 밝은색 카펫 위에서 잠이 들었다. 아주 오랜 만에 안대와 약의 도움 없이 깊은 휴식을 취한 밤이었다.

6

(6월 9일 금요일)

다음 날 외출을 할 수 없게 되자 우리는 포위된 도시와 검역 중
인 배 등 현재 처한 상황에 적응하고자 노력했다. 하지만 게으르게
하루를 보내기는커녕, 거리의 비극적인 상황으로 인해 외부로부터
우리를 지켜주는 건물 내부에서 무언가를 해야 한다는 필요성을
느끼고 있었다. 기술을 가진 이는 작업실이나 사무실에서 하던 일
을 계속하고자 했는데, 마치 비정상적인 상황에서는 뭔가에 집중
할 필요가 있음을 다른 사람들에게 증명하려는 듯했다. 식당의 악
단석에서는 피아니스트가 고전 론도의 트릴과 모르덴트를 치면서
딱딱한 건반 아래서 클라비코드의 울림을 얻고자 했다. 발레단의
조연들은 바 한편에 스탠드를 설치하고 주연 배우는 식탁을 벽 쪽
으로 치운 가운데 왁스 칠을 한 바닥 위에서 느리게 아라베스크를
추고 있었다. 건물 전체에 타자 치는 소리가 울리고 있었다. 호텔
의 비즈니스홀에서는 사업가들이 큰 가죽 가방 안의 내용물을 훑
어보고 있었다. 시 교향악단 초청으로 온 오스트리아인 지휘자는
그의 방 거울 앞에서 엄숙한 손짓으로 브람스의 「진혼곡」을 지휘
하며 상상 속의 여러 합창단원에게 파트별로 입장 순서를 알려주
고 있었다. 잡지꽂이에는 잡지든 추리소설이든 읽을거리가 하나도
남아 있지 않았다. 무슈는 수영복을 찾으러 갔는데, 개방하지 않던

안뜰의 문이 열렸고 그 안에서 활동적이지 않은 몇사람이 도자기로 만든 초록색 개구리와 아레카 나무 사이 모자이크로 장식된 분수대 주위에서 일광욕을 하고 있었던 것이다. 나는 조심성 많은 손님들이 호텔 매점에서 담배를 몽땅 구입해 비축하는 것을 약간의 경계심을 가지고 지켜보았다. 청동 창살로 된 홀 입구로 가보니 잠겨 있었다. 바깥의 총소리는 잦아들었다. 총이 발사되는 빈도로 보아 소그룹이거나 게릴라들이 여러 구역에서 서로 대응사격을 하며 잠깐씩 지속적으로 전투를 벌이고 있는 듯했다. 옥상과 지붕에서 간헐적으로 총성이 울렸다. 도시 북쪽에서는 큰 화재가 일어났는데, 일부 사람들 말로는 그렇게 불타버린 것이 어떤 부대라고 했다. 사태의 중심부에 있는 것 같은 이들의 이름이 내게는 아무런 의미가 없기에 질문하는 것을 포기했다. 나는 지난 신문을 읽기 시작했는데, 폭풍이나 해변으로 밀려온 고래, 마법의 사건 등을 다룬 타 지역의 소식을 읽는 데서 일종의 즐거움을 느꼈다. 11시 종 — 내가 약간은 초조해하며 기다렸던 — 이 울리고 바의 식탁이 여전히 벽 쪽에 치워져 있는 것이 보였다. 그제야 마지막까지 남아 있던 충성스런 종업원들이 혁명에 동참하기 위해 동이 트자마자 떠났다는 것이 알려졌다. 내게는 그다지 중요해 보이지 않는 이 소식이 투숙객들 사이에 진정한 공황 상태를 불러일으켰다. 모두가 하던 일을 멈추고 매니저가 사람들을 진정하려 애쓰고 있는 홀로 모여들었다. 그날 빵이 제공되지 않을 것을 알게 되자 한 여자가 울음을 터뜨렸다. 그때 틀어져 있던 수도꼭지에서 녹물 거품이 부글대더니 건물의 모든 파이프가 요동치기 시작했다. 수도꼭지에서 떨어지는 물방울을 보면서 이제 얼마 안 되는 저장수밖에 남지 않았음을 깨달았다. 열대기후로 인해 더 심해질 전염병에 대한 얘기가 돌았다. 누군가 자국 대사관에 연락을 취하고자 시도했다. 전화는 불통이었고, 벙어리 상태의 기기는 아무짝에도 쓸모가 없었고, 많은 이들이 분통을 터뜨리며 탁자 위에 수화기를 내리쳤다. "구더기 때문입니다." 매니저가 수도의 상태로 모든 재난에 대한 해명이 되어버린 농담을 되풀이해 말했다. "구더기 때문이에요." 나는 기계가 복종하기를 그만둘 때 인간이 얼마나 안달하는지에 대해 생각하며 사층 욕실 창문에서 위험 부담 없이 밖을 볼 수 있도록 사다리를 찾았다. 창문으로 집들의 지붕을 살펴보는 것이 지루해질 무렵 내가 딛고 있는 바닥에서도 무언가 놀라운 일이 벌어지고 있음을 알았다. 마치 갑자기 지하의 삶이 자신을 드러내며 그 그림자로부터 이상한 짐승 무리가 기어나오는 것 같았다. 꾸륵꾸륵 딸꾹질을 하며 물이 나오지 않는 수도관을 통해 이상한 서캐와 걸어다니는 회색 종잇장, 등껍질이 얼룩덜룩한 쥐며느리와 비누에 이끌리기라도 한 듯 짧은 지네가 나타나서는 조그만 소리에도 놀라 몸을 둥글게 말고서 작은 구리 용수철처럼 미동도 하지 않고 바닥에 엎드려 있었다. 잔뜩 의심에 싸여 수도꼭지에서 더듬이만 내민 채 몸을 숨기고 있기도 했다. 벽장 안에는 귀를 기울이지 않으면 들을 수 없는 희미한 소음들, 바스락거리는 종이 소리와 나무 긁는 소리가 가득하여, 누군가 갑자기 문을 열었다면 아마 아직 왁스 칠한 나무 위에서 달리는 데 익숙지 않은 벌레들이 도망치는 모습과 까딱 잘못해서 미끄러져 뒤집힌 채 죽은 시늉을 하는 모습을 발견했을 것이다. 침대 옆 탁자 위에 놓인 달콤한 음료가 담긴 병을 향해 불개미들이 기어오르고 있었다. 카펫 아래에는 해충이 있었고 열쇠 구멍으로는 거미가 들여다보고 있었다. 이 도시에서는 몇시간 동안의 혼란으로 인간이 건물에 대해 신경 쓰지 못한 것만으로도 기생생물들이 수도관 내부가 마른 틈을 타 포위된 광장을 침범하기에 충분했다. 근처에서 일어난 폭발이 벌레들을 잊게 만들었다. 나는 사람들의 긴장감이 극에 달해 있는 호텔의 홀로 돌아갔다. 지휘자가 손에 지휘봉을 든 채 사람들의 고함 소리와 토론 소리에 이끌려 계단 맨 위에 나타났다. 그의 흐트러진 머리와 짙은 눈썹, 엄한 눈빛을 보자 사람들이 조용해졌다. 마치 우리의 고통을 해결해 줄 특별한 능력이라도 있는 것처럼 모두 어떤 기대와 희망을 품고 그를 바라보았다. 지휘자는 직업에 걸맞은 권위를 가지고 유언비어를 퍼뜨리는 이들의 비겁함을 꾸짖고, 현 상황을 정확히 파악하고 건물 내 남은 식품을 관리할 투숙객 대표위원회를 당장 꾸릴 것을 요청했다. 필요하다면 사람들을 다루는 데 익숙한 자신이 배급을 담당하겠다는 것이다. 그리고 모두를 진정하기 위해 그는 숭고한 하일리겐슈타트 유서[9]를 예로 들며 연설을 마쳤다. 장식용 까치발보다 위에 있어서 안전하게 열어둘 수 있는 유일한 바깥 창인 일층 바의 둥근 창을 통해 시체 썩는 냄새가 들어오는 걸 보니 호텔 근처에 시체가 있거나 죽은 동물이 태양 아래 썩고 있는 모양이다. 정오를 지나면서부터 파리가 급격히 많아져 머리 위를 지겹도록 날아다녔다. 안뜰에 있는 게 싫증이 난 무슈가 우단 가운의 끈을 여미며 홀에 들어서면서, 일광욕 후에 씻으려고 물을 받았는데 겨우 양동이 반 정도밖에 못 받았다고 투덜댔다. 지난밤에 만난 저음의 목소리를 지닌, 예쁘지는 않지만 매력적인 캐나다인 화가와 함께였다. 이 나라를 잘 알고 있고 이런 상황을 대수롭지 않게 받아들이는 그녀는 상황이 곧 종료될 것이라며 걱정 많은 친구를 달래

---

9 독일 작곡가 루트비히 판 베토벤의 철학과 유언이 담긴 유서.

고 있었다. 나는 무슈를 그녀의 새 친구에게 남겨두고 지휘자의 요청에 따라 위원회와 함께 지하실로 내려가 물품의 재고를 파악하기로 했다. 물자를 아껴 쓰기만 한다면 이주 정도는 버틸 수 있다는 것을 금세 알게 되었다. 매니저가 호텔의 외국인 직원들과 함께 끼니마다 간단한 스튜를 만들면 식당에서 각자 차려 먹기로 했다. 서늘하고 축축한 톱밥을 밟으며 서 있자니 지하 저장고에 감도는 향긋한 기름 냄새 밴 어둠이 우리에게 안락한 느낌을 주었다. 기분이 좋아져서 술 창고를 살펴보러 갔는데, 그곳에는 당분간 걱정 없이 마시기에 충분한 양의 술통과 술병이 있었다. 우리가 빨리 돌아오지 않자 뒤따라 지하 계단으로 내려온 사람들이 술통 꼭지 밑에서 손에 닿는 대로 술을 마시고 있는 우리를 발견했다. 이 소식이 사람들 사이에 기쁨을 전염시켰다. 손에서 손으로 병을 건네고 전해 지하실에서 꼭대기층까지 술을 옮기고 타자기 대신에 전축을 틀게 만들었다. 지난 몇시간의 긴장감이 술을 마구 들이켜게 했고, 그 와중에도 썩은 사체 냄새는 더욱 고약해지고 온 천지에 벌레들이 득실거렸다. 지휘자만이 여전히 언짢은 태도로 흥분한 이들과 이 혁명을 향해 브람스의 「진혼곡」 리허설을 망치고 있다고 저주했다. 그의 격정이 괴테의 "광적이고 열정적인 동요에서 영원히 해방된" 길들여진 천성을 노래한 편지를 읊조리게 했고 그는 "여기, 정글이여!" 하며 오케스트라에 포르티시모를 명령할 때처럼 긴 팔을 펼치며 포효했다. '정글'이라는 말이 아레카 나무가 있는 뜰 쪽을 바라보게 했다, 지금처럼 그늘에서 때론 시체 주위로 모이는 독수리가 날아오르는 하늘을 가리는 벽을 향해 보면 큰 야자수처럼 보이기도 하는 그 나무가 있는 정원을. 무슈가 접이의자로 돌아갔으리라 생각했는데 없어서 옷을 갈아입는 중일 것이라 생각했다.

하지만 우리 방에도 없었다. 잠시 기다리다 아침부터 거나하게 마신 술기운에 그녀를 찾아다니기로 했다. 나는 중요한 임무를 수행하는 사람처럼 바에서 시작해 엄숙한 대리석 여인상 두 점 사이로 홀에서 이어지는 계단을 올라갔다. 널리 알려진 술 외에도 단맛 나는 이 지역의 독주를 마신 탓에 급작스럽게 취해서 어둠 속을 더듬는 맹인처럼 난간을 잡고 벽을 따라 움직였다. 한참을 걸어 좁은 계단 위에 서자 나는 사층보다 더 올라왔고 여전히 내 여자친구가 어디 있는지 모른다는 것을 깨달았다. 그러나 도중에 마주친, 길을 열어주려 비켜서는 사람들의 조롱 섞인 태도에 굴하지 않겠다는 고집에 이끌려 나는 땀을 흘리며 계속해서 계단을 올랐다. 붉은 카펫이 깔린 끝없이 긴 복도를 걸어가며 숫자가 적힌 문들, 정말 견디기 어려울 정도로 많은 숫자가 적힌 문들 앞에서 내게 주어진 임무의 하나인 것처럼 문에 적힌 숫자를 셌다. 갑자기 어떤 익숙한 모습이 나로 하여금 주저하며 멈춰 서게 만들었는데, 마치 내가 여행을 한 것이 아니라 일상의 일부분인 듯 항상 '그곳', 무덤덤하고 멋없는 어떤 저택에 머물러온 것 같은 착각이 들었다. 나는 안내문이 적힌 이 붉은색 소화기를 알고 있었다. 또한 아주 옛날부터 내가 밟고 있는 이 카펫, 천장의 장식용 까치발, 청동 인물상 뒤 똑같은 가구와 장비, 똑같은 방식으로 진열된 물건들과 융프라우나 나이아가라 폭포, 삐사의 사탑을 표현한 석판화를 알고 있었다. 여행을 한 것이 아니라는 생각이 들자 온몸에 경련이 일었다. 벌집에 갇힌 듯한, 이 평행한 벽들 사이에 갇혀 위축된 느낌이 들었고, 종업원들이 버려둔 빗자루가 도망친 노예들이 버린 도구처럼 보였다. 마치 내가 무한한 숫자와 벽에 걸린 달력의 도표 ── 미로의 연대기, 내 존재의 연대기일 수도 있는 ── 사이에서 영원을 걸어야 하는 잔혹한 형벌을 치르고 있는 것만 같았다. 매일 아침 나를 전날 밤의 시작점으로 돌려놓을 뿐인 조급증 속에서 시간에 대한 끊임없는 강박에 시달리는 내 존재의 연대기. 이제 길게 줄지어 늘어선 객실들 사이, 사람들이 자신의 흔적에 대한 어떤 기억도 남기지 않는 이곳에서 나는 누구를 찾고 있는지조차 모르게 되었다. 악천후로부터 직원들을 보호하기 위해 회색 시멘트로 만들고 유리창에 종이를 덕지덕지 바른, 석고가 떨어져나간 층에 도달하기까지 아직도 더 올라가야 하는 현실이 나를 짓눌렀다. 한계단 한계단 오르는 의미 없는 걸음이 내게 구더기 이론을 상기시켰는데, 그것이 지금 내가 하고 있는 시시포스의 행위, 여자라는 바위를 등에 지고 오르는 행위에 대한 유일한 설명이었다. 그런 생각을 하니 웃음이 나면서 무슈를 찾겠다는 결심을 잊게 만들었다. 그녀는 술을 마시면 여러 감각의 요구에 약해져서, 진정으로 스스로를 모욕하려는 의지를 담은 것은 아닐지라도 잘못된 호기심의 경계에 닿을 수 있다는 것을 나는 알고 있었다. 그러나 내 다리를 무겁게 하는 술기운 앞에서 더이상 그런 데 신경 쓰지 않기로 했다. 나는 어둠 속에서 방으로 돌아가 침대에 쓰러져 잠이 들었고 곧 더위와 목마름에 시달리는 악몽을 꾸었다.

나를 부르는 소리에 깨어보니 실제로 입안이 바짝 말라 있었다. 무슈가 전날 밤 만난 캐나다 화가와 함께 내 옆에 서 있었다. 이 '깡마른 몸에 조각상의 침착함을 연상시키는 고집 센 이마 아래로 쭉 뻗은 코가 소녀처럼 유약해 보이는 입과 묘한 대조를 이루는 얼굴의 여자'를 벌써 세번째 보는 것이다. 그녀에게 오전에 어디에 있었느냐고 묻자 "혁명이 끝났어"라는 대답이 돌아왔다. 실제로 라디오방송에서 이긴 당의 승리와 이전 정부 인사의 구금에 대해 보도하고 있었고, 듣기로 여기서는 권력의 중심부에서 감옥으로 가는 일이 다반사인 듯했다. 더이상 갇혀 있지 않아도 된다는 생각에 기뻐할 찰나 무슈가 오후 6시에 계엄령이 선포될 것이고 언제 끝날지 모르며, 그 시간 이후 거리에 모습이 보일 시 엄중한 처벌을 받을 것이라고 전했다. 여행의 모든 즐거움을 날려버리는 상황 앞에서 나는 당장 돌아가는 게 어떻겠느냐고 했는데, 이제까지 지출한 경비를 돌려줄 필요 없이 빈손으로 돌아가도 큐레이터 앞에 항변할 구실이 생겼기 때문이었다. 하지만 비슷한 요청이 쇄도하고 있는 만큼 항공사에서 일주일 내로 티켓을 발급하기는 어려울 것이라는 사실을 내 여자친구는 이미 알고 있었다. 어쨌거나 그녀는 그다지 스트레스를 받지 않는 것 같았는데, 내 생각에는 최악의 상황이 종결되면 들게 마련인 안도감에 따른 느긋함 때문인 것 같았다. 바로 그때 화가가 내 여자친구에게 답하면서 로스 알또스에 있는 자신의 집에서 며칠쯤 함께 보내자고 제안했는데, 그곳은 여름을 나기 좋은 평화로운 마을로 기후가 좋고 은 세공업이 유명해 외국인들에게 인기가 많다보니 경찰의 단속도 그리 심하지 않다고 했다. 헐값에 산 17세기의 집으로 거기에 그녀의 작업실이 있는데 안뜰은 똘레도에 있는 뽀사다 데 라 상그레를 연상시킨다고 한다. 무슈는 내게는 상의도 없이 이미 초대에 응했고, 야생 수국이 피어 있는 산책로와 바로크식 제단과 기둥을 높이 세운 천장이 있고 유려한 말솜씨를 자랑하던 어떤 주교의 흉측한 혀가 알코올에 담겨 있는가 하면, 흑인 예수상의 발아래 스스로를 채찍질하는 수녀들이 있는 홀 등을 자랑하는 수도원에 대해 이야기하고 있었다. 나는 확답하지 않고 망설였는데, 가기 싫어서라기보다 내 여자친구의 경솔함에 언짢은 기분이 들어서였다. 이제 위험은 사라졌

다고 생각해 창문을 열고 밤으로 향해 가는 황혼을 바라보았다. 그
때서야 이 두 여인이 식당으로 내려가려고 무척 화려하게 차려입
었다는 것을 알아챘다. 그것에 대해 놀려주려다가 나는 거리에서
시선을 잡아끄는 어떤 것을 보았다. 마늘을 엮어 서까래에 매달아
놓은, '신에 대한 믿음'이란 범상치 않은 상호가 눈길을 끄는 식료
품점의 쪽문으로 짐 바구니를 메고 벽에 딱 붙어서 오던 남자가
들어갔다. 잠시 후 그는 빵과 술병을 들고 방금 불을 붙인 시가를
문 채 나왔다. 나는 담배를 피우고 싶은 강렬한 욕구로 잠에서 깼
으나 호텔에는 더이상 담배가 남아 있지 않았기에, 꽁초라도 주
워 피우기 직전인 무슈에게 그의 존재를 알렸다. 가게를 닫을까
봐 조바심을 내며 나는 계단을 내려가 광장을 가로질러 달렸다.
드디어 양손에 스무갑의 담배를 챙겼을 때, 바로 옆 거리의 초입
에서 소총이 발사되기 시작했다. 여러명의 저격수가 지붕 위 안
쪽 경사면에 기대어 엄폐물 위로 소총과 권총으로 응사했다. 가
게 주인이 문짝에 굵은 각목으로 빗장을 걸며 황급히 문을 닫았
다. 여자친구의 말을 믿은 경솔함을 깨닫고 나는 풀이 죽어 발판
에 주저앉았다. 도시의 요충지를 손에 넣는 것이 혁명이라면 어
쩌면 끝났을 수도 있다. 하지만 반란군에 대한 추격은 계속되고
있었다. 뒷방에서 여러명의 여인이 묵주기도를 하고 있었다. 목구
멍에서 소금에 절인 대구의 짠내가 올라왔다. 진열장 위의 카드
몇장을 뒤집자 잊고 있었던 에스빠냐 카드놀이의 황금, 소나무,
방패, 술잔 패가 보였다. 이제 총소리가 조금 잦아들었다. 외상 판
매를 한 상인의 비애와 현찰로 판 이의 만족감을 그린 석판화 아
래에서 가게 주인이 퀼련을 피우며 나를 조용히 바라보고 있었다.
이 집 안에 감도는 고요함과 안뜰의 석류나무 아래서 번지는 재스

민 향, 오래된 수도꼭지에서 떨어지는 물방울이 나를 졸음으로 몰아넣었다. 잠들지 않는 잠, 꾸벅꾸벅 졸다가 몇초간 다시 정신을 차리고 주변을 살피게 하는 잠. 벽시계가 8시를 알렸다. 총성은 더이상 들리지 않았다. 살짝 문을 열고 호텔 쪽을 바라보았다. 호텔을 감싸고 있는 어둠을 뚫고 바의 둥근 창과 홀의 휘황찬란한 상들리에에서 비치는 불빛이 창살 사이로 흘러나왔다. 박수 소리가 들렸다. 곧이어 「신비한 장벽」의 첫 소절이 들리는 걸로 보아 피아니스트가 식당에 있는 피아노에서 오늘 아침 연습한 악보 중 일부를 연주하는 중이었고, 술을 꽤 많이 마신 게 분명한 것이 자꾸 손가락이 건반을 이탈해서 꾸밈음을 놓쳤다. 철제 블라인드 뒤 중이층中二層에서는 춤을 추고 있었다. 건물 전체가 파티를 벌이는 중이었다. 가게 주인과 악수한 뒤 막 뛰려던 찰나 한방, 정확히 한방의 총성이 울리고 내 가슴 높이 몇미터 옆으로 총알이 스쳐 지나갔다. 나는 극심한 두려움에 사로잡혀 뒷걸음질을 쳤다. 물론 나도 전쟁을 알긴 했다. 하지만 참모 본부 통역원으로 경험한 전쟁은 다른 문제다. 위험 부담은 많은 인원 사이에서 나눠 졌고 후퇴는 개인이 결정하는 것이 아니었다. 그와 달리 여기서는 나 자신의 잘못에 의해 죽음을 맞닥뜨릴 뻔했다. 쥐 죽은 듯 조용한 밤이 십분 이상 지나갔다. 그러나 내가 다시 나갈지 말지를 고민하고 있을 때 또다시 총성이 울렸다. 어딘가에 있는 감시병 하나가 때때로 자신의 구식 총을 쏘아 거리를 인적 없게 만드는 것 같았다. 내가 맞은편 길에 이르기까지는 몇초밖에 안 걸릴 터이다. 그러나 그 몇초면 내가 끔찍한 운명의 도박에서 벗어나기에 충분한 시간이다. 왠지 모르겠지만 갑자기 마루에 바늘을 떨어뜨렸을 때 널판과 널판 사이의 선을 가로지를 확률을 계산하는 뷔퐁의 바늘 문제[10]가 떠올랐다. 이곳에서 그 선은 바로 내 의지와 상관없이 목표도 목적지도 없이 발사되는 총알들로, 전혀 예상치 못할 때 바깥공기를 가르며 발사되어 내가 뷔퐁의 바늘이 될 수 있고 어느 한순간 내 살이 그 총알의 궤도 안에 포함될 수 있다는 생각이 들자 겁이 덜컥 났다. 한편으로 운명이라는 요소는 이런 확률의 계산에 아무런 영향을 미치지 않았는데, 얻는 게 아무것도 없는데 모든 걸 잃을 수도 있는 위험 부담을 안을지 말지가 온전히 나의 선택에 달려 있었기 때문이다. 결국 나는 자신이 거리 한쪽에서 울화통을 터뜨리고 있는 이유가 호텔에 돌아가고 싶어서가 아니라는 사실을 인정할 수밖에 없었다. 몇시간 전에 술에 취해 그 건물의 수많은 복도를 배회하게 만든 어떤 것이 다시 꿈틀거리고 있었다. 지금의 이 초조함은 내가 무슈를 믿지 못하기 때문이다. 여기서 그녀에 대해, 불쾌한 여러 가능성을 가진 장기판에 대해 생각해보니, 비록 구체적인 죄목을 댈 수는 없지만 처음 만났을 때부터 그녀라면 충분히 최악의 육체적 배신을 행할 수 있겠다는 생각이 들었다. 내 의심, 계속되는 의혹을 뒷받침할 증거는 없었다. 그렇지만 모든 것을 자기 나름으로 정당화하고 구실을 찾는 그녀의 사고방식이 오늘 밤 그녀를 둘러싼 비정상적인 환경에 자극받아 어떤 특이한 경험을 하는 것으로 이끌 수도 있다는 것을 너무 잘 알고 있었다. 따라서 단지 의심을 해소하고자 죽음을 무릅쓸 가치는 없다고 나는 되뇌었다. 그럼에도 술에 취한 그곳에, 내 감시도 없는 그곳에 그녀 혼자 있을 거라는 생각을 하자 견디기가 힘들었다. 어두운 창고와 흔적을 남기지 않는 일들이 일어나는 데 익숙한 수없이 많은 객실이

10 18세기에 뷔퐁 백작(Comte de Buffon, 1707~88)이 원주율 값을 구하기 위해 제기한 최초의 기하확률론 문제.

있는 그 혼돈의 집에서는 모든 것이 가능했다. 왠지 모르겠지만 총알이 점점 넓히고 있는 이 거리, 점점 더 구제불능이 되어가고 있는 이 간격, 이 깊이가 앞으로 일어날 일들에 대한 경고라는 생각이 머릿속에 떠올랐다. 그때 호텔에서 이상한 일이 일어났다. 음악과 웃음소리가 동시에 멈췄다. 건물 전체에 비명 소리와 울음소리, 외치는 소리가 들렸다. 불이 꺼지고 다른 불이 켜졌다. 그 안에서 조용한 소요와도 같은 일이 벌어지고 있었다. 출구 없는 공황. 또다시 근처 도로 입구에서 총격이 시작되었다. 이번에는 장총과 기관총으로 무장한 보병 순찰대가 나타났다. 건물 기둥 뒤에서 천천히 전진하여 상점이 있는 곳까지 이르렀다. 저격수들은 지붕을 버리고 도망쳤고 이제 정규군이 내가 건너야 할 길을 장악하고 있었다. 하사관 한명의 호위를 받으며 드디어 호텔에 도착했다. 문이 열리고 홀에 들어서자마자 나는 놀라서 그 자리에 멈춰 섰다. 호두나무로 만든 대형 테이블은 무덤으로 변해 그 위에 지휘자가 누워 있었고 프록코트 깃 사이에는 십자가가 놓여 있었다. 나뭇가지 장식이 있는 네개의 은촛대가 ── 다른 적당한 것이 없는 관계로 ── 촛불을 밝히고 있었다. 지휘자는 부주의하게도 그의 방 창문에 다가갔다가 이마에 정통으로 총알을 맞고 쓰러진 것이었다. 그를 둘러싼 얼굴들을 보았다, 면도도 하지 않은 지저분한, 죽음이 얼어붙게 만든 술 취한 얼굴들을. 배관을 통해 벌레들은 계속해서 들어왔고 사람들의 몸에서는 시큼한 땀 냄새가 났다. 건물 전체에 변소 냄새가 가득했다. 마르고 창백한 댄서들은 유령처럼 보였다. 조금 전 아다지오에 맞춰 춤을 추었던 두사람은 명주 스커트와 스타킹 차림으로 대리석 계단 한쪽에 쓰러져 흐느껴 울기 시작했다. 이제 모든 곳에 파리가 자리해 불빛 아래 윙윙거리고 벽 위를 기어다니고 여인들의 머리카락 위를 날아다녔다. 밖에서는 썩는 냄새가 점점 심해지고 있었다. 나는 우리 방의 침대 위에 쓰러져 있는 신경쇠약 직전의 무슈를 발견했다. "해가 뜨자마자 로스 알또스로 데려갈 거예요." 화가가 말했다. 뜰에서 수탉이 울기 시작했다. 아래 거리의 화강암 보도 위에서 검은 옷을 입은 남자들이 검은색과 은색으로 도색된 트럭에서 장례용 촛대를 내렸다.

7

(6월 10일 토요일)

정오를 조금 넘겨 놀이공원의 기찻길 같은 협궤선로를 달리는 작은 열차를 타고서 로스 알또스에 도착했는데, 이곳이 마음에 들어 오후 들어서만 세번이나 간헐천 위에 설치된 다리에 팔을 괴고 — 이미 구석구석 돌면서 무례하게 집 안까지 들여다본 — 경치를 전체적으로 다시 조망했다. 눈앞에 펼쳐진 광경은 웅장하다거나 훌륭한 것도 아니고 엽서에 등장하거나 여행 안내책자에서 칭찬한 것도 아니었다. 그럼에도 이 지방 도시의 구석구석, 못질한 문 하나조차 고유한 삶의 양식을 따른 것으로, 나는 이곳에서 사람이 많이 찾는 박물관에서 손을 많이 타고 사진을 많이 찍힌 암석에서는 볼 수 없는 매력을 발견했다. 밤이 되자 산비탈에 건설된 도시의 모습이 드러나고 어둠을 밝히는 가로등 불빛에 따라 천국과 지옥의 모습이 나타났다. 그러나 항상 벌레들이 모여드는 그 열다섯 개의 가로등은 제단 뒤의 등불이나 극장 조명처럼 분리하는 기능이 있어 갈보리산 정상으로 가는 구불구불한 길에 있는 정거장들을 환히 밝히고 있었다. 바른 생활과 방탕한 생활에 대한 우화에서 나쁜 사람들은 항상 저 아래 불길 속에서 고통받는 것처럼, 첫번째 가로등은 탁자 밑에 잠든 술꾼들이 있는 도박과 나쁜 사례의 집합소, 증류와인과 사탕수수로 만든 독주에다 산딸기주를 파는 주점을 밝히고 있었다. 두번째 불빛은 중국식 외등 아래 각기 흰색, 분홍색, 푸른색 옷을 입고 레알 아우디엔시아 법원장의 벨벳 의자에 앉은 까르멘과 닌파, 에스뻬란사가 있는 롤라의 집을 비추었다. 세번째 가로등은 놀이공원 회전목마의 낙타와 사자, 타조를 비췄는데, 「스케이터의 왈츠」가 흘러나오는 동안 회전 관람차의 좌석들이—빛이 닿지 않는—그늘까지 올라갔다가 내려오기를 반복했다. 마치 명예의 전당에서 내려온 듯 환한 네번째 가로등은 이 도시가 낳은 유명 인사로 「농업 찬가」를 지은 시인의 조각상을 비추고 있었는데, 한 팔이 없는 뮤즈가 검지로 지시하는 데 따라 초록색 잉크의 펜으로 대리석에 시를 적는 모습이었다. 다섯번째 가로등 아래는 잠든 당나귀 두마리 말고는 별다른 게 없었다. 여섯번째는 멀리서 날아온 돌과 시멘트로 공들여 만든 루르드의 동굴[11]을 비추고 있었는데, 원래 그곳에 있는 진짜 동굴에 담을 둘러야 했음을 생각해볼 때 더욱 놀라운 작품이라 할 수 있겠다. 일곱번째 불빛은 짙푸른 소나무와 닫힌 대문을 타고 올라가는 장미 넝쿨을 비추고 있었다. 그 뒤로는 높은 전신주 위에 매달린 여덟번째 가로등이 어둠 속에서 더 두드러져 보이는 두꺼운 버팀벽으로 둘러싸인 주교좌성당을 비추고 벽시계에까지 그 빛을 드리우고 있었는데,

---

11 프랑스 서남부 루르드(Lourdes) 마을의 동굴. 성모마리아의 환영이 보이고 동굴 샘물에 치유 효과가 있다고 하여 가톨릭 순례지가 되었다.

신앙심 깊은 경건한 독신녀들에 따르면 사십년 전에 멈춘 시곗바늘이 가리키고 있는 시각은 다가올 최후의 심판 날에 마을의 뻔뻔한 여자들이 죗값을 치를 7시 반이라고 한다. 아홉번째 불빛은 국경일 행사나 문화공연이 열리는 아떼네오 건물을 비추고 있었는데, 그 안에는 깜빠냐 데 로스 리스꼬스의 영웅이 하룻밤 잠을 잔 해먹을 걸었던 굵은 고리와 『돈 끼호떼』의 여러 문구를 적은 쌀 한 톨, 타자기의 x자 자판을 써서 그린 나뽈레옹의 초상화와 항아리에 이 지방의 독사를 보존한 컬렉션이 있는 작은 박물관이 있다. 첨탑과 첨탑 사이를 떠받치는 짙은 회색의 나선형 두 기둥 사이로 신비로움이 감도는 폐쇄된 프리메이슨 회의소 건물이 열번째 불빛을 온통 차지하고 있었다. 그 너머로 열한번째 불빛이 레꼴레따 수도원을 비추고 있었는데, 죽은 벌레가 너무 많아서 주위의 나무가 제대로 보이지 않을 지경이었다. 그 맞은편에는 번개를 맞아 천장에 구멍이 뚫렸지만 여전히 여름날 음악회 무대는 물론 청춘 남녀의 쉼터로 쓰이는 도리아식 정자와 부대의 막사가 불빛을 공유하고 있었다. 열세번째 불빛은 청동으로 된 기마 장군상을 비추고 있었는데, 장군이 치켜든 칼이 느리게 흐르는 안개를 둘로 가르고 있었다. 그 너머로는 탄생과 죽음의 비밀을 간직한 불빛이 흔들리는 원주민들의 작은 경작지가 검은 띠를 이루고 있었다. 더 높이 있는 열네번째 불빛은 프리메이슨 단원과 공산당원이 사제들을 괴롭힐 의도로 제작을 지시한, 시멘트 받침대 위 정복자들을 죽인 '용감한 궁수'가 시위를 당기는 조각상을 비추고 있었다. 그러곤 칠흑 같은 밤이었다. 그 밤의 끝에서 마치 다른 세상에 속하는 듯, 저 높은 곳의 불빛이 세찬 바람이 부는 돌산에 심은 나무 십자가 세개를 밝히고 있었다. 나머지는 모두 어둠 속에서 산의 진흙과 하나가 되어가는 지붕의 진흙이었다.

산 정상에서 내려오는 한기로 몸을 떨며 휘어진 길을 걸어 나는 이제 화가의 집으로 돌아가고 있었다. 수도를 벗어나는 순간부터 무슈가 그녀에게 점점 더 의지하는 통에 ── 다른 우연과 마찬가지로 별 뜻 없이 이 동거를 받아들이며 ── 지난 며칠간 별 관심을 기울이지 않았던 그 인물은 점점 더 짜증을 유발하고 있었다. 처음에는 시답잖은 인물로 여겨졌지만 시간이 흐를수록 그 반대편으로 자리를 잡아가는 중이었다. 우리 셋 모두에게 영향을 미치는 결정을 염두에 두고 의도적으로 천천히, 애매하게, 그러나 집요하게 말하면 내 친구는 평소 성격에 맞지 않게 고분고분 이를 따랐다. 자기 기분 내키는 대로 하는 것을 워낙 즐기는 그녀가 우리가 머무는 집주인의 의견에는 항상 동조했는데, 바로 몇분 전에는 나의 뜻에 따라 거절했던 일이라도 이제는 기분 좋게 행하는 것이었다. 그녀는 내내 내가 집에 있고 싶다고 하면 나가고 내가 산꼭대기까지 올라가자 하면 쉬었는데, 바로 그런 점이 화가의 반응을 지켜보고 그녀를 계속 만족시키고자 하는 내 친구의 열망을 보여주었다. 무슈는 이 새로운 우정에 부여하는 중요성을 불과 며칠 전에 남겨두고 온 현실의 질서를 그녀가 얼마나 그리워하는지, 그 정서로 보여주었다. 해발고도의 변화와 깨끗한 공기, 습관의 변화, 어린 시절의 언어와의 재회가 내게는 아직은 흔들리는, 그러나 확실히 느껴지는 일종의 회귀, 오래전에 잃어버렸던 균형을 불러일으키고 있었다면, 그녀에게서는 ── 아직은 고백하지 않았지만 ── 지루함의 징후가 나타나기 시작했다. 이제까지 우리가 본 그 무엇도 그녀가 이 여행에서 찾고자 했던 것, 그것도 사실 무언가를 찾고자 했을 경우의 얘기지만, 그것에 부응하지 않았음은 확실하다. 그럼에도 불구하고 무슈는 우리가 만나기 전에 갔던 이딸리아 여행 이야기를 조리 있게 전하곤 했다. 같은 이유로, 예기치 않게 신분증도 없는 상태로 우리를 잡아두고 있는 이 나라, 과거 역사에 대한 지식도 없고 배운 적도 없는 이 나라에 대한 그녀의 반응이 얼마나 위선적이고 엉뚱한지를 보자, 혹시 바르베리니 궁전 창의 신비로운 관능이나 산 조반니 인 라떼라노 대성당의 천장에 있는 소천사들의 집념, 그림자에 싸인 곡선의 회랑을 자랑하는 산 까를로 알레 꽈뜨로 폰따네 성당의 여성적이기까지 한 위용에 대한 그녀의 날카로운 지적이 그저 그녀가 읽거나 들은, 널리 알려진 출처 여기저기에서 주워들은 내용을 바탕으로 한 인용에 불과하지 않은가 하는 의문이 들었다. 그녀의 판단은 항상 당시 유행하는 미적 슬로건을 따랐다. 이끼와 그늘이 새로운 화두로 떠오르면 이끼와 그늘을 좇았고, 같은 이유로, 그녀가 모르는 대상이나 애매한 사건, 책에서 보지 못한 건축물을 대하면 갑자기 당황해서 주저하며 제대로 된 의견을 내지 못하고, 손바닥에 장미꽃이 핀 성녀 로사의 미니어처를 살 수 있는데도 문학을 위해 먼지 덮인 해마를 사는 모습을 보이곤 했다. 캐나다 화가가 루이스와 앤 래드클리프[12]에 대한 연구로 유명한 시인의 연인이었다는 이유로 들떠서 무슈는 다시금 초현실주의와 점성학, 꿈의 해석과 그 비슷한 것들에 빠져들었다. 그녀는—비록 흔한 일은 아니었지만—'자신과 같은 언어를 쓰는' 여자를 만날 때마다 그 새로운 우정에 모든 시간을 할애하고 온갖 신경을 쓰곤 했는데, 그럴 때마다 나는 화가 치밀어올랐다. 이런 격정의 위기가 그리 오래가지는 못했다. 전혀 예상치 못한 날에, 시작과 마찬가

---

12 매슈 루이스(Matthew Gregory Lewis)와 앤 래드클리프(Ann Radcliffe)는 18, 19세기 영국 고딕 소설의 대가.

지로 갑자기 끝나곤 했다. 그렇지만 그것은 지속되는 동안에는 내 안에 참을 수 없는 의심을 불러일으키곤 했다. 이번에도 다른 때와 마찬가지로 단순히 직감, 불안, 의심에 불과했다. 뭔가 잘못을 저질렀다는 증거는 하나도 없었다. 그러나 지휘자를 매장한 다음 날 오후, 신경을 갉아먹는 나쁜 생각이 나를 사로잡았다. 투숙객 위원회와 함께 묘지에 갔다가 돌아오니 호텔의 홀에는——이 나라의 너무도 강한 향을 풍기는——장례식 화환이 여전히 놓여 있었다. 거리의 청소부는 갇혀 있는 동안 우리를 견딜 수 없게 만들었던 냄새를 풍기는 썩은 시체들을 치우기 시작했고 독수리가 뜯어먹은 말의 다리가 청소차에 들어가지 않자 도끼로 잘랐는데, 아스팔트 위를 어지럽게 날아다니는 녹색 파리떼 위로 말발굽 뼈와 말굽 조각들이 튀어올랐다. 안에서는 혁명에서 일상으로 돌아온 듯 종업원들이 가구를 제자리에 배치하고 걸레로 손잡이를 닦고 있었다. 무슈는 친구와 외출한 것 같았다. 통금 시간을 넘겨 둘이 다시 나타나 승리를 축하하는 군중 가운데서 길을 잃어 거리를 헤매다녔다고 말했을 때, 나는 그들에게 무언가 이상한 일이 일어나고 있다고 느꼈다. 두사람 다——금지된 곳으로부터의 여행에서 돌아온 이들처럼——매사에 알 수 없는 차가운 무관심을 보였는데, 이는 평소의 그들과는 다른 모습이었다. 나는 그들을 끈질기게 관찰하여 둘이서 남모르게 주고받는 시선을 발견하거나, 그들이 하는 말에 숨은 의미를 찾거나, 그들에게 엉뚱한 질문이나 상반된 질문을 던져 놀라게 하려고 했으나 별다른 성과를 얻지 못했다. 그간의 경험과 내가 자랑으로 여겨온 세련됨이 내가 바보처럼 굴고 있다는 사실을 말해주었다. 그럼에도 질투보다 더 나쁜 것이 나를 괴롭히고 있었는데, 바로 게임에서 혼자 버려진 듯한 견딜 수 없는 느낌이었다.

끔찍한 게임이어서 더욱 그 느낌을 견디기 어려웠다. 지금의 배신 행위, 가식, 내 등 뒤에서 그녀들 간에 이루어지는 모종의 달콤한 '그것'이 머릿속에 떠오르는 것을 견딜 수가 없었다. 갑자기 내 상상력은 생각하기도 싫은 육체관계의 가능성을 구체적으로 형상화했고, 나를 무슈와 연결해주는 것은 사랑이 아니라 감각의 습관이라고 수천번 되뇌었음에도 멜로드라마에 등장하는 남편처럼 행동할 준비가 되어 있는 자신을 보게 되었다. 폭풍우가 지난 뒤 이런 괴로움에 대해 말하면 그녀는 어깨를 으쓱하며 화낼 가치도 없는, 어처구니없는 일로 치부하고 그런 '동물적인' 반응의 원인을 히스패닉 세계에서 보낸 내 초등교육에 돌릴 것이라는 걸 나는 알고 있었다. 그러나 또다시, 이 버려진 거리의 고요 속에서 나는 의심에 사로잡혔다. 최대한 빨리 집에 도착하기 위해 발걸음을 재촉하며 증거를 발견할까 하는 두려움과 동시에 기대감을 품었다. 그러나 그곳에서는 예상치 못한 장면이 나를 기다리고 있었다. 술판이 벌어진 스튜디오는 왁자지껄했다. 우리처럼 통금으로 인해 새벽부터 자신들의 집에 갇혀 있던 세명의 예술가가 수도로부터 벗어나 방금 전에 도착한 것이었다. 음악가는 너무 하얗고 시인은 너무 라틴아메리카 원주민이고 화가는 너무 검어서, 해먹을 둘러싼 그들을 보는 순간 동방박사를 떠올리지 않을 수 없었다. 무슈는 해먹에 나른하게 누워 마치 경배를 받는 듯 질문에 답하고 있었다. 주제는 하나였다, 빠리. 이제 나는 중세 기독교인이 성지에서 돌아온 순례자에게 질문하듯 그 젊은이들이 내 친구에게 질문하는 것을 지켜보았다. 그들은 무슈가 잘 안다고 자랑한 무슨 학과 지도자의 외모에 대해 지치지도 않고 꼬치꼬치 물어댔다. 무슨무슨 작가가 여전히 어떤 까페를 자주 가는지, 키르케고르에 대한 논쟁을 벌였던 작가들이 다시 화해를 했는지, 아직도 추상화를 옹호하는 이들이 있는지에 대해 알고 싶어했다. 그리고 자신들의 프랑스어와 영어 실력 때문에 내 친구의 이야기를 다 이해할 수 없을 때는 화가에게 그들이 이해하지 못한 일화나 중요한 문장을 통역해줄 것을 눈짓으로 요청했다. 나는 무슈의 영광의 순간을 방해하려고 부러 대화에 끼어들어 그 젊은이들에게 이 나라의 역사와 식민지문학의 첫 등장, 민속 전통에 대해 물었는데, 그들은 이렇게 대화 주제가 바뀌는 것을 좋아하지 않았다. 나는 친구가 말을 계속하지 못하도록 하려고 이번에는 밀림에 가본 적이 있는지 물어보았다. 원주민 시인이 어깨를 으쓱하며 답하길 거기는 아무리 깊이 들어가도 아무것도 볼만한 것이 없고 활과 화살통을 수집하는 수집광 외국인이나 가는 곳이라고 했다. 밀림에는 ── 흑인 화가가 단언하길 ── 문화가 없다고 했다. 음악가에 따르면 오늘날의 예술가는 현재의 사고와 창작이 가장 활발한 곳에서만 살 수 있는데, 스스로 고백하듯 솔페리노, 오베르깡프, 꼬르비사르, 무똥뒤베르네 지하철역이 굵은 파란색 원으로 표시된 따리데 여행 안내서 앞에서 백일몽을 꾸는 데 열중하고 있는 그들의 머릿속에 그려지는 그 도시를 말하는 것이었다. 센강을 가로지르는 거리들 위에 그려진 이 원들 사이로 그물의 끈처럼 얽힌 길들이 그려져 있었다. 곧 생제르맹데프레의 큰 구유 위를 밝히는 별의 인도를 받아 젊은 동방박사들이 그 그물에 걸릴 것이다. 그날의 색깔에 따라 그들에게 침략에 대한 갈망, 자살의 이점, 시체의 뺨을 때리거나 처음 눈에 띄는 행인을 향해 총을 쏠 필요성에 대해 이야기할 것이다. 어떤 망상의 대가는 그들로 하여금 '환희와 공포의 신, 야만과 해방의 신, 출현만으로도 살아 있는 것들을 정신착란 상태로 몰아넣는 미친 신' 디오니소스를 섬기

게 할 것이다, 유럽에 퍼질 공포의 신에 대한 교향곡 9번의 불길한
예시처럼 디오니소스의 호출자인 장교 니체[13]가 독일국가방위군
제복을 입고, 한 손에는 검을 들고 뮌헨 스타일 스탠드 위에 헬멧
을 놓고 초상화를 그리게 했다는 말은 하지 않은 채. 내게는 불 꺼
진 그들의 스튜디오에서 점점 여위고 창백해질 그들의 모습이 보
였다—누렇게 뜬 원주민, 웃음을 잃은 흑인, 세파에 시달린 백인
이—뒤에 두고 온 태양을 점점 잊고서 그물 안에서 정당한 위치
를 차지한 이들을 따라 하려고 필사적으로 노력하는 모습이. 세월
이 흘러 그런 일에 청춘을 헛되이 보낸 후 그들은 풀이 죽어 텅 빈
시선으로 고국으로 돌아갈 터인데, 내가 보기에 지금 천천히 그 가
치를 드러내고 있는 유일한 일, 사물에 이름을 부여하는 아담의 일
을 행할 기운도 없을 것이다. 오늘 밤 그들을 보자 내가 유년기까
지 살았던 이 환경에서 갑자기 뿌리 뽑힌 것이 내게 얼마나 큰 해
를 입혔는지, 우리 세대 사람들이 이론에 빠져 쉽게 현혹되어 미노
타우로스처럼 지적 미로에 갇히게 되는 것이 얼마나 나를 혼란스
럽게 만들었는지 알 수 있었다. 이제는 너무 오래 지녀온 어떤 생
각들에 지쳐 여기저기 모든 사람이 '잘 알고' 매일 이야기하는 것
들, 앞으로 십오년 후면 거부되고 혐오를 불러일으킬 그것들이 아
닌 다른 무언가를 말하고 싶다는 어두운 욕망을 느꼈다. 이때 다시
금 무슈의 집에서 나를 즐겁게 만들곤 했던 토론이 내 귀에 들렸
다. 협곡의 바닥에서 귀가 먹먹하게 끓어오르는 급류 위 이 발코니
에 기대어, 송곳니 사이에 죽음을 감춘 적녹색 알팔파 아래로 기어

13 베토벤의 교향곡 9번에 대해 니체는 저서 『비극의 탄생』(*Die Geburt der Tragödie
   aus dem Geiste der Musik*)에서 공동체 내에서 개성의 장벽이 녹아내리는 디오니소
   스적인 성격에 대해 언급한다.

다니는 땅의 생물들 가까이에서 젖은 건초 냄새를 풍기는 날카로운 공기를 마시는 지금, 손으로 만질 수 있을 것만 같은 이 밤, '근대성'에 관한 어떤 주제는 도저히 견디기 어려웠다. 내 등 뒤에서 말하는 목소리를 다 침묵하게 하고, 안개의 갈보리 저 너머 개구리의 가락이나 귀뚜라미의 날카로운 음색, 달구지 바퀴가 돌아갈 때마다 내는 리드미컬한 소리에 귀 기울이고 싶었다. 무슈는 물론 모든 이에게 짜증이 나서 무언가 쓰고 싶고 작곡하고 싶은 마음에 나는 그 집을 나왔고, 강가를 향해 내려가 도시 제단의 역들을 다시한번 바라보았다. 위쪽에서 화가의 피아노가 이런저런 화음을 만들어내기 시작했다. 이어서 젊은 음악가가 연주를 시작했는데, 건반을 강하게 두드리는 것이 화음 너머 작곡가의 존재를 드러내고 있었다. 세어보니 반복되지 않는 열두개의 음을 연주한 후 다시 처음의 강렬한 안단테의 미 플랫으로 돌아갔다. 내기를 해도 좋다. 무조성無調性이 이 나라에 도착하고, 그 방식대로 이 땅에서 사용되고 있었다. 나는 선술집이 있는 곳까지 내려가 산딸기주를 한잔 마셨다. 뽄초를 두른 마부들이 성 금요일에 도끼로 찍으면 피를 흘리는 나무와, 산에서 해온 장작 태우는 연기를 마시고 죽은 말벌의 배에서 피어난 엉겅퀴에 대해 이야기했다. 갑자기 밤에서 튀어나온 듯한 하프 연주자가 카운터에 다가섰다. 맨발에, 등에는 악기를 메고 손에 모자를 든 채 음악을 좀 연주하겠노라 허락을 구했다. 그는 매년 '성 십자가 발견 축일'이면 성당 앞에서 연주하기로 한 약속을 지키기 위해 멀리 떨어진 뎀블라데라스 지방의 어느 동네에 갔다가 돌아오는 길이었다. 지금은 그냥 연주의 대가로 아가베주 한잔을 원할 뿐이었다. 주위가 조용해지자 하프 연주자는 의식을 행하는 사람처럼 엄숙하게 줄 위에 손을 얹고 전주의 영감에 자신을 맡기며 손가락을 풀었는데, 감탄이 절로 나올 지경이었다. 장엄하고 광대한 화음이 중간중간 들어간 엄숙하게 고안된 레치타티보[14]에는 중세 시대 오르간 서곡의 축제 분위기가 자아내는 위엄을 떠올리게 하는 무언가가 있었다. 그와 동시에 멋대로 조율된 시골 악기인지라 연주자가 일부 음을 제외하고 연주할 수밖에 없었고 이로 인해 고대의 방식과 종교적 음색을 훌륭하게 구사하며 진정 원초적인 길을 따라 현대의 몇몇 작곡가들을 따르는 것 같은 인상을 주었다. 그런 즉흥성이 오르간과 비우엘라[15], 류트의 전통을 상기시키며 연주자의 발목 사이에 놓인 원뿔 모양의 울림상자에서 새로운 생명의 박동을 발견하고 있었다. 그후에는 춤이 이어졌다. 현기증 나는 움직임의 춤, 전에 보지 못한 양식의 체계 속에서 두 박자 리듬이 세 박자 아래로 자유롭게 흘렀다. 집으로 올라가 젊은 작곡가의 귀를 잡아끌고 와서 이곳 음악의 유익한 점을 배우도록 했으면 하는 충동이 일었다. 그러나 그때 망토를 두른 야간 순찰대가 손전등을 비추며 도착해 술집 문을 닫을 것을 명했다. 이곳에도 며칠간 해가 지면 통행금지가 시행될 것이라는 사실을 알게 되었다. 캐나다 여자와의 동거—나로서는 불쾌한—가 더 지속될 것이라는 사실에 나는 곰곰이 더 생각하고 결정을 내리게 되었다. 로스 알또스에서 출발하는 버스를 타고 항구로 가면 강을 따라 남쪽 밀림으로 갈 수 있다. 우리는 내 친구가 생각해낸 이 사기극을 계속하진 않을 것인데, 매 순간 상황에 반하기 때문이다. 혁명으로 인해 환율이 바뀌면서 돈이 꽤 많아졌다. 한마디로 가장 간단하고 깨끗하며 흥미로운 일은 내게 남은 휴가 기간을 대학과 큐레이터와

---

14 recitativo. 오페라나 칸타타, 오라토리오 등에서 대사를 말하듯 노래하는 형식.
15 vihuela. 기타 모양으로 생기고 류트처럼 조율하는 15세기 에스빠냐의 현악기.

의 약속을 지켜, 주어진 임무를 정직하게 완수하는 것이었다. 결심이 바뀔 여지를 남기지 않기 위해 나는 선술집 주인으로부터 새벽에 출발하는 버스표 두장을 샀다. 무슈가 뭐라고 할지는 중요하지 않았다. 처음으로 내 의지를 관철할 수 있다는 자신감이 들었다.

제3장

길을 걷고, 얼굴을 드러내고 말하며 삼킨 것을 토해내고
자신의 짐을 내려놓을 시간이 올 것이다……
— 칠람발람의 책[1]

8

(6월 11일)

말다툼은 자정을 한참 넘겨서도 계속되었다. 무슈는 갑자기 감기 기운이 있다며 내게 이마를 짚어보라고 했는데, 열이 있기는커녕 오히려 차가웠으나 그녀는 오한이 난다고 불평했고, 목이 아파서 정말로 기침이 날 때까지 잔기침을 해댔다. 나는 그녀를 무시하고 짐을 싸기 시작해 동트기 전에 버스에 올랐는데, 차 안은 담요를 걸치고 수건을 목도리처럼 두른 이들로 이미 만원이었다. 내 여

---

1 *El libro de Chilam-Balam*. 주로 17, 18세기 마야의 전통 지식을 담은 책. 마야어와 라틴 알파벳을 이용해 수기로 적었으며 역사, 종교, 문학, 천문학, 의학 지식과 예언 등을 담고 있다.

자친구는 버스 출발 직전까지 캐나다 여자와 길어야 이주 정도 걸 릴 여행 후에 수도에서 만날 것을 약속하느라 정신이 없었다. 마침 내 버스가 출발했고, 새벽안개 너머 포플러 나무가 희미한 그림자 로 보이는 산맥 속으로 들어섰다. 무슈가 몇시간 동안은 아픈 척할 것이고 처음에는 아픈 시늉을 하다가 나중에는 진짜 그렇다고 믿 게 될 것을 알기에, 나는 내 어깨에 기대어 숨소리를 내며 잠든 그 녀에 대해서는 잊어버리고 혼자 최대한 볼거리를 즐기기로 작정 하고는 나만의 세계에 빠져들었다. 수도에서 로스 알또스까지 이 르는 여정은 내게 생각했던 것 이상으로 깊게 뿌리내린 생활방식 과 맛, 단어들, 사물들과 재회함으로써 유년기로 시간을 거슬러 올 라가는—사춘기와 그 시작으로 회귀하는—것과 같았다. 석류와 항아리, 금궤, 소나무,[2] 박하풀이 있는 안뜰과 파란 손잡이가 달린 문이 다시 내게 말을 걸어왔다. 하지만 접촉으로만 알던 세상을 뒤 로했을 때처럼, 눈앞에 펼쳐지는 이미지들 너머 이제 다른 세계가 펼쳐지고 있었다. 동이 트면서 초록빛으로 물들어가는 뿌연 안개 에서 벗어나면 내게 새로운 발견의 시간이 시작될 것이다. 버스가 언덕을 오르고 있었다. 온 힘을 다해 올라가는 길, 차축에선 금속음 이 들리고 북풍이 먼지를 털어내는 절벽 길을 따라 덜컹거리며 가 자니 오르막길 하나를 지날 때마다 뒤틀리는 버스 차체가 말할 수 없는 고통을 견뎌내고 있는 것만 같았다. 붉은색 지붕의 가련한 버 스가 거의 수직으로 늘어선 협곡의 측면 사이 바위에 부딪히며 억 지로 바퀴를 굴려 올라가고 있었다. 산이 점점 커져갈수록 점점 작 아지는 처량한 모습. 산은 커져만 갔기 때문이다. 이제 태양이 정

---

2 에스빠냐 카드놀이에 등장하는 네가지 무늬.

상을 비췄는데, 협곡 사이에서 끝없이 휘몰아치는 바람에 맞서 날을 세운 거대한 검은색 도끼처럼 늘어선 봉우리는 더 뾰족하고 위협적인 모습으로 변해갔다. 주위의 모든 것이 새로운 비율을 확립하며 규모를 확장하고 팽창시켰다. 그렇게 굽이굽이 돌고 돌아 올라간 끝에 마침내 정상에 도착했다고 생각했을 때, 얼음 봉우리 사이로 이제까지의 높이는 아무것도 아닌, 더 가파른 언덕이 나타났다. 끈질기게 올라가는 버스는 계곡 깊숙한 곳에서 더욱 작아져 바위라기보다는 둥근 뒷다리를 지닌 벌레 같아 보였다. 이제 날이 밝았고 부싯돌 모서리처럼 가파른 봉우리 사이, 날카로운 바람에 흐트러진 하늘에 구름이 휘날리고 있었다. 검은 도끼날 같은 봉우리와 휘몰아치는 바람, 더 높은 언덕 위로 화산이 나타나자, 마치 오래전 식물의 권위가 사라진 것처럼 우리 인간의 위엄도 사라졌다. 흙이 없는 땅에 붙어 있는 석탄 꽃처럼, 이끼처럼, 잿빛 가시의 선인장 같은 존재만이 살아남은 사막에서 우리는 말도 못 하고 굳은 얼굴을 한 보잘것없는 존재였다. 우리의 등 뒤 저 아래로 구름이 머무르며 계곡에 그림자를 드리우고 있었다. 그리고 그 구름들 위로, 자신의 잣대로 사물을 규정하는 인간은 결코 보지 못할 또다른 구름이 있었다. 우리가 있는 곳은 전설적인 서인도제도의 척추 부분으로, 날카로운 봉우리 사이 눈雪을 삼키는 물고기의 입 모양을 닮은, 초승달 모양의 안데스 산마루가 대양에서 대양으로 건너려고 하는 바람을 막고 서 있는 곳이었다. 이제 무시무시한 어둠에 싸인 화석화된 동물처럼, 슬픈 바위로 된, 지질 잔해로 가득한 분화구의 가장자리에 도착했다. 무리 지어 늘어선 산봉우리 앞에 서자 고요한 두려움이 나를 엄습해왔다. 믿기 어려울 정도로 길 이쪽저쪽에서 제각기 피어오르는 안개의 신비로움을 보자, 그 희미하게 비치는 안개 아래쪽은 우리와 우리가 두고 온 땅 사이의 거리만큼 멀고 깊을 수도 있겠다는 생각이 들었다. 여기, 산봉우리를 하얗게 뒤덮은 요지부동의 얼음덩어리에서 생각하는 땅은 이곳의 짐승과 나무, 바람과 더불어 뭔가 다르고 멀게만 느껴졌다. 인간을 위해 만들어진 세계, 밤마다 심연에서 으르렁대는 폭풍에 끄떡하지 않는 곳. 겹겹의 구름이 진정한 우리의 땅으로부터 이 검은 자갈로 된 황무지를 갈라놓고 있었다. 이 용암의 치맛자락, 산꼭대기의 잔해에서 모든 형태 속에 도사린 고요한 지구의 위협에 지친 나머지, 우리가 탄 초라한 물건이 몇시간 만에 처음 보는 내리막길로 꺾어지며 전보다 덜 힘겨워하는 걸 보자 큰 안도감을 느꼈다. 산속의 다른 경사면에 도달했을 때 버스가 급정차했다. 급류 위에 놓인 작은 돌다리 한가운데였는데 얼마나 높은지 수면은 보이지도 않고 요란하게 떨어지는 물소리가 공포스러울 정도였다. 푸른 모포를 두른 한 여인이 경계석 위에 앉아 있었고 바닥에는 우산과 보따리 하나가 놓여 있었다. 사람들이 말을 걸었으나 그녀는 대답이 없었고, 정신이 나간 듯 멍한 눈빛으로 입술을 파르르 떨면서 동여맨 붉은 수건의 매듭이 풀려 삐져나온 머리칼을 천천히 흔들고 있었다. 함께 여행하던 이들 가운데 한사람이 다가가 약초로 만든 알약 하나를 그녀의 입에 억지로 넣고 삼키게 했다. 여인이 알겠다는 듯 천천히 씹기 시작했고 그 눈빛에 조금씩 생기가 돌기 시작했다. 마치 아주 먼 곳에서 돌아와 세상을 발견하고 놀라는 것처럼 보였다. 여인은 나를 아는 사람처럼 빤히 바라보더니 경계석에 기대어 겨우 일어섰다. 그 순간 우리 머리 위 저 멀리서 산사태 소리가 나면서 분화구 바닥에서 피어오르던 안개가 소용돌이쳤다. 여인은 갑자기 정신을 차린 듯 외마디 비명을 지르며 내게 매달려 가냘픈 목소리로 자신을 죽게 내버려두지 말라고 애원했다. 부주의하게도 그녀는 행선지는 다르지만 고산지대의 위험 요소를 잘 알 것이라 믿었던 다른 일행을 따라 이곳까지 왔고, 이제야 자신이 죽을 수도 있다는 상황을 깨닫게 된 것이다. 버스까지 힘겹게 발걸음을 옮긴 그녀는 그곳에서 알약을 마저 삼켰다. 버스가 아래로 길을 더 내려가 공기층이 두꺼워졌을 때 누군가 그녀에게 사탕수수로 만든 소주 한잔을 건넸고 이것이 곧 그녀의 두려움을 사라지게 해주었다. 버스 안에는 이 길에서 죽어간 이들의 일화가 넘쳐났는데, 마치 흔한 일상을 이야기하듯 즐겁게 이런 이야기를 했다. 어떤 이는 반세기 전부터 그 화산 입구 가까이에 있는 얼음 속에 쇼윈도처럼 악천후로 인해 죽은 과학자들 여덟명이 갇혀 있다고 주장했다. 죽음이 정지시킨 그대로 삶이 멈춘 채, 둥글게 앉아 투명한 데스마스크처럼 그들의 얼굴을 가린 크리스털 아래 시선을 고정하고 있다고 말이다. 이제 우리는 빠르게 산을 내려가고 있었다. 산을 오를 때 아래에 보이던 구름은 다시 우리 위로 가 있었고, 안개가 사라지자 아직은 먼 골짜기의 모습이 보이기 시작했다. 인간의 땅으로 돌아가는 것이었고, 차가운 바늘로 찌르는 듯 공기를 들이켜던 숨쉬기도 이제 정상적인 리듬을 되찾고 있었다. 강에 둘러싸인 작은 원형의 고원 위에 문득 마을 하나가 나타났는데, 좁고 구불구불한 길이 모이는 광장 주변의 지붕 모양 때문에 바로크풍 성당임에도 불구하고 내 눈에는 까스띠야 스타일로 비쳤다. 한마리 당나귀의 울음소리가 첫장에 나귀 그림이 그려져 있던 초등학교 3학년 국어책에 등장하는 엘 또보소를 떠올리게 했는데, 지금 보고 있는 집들과 묘하게 닮았다. "그다지 오래지 않은 옛날, 이름까지는 기억하고 싶지 않은 라만차 지방의 어느 마을에 창꽂이에 꽂힌 창과 낡은 방패, 야윈 말, 날렵한 사냥개 등을 가진 시골 귀족이 살고 있었다."[3] 담임선생님이 스무마리 짐승 같던 우리에게 힘들여 외우게 했던 것을 지금도 기억하고 있다는 사실이 자랑스러웠다. 그러나 전에는 문단 전체를 다 외우고 있었는데 이제는 '날렵한 사냥개'에서 더 나아가질 못한다. 내가 잊어버렸다는 사실에 약이 올라 외우던 라만차 지방으로 몇번이나 되돌아가 다음 문장을 기억하려 애쓰고 있을 때, 안개 속에서 우리가 구출한 여인이 우리가 지나야 할 산의 측면에 난 넓은 굽잇길을 가리키며 그곳 지명이 '라 오야'[la Hoya]라고 했다. "그는 양고기보다 쇠고기를 조금 더 넣어서 끓인 전골 요리[4]를 좋아했는데, 밤에는 주로 살삐꼰 요리를, 토요일에는 기름에 튀긴 베이컨과 계란을, 금요일에는 완두콩을, 일요일에는 새끼 비둘기 요리를 먹느라 재산의 사분의 삼을 소비했다." 거기서 또다시 멈췄다. 그러나 이제 나의 관심은 '라 오야'라는 단어를 때맞춰 말해준 여인에게로 향했고, 호감을 가지고 그녀를 바라보았다. 내가 있는 곳에서는 그녀의 얼굴이 절반도 보이지 않았는데, 고집스레 휜 긴 눈썹 아래 관자놀이를 향해 치켜진 깊은 눈, 그 아래 돌출된 광대뼈가 보였다. 이마에서 코까지의 옆모습은 순수함의 그림을 그리고 있었으나 고집스럽고 자존심 강해 보이는 선 아래 입은 예상치 못하게 도톰하고 감각적이었으며, 귀로 이어지는 뺨은 말랐고 여기저기 빗살 핀으로 고정해 묶은 검은 머리카락이 눈에 들어왔다. 여러 인종의 피가 섞인 여인임이 분명해 보였다. 머리카락

---

3 미겔 데 세르반떼스(Miguel de Cervantes)의 소설 『돈 끼호떼』(*Don Quixote*)의 도입부. 다음 인용문도 이어지는 『돈 끼호떼』의 구절이며 엘 또보소(El Toboso)는 『돈 끼호떼』에 등장하는 까스띠야 라만차 지방의 마을이다.

4 에스빠냐어로 '라 오야'(la olla). 앞에 나온 지명과 발음이 같다.

과 광대뼈로 봤을 때는 원주민, 이마와 코는 지중해 혈통, 튼튼하고 둥근 어깨, 보따리와 우산을 짐칸에 올리기 위해 일어섰을 때 본 특유의 넓은 둔부는 흑인의 특징을 드러냈다. 이 살아 있는 다양한 혼종의 증인이 자신만의 고귀함을 간직하고 있다는 것은 확실했다. 그녀의 새까만, 놀라운 눈을 보자 관자놀이에 원이 그려진, 정면을 똑바로 응시하는 고풍스런 프레스꼬화의 인물들이 생각났다. 그런 이미지의 조합이 나로 하여금 크레타의 빠리지엔[5]을 떠올리게 했고, 나는 이 황무지와 안개 속에서 나타난 여인이 수세기 동안 지중해 연안에서 혼합된 인종보다 더 혼혈인은 아니라는 것을 깨닫게 되었다. 오히려 초기에 아메리카 대륙 주요 도시에서 대량으로 이루어진 켈트족과 흑인, 라틴계, 원주민에서 '새로운 기독교도들'까지 이르는 인종들의 혼합보다는, 혈통의 이식 없는 특정 소수 인종의 혼합이 더 나은 것은 아닐까 나는 자문해보았다. 왜냐하면 이곳에서는 실제로 율리시스의 항해 이야기처럼 혈연 간에 피가 섞인 것이 아니라 수천년간 서로의 존재조차 몰랐던 인류의 위대한 종족들, 멀리 떨어져 있고 너무나 다른 종족들 간의 만남이 이루어졌기 때문이다.

갑자기 세차게 비가 내리며 차창을 두드렸다. 평온한 환경으로 돌아오자 여행객들은 졸기 시작했다. 과일을 좀 먹은 후 나도 잠을 청하려 했는데, 이 여행을 시작한 지 일주일이 지나자 청소년기에나 가능했던 아무 때나 잠드는 능력을 회복했다는 것을 새삼 깨달았다. 오후 늦게 잠을 깼을 때는 서늘한 숲의 그늘 아래 산등성이에 석회암으로 지은 집들이 있는 마을에 도착해 있었다. 나무 꼭

---

5 그리스 크레타섬의 크노소스궁 유적지에서 발견된 소녀의 초상화의 별칭.

대기부터 늘어진 덩굴이 물안개를 뿌리는 길 위에 흔들렸다. 산의 긴 그림자에 이끌려 밤이 산비탈을 올라가고 있었다. 무슈가 기진맥진하여 내 팔을 붙잡고 고도 변화 때문에 너무 힘든 일정이었다고 말했다. 그녀는 머리도 아프고 열이 나서 약을 먹고 당장 눕고 싶어했다. 기껏해야 세면대와 물항아리 정도가 장식의 전부인 회칠한 여관방에 그녀를 눕히고 나는 벽난로에서 장작이 타고 있는 여관 식당으로 내려갔다. 염소젖으로 만들어 냄새가 고약한 치즈와 옥수수 수프를 먹은 후 따뜻한 벽난로 옆에서 느긋한 행복감을 맛보았다. 이리저리 흔들리며 춤추는 불길을 바라보고 있을 때 식탁 건너편에 앉는 누군가의 실루엣이 그림자를 드리웠다. 그날 아침 구조된 여인이었는데, 그때와 달리 제대로 갖춰 입고 와서 나는 그녀의 차림새를 흥미롭게 훑어보았다. 아주 잘 입은 것도 못 입은 것도 아니었다. 유행이나 시대를 벗어난, 파란색 자수와 주름, 리본으로 장식된 조합이었는데, 모두 깨끗하게 풀을 먹여 새 트럼프 카드처럼 빳빳했고 로맨틱한 문양이 수놓여 있었다. 게다가 가슴에는 짙은 푸른색 벨벳 리본을 달고 있었다. 내가 모르는 요리를 시켜서 조용히, 마치 심각한 고민에 빠진 듯 시선을 내리깐 채 천천히 먹기 시작했다. 시간이 조금 흐른 후 내가 용기를 내어 그녀에게 말을 걸어 알아낸 사실은 그녀가 우리와 한동안 여정을 함께할 것이라는 거였다. 그녀는 이 나라의 반대편 끝에서 사막과 황무지를 건너고 무수한 섬의 호수를 가로지르고 밀림과 평원을 지나왔는데, 병든 아버지에게 「14인의 성인들」[6] 그림을 가져다드리기 위

---

6 중남미 가톨릭 신자들이 몸이 아프거나 가족 간 불화 등의 고통이 생기면 기도하는 성인들. 아까시오(Acacio), 바르바라(Bárbara), 블라스(Blas), 끄리스또발(Cristóbal), 에라모스(Eramos), 알레한드리아의 까딸리나(Catalina de Alejandría)

해서였다. 이 그림에 대한 신앙을 통해 그녀의 가족은 진정한 기적을 체험했는데, 지금까지는 좀더 화려한 제단에 걸어둘 만한 재력을 가진 고모에게 그림이 맡겨져 있었다는 것이다. 식당에 우리 둘밖에 없었기에 호기심이 발동한 그녀는 기분 좋은 야생초 향기가 나는, 구석자리에 있는 서랍장에 다가갔다. 오일과 식초가 담긴 병들과 함께 서랍 앞에 식물의 이름이 붙어 있었다. 그 젊은 여인은 내게로 다가와 마른 잎과 이끼, 줄기를 손바닥에 놓고 비비며 냄새를 맡아 각각을 구분하고 그 성분의 효능을 자랑스레 설명하기 시작했다. 가슴 통증을 완화시키는 세레나다 알로에, 머리칼을 탄력 있게 만드는 장미 덩굴풀, 기침에 좋은 배초향, 불운을 물리치는 바질, 기억도 나지 않는 갖가지 병에 쓰는 곰의 약초, 안젤로, 덩굴선인장과 러시아 소나무 들이었다. 그 여인은 마치 안절부절못하는 고위 관리가 지키는 가깝고도 신비한 왕국의 항상 깨어 있는 생물인 양 그 야생초들에 대해 말했다. 그녀의 입을 통해 식물들은 말하고 그들의 권능에 대해 떠들어댔다. 숲에는 주인이 있었다. 한 발로 껑충껑충 뛰어다니는 천재로, 나무 그늘 아래에서 자라는 그 무엇도 비용을 내지 않으면 가져가지 못하게 했다. 치료용 새싹이나 버섯, 칡을 찾기 위해 숲에 들어가면 인사와 함께 오래된 그루터기 뿌리 부분에 동전을 두고 허락을 구해야 한다. 나갈 때도 다시 정중하게 인사를 해야 하는데, 수천개의 눈이 나무껍질과 잎 사이로 우리의 행동을 감시하고 있기 때문이다.[7] 그녀가 난로에 떫은 향이

등이다.

7 아프리카 신앙과 가톨릭교의 혼합으로 미신을 믿는 아프로꾸바 신앙 산떼리아(Santería)의 신화와 그 신화에서 한 발을 가진 신으로 그려지는 오사인(Osaín) 또는 오리차스(Orichas)에 대한 언급이다.

나는 풀 한줌을 던지는 순간 그림자에 의해 이목구비에 짙게 음영
이 드리우면서 갑자기 내 눈에 그녀가 아주 아름다워 보였는데, 왜
였는지는 모르겠다. 내가 막 가벼운 칭찬의 말을 던지려 할 때 그
녀가 갑자기 인사를 하며 불에서 멀어졌다. 나는 혼자 남겨져 불을
바라보았다. 불을 바라보지 않은 지 무척 오래였다.

9

(얼마 후)

불 앞에 혼자 머무른 지 얼마 되지 않아 거실 한구석에서 희미한
소리가 들렸다. 누군가 옥수수와 오이가 있는 식탁 위에 낡은 구식
라디오를 켜둔 채 나가버린 것이다. 라디오를 끄려는 순간 내가 지
겹도록 잘 아는 호른 5도화음이 흘러나왔다. 며칠 전 콘서트홀에서
나를 도망치게 만든 바로 그 곡이었다. 하지만 장작이 불똥을 튀기
며 타오르고 천장의 서까래 사이에서는 귀뚜라미가 울어대는 오늘
밤에 다시 들으니 무언가 신비롭고 고귀하게 와닿았다. 낯모르는
무명의, 보이지 않는 연주자들이 추상적인 문서의 해설자 같았다.
봉우리를 지나 이제 산어귀에서 마주치는 텍스트는 어디서 왔는지
도 알 수 없는, 음표가 아니라 내 안에서 생긴 메아리 소리에서 만
들어지는 것이었다. 나는 얼굴을 가까이 대고 귀를 기울였다. 호른
5도화음이 제2바이올린과 첼로의 삼연음부로 활력을 띠었다. 제
1하프와 비올라에서 떨어지는 듯한 두 음이 그려지면서 무기력하
던 곡이 갑작스레 분출되는 힘 앞에 도망치려는 초조함으로 바꿔

었다. 그러고는 폭풍 같은 그림자의 분출 속에 교향곡 9번의 첫 테마가 흘러나왔다. 단호한 음조를 듣고 안도의 한숨을 내쉰 것도 잠시, 현악기 소리가 빠르게 잦아들고 쌓아올렸던 것이 마술처럼 무너지면서, 막 만들어지고 있는 악구의 불안이 엄습해왔다. 여전히 갈 길을 찾아 머뭇거리다 크레센도 기호에 맞춰 점점 강하게 울려퍼지는 음악을 듣자, 꿈틀대는 기억의 저장고와 함께 오랫동안 그 존재를 지워버리고자 했고 헛되이 회피하려 했던 음악이 내게로 돌아왔다. 호른의 금속음이 현악기와 어우러질 때마다 끝이 뾰족한 턱수염을 기른 아버지가 악보를 읽기 위해 상체를 앞으로 기울이는 모습이 떠올랐다. 아버지가 구리로 만든 악기의 마우스피스에 입술을 댈 때면 코린트식 기둥머리 장식이 연상되곤 했다. 오보에 연주자는 빼빼 마른 홀쭉이로, 트롬본 연주자는 유쾌한 뚱보로 만드는 독특한 모방성 덕분에 아버지는 구리 음색의 목소리를 가지게 되었고, 그 소리는 당신 곁의 대나무 의자에 나를 앉히고 귀한 전통 악기를 그린 판화를 보여줄 때 특유의 콧소리로 떨려 나왔다. 비잔틴의 뿔피리와 로마의 부치나, 사라센의 아냐필[8]과 붉은 수염의 프리드리히[9]의 은으로 만든 튜바가 그것들이었다. 아버지에 따르면 여리고 성벽[10]은 호른 소리에 의해서만 무너질 수 있었는데, 에스빠냐어 철자 에레[11]를 굴려 발음하는 호른이라는 이름은 아버지의 입에서 청동의 무게감을 더했다. 독일어권 스위스의 음

---

8 부치나(buccina)는 고대 로마군에서 쓴 호른과 비슷한 형태의 금관악기. 아냐필(añafil)은 트럼펫처럼 생긴 아랍의 고전 악기 나피르(nafir)를 에스빠냐 안달루시아 지역에서 부르던 이름이다.

9 신성로마제국의 황제 프리드리히 1세(Friedrich I)를 가리킨다.

10 성경에 따르면 팔레스타인 도시 여리고의 성벽이 여호수아가 이끄는 제사장들이 부는 나팔 소리에 무너졌다.

악원에서 공부한 아버지는 검은 숲 슈바르츠발트에서 울려퍼졌던 사냥용 뿔피리에서 유래한 금속음을 내는 악기 호른의 우월함을 강조하곤 했는데, 경멸 섞인 어조로 프랑스어로 '꼬르'(le cor)라고 부르는 것과는 다르다고 했다. 프랑스에서 가르치는 기술은 이 남성적인 악기를 여성적인 목재에 맞추었다는 평가였다. 이를 증명하기 위해 아버지는 악기의 주둥이 부분을 올리고선 마치 천사들이 심판의 날에 트럼펫을 불듯 안뜰의 담을 향해 지크프리트[11]의 테마를 연주했다. 사실 내가 바다 건너편에서 태어나게 된 것은 글라주노프의 「라이몬다」[12]의 사냥 장면 덕분이었다. 마드리드 왕립 극장의 바그너 오페라 공연 기간 중에 터진 사라예보의 암살 사건[13]에 놀란 아버지는 예상치 못했던 독일과 프랑스 사회주의자들에 대한 체포에 분노하여 썩은 구대륙을 버리기로 하고 안나 빠블로바[14]의 서인도제도 순회공연의 제1호른 주자 자리를 받아들였다. 어머니가 흑인 요리사와 함께 바쁘게 움직이면서, 고양이씨가 금으로 만든 의자에 앉아 회갈색 고양이의 조카인 살쾡이와 결혼할 것인지 질문을 받는 「고양이씨」 동화를 들려주는 동안, 이해하기 어려운 혼인 관계의 감성적 결과물인 나는 커다란 타마린드 나무가 그늘을 드리운 뜰에서 기어다니는 것으로 인생의 첫 모험을

---

11 Siegfried. 바그너(Wilhelm Richard Wagner)의 오페라 「니벨룽의 반지」 중 제3부의 제목이자 등장인물.

12 Раймонда. 1898년 초연된 러시아 작곡가 글라주노프(Александр Глазунов)의 발레 작품.

13 1914년 6월 28일 보스니아헤르체고비나의 도시 사라예보에서 세르비아 민족주의자가 오스트리아의 황태자 페르디난트 부부를 살해한 사건. 1차대전의 발발 계기로 알려져 있다.

14 Анна Павлова(1881~1931). 러시아의 유명 발레리나로 20세기 초 세계 순회공연을 하며 유럽과 북미 무용 발전에 큰 영향을 미쳤다.

시작하게 되었다. 전쟁이 계속되면서 북풍이 부는 겨울의 오페라 시즌에나 찾는 이가 있을 정도로 연주자에 대한 수요가 적어지자 아버지는 어쩔 수 없이 작은 악기점을 열게 되었다. 아버지는 때로 자신이 연주하던 교향악단에 대한 향수에 젖어 진열장에서 지휘봉을 꺼내 교향곡 9번의 악보를 펼치고 상상 속의 악단을 지휘하기 시작했다. 니키슈나 말러의 제스처를 따라 하고, 타악기나 베이스, 금관악기 소리를 크게 흉내 내며 곡 전체를 노래했다. 어머니는 사람들이 남편을 미친 사람 취급할까봐 황급히 창을 닫았는데, 그래도 술을 마시거나 도박을 하는 것이 아닌 한 조금 기괴해 보일지라도 남편이 무엇을 하든 받아들여야 한다는 오랜 라틴아메리카식 온유함으로 이를 받아들였다. 아버지는 바리톤의 목소리와 엄숙하고 서글픈 동시에 우쭐대는 동작으로 악곡의 끝부분을 읊조리기를 즐겨 했다. 빠른 두 음계가 오케스트라를 두들기기라도 하는 듯한 도입부의 시작을 알렸다. 그후엔 고요가 찾아왔다, 곧 귀뚜라미와 잉걸불의 장작 타는 소리에 자리를 내주는 고요가. 그러나 나는 초조하게 스케르초[15]의 급격한 시작을 기다리고 있었다. 오직 음악에 빠져 제2바이올린이 그리는 악마적 아라베스크에 나를 맡겼는데, 바그너가 표기의 실수를 만회하고자 베토벤풍 악보에 적어넣은 호른 더블링 화음이 다시금 나를 아버지 옆에 앉게 했다. 푸른 벨벳 재봉틀에 앉아 고양이씨 동화와 맘브루 로만세, 메르세데스의 죽음을 맞은 알폰소 12세의 눈물에 대한 이야기를 노래로 불러주던 어머니가 이미 우리 곁에 없던 시절이었다. "네명의 공작이 알다비 거리로 그녀를 데려갔다네."[16] 하지만 그런 밤의 마지막은 신앙심

---

15 scherzo. 소나타나 피아노 조곡처럼 다른 곡의 일부로 혹은 독립적으로 연주되는 음악곡.

깊은 어머니가 벽장에 오랜 시간 간직해둔 루터 성경을 읽는 걸로
끝나곤 했다. 홀아비 생활로 그늘지고 거리에서 어떤 치유법도 찾
지 못하는 외로움으로 고통받던 아버지는 내가 태어난 그 뜨겁고
소란스러운 도시에서 벗어나 북미로 떠났고 얼마 안 되는 돈으로
다시 가게를 열었다. 전도서와 시편을 묵상하던 아버지의 마음에
서 예기치 못했던 그리움이 깨어났다. 내게 교향곡 9번에 귀 기울
이던 노동자들에 대해 이야기하기 시작한 것이 그때였다. 이 대륙
에서의 실패가 점차 저 높은 곳, 축제로 가득한 신전인 유럽에 대
한 그리움으로 변하고 있었다. 신세계라 부르는 이곳은 그에게 있
어 역사도 없는, 지중해의 위대한 전통과는 거리가 먼 원주민과 흑
인 들의 땅, 위대한 유럽의 찌꺼기들이 사는 곳이었다. 군악대의 피
리 소리가 들리면 삼각 모자를 쓴 경찰들이 창녀들을 배에 태워 뉴
올리언스로 보낸 이야기도 빼놓을 수 없었다. 이 마지막 디테일은
유명한 오페라의 한 장면처럼 느껴졌다. 이와 대조적으로 애국심
에 차서 구대륙의 조국을 기리며 경탄으로 가득한 내 눈앞에 하이
델베르크 대학[17]을 묘사하기도 했다. 나는 담쟁이덩굴로 뒤덮인 유
서 깊은 대학을 상상할 수밖에 없었다. 상상 속에서 나는 천상의
테오르보 콘서트에서 게반트하우스[18]로, 미네징거[19]의 콩쿠르에서

---

16 에스빠냐의 국왕 알폰소 12세(Alfonso XII)는 1878년 사촌 메르세데스와 결혼
했으나 식을 올린 지 얼마 지나지 않아 아내가 사망했다. 인용구는 작자 미상의
아름다운 시 「알폰소 12세여 어디로 가는가?」의 한 구절로, 이 시는 대부분의 구
절이 다음과 같이 시작한다. "알폰소 12세여, 슬픔에 빠져, 어디로 가는가?/어제
저녁 때 보지 못한 메르세데스를 찾으러 가네./메르세데스는 죽었는데, 내가 죽
은 것을 보았는데./네명의 공작이 알다비 거리로 그녀를 데려갔다네."
17 1306년 선제후 루프레히트 1세(Ruprecht I)가 설립한 독일에서 가장 오래된 대
학. 슈피텔러와 딜타이, 베버 등 여러 위대한 인물이 이 대학을 거쳐갔다.
18 바흐 시대 독일에는 콜레기움 무지쿰(collegium musicum), 즉 비공식 음악가

104

포츠담의 콘서트로 옮겨다니며 여러 도시의 이름들을 외웠는데, 내 머릿속에서 이 이름들은 독일 본의 황토와 석회, 청동이나 이딸리아 시에나의 백조 깃털의 신기루를 불러일으켰다. 그러나 어떤 원칙의 수립이 최고의 문명을 존재하게 한다고 믿었던 아버지는 무엇보다 인간의 거룩한 삶에 대한 존중을 강조했다. 아버지는 조용히 작업실에 앉은 채 아무도 감히 거스르지 못했던 군주를 떨게 만든 작가들에 대해 이야기했다. 「나는 고발한다」[20]의 문구나 라테나우[21]의 활약, 미라보 앞에서 루이 16세의 항복을 받아낸 여인들에 대한 이야기는 언제나 거침없는 진보와 점진적 사회주의화, 집단문화에 대한 사고로 이어졌고, 마지막에는 13세기 주교좌성당이 있는 아버지의 고향에서, 계몽된 노동자들이 공공도서관에서 여가시간을 보내고, 일요일이면 가족과 함께 미사 대신 교향곡 9번을 — 그곳에서는 미신 대신 과학을 숭배했기에 — 들으러 가는 것에 대해 이야기했다. 그렇게 나는 어려서부터 상상의 눈을 통해 파란 셔츠와 코듀로이 바지를 입고 위대한 베토벤 교향곡에 감명받는 노동자들을 보았다. 어쩌면 바로 이 트리오, 점점 커지는 첼로와 비올라 소리의 감싸안는 듯 열정을 담은 이 연주를 듣고 있었는지도 모르겠다. 그리고 이 상상의 마력이 워낙 커서, 아버지가 돌아가셨을 때 나는 소나타와 다른 악보들을 경매에 내놓아 마련한 얼마

그룹이 존재했는데 시간이 흐르면서 이들 그룹은 게반트하우스(Gewandhaus Konzert)로 바뀌었다.

19 Minnesingers. 11~14세기에 활동한 독일의 음유시인들.

20 1898년 프랑스 작가 에밀 졸라(Émile Zola)가 반역죄로 수감된 알프레드 드레퓌스를 변호하며 그에게 누명을 씌운 프랑스 당국을 고발한 유명한 글.

21 Walther Rathenau(1867~1922). 독일의 경제학자이자 정치가. 1차대전 당시 전시경제를 조직했고 전후에는 외무장관으로서 독일의 외교적 고립 해소에 수완을 발휘했다.

안 되는 유산을 끌어모아 내 뿌리를 찾고자 했다. 어느 좋은 날, 다시는 돌아오지 않겠다고 다짐하며 대양을 건넜다. 그러나 나중에 농담처럼 말하게 되는 아름다운 건물의 외관에 대한 숭배가 끝나자 아버지의 가르침과는 사뭇 다른 현실과 맞닥뜨리게 되었다. 교향곡 9번에 눈 돌리기는커녕, 사람들의 지적 활동이라고는 나무로 만든 개선문이나 오래된 태양신을 상징하는 토템 기둥 아래 펼쳐지는 행렬을 바라보는 것뿐이었다. 고대 신전의 대리석과 청동을 커다란 합판, 일회용 보드와 금색 골판지로 된 상징물로 대체한 것은 확성기를 통해 떠벌리는 말을 듣는 이에게 경고하기 위한 것이라고 나는 생각했다. 그러나 그런 것 같지도 않았다. 각자가 모두 스스로를 기득권층이라고 여겼고, 많은 이가 신의 오른편에 앉아 미래를 예견하지 못했다는 이유로 과거의 사람들을 심판했다. 하긴 나는 하이델베르크의 형이상학자 한명이 지적이라 할 모든 것을 조롱하는 자를 선출하기 위해 '청년 철학자들'의 퍼레이드에서 베이스드럼을 치며 행진하는 것을 내 눈으로 보기도 했다. 하지나 동지 때면 나는 마녀들의 산[22]에 올라 모든 면에서 무의미한 것, 즉 오래된 정열과 약속을 불태우는 커플들을 보았다. 그러나 무엇보다 내게 깊은 인상을 남긴 것은 바로 아우크스부르크 신앙고백문으로 자신의 교향곡 마지막 부분을 장식한 사람[23]이나, 그토록 맑

<hr>

22 독일의 브로켄(Brocken)산. 신화에 따르면 5월 1일 발푸르기스 전야제에 이 산에 마녀들이 모인다. 괴테의 『파우스트』중 한 장면의 배경으로 유명하다.

23 멘델스존(Felix Mendelssohn-Bartholdy)은 루터(Martin Luther)의 아우크스부르크 신앙고백문 제출 300주년을 기념해 작곡한 교향곡 5번 「종교개혁」의 마지막 악장에서 루터가 작곡한 것으로 전해지는 찬송을 변주한다. 아우크스부르크 신앙고백문은 1530년 루터의 허락하에 멜란히톤(Philipp Melanchthon)이 작성한 루터의 신앙고백문으로 프로테스탄트 종교개혁의 주요 문서다.

은 목소리로 위대한 북해의 청회색 파도 앞에서 "나는 내 생명처럼 바다를 사랑한다!"라고 외친 이[24]를 심판대에 올리고 무덤을 파헤쳐 욕보이거나 죗값을 치르게 한 점이다. 소리 죽여 하이네의 「서정적 간주곡」을 읊거나 거리의 시체를 치우는 이야기, 또는 임박한 공포와 새로운 탈출에 대한 이야기를 듣는 것에 질려, 종교로 피난하는 사람처럼 나는 박물관으로 도망쳐 긴 시간 여행을 떠났다. 그러나 그곳에서 나오면 세상은 점점 더 나빠지고 있었다. 신문들은 학살을 이야기하고 있었다. 주교들이 목소리를 높이면 강대 아래의 신자들은 떨었다. 랍비들은 율법책 토라를 숨기고 목자들은 기도실에서 쫓겨났다. 예배 모임의 해산과 동사의 파괴가 목격되었다. 밤이면 광장에서 유명 대학의 학생들이 책을 불살랐다. 그 대륙에서는 민간인에 대한 포격으로 죽은 아이들 사진을 보거나 소금 광산에 갇힌 현자들에 대해 듣거나 원인 불명의 유괴나 납치, 추방, 투우장에서 총살당한 농부들에 대한 이야기를 듣지 않고는 한걸음도 내디딜 수 없을 지경이었다. 나는 아버지가 그리워하던 세계와 내가 실제로 만난 세계 사이의 간극에 놀라고 깊게 상처받았다. 에라스뮈스[25]의 미소와 『방법서설』[26], 휴머니즘 사상과 파우스트적 갈망과 아폴로의 영혼을 발견하고자 했던 곳에서 종교재판과 화형, 새로운 형태의 수난에 지나지 않는 정치적 행태를 만났다. 이제

---

24 하인리히 하이네(Heinrich Heine). 인용문은 그의 연작시 『북해』(*Die Nordsee*)의 한 구절이다.

25 Desiderius Erasmus(1466~1536). 네덜란드의 철학자이자 인문주의자. 당대 가톨릭교회 제도를 비판하고 가톨릭 인문주의를 제창해 르네상스의 지적 흐름을 만들었다.

26 *Discours de la Méthode*. 1637년 간행된 프랑스 철학자 르네 데까르뜨(René Descartes)의 저서. 작가 까르뻰띠에르는 그의 후기 소설 중 하나에 반어적으로 '방법청원'이란 제목을 붙였다.

유명한 팀파늄이나 종탑, 석상, 혹은 미소 짓는 천사상을 지나칠 때면 현존하는 여러 당파의 선구자들이 그곳에 모여 있다거나, 예수 탄생화 속 목자들이 따지고 보면 어둠을 밝히는 것이 아닌 그 무엇에 경배했다는 얘기를 듣지 않고 지나치기란 불가능했다. 나는 점점 시대에 지쳐가고 있었다. 그리고 수세기 동안 길들여진, 거의 완벽하게 동기화된 삶을 살아가면서 오직 두세가지 문제에 관해 불꽃 튀는 투쟁에 몰두하는 가운데, 더이상 숨을 곳도 없는 세상으로부터 탈출할 수 없다는 점을 생각하면 끔찍했다. 연설이 신화를, 슬로건이 교리를 대체했다. 철창 쳐진 공간, 금서 목록, 황폐한 연구실에 지친 나머지 나는 방향을 전환해 지내볼까 하여 다시 대서양으로 다가갔던 것이다. 그리고 출발 이틀 전, 잊었던 블루아의 성 생포리앵 납골당 대들보 위에서 펼쳐지는 죽음의 무도를 묵상하고 있는 자신을 발견했다. 잡초로 뒤덮인 농장의 안뜰, 수세기 동안의 슬픔 위로 영원한 테마인 장례식의 허영과 음탕한 육체의 살 아래 해골, 성직자의 제의 아래 썩은 갈비뼈, 그리고 뼈로 만든 실로폰 연주 가운데 두개의 대퇴골을 두드려 내는 북의 연주였다. 그러나 이곳, 수세기 동안 비에 씻긴 나무에 조각된 해골들 아래, 영원한 본보기를 둘러싸고 있는 헛간의 가난과 바로 근처의 거칠고 탁한 강, 인접한 농장들과 공장들, 성 안토니우스의 돼지처럼[27] 꿀꿀대는 새끼 돼지의 존재는 그 먼지와 재로 된 제단을 현재의 시간으로 데려와 특별한 효력을 가지게 만들었다. 그리고 이제 놀라서 전쟁 발발 소식을 전하는 석간신문을 읽던 블루아의 납골당의 이미지로 연상되는, 베토벤의 스케르초에서 그토록 울리던 팀파니 소리가

---

27 최초의 기독교 신부이자 은자(隱者)로 동물들의 수호성인. 발아래 돼지가 있는 노인으로 그려지곤 한다.

운명처럼 느껴진다. 통나무는 이제 잔불이 되었다. 지붕과 소나무 너머 언덕 위로 안개가 깔리고 개 한마리가 짖었다. 음악 자체로 인해 음악에서 멀어졌던 나는 이제 귀뚜라미의 길을 통해 음악으로 다시 돌아와, 이미 내 귀에 맴도는 b플랫 소리가 들리기를 기다리고 있다. 그리고 이제 바순과 클라리넷의 조용한 초대로부터 절도 있고 서정성 깊은 아다지오의 훌륭한 악절이 태어나고 있었다. 이 부분이 — 하바네라와 오페라 아리아에 더 익숙했던 — 어머니가 가게 서랍에서 가져온 피아노 악보를 보며 가끔 멈칫거리긴 했어도 유일하게 칠 줄 알았던 부분이다. 학교 수업이 끝나고 작은 포플러 열매로 뒤덮인 길을 뛰어오다 미끄러지기를 몇번, 집에 돌아오면 여섯 박자 목관악기의 울림소리를 내며 곡은 끝났다. 우리 집은 회칠한 기둥이 늘어선 넓은 처마가 이웃집 처마들 사이로 계단처럼 이어져 있었는데, 하나는 우리 집보다 높고 하나는 낮았으며 모두 헤수스 델 몬떼 성당[28]으로 올라가는 길에 면해 있었다. 성당은 지붕 위 높이 서 있었고 난간으로 둘러싸인 평지에는 나무가 심겨 있었다. 우리 집은 예전에 귀부인의 소유였다. 어두운 빛깔의 커다란 목재 가구와 깊은 벽장, 해가 떨어질 때면 빛을 받아 작은 무지개를 만들어내며 입구의 둥근 천장을 큰 유리 부채처럼 보이게 하는 크리스털 샹들리에가 있었다. 어린아이에게는 너무 높고 넓은 흔들의자에 깊숙이 앉아 있자니 다리가 뻣뻣하지만, 오늘 복습해야 하는 왕립학술원판 문법 개요 책을 펼친다. "파비오, 아 고통스러워라! 그대가 지금 보는 이것들……" 얼마 전 내 기억 속에 되살아났던 예문. 아궁이에 냄비를 올려둔 흑인 여자가 식민지 시

---

28 Iglesia de Jesús del Monte. 동명의 도로에 위치한 아바나의 성당. 작가 까르뻰띠에르는 자신이 태어난 도시를 회상하고 있다.

대와 군경의 수염에 관한 노래를 부른다. 늘 그랬듯이 어머니가 치는 피아노에서 f샤프 건반이 눌려 올라오지 않는다. 집의 맨 끝 방 격자창에는 호박 줄기가 걸려 있다. 나는 화분에 심은 아레카 나무와 헌 냄비에 담은 장미, 카네이션과 백합, 해바라기 묘판 사이에서 놀고 있는 정원사의 딸 마리아 델 까르멘을 부른다. 그녀가 선인장 울타리 틈으로 들어와서 내 옆, 우리 여행의 배 노릇을 할 빨래 바구니에 몸을 눕힌다. 엄청난 양의 콩 요리를 먹어치우고 땀 냄새를 풍기는, 바우딜리오라 불리는 거인이 매주 가져오는 이 바구니에서 나는 삼과 섬유, 건초 냄새가 우리를 에워싼다. 내 팔 안에 소녀를 힘껏 안는다. 그녀의 따뜻한 체온이 만들어내는 나른한 기쁨이 영원히 계속되었으면 좋겠다. 가만히 있는 것을 지루해하는 소녀를 위해 우리가 바다에 있고 곧 부두에 도착할 것이며, 그곳에는 여러가지 색의 양철판으로 덮인 둥근 덮개에 손잡이에는 보트에 묶는 끈이 달린 트렁크가 있다고 말해주며 그녀를 진정시킨다. 학교에서 나는 남녀 간의 지저분한 관계에 대해 들었다. 큰애들이 어린아이들을 놀리려고 만들어낸 거짓말이라는 걸 알았기에 나는 화를 내며 듣지 않으려 했었다. 그 이야기를 처음 들은 날은 어머니를 똑바로 볼 수 없었다. 이제 나는 마리아 델 까르멘에게 내 여자가 되겠느냐고 묻고, 그러겠다는 대답을 듣고는 그녀를 조금 더 당겨 안으며 내게서 멀어지지 않게 하기 위해 뱃고동 소리를 흉내 낸다. 내 호흡이 거칠어지고 심장이 뛰었지만 이 불편함이 아주 기분 좋았는데, 왜 그런지는 이해할 수가 없다. 그때 흑인 여자가 우리를 발견하고는 화를 내며 바구니에서 우리를 끌어내고 바구니를 벽장 위로 던져버리며 내게 그런 놀이를 하기에는 너무 컸다고 소리 지른다. 그러나 어머니에게 이르지는 않는다. 내가 어머니에게 가서 불평하자 이제 공부할 시간이라는 답이 돌아온다. 문법 개요 책을 다시 들여다보지만 섬유와 고리버들, 삼 냄새가 계속 맴돈다. 때때로 과거로부터 실려오는 이 냄새가 너무 강해서 나를 소름 돋게 만든다. 이 밤 나는 다시 그 내음과 마주친다. 야생초들이 들어 있는 서랍장 옆, 아다지오가 피아니시모로 연주되는 사중주 아르페지오와 함께 끝나고, 곧 시작될 합창에 앞선 전율이 전파를 통해 감지된다. 나는 실러의 「송가」의 시작을 준비하는, 보이지 않는 지휘자의 힘찬 제스처를 상상한다. 금관악기와 팀파니의 폭풍이 시작되고 앞서 연주된 테마들이 다시 요약, 반복된다. 그러나 그 테마들은 본래의 모습으로 돌아가기 위해 올라가고 자신을 드러내고 자리를 굳히려는 시도를 할 때마다 부서지고, 난도질당해 조각나고 찢어져, 미래의 탄생이라는 카오스에 내던져진다. 이제 바뀐 직업에 근거해 내가 내린 판단에 의하면, 교향곡 전체를 관통하고 있는 이런 유물로 남을 교향곡의 운명은 전쟁 막바지에 군 통역원으로 내가 겪어야 했던 길을 더듬는 다큐멘터리의 극적인 배경음악이 될 수 있을 것이다. 부서진 벽들 사이에 놓인, 알 수 없는 알파벳처럼 보이는 계시록의 길들, 지붕이 없는 수도원에 널린 석상 조각들과 머리 잘린 천사 조각으로 채워진 구덩이가 있는 길들, 자연 속에 방치된 「최후의 만찬」에서 포격으로 먼지와 가루가 된 수세기의 역사를 지닌 암브로시아나 도서관으로 이어지는 길들. 그러나 전쟁의 끔찍함은 인간의 작품이다. 각각의 시대는 구리나 동판에 자신들의 작품을 새겨넣었다. 그곳에서 새로운 것, 전례 없는 것, 현대적인 것은 우리가 만나게 될 공포의 동굴, 공포의 보호구역, '전율의 저택'이었다. 한쪽에는 뼈와 인간의 치아가 쌓여 있고, 피와 오물로 뒤덮인 담벼락 사이 고문과 대량 학살, 화장, 또는 그보다 더 끔찍한 죽음들, 즉 냉혈한에 의해 고무장갑 낀 손으로 새하얗게 빛나는 수술실에서 행해진 죽음을 증언하는 곳이었다. 여기서 두발 자국만 떼면 이성적이고 교양 있는 인류가—바로 얼마 전 유대인들의 울부짖는 기도 소리가 흘러나왔던 굴뚝에서 피어오르는 연기는 무시한 채—여전히 우표를 수집하고, 모차르트의 「야상곡」을 연주하고, 아이들에게 안데르센의 『인어 공주』를 읽어주며 인종의 영광을 연구하고 있는 중이다. 이 다른 것도 새로운 것, 불길하게 현대적인 것, 끔찍하게 전례 없는 것이었다. 그날 입이 마르고 횟가루를 삼킨 듯한 느낌으로 가증스러운 죄악의 공원에서 나온 오후에, 내 안에서 무언가가 무너져내렸다. 그곳, 그 공포의 유적에 남은 흔적들처럼 서양의 인간성 파괴는 상상조차 할 수 없는 것이었다. 어린 시절에 나는 기억 속에서 만딩가[29]의 어둡고 털이 북슬북슬한 그림자로 연상되는 빤초 비야[30]에 대한 이야기를 무서워했다. 당시 신문에 실리던 총살 사진을 보면 아버지는 "문화가 강제한다"라고 말하곤 했는데, 책의 힘으로 악을 물리치고자 하는 아버지의 믿음을 이런 기사도 정신의 슬로건으로 표현하고자 했던 것이다. 그 나름 이원론자였던 아버지는 이 세계를 활자의 빛과 근본적인 동물성의 어둠, 즉 음악, 연구실, 실험실을 모르는 이에게 잔혹성을 부여하는 것 사이의 전쟁터로 보았다.

아버지에게 있어 '악'은 적을 형장의 벽에 세우고 창을 던져 포로들의 눈을 멀게 한 아시리아의 왕자나 몽세귀르 성채에 까따리파를 가둔 잔혹한 십자군[31]을 현대에 재현한 이들로 대표되는 것

---

29 Mandinga. 아프리카 종족에서 유래해 아이들을 겁줄 때 들먹이는 가공의 존재.
30 Pancho Villa(1878~1923). 멕시코 농민군 지도자로 멕시코혁명을 이끈 주역의 한사람.

이었다. 아버지에 의하면 베토벤의 유럽이 이미 벗어난 이런 악은 "짧은-역사를-지닌-대륙"에서 최후의 발악을 하고 있었다. 그러나 고귀한 일에 대해 너무 잘 아는 이들이 창조하고 조직하고 상상하여 만든 '전율의 저택'을 보고 나자, '황금 장식'[32]의 총성, 논쟁이 점령한 도시, 선인장 사이에서 탈선한 열차며 한밤의 파티에서의 총격 사건은 태양 아래 벌어지는 말 탄 이들의 축제와 남성적인 무용담, 땀이 찬 가죽 안장 위의 결백한 죽음으로 가득 찬 모험소설의 즐거운 삽화처럼 느껴졌다. 최악은 내가 인류 역사상 가장 냉정한 잔혹함을 만난 그날 밤, 격납고에 갇힌 살인자들과 간수들, 피 묻은 솜이 든 양동이를 들고 가던 이들과 검은 고무줄로 묶은 공책에 필기를 하던 이들이 급식 후에 노래를 부르기 시작했을 때다. 노랫소리에 놀라 잠에서 깬 나는 침대에 앉아 지금 내가 듣고 있는 이 음악을, 지휘자의 지휘 아래 합창단이 부르는 것과 같은 음악을 그들이 노래하는 것을 들었다.

> 환희여, 아름다운 신의 광채여,
> 낙원의 딸이여!
> 우리 모두 불꽃처럼 취해,
> 숭고한 그대의 신전으로 들어선다.
> (Freude, schöner Götterfunken,
> Tochter aus Elysium!

---

31 1242년경 가톨릭교회가 이단으로 규정한 까따리파(les Cathares)가 십자군의 공격을 피해 프랑스 미디삐레네에 있는 몽세귀르(Montségur) 성에 피신한 일이 있다.

32 빤초 비야의 병사들을 '황금 장식'(Charros de oro) 혹은 '도라도'(dorados)라고 불렀다.

Wir betreten feuertrunken,

Himmlische, dein Heiligtum.)[33]

　마침내 나로 하여금 과거로 여행하게 만든 교향곡 9번에 다다랐
는데, 아버지라면 이런 순서로 넣지 않으셨을 것이다. "환희여, 아
름다운 신의 광채여, 낙원의 딸이여! 우리 모두 불꽃처럼 취해 숭
고한 그대의 신전으로 들어선다…… 모든 인간은 형제가 된다, 온
화한 그대의 날개 아래에서." 실러의 시구절은 나를 빈정대고 상처
입혔다. 그것은 수세기 동안 끊임없이 전진해온 타인에 대한 관용
과 자비, 이해의 정점이었다. 교향곡 9번은 몽떼뉴가의 따뜻한 파
이, 유토피아의 청색, 엘제비르[34] 활자체의 본질, 깔라스 사건에서
의 볼떼르의 목소리[35]였다. 이제 환희에 차서 "모든 인간은 형제가
된다, 온화한 그대의 날개 아래에서"(alle Menschen werden Brüder
wo dein sanfter Flügel weilt)의 소리가 커지고 있었다, 진정한 의미
가 사라진 문구를 인용하며, 자신들의 신조에 대해 거짓말을 하는
이들에 대한 믿음을 잃어버린 그날 밤처럼. 내 주변을 맴도는 '죽
음의 무도'에 대해 더이상 생각하지 않으려고 나는 용병의 사고방
식을 취해, 동료 병사들과 선술집과 매음굴에 가곤 했다. 그들처럼
술을 마셔 흠뻑 취했지만 고주망태가 되는 것은 피했고 말과 행동
의 실수 없이 무사히 작전을 마칠 수 있었다. 우리의 승리는 나를

---

33 실러의 시「환희의 송가」에 곡을 붙인 베토벤의 교향곡 9번「합창」의 한 구절.
34 Elzevir. 16~17세기의 네덜란드 인쇄소, 출판사. 이 집안에서 고안한 활자체는
　우아한 글꼴의 모범이 되어 16~18세기에 널리 쓰였다.
35 1760년 프랑스에서 가톨릭교도들이 개신교인 청년의 자살을 그 아버지 장 깔
　라스와 가족의 짓으로 모함한 사건. 볼떼르(Voltaire)가 깔라스 가족을 적극 변호
　했다.

항복시켰다. 바그너풍의 바이로이트 극장 소품실에서, 천장에 매달린 백조와 말 아래에 우리 침략자들의 간이침대 밑으로 머리를 숨기고 싶어하는 듯 보이던 좀먹은 파프니르[36] 옆에서 보낸 밤도 나의 생기를 돋우지 못했다. 대도시로 돌아와 모든 이상주의적 지향에 대항해 스스로를 방어하기 위해 맨 처음 눈에 띤 술집에 들어간 자는 아무 희망도 없는 남자였다. 타인의 여자를 도둑질함으로써 강해지려 했던 남자는 알고 보면 행위에 동참하지 못하는 고독에 빠진 것에 불과했다. 인간이라 불리는 남자, 전날 아침에는 아직 그를 신뢰하고 있는 사람을 벼룩시장의 악기들로 속이려 했던 남자…… 갑자기 교향곡 9번과 그 지키지 못한 약속들, 메시아에 대한 열망, 마지막 프레스티시모에서 아주 통속적으로 분출되는 '터키 음악'[37]의 악기들로 강조되는 곡이 지겹게 느껴진다. 나는 서두의 웅장한 "환희여, 아름다운 신의 광채여, 낙원의 딸이여!"를 기다리지 않는다. 라디오를 끄고, 여러가지 기억의 연상작용이 나를 집어삼킨 것도 아닌데 어떻게 스스로를 잊고 거의 전곡을 들을 수 있었는지 자문해본다. 한 손으로 껍질 너머 냉기를 뿜어내는 듯한 오이를 찾는다. 다른 손으로 푸른 고추를 들고 엄지로 눌러 짜 즙을 입에 넣고 음미한다. 야생초가 든 서랍장을 열어 마른 잎을 한줌 꺼내 길게 숨을 들이마시며 냄새를 맡는다. 벽난로에서는 여전히 검붉은색으로 마지막 불꽃이 활활 타오르고 있다. 창가에 서서 밖을 내다본다. 가장 가까운 나무들조차 안개 속에 숨었다. 안뜰의 거위가 날개 사이에서 머리를 들어 잠이 덜 깬 채 바닥을 파헤친다.

---

36 Fafnir. 스칸디나비아 신화의 인물로 용으로 변신한다. 바그너의 오페라 「지크프리트」에 등장한다.

37 서양 음악은 터키 음악으로부터 '터키 악기'라 불리는 심벌즈와 징을 도입했다.

그 밤에 열매 하나가 떨어졌다.

10

(12일 화요일)

희붐해진 지 얼마 지나지 않아 방에서 나온 무슈는 지난밤보다
더 피곤해 보였다. 하루 종일 힘든 길을 지나고 딱딱한 침대에서
자며 새벽에 일어나는 부담스러운 일정이 그녀의 생기를 빼앗기에
충분했던 것이다. 지구 '저편' 우리의 무질서했던 밤에는 그토록
활발하고 생기 넘치던 그녀가 이곳에서는 무기력함의 증표가 되었
다. 피부가 거칠어졌고 대충 묶은 스카프에서 삐져나온 금발도 이
제 푸석푸석한 초록빛이 도는 것 같았다. 그녀는 지친 표정으로 인
해 더 말라 보였고, 조명이 어둡고 제대로 된 거울도 없어서 립스
틱을 잘 칠하지 못한 탓에 입꼬리가 볼품없이 처져서 놀랄 만큼 나
이 들어 보였다. 아침식사 시간 동안 그녀의 관심을 돌리기 위해
나는 지난밤에 알게 된 여자에 대해 말해주었다. 바로 그때 그 여
자가 덜덜 떨면서 들어왔는데, 근처 냇가에서 다른 여인네들과 씻
고 들어온 까닭이었다. 그녀는 자신이 떨고 있다는 사실에 겸연쩍
은 웃음을 지었다. 머리통 주위로 땋아 감아올린 머리칼에서 얼굴
로 물이 떨어지고 있었다. 그녀는 오래전부터 알던 사이인 양 친근
하게 말을 놓으며 무슈를 향해 질문을 던졌고 나는 통역을 했다. 버
스에 올라타자 두 여자는 몸짓 언어와 짧은 단어만으로도 서로 의
사소통을 할 수 있었다. 내 동반자는 다시 지쳤는지 로사리오라는

이름의 새로운 친구의 어깨에 머리를 기대고 이 불편한 여행에 대해 불평을 늘어놓았고 로사리오는 어머니가 자식의 말을 들어주듯 이 불평을 들어주었는데, 언뜻언뜻 냉소적인 반응을 보이는 것 같았다. 나는 무슈에게서 벗어난 것에 만족하여 넓은 좌석에 혼자 앉아 기분 좋게 여정을 즐겼다. 오늘 오후에는 남쪽 밀림의 경계로 향하는 배들이 출항하는 항구에 도착할 예정이었기에, 우리는 굽이굽이 고개를 따라 태양이 뜨거운 지역을 향해 내려갔다. 버스는 점점 더 무성해지는 열대식물로 둘러싸인, 닫힌 창들이 많은 고즈넉한 마을에 가끔씩 멈춰 섰다. 여기서는 선인장과 대나무, 꽃넝쿨이 보이고 저기서는 정원의 야자수가 지붕 위로 뻗어 바느질하는 여인네에게 그늘을 만들어주고 있었다. 정오에 시작된 비가 오후 늦게까지 멈추지 않고 세차게 내려서 흠뻑 젖은 창밖으로 볼 수 있는 것이 없었다. 무슈가 여행가방에서 책 한권을 꺼냈다. 로사리오도 그녀를 따라 소지품에서 책을 꺼냈다. 질 낮은 갱지에 인쇄된 것으로, 표지에 동굴 입구에서 곰가죽 비슷한 것을 덮은 여인을 껴안고 있는 근사한 기사와 이를 바라보는 목이 긴 사슴 그림을 삼색으로 인쇄한 『브라반트의 게노베바』[38]였다. 나는 그 책과 내가 지나친 음담패설에 부끄럽고 서글퍼져 3장을 읽다가 덮어버린, 무슈의 손에 들린 유명한 현대 소설을 비교해보고 싶은 장난기가 발동했다. 모든 성적 금기와 육체의 게임을 바라보는 위선을 거부하는 나였지만 비난이나 풍자, 무례함을 통해 육체적 사랑의 품위를 손

---

38 게노베바(Genoveva)는 북유럽 설화에 등장하는 여주인공으로 브라반트(Brabant)의 공녀(公女). 자신을 흠모한 악당 골로(Golo)의 음모로 남편을 배신한 부정한 여성으로 몰렸다가 사형 직전에 혐의를 벗는다는 비극적인 줄거리는 많은 희곡과 소설, 오페라의 소재가 되었다.

상하는 문학작품이나 언어는 참을 수 없었다. 나는 인간이 성행위를 할 때 단순한 충동과 짐승의 질투와도 같은 장난기를 가져야 한다고 믿는다. 그렇게 자물쇠 뒤의 유리된 공간에서 목격자의 부재 속에서 쾌락을 찾음으로써 제3자의 눈으로 스스로를 볼 수 없는 한쌍의 교접에 대해—흐트러진 몸가짐이라거나 동물의 행위처럼 보인다는—신소리나 비꼬는 말은 차단하고 오로지 기쁘게 행위에 자신을 맡겨야 한다고 믿는다. 마찬가지 이유로 포르노나 일부 야한 소설, 지저분한 말장난, 성행위를 풍자해 묘사하는 일부 동사들도 나를 못 견디게 만들었고, 요즈음 인기를 끄는 일부 작품들, 남자가 어려움을 겪으며 낙담한 순간 자신이 나누는 육체에서 온전한 존재감을 확인함으로써 남성성을 강조하여 실패를 보상받는 존재로 타락시키고 추하게 만드는 데 몰두하는 것처럼 보이는 작품들에 대해 거부감을 느꼈다. 나는 두 여인의 어깨 너머로 범죄소설과 연애소설을 비교해 읽어보려 했다. 그러나 곧 포기하고 말았는데, 무슈는 너무 빨리 페이지를 넘기는 반면 로사리오는 한줄 한줄 처음부터 끝까지 느릿느릿 눈을 옮기며 단어를 발음하듯 입술을 움직여가며 아주 천천히 읽었기 때문이다. 그녀는 항상 자신이 원하는 방식으로 이어지지는 않는 단어들을 읽으며 가끔은 불행한 게노베바에게 닥친 불운에 대해 읽기를 멈추고 분노의 제스처를 취했다가 어떻게 이런 악이 가능한지 의아해하며 문장을 처음부터 다시 읽기 시작하곤 했다. 그러다 또다시 같은 부분에서 읽기를 멈추었는데, 마치 자신의 무기력함에 망연자실한 듯 보였다. 이제 골로의 음흉한 계획들이 구체적으로 드러나자 그녀의 얼굴은 깊은 초조감을 드러냈다. "다른 시대의 이야기예요." 나는 그녀에게 말을 걸기 위해 한마디를 던졌다. 그녀는 자신의 어깨 너머로 내가 책을 읽고 있었다는 것을 알고 놀라 내게로 얼굴을 돌렸다. "책에서 이야기하는 건 사실이에요." 그녀가 답했다. 나는 무슈가 들고 있는 책을 보면서 그 책에 나오는, 힌두 조각가들이나 잉카의 목수들이 위대한 장소에 만든 외설스런 조각상들이 실제로 있는 것인지 생각해보았다. 걱정이 된 편집자가 여러군데 공들여 삭제했음에도 불구하고 빠뜨린 장면들이었다. 이제 로사리오는 눈을 감았다. "책에서 이야기하는 건 사실이에요." 그녀에게 게노베바 이야기는 현재진행형일 수 있는 것이, 그녀에게 있어서는 읽고 있는 내용이 실제로 어느 나라에서 지금 일어나고 있는 일이기 때문이다. 역사의 옷장, 장식과 소품을 모르는 이에게 과거는 상상하기 어려운 것이다. 그렇게 브라반트 성은 이곳 부자들의 담으로 에워싸인 농장과 같은 것으로 상상되었을 것이 분명하다. 사냥과 승마 전통은 이 땅에서 사냥개 무리의 추격을 받는 사슴과 소로 이어졌다. 의상에 대해 말하자면, 로사리오는 소설을 어떤 초기 르네상스 화가가 복음서를 보듯이 보는 게 분명하다. 그리스도의 수난에 등장하는 인물들에게 오늘날의 저명인사들처럼 옷을 입히고, 빌라도에게는 피렌체의 법복을 입혀서 머리부터 거꾸로 지옥에 던질 것이다…… 밤이 되어 불빛이 약해지자 저마다 자신의 생각에 잠겼다. 어둠 속을 헤치며 가던 차가 큰 바위산을 끼고 돌자 갑자기 넓은 '불꽃의 계곡'이 나타났다.

여행 도중에 여러사람이 저 아래 흙먼지 나는 땅에서 석유가 나오자 몇주 만에 마을이 형성된 것을 여담처럼 이야기해주었다. 그러나 그런 얘기를 들었음에도 굽이굽이 돌 때마다 이런 장관이 눈앞에 펼쳐지리라고는 상상도 하지 못했다. 거친 들판 위로 어떤 파괴의 신의 깃발처럼 바람이 불 때마다 갈라지는 불꽃의 춤이 펼쳐졌다. 불꽃은 구덩이에서 나오는 가스에 묶여 흔들리고, 바람에 휘날리며 기둥을 이루어 올라갔는데—땅 위에 선, 날아가지 못하는 나는 분노의 자줏빛 휘파람을 부는 불의 무리, 불의 나무의 깃대인—굴뚝 가까이에서 자유롭지만 동시에 결박되어 있었다. 공기 속에서 순간적으로 이들은 죽음의 빛, 분노의 횃불로 모습을 바꾸었다가 검붉은 기둥으로 모였는데, 마치 사람의 몸통처럼 보이기도 했다. 그러나 곧 형태가 무너지며 노란 경련으로 떨리는 불타는 육체는 불타는 가시덤불 모양으로 똬리를 틀며 불똥을 튀기고 으르렁 소리를 내다가, 마치 불경한 마을에 대한 징벌인 양 수천개의 윙윙거리는 채찍 소리를 내며 도시로 퍼져갔다. 그 늘어선 모닥불 옆에 집요하고 끈질기게, 지치지도 않고 뚫어대는 펌프가 있었는데, 커다란 검은 새의 옆모습처럼 생긴 운전대가 나무둥치를 쪼아대는 새처럼 부리로 주기적으로 땅을 뚫어대고 있었다. 지평선까지 바람이 실어나르는 화염의 밀물과 썰물에서 태어난 도롱뇽처럼 불타지도 않으면서 흔들리는 그 실루엣들에는 어딘가 무감각하고 집요한, 불길한 기운이 감돌았다. 악마에게 어울릴 만한 이름을 붙이고 싶은 충동이 일어서 마른 까마귀, 쇠독수리, 혹은 악의 삼지창 같은 이름을 생각하며 혼자 즐기고 있을 때, 갑자기 어떤 마당에서 우리의 여정이 끝이 났다. 일렁이는 불길로 인해 벌게진 검은 돼지 몇마리가 수면에 둥둥 떠다니는 기름 때문에 각도에 따라 색이 달리 보이는 물구덩이에서 철벅거리고 있었다. 식당은 숯불 연기가 폐에 들어차 그러는 듯 고래고래 소리치며 말하는 사람들로 가득했다. 아직 턱 밑에 방독마스크를 늘어뜨리고 작업복도 벗지 않은 그들은 얼룩과 흙탕물, 땅이 배출하는 검은 액체로 뒤덮인 것처럼 보였다. 모두 술병째로 부어라 마셔라 하고 있었고 탁자 위에는 카드와 칩들이 어지러이 뒤섞여 있었다. 그러다 갑자기 카드놀이를 멈추고 모두 기쁨에 겨워 소리를 지르며 마당으로 나갔다. 극단이 도착하고 있었다. 무슨 차를 타고 왔는지 모르겠지만 이 진흙 투성이 농장, 마구간 같은 곳에 나타난, 무희의 드레스를 입고 굽 높은 구두를 신고 드러낸 머리와 목에서 광채를 발하는 여인들은 내 눈에 환각처럼 보였다. 옷을 장식한 스팽글과 구슬이 바람의 방향이 바뀔 때마다 일렁이는 불꽃들을 반사했다. 이 홍등가의 여인들은 컴컴한 남자들 사이를 보따리와 가방을 들고 부산하게 헤집고 다녔고 들보 위에서 잠자던 암탉들이 깨고 놀란 당나귀들이 울어대서 난장판이 되어버렸다. 바로 다음 날이 마을의 수호신을 기리는 축일이고, 그 여인들은 그렇게 일년 내내 한곳에서 다른 곳으로, 장터에서 종교 행사로, 광산에서 순례길로 옮겨다니며 남자들이 돈을 잘 쓰는 날들을 이용하는 창녀들이라는 것을 그제야 알게 되었다. 그렇게 종교 축제 일정을 따라 성 크리스토포루스의 축일과 성 루치아의 축일, 위령의 날과 죄 없는 성자들의 날에 길가나 묘지의 벽 옆, 큰 강의 강변이나 세면대만 있는 좁은 선술집 뒷방을 가리지 않고 놀아났다. 무엇보다 나를 놀라게 한 것은 평범한 사람들이 그녀들을 기분 좋게 맞이하고 그 집의 신실한 여인네들, 여관의 여주인과 어린 딸이 아무런 경멸의 몸짓도 보이지 않았다는 점이다. 내가 보기엔 그들을 약간 바보나 집시, 우스운 정신병자로 대하는 것 같았다. 무희의 옷을 입은 매춘부들이 이미 그녀들의 등장을 즐기기로 작정한 몇몇 광부의 도움을 받아 보따리를 든 채 돼지와 함께 물웅덩이 위를 뛰는 것을 보고 부엌의 하녀들이 웃음을 터뜨렸다. 우리의 시간에, 우리의 일정에 끼어든 이 떠돌이 매춘부들은 내 생각에 브레멘에서 함부르크로, 안트베르펜에서 겐트로 장터를 따라 돌아다니며 장인들과 도제들의 우울증을 해소해주고 가는 길에 까미노 데 산띠아고[39]의 순례자들을 위로하던 중세 망나니의 사촌들이었다. 여자들은 자신들의 물건을 챙긴 후 시끌벅적하게 식당으로 들어갔다. 무슈가 감탄하며 그녀들을 따라가서 옷과 머리를 더 자세히 보자고 했다. 그때까지는 무심하게 졸린 표정만 짓던 그녀는 이제 완전히 바뀌었다. 섹스가 가까이 있음을 느낄 때 눈이 빛나는 사람들이 있다. 지난밤부터 무감하고 불평에 가득 차 있던 내 여자친구는 여정 중에 처음 맞는 이 수상한 공기 속에서 되살아난 듯 보였다. 이제 그녀는 이 매춘부들이 '강렬하고' 독특한, 잃어버린 양식과 유사한 어떤 존재라고 선언하며 그들에게 다가가기 시작했다. 무슈가 그들이 앉아 있는 식탁 옆 구석자리에 앉아 그중 가장 눈에 띄는 여인과 대화를 시도하는 것을 본 로사리오가 뭔가 말하고 싶은 것이 있는 듯 기묘한 눈빛으로 나를 보았다. 설명해도 이해하기 어려울 듯해 나는 자리를 피하고자 짐을 들고 방으로 향했다. 안뜰 울타리 위로 불꽃이 넘실넘실 춤을 추었다. 최근의 지출에 대해 계산하고 있을 때 다급한 목소리로 나를 부르는 무슈의 음성이 들린 것 같았다. 벽장에 붙은 거울을 통해 자신을 뒤쫓는 한 남자로부터 도망치듯 식당 반대편으로 가는 그녀가 보였다. 내가 도착했을 때 사내는 그녀의 허리를 붙잡아 어떤 방 안으로 밀어넣는 중이었다. 내가 날린 주먹을 맞고 거칠게 돌아서서 날린 상대방의 주먹에 나는 빈 병이 널려 있던 식탁 위로 쓰러졌고 병들이 바닥에 떨어져 깨졌다. 그에게 달려들어 함께 바닥을 구르는 바람에 유리 조각에 손과 어깨를 찔렸다. 짧은 싸움 끝에 사내

---

39 Camino de Santiago. 예수의 제자 야고보가 걸었다는 순례길.

가 무기력하게도 자신의 양 무릎에 짓눌려 바닥에 깔려 있는 나를
망치처럼 큰 주먹으로 내려치려는 찰나에, 로사리오가 여관 주인
과 함께 방에 들어섰다. "야네스! 야네스!" 주인이 소리쳤다. 남자
가 손목을 붙들린 채 방금 일어난 사건에 수치심을 느끼는 듯 천천
히 일어섰다. 주인이 그에게 무언가 설명하고 있었으나 흥분한 내
귀에는 잘 들어오지 않았다. 내 적수는 기가 꺾인 듯했다. 이제 남
자는 조심스레 사과하는 어조로 내게 말하고 있었다. "몰랐소……
실수로…… 남편이 있다고 말했어야죠." 로사리오가 럼주를 적신
손수건으로 내 얼굴을 닦아주며 말했다. "그녀의 잘못이에요. 다른
여자들이랑 같이 있었다고요." 최악은 나를 때린 남자가 아니라 바
로 특유의 허세 때문에 매춘부들과 함께 있던 무슈에게 내가 분노
를 느끼고 있었다는 점이다. "아무 일도 아니에요…… 아무 일도
아닙니다." 복도를 메운 호기심 가득한 이들에게 주인이 말했다.
로사리오는 실제로 아무 일도 없었다는 듯 내게 계속해서 사과하
는 남자에게 손을 내밀도록 했다. 그녀가 나를 위로할 작정으로 그
에 대해서 이야기해주었는데, 자신은 오래전부터 그를 알고 있었
고, 그는 이 마을 사람이 아니라 셀바 데 수르 밀림 근처 아눈시아
시온 항구, 즉 병든 아버지가 기적을 행하는 그림을 가져올 그녀를
기다리는 곳 출신이라고 했다. 방금 전 나를 때린 이가 다이아몬드
채굴업자란 사실에 나는 갑자기 흥미를 느꼈다. 곧 바보 같았던 싸
움에 대해서는 잊은 채 함께 바에 앉아 브랜디를 마셨다. 넓은 가
슴에 잘록한 허리, 어딘지 맹금 같은 시선을 지닌 광부는 강한 의
지와 위엄 있는 옆모습을 하고 개선문을 지나 성으로 돌아오는 장
군 같은 인상을 주는 뻣뻣한 수염이 난 얼굴을 움직였다. 그가 그
리스인이라는 것을 알고 ─ 그래서 짧게, 관사를 생략하고 말하는

것이었다―나는 농담으로 '테베를 공격한 일곱 장수'[40] 중 한명이
냐고 물을 뻔했다. 그러나 그 순간 무슈가 우리의 주먹에 여러 흉터
를 남긴 싸움에 대해 전혀 모른다는 듯 무심한 태도로 나타났다. 그
녀에게 몇마디 비난의 말을 던졌지만 나의 역정을 표현하기엔 부족
했다. 그녀는 아랑곳하지 않고 식탁 맞은편에 앉아―이제는 무척
이나 정중한 태도로 그녀에게 너무 다가가지 않기 위해 자신의 의
자를 비켜준―그리스인을 관찰하기 시작했는데, 내 생각에는 이
런 상황에 걸맞지 않게 지나치게 관심을 보이는 것 같았다. 스스로
를 "저주받을 바보 멍청이"라고 부르며 사과하는 다이아몬드 채굴
업자에게 그녀는 별로 대수롭지 않은 일이었다고 답했다. 나는 로
사리오 쪽으로 돌아앉았다. 그녀는 어떻게 해석해야 좋을지 모를
냉소적인 침착함을 지닌 채 나를 곁눈질하고 있었다. 우리를 현재
로부터 멀어지게 할 어떤 대화든 나누고 싶었지만 차마 말이 입 밖
으로 나오지 않았다. 그러는 사이 무슈는 도발하는 듯한 긴장된 미
소를 지으며 그리스인에게 다가갔고, 나는 분노로 관자놀이가 불
타올랐다. 안타까운 결과를 가져올 수도 있었던 사건에서 겨우 벗
어났는데, 삼십분 전에 그녀를 매춘부 취급한 광부를 자극하는 걸
즐기고 있다니. 그런 행동은 너무도 문학적이었고 지금 이 순간 광
부들로 가득 찬 선술집과 안개 낀 부두를 지배하는 영혼에 무척이
나 어울리는 것이었기에 그녀가 갑자기 믿을 수 없을 만큼 엽기적
으로 보였는데, 이는 어떤 현실 앞에서 자기 세대의 흔한 상투성으
로부터 벗어나지 못하는 그녀의 무능력함 때문이었다. 식민지 시
대의 조잡한 수공예품을 파는 곳에서는 랭보를 생각하면서 해마를

40 그리스의 3대 비극 작가 중 한명인 아이스킬로스(Aeschylos, B.C. 525~B.C.456)
가 쓴 오이디푸스 비극 3부작 중 하나의 제목.

샀고,[41] 극장에서 람메르무어 정원의 향기를 잘 살린 낭만주의 오페라는 비웃으면서 정작 현실도피 소설 속 매춘부가 이곳에서는 기회를 노리는 장사꾼과 성스러운 향기라곤 없는 이집트의 마리아[42]의 결합으로 나타난다는 것을 알아채지 못했다. 무슈를 바라보는 내 눈빛이 이상해서 로사리오는 내가 질투심으로 인해 다시 싸움을 시작할 거라고 생각했는지 나를 달래기 위해 격언투의 무거운 문구를 썼다. "남자가 싸울 때는 자신의 집을 지키기 위한 것이어야 한다." 로사리오가 어떤 식으로 '나의 집'을 이해했는지 모르겠지만, 내가 이해한 게 맞는다면 그녀의 말이 옳았다. 무슈는 '나의 집'이 아니었다. 오히려 그녀는 성서에 등장하는, 집 안에 발을 가만히 두지 못하며 시끄럽고 분란을 일으키는 암컷이었다. 그 구절로 로사리오와 나 사이의 식탁에 다리가 놓였고, 그 순간 만약 내가 다시 얻어맞아도 함께 아픔을 느껴줄 수 있을 것이라는 공감대가 형성되었다. 게다가 이 젊은 여인은 시간이 지남에 따라 점점 내 눈앞에서 존재감이 커졌고, 주변과 관계를 맺으면서 매번 내게 더 강한 인상을 남겼다. 무슈는 이와 반대로 그녀와 우리를 둘러싼 주변 상황 사이에서 점점 커져가는 괴리감으로 인해 그야말로 이방인이 되어가고 있었다. 그녀 주변에 맴도는 이국적인 분위기가 그녀와 다른 이들 사이, 그녀의 행동, 그녀의 태도와 이곳의 보편적인 행동방식 사이의 차이를 드러내고 있었다. 그녀는 차츰 먼 존재, 잘못된 장소에 놓인 이상한 존재가 되어가며 다른 이의 주의를 끌

---

41 랭보(Jean Nicolas Arthur Rimbaud)의 시 「취한 배」(Le Bateau ivre)에 해마가 등장한다.

42 María Egipcíaca. 5세기 이집트의 성녀. 창녀였다가 수년간 사막에서 고행하며 수도자의 삶을 살았다.

었는데, 마치 오스만튀르크 대사들의 터번이 기독교도의 궁정에서 일으킨 소란과도 같았다. 반면 로사리오는 스테인드글라스를 복원할 때 그 유리에 다시 자리하는 성 세실리아나 성 루치아[43]와 같았다. 아침에서 오후, 오후에서 밤이 되면서 그녀는 점점 더 존재감을 가지고, 우리가 강으로 가까이 감에 따라 자신의 모습을 드러내는 풍경 속에서 점점 더 각인되고 진실해져갔다. 그녀의 살과 밟고 선 땅 사이에는 햇볕에 그을린 피부에, 머리털의 형상을 따라, 같은 물레에서 만들어진 것이 분명한 허리와 어깨, 여기서 존중받는 허벅지의 형태에 각인된 관계가 형성되었다. 나는 시간이 지남에 따라 더 아름다워지는 로사리오가 점점 더 친근하게 느껴졌고, 지금의 거리감으로 인해 점점 희미해져가는 무슈에 비해 그녀의 말과 표정은 모두 적절하게 느껴졌다. 그럼에도 그녀를 여자로 바라보면 스스로가 어색하고 바보같이 느껴졌고, 쉽게 자신을 허락하지 않는 타고난 고귀함 앞에서 나 자신이 낯설게 여겨졌다. 여기 세운 것은 단순히 조심하라고 경고하기 위해 깨진 병들을 세워 만든 유리벽이 아니었다. 내가 읽은 수천권의 책을 그녀는 읽지 않았고, 반대로 그녀의 신앙, 습관, 미신, 생각에 대해 나는 아무것도 몰랐다. 내게 중요한 믿음이 있듯이 그녀에게는 그녀의 믿음이 중요했다. 내가 받은 교육, 그녀의 편견, 그녀가 배운 것들, 경험한 것들도 그 순간 내게는 공존이 불가능한 다른 요소들로 보였다. 나 자신에게 이 모든 것은 어느 때고 가능한 남녀의 육체적 결합과는 전혀 상관없는 것이라고 되뇌었지만, 그럼에도 어떤 하나의 문화와 그 변형과 금기가 지구가 둥글다는 사실이나 지도 위 나라들의 위치에 대

---

43 성 세실리아는 음악의 수호성인, 성 루치아는 맹인의 수호성인이다.

해 잘 알지도 못하는 머리로부터 나를 떼어놓고 있다는 것은 인지하고 있었다. 그녀가 숲의 외다리 영혼의 존재를 믿는다는 것을 떠올리며 나는 이런 생각을 하고 있었다. 그녀의 목에 걸린 작은 황금 십자가를 보자 우리가 유일하게 공유할 수 있는 이해의 영역인 그리스도에 대한 믿음을 내 부친 쪽 조상들이 이미 오래전에 버렸다는 것이 떠올랐다. 그들은 낭뜨칙령[44]의 폐기로 사보이에서 추방당한 위그노들이었고, 특히 돌바끄 남작의 친구였던 내 고조부가 『백과전서』[45]에 등장한 이후로는 집에 성경을 두긴 했지만 신앙 때문이 아니라 단지 그 글이 어딘지 시적이라는 이유에서였다……
다음 교대 시간을 맞은 광부들이 술집으로 들어섰다. 홍등가의 여인들이 뒷방에서 돌아와 첫 흥정에서 생긴 돈을 챙기고 있었다. 식탁에 앉아 있던 우리는 어수선한 분위기가 불편해졌고 나는 강 쪽으로 걷자고 제안했다. 다이아몬드 채굴업자는 무슈의 은근한 부추김 앞에 어색해하는 듯 보였다. 그녀는 그에게 문장을 끝맺지도 못하는 서툰 프랑스어로 밀림에서의 모험을 이야기하게 만들고서 듣지도 않고 있었다. 밖으로 나가자는 내 제안에 그는 살았다는 듯 차가운 병맥주를 사서 밤이라 잘 보이지 않는 곧은길로 우리를 이끌며 계곡의 불빛으로부터 멀어져갔다. 곧 어둠 속에서 큰 소리를 내며 흐르는, 땅을 가르는 깊은 물길로 이어지는 강가에 닿았다. 다

---

44 1598년 프랑스의 앙리 4세가 공표한 칙령. 신교도인 위그노에게 조건부 신앙의 자유를 허락했다. 1685년 루이 14세가 이를 폐기하자 수천명의 위그노가 유배를 떠나게 된다.

45 *Encyclopédie*. 1751~80년 디드로(Denis Diderot)와 달랑베르(Jean Le Rond d'Alembert)가 감수, 편집해 발간한 대백과사전. 당대 최고의 지식인들이 집필에 참여했고 프랑스혁명의 사상적 씨앗이 되었다. 돌바끄 남작(Paul-Henri Dietrich d'Holbach)은 백과전서파의 한사람으로 계몽사상가.

른 계곡에서 밤이면 지겹게 듣곤 했던 좁은 물길이 불안하게 미끄
러져 흐르는 소리도, 급류가 으르렁거리는 소리도, 적은 양의 강물
이 넘실거리는 기분 좋은 상쾌함도 아니었다. 한결같이 흐르는, 수
백 마일 위에서 시작되고 그보다도 더 먼 곳에서 온 다른 강들과
만나 폭포와 샘을 만든 물길로, 생식의 리듬이었다. 어둠 속에서 계
속해서 물을 밀고 온 물은 더이상 다른 강가가 없다는 듯, 이제부
터 세상 끝까지 그 졸졸거리는 소리로 덮으려는 것처럼 보였다. 우
리는 침묵 속을 걸어 강어귀 ― 라기보다 물웅덩이 ― 에 닿았는데
그곳은 강변으로 떠내려온 옛날 배들의 무덤이었다. 배에는 조타
기가 보이고 갑판에는 쥐가 득실거렸다. 한가운데에는 귀족의 문
장이 박힌 오래된 요트가 진흙에 갇혀 있었는데, 뱃머리에 목각한
암피트리테[46] 장식이 있었다. 날개처럼 뒤로 젖혀진 돛 사이로 그
녀의 가슴이 드러났다. 우리는 갑작스런 불빛에 노출되어 붉게 보
이는, 우리 위를 날고 있는 것 같은 조각상의 발아래, 배의 선체 근
처에서 멈춰 섰다. 서늘한 밤과 쉼없이 흐르는 강물 소리가 마음을
달래주어 다들 강가 자갈 위에 누웠다. 로사리오가 머리를 풀어 천
천히, 너무도 친밀하게, 잘 시간이 가까웠음을 아는 몸짓으로 머리
를 빗기 시작했기에 말을 걸 수가 없었다. 반면 무슈는 쓸데없는
이야기를 하고 그리스인에게 질문을 던지며 답을 들으면 큰 소리
로 웃었는데, 인간이 살면서 만나기 어려운, 잊지 못할 광경을 연출
하는 요소들로 이루어진 공간에 있다는 사실을 인지하지 못한 것
처럼 보였다. 뱃머리의 모습, 불길, 강, 버려진 배들, 별자리들, 눈에
보이는 그 무엇도 그녀의 흥미를 끌지 못하는 것 같았다. 그녀라는

---

46 Amphitrite. 그리스 신화에서 바다의 정령으로 바다의 주관자인 포세이돈의 아내.

존재가 하루하루 부담감을 더해가는 무거운 짐이 되기 시작한 것은 아마도 그 순간부터인 것 같다.

11

(13일 수요일)

　내 사전의 어휘는 '고요'다. 음악계에서 일하면서 나는 다른 직업을 가진 이들보다 더 많이 이 단어를 사용했다. 어떻게 고요함을 투영할지, 어떻게 그것을 재고 짜맞출지 알았다. 하지만 지금은 이 바위에 앉아 고요를 체험한다. 아주 멀리서 온, 수많은 고요를 내포했기에 단어 하나가 굉음을 만들어낼 것이다. 내가 무슨 말을 한다면, 평소 자주 그러듯이 혼잣말을 한다면 스스로 놀랄 것이다. 선원들은 아래편 강가에 남아 우리와 여정을 같이한 씨수소를 먹이기 위해 풀을 베고 있었다. 그들의 목소리는 내게 닿지 않는다. 나는 그들에 대해 생각지 않고 점점 어두워지는 하늘에 맞닿아 사라지는 광대한 사바나를 바라본다. 자갈과 잔디 위의 보는 위치 덕분에 내가 사는 이 행성을 완벽하게 품는 둥근 하늘을 볼 수 있었다. 구름을 보기 위해 눈을 들 필요가 없다. 영원부터 그곳에 멈춰 있는 듯 움직이지 않는 새털구름은 내 눈꺼풀에 그림자를 드리운 손 높이에 있다. 멀리, 저 멀리까지 나무들이 빽빽하게 홀로 서 있고 그 옆에는 늘 선인장이 함께하는데, 마치 가문의 문장에 등장하는 새처럼 미동도 없는 육중한 매가 쉬는 초록빛 바위와 길쭉한 촛대 같았다. 소리를 내는 것도 없고 부딪히는 것도, 구르는 것도, 진동하는 것도 없다. 거미줄에 걸린 파리 한마리가 공포에 질려 윙윙거리자 천둥이라도 치는 듯하다. 다시 공기가 고요해지고, 끝에서 끝까지 적막이 찾아온다. 나는 한시간 넘게 움직이지도 않고 여기 있으면서, 어딜 가든 보이는 것의 중심에 있게 되는 이곳에서 움직인다는 게 부질없다는 걸 잘 알게 되었다. 저 멀리 물을 마시는 사슴이 보인다. 평원 위에 서서 고고한 머리를 들고서 미동도 하지 않았는데, 마치 기념비나 토템의 상징처럼 보였다. 인간의 신화적 조상, 지팡이나 문장, 국가나 국기에 그 뿔을 그려넣는 부족의 창시자 같았다. 바람이 불고 내 존재를 감지하자 그것은 서두르지 않고 천천히 멀어져 나를 세상에 홀로 남겨두었다. 강을 향해 몸을 돌려본다. 수량이 얼마나 풍부한지 물이 흘러내리며 생기는 급류와 소용돌이, 잔해가 인간이 태어나기 전부터, 건기부터 우기까지 같은 리듬으로 흐른 그 박동 속에 합쳐진다. 오늘은 동이 틀 때 출발해 많은 시간을 강변 쪽을 바라보며 보냈고, 삼백년 전 가죽 신을 신고 이곳에 온 수도사 세르반도 데 까스띠예호스 이야기를 읽느라 눈을 돌린 시간은 얼마 되지 않았다. 이 오래된 산문은 여전히 유효하다. 작가가 강의 오른편에 도마뱀의 옆모습을 닮은 돌이 있다고 한 위치에서 도마뱀의 모습을 보았다. 연대기 작가가 거대한 나무를 보고 놀란 곳에서는 거대한 나무를, 같은 곳에서 태어나 같은 새들이 살았고 같은 번개를 맞은 그 나무의 후손을 보았다. 강은 석양의 지평선에 맞춰 자른 일종의 재단선처럼 시야에 들어와 내 앞에서 넓어지며, 나무의 초록빛을 머금은 안개 사이로 사라지고 풍경 속에 들어왔던 것처럼 나간다. 그리고 새벽의 수평선을 열어 대양에서 수백 마일 떨어진 곳, 셀 수 없이 많은 섬이 시작되는 그곳의 반대편으로 멀어져간다. 곡창지대이자 길이며 수원지인 그 강 옆에서 인간의 번뇌는 보잘것없어지고 개인의 조급함은 고려되지 않는다. 철로와 도로는 뒤에 남겨졌다. 물의 흐름을 거슬러 올라가거나 따라 흐를 뿐이다. 두 경우 모두 다 불변의 시간에 맞추어야 한다. 여기서 인간의 여행은 비의 신호를 따른다. 강박적으로 시간을 계산하고 예술적 소명의식 때문에 메트로놈을, 일로 인해 시계를 소중히 여겼던 내가 며칠 전부터 태양의 높낮이에 따라 배고픔이나 졸음을 느끼며 시간에 대해 생각하지 않는다는 것을 깨달았다. 시간이 존재하지 않는 이 사바나에서 나는 시계태엽을 감지 않았다는 것을 알아채고 큰 소리로 웃었다. 옆에서 메추라기떼가 퍼드덕 날아올랐다. 마나띠의 선주가 뱃노래의 음률 같은 목소리로 나를 부르자 여기저기서 까옥까옥 소리가 난다. 한쪽에는 씨수소가 있고 다른 한쪽으로는 흑인 여자 요리사들이 있는 넓은 천막 아래 건초 더미에 다시 눕는다. 노래를 부르며 고추를 빻는 흑인 여자들의 땀과 발정기의 황소들, 알팔파에서 풍기는 매운 냄새가 나를 취하게 한다. 좋은 냄새라고 하긴 어렵다. 그래도 기운을 북돋워주었는데, 마치 내 몸의 숨은 필요성에 응답하는 듯했다. 도시에서 몇년을 살다 아버지의 농장으로 돌아가 바람에 실려오는 두엄 냄새에 감동하여 울음을 터뜨리는 탕자의 이야기 비슷한 일이 내게도 일어난다. 이제 기억한다. 내 어린 시절 뒤뜰에도 이와 비슷한 것이 있었다. 그곳에서도 흑인 여인이 노래를 부르며, 땀을 흘리며 고추를 빻고 있었고 더 멀리는 풀을 뜯는 소가 있었다. 그리고 무엇보다, 다른 무엇보다 아프리카 수염새로 짠 바구니! 마리아 델 까르멘과 내가 여행한 바구니배가 바로 거기에 있었다, 거의 고통스런 불안으로 얼굴을 묻었던, 이 알팔파와 같은 냄새가 났던 바구니배가. 바람이 잘 부는 곳에 내건 해먹에 누운 무슈가 그리스인 광부와 얘기하고 있었는데, 그녀는 그곳이 다락방이나 은신처라는 것을 알지 못했다. 반면에 로사리오는 종종 건초 더미에 올랐는데, 때로 소나기가 내려 천막에서 물이 떨어지며 갓 베어낸 풀을 차갑게 적시는 데도 전혀 신경 쓰지 않았다. 그녀는 내게서 조금 떨어진 곳에 누워 과일을 베어 물고는 미소 지었다. 망설임도 두려움도 없이 혼자, 내가 속한 박물관 관장이라면 아주 위험한 일이라고 여겼을 여행을 떠난 그녀의 용기에 놀란다. 이런 강한 기질의 여성이 이곳에선 흔한 것 같다. 배꼬리에서는 아직 소녀의 몸을 한 물라따가 꽃무늬 잠옷 위로 양동이의 물을 끼얹으며 목욕을 하고 있었는데, 거의 미개척 상태인 하천의 수원지에서 황금을 찾고 있는 연인을 만날 예정이라고 했다. 상복을 입은 또다른 여자는—매춘부에서 '약혼녀'가 되겠다는 희망을 품고—밀림 근처 마을에서 자신의 운을 시험할 참이었는데 그곳은 물이 차오르는 달이나 홍수 때는 여전히 배고픔에 시달리는 곳이었다. 날이 갈수록 이번 여행에 무슈를 데려온 것을 후회하고 있다. 나는 선원들과 좀더 어울리고 싶고, 까다로운 입맛에는 어울리지 않는다고 여기는 선상 음식을 먹고, 심지 굳고 결단력 있는 여인들과 좀더 긴밀한 관계를 맺고 그녀들의 이야기를 듣고 싶다. 그러나 무엇보다 좀더 자유롭게 로사리오에게 다가가고 싶었는데, 그녀의 심오한 본성으로 인해 이제껏 내가 알아온 비슷비슷한 여자들처럼 대하기가 어려웠다. 매번 그녀가 모욕감을 느끼지는 않을까, 기분 나빠 하지는 않을까, 너무 친한 척하는 건 아닐까, 아니면 내 정중한 태도를 바보 같다거나 남자답지 못하다고 느끼는 것은 아닐까 두려웠다. 때로는 아무도 우리를 보지 못하는 좁은 축사에 잠시 둘만 있도록 힘든 결심을 해야 할 것 같았다. 모든 상황이 그렇게 하라고 이끄는 듯하지만, 감히 그렇게 하지 못한다. 그런데 배 위에서 남자들은 여자들을 거칠게 막 대하고 여자들은 이걸 좋아하는 것처럼 보인다. 하지만 그들에게는 내가 모르는 규칙과 신호와 몸짓, 말하는 방식이 있었다. 어제, 내가 세상에서 가장 유명한 브랜드 매장에서 구입한 고급 셔츠를 본 로사리오는 그런 옷은 여자들이 입는 거라며 웃음을 터뜨렸다. 그녀 옆에서 나는 끊임없이 웃음거리가 되지는 않을까 하는 두려움에 시달렸는데, '다른 사람들은 모를 거야'라는 생각이 아무런 도움이 되지 못하는 것이, 여기서는 그들이 모든 걸 아는 사람들이었기 때문이다. 내가 아직 무슈에 대해 질투를 하거나 그리스인과의 대화를 언짢게 생각하는 것처럼 보이는 것이 단지 로사리오가 함께 여행하는 여인을 지켜야 할 의무가 있다고 생각할 것 같기 때문이라는 것을 무슈는 모른다. 때로는 내가 정확히 감지하기 어려운 어떤 시선이나 몸짓, 단어가 약속을 정하자는 신호처럼 보이기도 한다. 나는 건초 더미 위 높은 곳에 올라가 기다린다. 그러나 곧바로 헛된 기다림이 되는 것이다. 발정기의 황소가 울부짖고, 흑인 여자들이 선원들을 도발하기 위해 노래하며, 알팔파의 냄새가 나를 취하게 만든다. 관자놀이와 성기가 꿈틀거리는 것을 느끼며 눈을 감고 어이없이 에로틱한 꿈에 빠져든다.

해가 질 때쯤 우리는 진창에 쇠말뚝을 박아 세운 거친 부두에 닿았다. 말 목에 밧줄을 던지거나 말의 꼬리를 잡는 놀이로 유명하다는 마을 어귀에 들어서며 우리가 '말의 땅'에 도착했다는 것을 깨달았다. 무엇보다 서커스장 냄새와 오랫동안 세상을 떠돌며 울음소리로 문화를 알린 말의 땀 냄새가 났다. 둔탁한 망치 소리가 대장장이가 가까이 있다는 것을 알렸는데, 그는 가죽 앞치마를 걸치고 화로에서 뿜어나오는 불길 앞에서 풀무질과 망치질을 하며 바쁘게 일하고 있었다. 뜨겁게 달궜다 차가운 물에 식히는 쇠가 끓어오르는 소리와 말굽에 못을 박는 소리가 노래처럼 들렸다. 그리고 새 말굽을 단 말이 불안하게 껑충대는 소리가 이어졌고, 머리에 리본을 묶은 소녀가 창문으로 보고 있는 가운데 말은 돌바닥 위에서 미끄러질까 두려워하며 숙련된 고삐질에 따라 걷고 있었다. 말과 함께, 무두질한 풋풋한 가죽 냄새를 풍기는 마구 제조상과, 복대와 말등자와 은 징이 박힌 일요일용 고삐가 걸려 있는 벽걸이 아래에서 밀린 일을 하고 있는 직원들이 보였다. 말이 지천인 곳에서 남자는 더 남자다워 보였다. 남자는 다시 한번 수천년간 이어온 쇠와 가죽을 다루는 기술의 주인이 되었고, 말을 길들이고 타는 기술을 가르쳤으며, 다리로 조이고 팔로 감싸 안을 줄 아는 여인들 앞에서 축제의 날에 뽐낼 육체의 기술을 발전시켰다. 변덕스러운 종마를 길들이고 야수 같은 황소의 꼬리를 잡고 쓰러뜨려 먼지 속에 그 거만함을 구르게 만드는 마초들의 놀이가 다시 등장했다. 다른 어떤 짐승보다 암컷을 깊게 파고드는 고환을 덜렁대는 짐승과, 기마상을 조각하는 이들이 용기의 상징으로 대리석이나 청동을 깎거나 녹여 그럴싸하게 보이도록 하는 남자 사이에는 신비로운 동지의식이 생겨났다. 잘생긴 말과 말에 탄 영웅이 만들어내는 그림자가 공원에서 만남을 가지는 연인들이 숨기에 적당한 그림자를 드리웠다. 처마 밑에서 말 여러마리가 졸고 있는 집에는 남자들이 여럿 모여 있었다. 그러나 밤중에 달랑 한마리 말이 덤불 아래 반쯤 몸을 감추고 주인을 기다리고 있다면 이는 주인이 남들 눈에 띄지 않는 그림자가 기다리는 집에 조용히 들어가기 위한 것임이 분명했다. 유럽인의 최고의 재산이자 전쟁 무기, 이동 수단, 배달부, 영웅의 제단, 개선문의 장식이었던 말이 아메리카에서 그 위대한 역사를 이어간다는 사실이 흥미롭게 느껴졌다. 신세계에서만 그들의 세속적 업무를 이토록 정확하고 위대하게 이행하고 있었기 때문이다. 중세 시대 미지의 땅에 대해 그랬듯이 지도 위에 말의 땅을 빈 공간으로 남겨둔다면 지구의 사분의 일에 해당하는 지역이 흰색으로 칠해질 것이고, 반인반마의 괴물로 여겨진 남자들이 그리스도의 십자가를, 질질 끌지 않고 치켜들고 처음 들어온 그곳에서 '편자'의 위대한 존재감을 증명했을 것이다.

12

(14일 목요일)

보름달이 떴을 때 다시 항해를 시작했다. 선주는 강의 건너편 산띠아고 데 로스 아기날도스 항구에서 카푸친회 소속 수사 한명을 태워야 해서 물살이 강한 오전 시간을 활용해 이동하기를 원했고 오후에는 짐을 옮겨 싣고 싶어했다. 실력 있는 선장이 키를 잡고 운항한 까닭에 그날 정오에 경이로운 유적으로 유명한 도시에 도착했다. 인적 없는 긴 도로와 버려진 집들, 문설주나 고리만 남은 썩은 문, 흰개미가 갉아먹고 빈 말벌집으로 거뭇해진 무너진 들보를 따라 가운데가 푹 꺼진 이끼 낀 지붕이 이어졌다. 늘어선 기둥이 무화과나무 뿌리가 부순 처마 장식을 떠받치고 있었다. 마치 공중에 매달린 듯 시작도 끝도 없는 계단과 하늘을 향해 열려 있는 창틀에 연결된 격자무늬의 발코니가 있었다. 하얀 꽃받침을 가진 떨기나무가 군데군데 금이 간 타일로 된 넓은 홀에 커튼처럼 드리

위 있고 아로모꽃의 광택 없는 금색과 포인세티아의 붉은색이 어두운 구석을 장식하고 있었다. 촛대처럼 보이는 선인장 줄기가 마치 보이지 않는 하인들의 손에 의해 들어올려진 듯 복도에서 흔들렸다. 문지방은 곰팡이가 슬었고 벽난로에는 엉겅퀴가 피어 있었다. 벽을 따라 나무들이 자라며 벽돌 틈새를 갈고리처럼 파고들었고, 불탄 성당에는 일부 버팀벽과 아치 조형물, 금방이라도 무너져 내릴 것 같은 아치 형태의 기념비가 남아 있었는데, 그 팀파눔에는 아직 베이스나 테오르보[47], 오르간, 비올라와 마라까스[48]를 연주하는 천사들과 함께 새겨넣은 천상의 콘서트의 인물들이 희미하게 남아 있었다. 나는 감명을 받은 나머지 배로 돌아가 연필과 종이를 가져와서 스케치를 하여 이 희귀한 악기 자료를 큐레이터에게 보여주고 싶었다. 그러나 바로 그 순간 북소리, 피리 소리가 들리고 광장 한구석에서 여러 악마들이 나타나 불탄 성당 앞, 석고와 벽돌로 만들어진 초라한 예배당으로 향했다. 춤꾼들은 신도단의 회개하는 이들처럼 얼굴에 검은 수건을 쓰고 팔짝팔짝 뛰면서 느리게 나아갔다. 이들은 세개의 뿔과 돼지 코를 가진 악마 가면을 쓴 탓에 그리스도 수난극에 나오는 바알세불이나 입 큰 뱀, 미치광이들의 왕 역할을 맡아도 될 만한 단장 겸 지휘자의 뒤를 따랐다. 존속살해범의 가면처럼 얼굴을 가린 그들을 보자 갑자기 두려움이 엄습했다. 시간의 신비에서 나온 거짓 얼굴과 가면, 동물이나 괴물, 악령인 척하는 것에 열광하는 인간을 드러내는 그 가면들. 이 기괴한 춤꾼들은 예배당 문에 도착하자 문고리를 여러번 두드렸다. 닫

---

47 theorbo. 바로크 시대에 사용된 류트보다 좀더 큰 악기.
48 maracas. 마라까의 마른 열매 속에 남은 마른 씨를 흔들어 소리를 내는 라틴아메리카의 리듬악기.

힌 문 앞에 오랫동안 서서 울고 탄식했다. 그런데 갑자기 쾅 하며 문이 열리고 향이 스멀스멀 피어오르는 가운데 충성스러운 신도들이 어깨에 멘 백마상을 타고 세베대와 살로메의 아들 사도 야고보가 등장했다. 금관 앞에서 악마들은 마치 심장마비라도 걸린 듯 공포에 질려 뒷걸음치며 서로 부딪히고 넘어지고 땅에 굴렀다. 그 모습 너머로 클라리넷과 트롬본으로 사까부체와 치리미아[49] 같은 중세 악기들 소리를 재현한 성가가 흘러나왔다.

사도 중 첫번째로
순교하신 예루살렘의 주교
야고보는 고귀하고
거룩한 순교자
(Primus ex apostolis
Martir Jerosolimis
Jacobus egregio
Sacer est martirio)

아이들이 종탑에 걸터앉아 발을 구르며 힘껏 종을 쳤다. 행렬은 콧소리로 가성을 내는 주임사제 뒤를 따라 천천히 예배당 주위를 돌았고, 악마들은 퇴마 의식으로 인한 고통을 호소하며 성수를 맞고 신음 소리를 내며 뒷걸음질 쳤다. 마침내 낡은 벨벳 캐노피의 그늘 아래 사도 야고보의 형상, '캄푸스 스텔라에'[50]의 형상이 신전

---

49 chirimia. 나무로 만든 피리의 일종.
50 Campus Stellae. 라틴어로 별이 있는 들판이라는 뜻. 에스빠냐 서북부에 위치한 가톨릭의 성지 산띠아고 데 꼼뽀스뗄라의 지명이 여기서 유래했다.

으로 다시 들어가고 흔들리는 조명과 촛불 아래 굉음을 내며 문이 닫혔다. 그러자 광대로 변한 버려진 악마들이 바깥에서 웃고 재주를 넘으며 달리기 시작해 도시의 유적들 사이로 사라지면서, 창문 너머로 거기서는 여인들이 여전히 아기를 낳느냐고 무례하게 소리쳐 물었다. 신도들은 흩어졌다. 나무뿌리로 인해 타일이 깨지고 벗겨진 슬픈 광장 가운데 나 홀로 남겨졌다. 조금 후 아버지의 건강 회복을 위해 초를 밝히러 갔던 로사리오가 우리와 함께 승선할 수염 난 카푸친 수사와 함께 나타나, 그를 뻬드로 데 에네스뜨로사라고 소개했다. 수사는 말을 아끼며 엄숙한 어조로 천천히 설명하기를, 이곳에서는 성체축일에 야고보상을 밖으로 꺼내는데, 마을이 생긴 지 얼마 지나지 않은 성체축일 오후에 이곳에 수호성인이 도착했고 그때부터 지켜온 전통이라고 했다. 곧 두명의 흑인 만돌린 연주자가 우리와 합류하여 올해 축제는 행렬뿐이었다고 불평하며 다시는 찾아오지 않겠다고 했다. 그때서야 나는 한때는 이곳이 궤짝이며 살림살이, 네덜란드산 침구가 가득 찬 장롱 들이 있는 도시였지만 긴 내전으로 인해 성곽과 재산이 파괴되고 가문의 문장은 덩굴로 뒤덮이게 되었다는 것을 알게 되었다. 여유가 되는 이들은 헐값에 집을 팔고 떠났다. 그뒤에는 버려진 논밭이 늪으로 변하며 전염병이 도시를 강타했다. 죽음으로 인한 부재가 결국 잡초와 이끼에게 성을 넘겨주고 아치와 지붕, 문지방을 무너뜨렸다. 이제는 한때 부촌이었던 산띠아고 데 로스 아기날도스의 그림자가 드리워진 한 마을에 불과하다. 선교사의 이야기에 흥미를 느낀 내가 역병이 돌고 '귀족전쟁'[51]으로 폐허가 된 도시들에 대해 생각하고 있는

----

51 1264~67년 사치하고 무능한 잉글랜드의 왕 헨리 3세에게 귀족들이 반기를 들면서 시작된 내란.

데, 로사리오가 우리를 즐겁게 하려고 청한 만돌린 연주자들의 공연이 시작되었다. 그리고 문득 그들의 노래가 나를 기억 저편으로 인도했다. 검은 얼굴의 두 방랑시인은 샤를마뉴, 롤랑, 뛰르뺑 대주교와 가늘롱[52]의 배신, 그리고 론세스바예스에서 무어인을 처단한 칼에 대해 노래하고 있었다. 배를 댈 잔교에 도착했을 때 그들은 나는 알지 못하는 '라라의 자식들'[53]에 대한 이야기를 읊었는데, 그 옛날식 말투가 버려진 고성처럼 이끼가 슬고 금이 간 벽 아래서 무언가 감동을 주었다. 마침내 어스름이 유적지 위로 길게 그림자를 드리울 때 배는 출발했다. 무슈는 뱃전에 팔꿈치를 대고 유령 같은 그 도시의 풍경은 최고로 평가받는 현대 화가들의 상상을 초월할 정도로 신비하고 멋있었다고 말했다. 여기서 환상예술의 주제는 직접 만지고 경험할 수 있는 삼차원의 것이었다. 상상 속 건축물도, 싸구려 시의 일부도 아니었다. 실제의 미궁 속을 걷고, 부서진 층계참에 손잡이 없는 난간이 있는 계단을 걸었다. 무슈의 이런 지적은 어리석은 것이 아니었다. 그러나 나는 한 여인에게 질려버린 남자가 영리한 말조차 지겹게 느끼는 그런 상태에 다다랐음을 깨달았다. 울부짖는 황소와 닭장에 갇힌 닭들, 갑판에 풀어놓아 카푸친 수사의 해먹 아래를 뛰어다니며 묵주를 엉키게 만들고 있는 돼지들, 흑인 여자 요리사들의 노래와 다이아몬드를 쫓는 그리스인의 웃음소리, 뱃머리에서 목욕하던 상복을 입은 매춘부, 선원들을 춤추게

....
52 모두 작자 미상의 중세 프랑스 서사시 『롤랑의 노래』(La Chanson de Roland)의 등장인물. 샤를마뉴(Charlemagne)는 프랑크제국의 황제이자 서로마 황제, 롤랑(Roland)은 『롤랑의 노래』의 주인공이자 샤를마뉴의 조카, 뛰르뺑(Turpin)은 롤랑과 함께 죽음을 맞는 인물, 가늘롱(Ganelon)은 샤를마뉴의 부하이자 롤랑의 의붓아버지이지만 그를 배신하여 죽음에 이르게 하는 인물이다.
53 12세기경 지어진 것으로 추정되는 작자 미상의 에스빠냐 서사시의 등장인물들.

만든 만돌린 연주자들의 소란스러움에 엘 보스꼬의 그림 「미치광이들의 배」[54]가 생각났다. 어딘지 모를 강변에서 떨어져나온 배. 비록 내가 본 것들의 뿌리는 내가 잘 아는 스타일과 논리, 신화에 바탕을 두고 있을지라도 그 모든 것의 조합의 결과로 이 땅에서 자라난 나무는 나를 당혹스럽게 했다. 거대한 나무들이 강줄기의 입구에 모여 ─ 낮은 동산을 닮은 둥근 잎과 개의 주둥이를 닮은 꼭대기를 가진 ─ 석양을 마주하고 커다란 개코원숭이들의 위원회처럼 우뚝 서 있는 풍경은 내게 새롭게 다가왔다. 나는 물론 무대미술의 요소를 잘 알고 있었다. 그러나 이 세계의 습기 속에서 잔해는 폐허의 잔해였고, 덩굴은 돌을 다른 방식으로 해체했으며, 곤충들은 다른 속임수를 썼고, 악마는 그 육체 아래에서 흑인 춤꾼들이 신음할 때 더욱 악마적이었다. 천사와 마라까스는 그 자체로는 새로운 것이 아니다. 그러나 불탄 성당의 팀파눔에 새겨진 마라까스를 연주하는 천사는 다른 곳에서는 보지 못한 것이었다. 이 땅의 역할이 인류 역사상 최초로 다양한 문화의 공생을 가능하게 하는 것은 아닐까 자문해보고 있을 때, 가깝고도 멀게 느껴진 어떤 소리가 나를 생각에서 깨어나게 만들었다. 내 옆에서 성체축일의 기억을 상기시키며 뻬드로 데 에네스뜨로사 수사가 낮은 목소리로 「그레고리오성가」를 부르고 있었는데, 아주 오랜 역사를 지닌, 누런 종이 위에 네우마로 쓰인 『통합 성가집』[55]의 곡이었다.

──────────

54 에스빠냐에서는 엘 보스꼬(El Bosco)로 알려진 네덜란드 화가 히에로니무스 보스(Hieronymus Bosch)의 작품.

55 *Liber Usualis*. '유용한 책'이란 뜻으로 「그레고리오성가」로 불린 곡들을 채보한 전례서. 가사는 라틴어로 적혀 있고 선율은 중세 종교음악에서 단선율 성가의 기보 기호인 네우마(neuma)로 기록되었다.

찬양하라, 소고를 울려라,

기쁘게 현악을 연주하라.

나팔 소리로

여호와의 위대함을 찬양하라.

(Sumite psalmum, et date tympanum:

Psalterium jocundum cum citara.

Buccinate in Neomenia tuba

In insigni dei solemnitatis vestrae.)

13

(6월 15일 금요일)

아눈시아시온 ─ 습한 도시, 수백년 전부터 아무런 이득도 없는 밀림과의 전쟁에 시달려온 ─ 의 항구에 도착했을 때, 나는 '말의 땅'을 뒤로하고 '개의 땅'에 들어왔다는 것을 깨달았다. 거주지의 지붕이 끝나는 곳 너머로 아직은 먼 밀림 입구의 나무들이 보였는데 나무라기보다 오벨리스크 같았고, 우뚝 선 파수꾼처럼 보였다. 관목들이 얽히고설킨 광대한 밀림에 띄엄띄엄 흩어져 있는 그 나무들의 엄청난 번식력은 하룻밤 새 숲속 오솔길을 지워버리곤 했다. 길이 없는 세상에서 말이 할 일은 없었다. 그리고 남쪽으로 가는 길을 가로막는 초록빛 덩굴 너머로 말 탄 사람의 통행을 막는 나뭇가지로 덮인 좁은 길과 오솔길이 이어져 있었다. 반면 인간의 무릎 높이에 눈이 달린 개는 사람의 눈을 속이는 토란 밑이나 쓰러진 나무둥치의 텅 빈 속, 썩은 나뭇잎 사이를 보았다. 예민한 주둥이와 날카로운 후각을 지니고 위험 앞에 털을 곤두세우는 개는 오랜 세월 인간의 첫째가는 동맹이었다. 개와 인간은 이미 서로의 부족한 능력을 보완해 동료로 일하도록 묶인 계약관계였기 때문이다. 개는 인간의 퇴화한 감각들, 코로 찾는 능력과 네 발로 걷는 능력, 다른 동물들 사이에서 튀지 않는 외양을 사냥의 동료에게 제공했고, 그 대신 인간의 개척 정신, 무기 사용, 노 젓는 능력, 직립보행의 혜택을 누렸다. 개는 동물에 대한 모든 전쟁에서 인간 편에 서는 권리를 프로메테우스에게 간구하여 인간과 함께 불의 혜택을 누리는 유일한 동물이었다. 그래서 저 도시는 '개 짖는 소리를 내는 도시'였다. 복도에서, 철창 뒤에서, 식탁 아래에서 개들은 다리를 뻗고 코를 킁킁거리며 바닥을 긁고 위험을 알렸다. 뱃머리에 앉고 지붕 위로 뛰어다니고 고기가 잘 익는지 지켜보고, 공동체의 모든 회의와 모임에 참석했으며 교회에 갔다. 그래서 오래된 식민지 조례 중 하나는 "토요일과 모든 축제의 전야제에" 성당에서 개를 내쫓는 관리자를 두도록 했지만 아무도 관심을 갖지 않았고 지키지도 않았다. 달밤이면 개들은 우우 하는 소리로 합창에 가깝게 달에 대한 숭배를 표현했는데 이제 아무도 이를 불길한 징조로 받아들이지 않으며, 시끄러워서 잠을 깼을 때도 다른 종교를 가진 친척들이 행하는 다소 번거로운 의식을 참아내는 것과 비슷한 태도를 보였다.

아눈시아시온 항구에서 여관이라 불리는 곳은 벽에 금이 간 오래된 막사로, 객실은 식료품 부족에 대비해 키우는 큰 거북이들이 기어다니는 진흙투성이 안뜰을 향하고 있었다. 간이침대 두개와 목제 의자 하나가 가구의 전부였고 녹슨 못 세개가 문 뒤에 걸린 거울 하나를 고정하고 있었다. 강 위로 막 달이 떠올라서 —— 프란체스코 수도회의 은빛 거목에서부터 검게 물든 섬까지 —— 개들의 우우거리는 성가가 다시 들리기 시작했고, 강 건너편에서 예기치 못했던 화답도 들렸다. 기분이 최악인 무슈는 우리가 전기를 뒤에 두고 왔으며 여기서는 아직 램프와 촛대의 시대가 지속되고 있고, 외모를 가꾸는 데 필요한 물건을 살 잡화점조차 없다는 사실을 받아들이지 못했다. 내 여자친구는 끊임없이 외모에 들이는 정성을 티내지 않을 만큼 영리했고, 그래서 모르는 이들은 그녀가 지식인에게는 어울리지 않는 여성의 허영심 따위는 초월했으며 오로지 젊음과 타고난 아름다움만으로도 그녀를 매력적으로 만들기에 충분하다고 믿었다. 그런 전략을 알기에 나는 건초 더미 위에서 그녀가 자주 거울을 들여다보며 실망스러운 듯 눈썹을 찌푸리는 걸 보며 즐겼다. 이제 나는 그녀의 몸을 이루는 같은 물질, 같은 살이 오늘 아침 일어난 뒤로 얼마나 시들어 보일 수 있는지에 놀랐다. 센물 때문에 거칠어진 피부가 불그스레해지면서 코와 관자놀이에 모공이 드러나 보였다. 머리카락은 군데군데 초록빛이 도는 황금색삼베처럼 보였는데, 평소에 얼마나 교묘하게 염색을 해서 구릿빛으로 빛나게 만들었는지 알 수 있었다. 천막에서 떨어진 뭔가가 묻은 듯한 블라우스 속 그녀의 가슴도 탄력을 잃은 듯 보였고, 양동이와 통으로 가득 찬 흔들리는 창고였던 배의 갑판에서 삶이 강요하는 대로 무엇이든 움켜쥐는 바람에 부러진 손톱을 감추기엔 매니큐어로는 부족했다. 초록색과 노란색이 아름답게 어우러진 황갈색 눈은 지루함과 지친 기색, 모든 것에 대한 혐오, 그녀 자신이 문학적 기쁨의 문구를 소리 높여 읊으며 시작한 이 여행을 얼마나 못 견뎌 하는지 소리치지도 못하는 현실에 대한 분노를 드러내고 있었다. 왜냐하면 — 이제 기억났는데 — 그녀는 출발 전날 밤 익숙한 '탈출에 대한 갈망'에 대해 이야기하며, 위대한 단어인 '모험'에 '여행으로의 초대'가 뜻하는 모든 의미를 부여하면서 일상으로부터의 탈출, 우연한 만남, 몽상가 시인의 "엄청난 플로리다"에 대해 말했기 때문이다. 이제까지 — 어린 시절 이후 잊어버렸던 감각들을 되찾으며 매일 즐거워하는 내 감정과 멀리 있는 그녀에게 — '모험'이라는 단어는 도시 호텔에서의 강제 감금 생활과 단조롭게 반복되는 거대한 파노라마 같은 풍경, 침대 머리맡에 램프도 없이 새벽닭의 울음소리에 깨야 하는, 밤새 지친 몸을 끌고 이동해야 하는 것만을 뜻했다. 지금 그녀는 흐트러진 치마 속이 드러난 것도 아랑곳없이 무릎을 껴안고 간이침대 사이에서 천천히 몸을 흔들며 양철 주전자의 사탕수수 소주를 홀짝거리고 있었다. 멕시코의 피라미드와 — 사진으로만 본 — 잉카의 요새와 몬떼 알반[56]의 계단과 호피족[57]의 점토벽돌 마을에 대해 말하면서 이곳의 원주민들은 그런 경이로움을 만들어내지 못했다고 탄식했다. 그러고는 우리 세대가 사랑하는 — 내게는 '경제 전문가의 어조'로 느껴지는 — '지식인층'의 단정적이고 기술적인 용어로 가득한 말투를 써서 이곳 사람들의 삶의 방식과 편견, 신앙, 이들의 낙후한 농업과 허황된 광산에 대한 얘기를 시작해, 당연한 일이겠지만 잉여가치와 인간에 의한 인간 착취로 이어갔다. 그녀의 의견에 반박하기 위해 나는 이 여행에서 나를 매료하는 것이 있다면 바로 세상의 유행과 동떨어진 삶을 사는 넓은 땅덩어리를 발견한 사실이라고 말했다. 이곳

---

56 Monte Albán. 메소아메리카의 고대 도시로 사포텍문명의 중심지.
57 Hopi. 현재의 미국 동남부에 거주했던 원주민. 애리조나주 북부의 푸에블로족을 가리킨다.

에서는 많은 이가 천막 지붕 아래 질그릇 하나, 해먹, 기타 한대에 만족하며 사는 것이 사실이지만, 그 모든 것에 일종의 애니미즘, 아주 오래된 전통 의식이 살아 있으며, '저곳'에 우리가 남겨두고 온 문화보다 더 고귀하고 가치 있는 문화의 현존인 신화에 대한 생생한 기억이 있다. 어떤 마을에서는 집에 온수가 나오는 것보다 『롤랑의 노래』에 대한 기억을 간직하는 것에 더 관심이 있다. 나는 자동기계와 자신의 심오한 영혼을 맞바꾸는 데 반감을 가진 사람들이 많다는 사실에 기뻤다. 그런 기계들은 여인들의 빨래하는 행위를 없앰으로써 그녀들의 노래를 없애고 동시에 수천년간 이어온 민속 전통도 단번에 없애버린다. 내 말을 못 들은 척, 혹은 아무 관심도 없다는 듯이 무슈가 이곳에는 볼만하거나 연구할 가치가 있는 것이 하나도 없고, 이 나라는 역사도 개성도 없다면서 내일 새벽에 떠나겠다고, 이번에는 타고 온 배가 물길의 흐름을 따라가니 하루만 지나면 돌아갈 수 있다고 했다. 그러나 이제 내게 그녀가 원하는 것은 그다지 중요하지 않았다. 이것이 내게는 무척 새로운 것이고 나는 대학과 한 약속을 지키고 맡은 임무대로 악기를 찾을 때까지 계속 갈 거라고 건조하게 말하자, 내 여자친구는 갑자기 분노에 차서 나를 부르주아라고 불렀다. 그런 모욕은 — 나도 잘 안다! — 그녀 같은 배경을 지닌 많은 여성들이 상당수 지식인의 동의를 이끌어내면서 스스로를 혁명적이라 선언하고 처음에는 문학 모임의 미학 개념 아래, 그뒤에는 철학과 사회학 사상의 지지 아래 섹스의 자유에 자신을 던진 시대의 추억이었다. 항상 자신의 안녕에 주의를 기울이며 자신의 즐거움과 열정을 무엇보다 우선시하는 무슈야말로 내게는 부르주아의 전형이었다. 그럼에도 그녀는 어떤 의무나 원칙에 관련되었거나, 특정한 육체적 행위를 묵인하지 않거나, 종교적인 문제를 일으키거나 질서를 요구하는 것처럼 자신에게 반대하는 모든 이에 대해 가장 큰 모욕으로 부르주아라는 평가를 내렸다. 큐레이터와의 약속을, 따라서 양심과의 약속을 지키고자 하는 내 노력이 그녀의 길에 방해가 되기에 그녀에게 그런 목표는 부르주아라는 평가를 내려 마땅했다. 그녀는 헝클어진 머리로 간이침대에서 일어나 화난 태도로 작은 주먹을 내 관자놀이 근처에 갖다댔는데 이런 행동은 내가 처음 겪는 것이었다. 그녀는 최대한 빨리 로스 알또스로 가고 싶다고, 체력을 회복하려면 산의 시원한 공기가 필요하며 남은 휴가 기간 동안 우리가 시간을 보낼 곳은 거기라고 소리를 질렀다. 로스 알또스라는 이름에 나는 갑자기 화가 치밀어올랐는데, 캐나다 화가가 내 친구 주위를 맴돌며 나를 언짢게 만든 기억이 떠올랐기 때문이다. 언쟁할 때도 심한 말은 가리는 편이었지만, 오늘 밤 램프 불빛 아래 못나 보이는 여인을 보자 그녀를 상처 입히고 비난하고 내 마음속 깊은 곳에 쌓인 오랜 불만을 터뜨리고픈 충동을 느꼈다. 나는 캐나다 화가를 모욕하는 것으로 시작해 험담까지 했는데, 이는 무슈에게 상처를 바늘로 찌르는 것 같은 효과를 낳았다. 그녀가 한발짝 뒤로 물러서더니 내 머리를 향해 사탕수수 소주가 담긴 주전자를 던졌는데 아슬아슬하게 비껴갔다. 자신이 한 일에 깜짝 놀란 그녀가 후회하며 내 쪽으로 다가왔지만, 그녀의 폭력적 행위에 내게서는 감정의 빗장이 풀린 말들이 쏟아져나왔다. 나는 당신을 더이상 사랑하지 않고 당신이라는 존재를 견딜 수 없으며 당신의 육체조차 혐오스럽다고 소리 질렀다. 나 자신도 놀라게 한 이 낯선 목소리가 그녀에게는 더욱 놀라웠음이 분명하다. 마치 그 말들에 이어 어떤 체벌이라도 있을 것처럼 그녀는 자리를 피해 뜰로 뛰쳐나갔다. 하지만 안뜰이 진흙탕인 것을 알아채지 못해 심하게 미끄러지면서 거북이가 가득한 웅덩이에 빠져버렸다. 수렁에 빠진 갑옷 입은 전사처럼 자신 아래에서 들썩이기 시작한 젖은 등껍질을 느끼고 그녀는 공포에 찬 비명을 질렀는데, 이것이 한동안 조용하던 개들을 깨웠다. 개 짖는 소리가 세상을 울리는 가운데 나는 무슈를 방 안으로 밀어넣었다. 진흙탕 냄새가 진동하는 옷을 벗기고 약간 찢어진 두툼한 목욕수건으로 머리부터 발끝까지 그녀를 닦아주었다. 사탕수수 소주를 큰 컵에 따라 마시게 한 후 침대에 눕히고, 그녀가 홀쩍이며 나를 부르거나 말거나 무시하고 거리로 나섰다. 적어도 몇시간 동안은 그녀에 대해 잊고 싶었다. 아니, 그럴 필요가 있었다.

가까운 선술집에서 그리스인을 만났는데 눈썹이 덥수룩한 작은 남자와 술을 마시고 있었다. 그리스인은 그 남자를 아델란따도[58]라고 소개하며 옆에서 맥주를 핥고 있는 누런 개는 가빌란[59]이라는 이름에 걸맞게 대단한 녀석이라고 했다. 이제 광부는 아눈시아시온 항구에서 만나기 힘든 인물과 나를 쉽사리 연결해준 행운을 축하하고 있었다. 그는 내게 설명하기를 드넓은 대지와 산, 계곡, 보물, 방랑자와 사라진 문명의 흔적을 간직한 밀림은 온전한 작은 세상으로 그 속의 동물과 인간을 먹여살리고, 자신만의 구름과 유성을 만들며 비를 뿌린다고 했다. 숨겨진 국가, 암호로 그려진 지도, 비밀의 문을 통해 들어갈 수 있는 광대한 식물의 왕국. "노아의 방주 비슷한 거죠, 땅의 모든 동물이 다 들어갔지만 달랑 작은 문 하

---

58 Adelantado. 앞선 자, 선구자라는 뜻. 에스빠냐 왕실이 국왕의 이름으로 정복과 식민지배 임무를 맡긴 자에게 내린 호칭. 서인도(Indias)의 첫 아델란따도는 크리스토퍼 콜럼버스였다.
59 Gavilán. 새매를 뜻한다.

나밖에 없었던." 작은 남자가 말했다. 그 세상에 들어가기 위해 아델란따도는 비밀의 문을 열 수 있는 열쇠를 찾아내야만 했다. 그만이 두개의 그루터기 사이 숨겨진 길을 알고 있었는데 주위 240킬로미터 내에서 유일한 길이었고, 위대한 지구의 바로크적인 장대한 신비로 내려가는 좁은 오솔길로 이어진다고 했다. 오직 그만이 폭포 아래 덩굴풀이 있는 길과 낙엽으로 가려진 뒷문, 암각화가 있는 동굴을 지나가는 길, 숨겨진 우회로가 어디 있는지 알고 있었다. 그는 부러진 가지와 나무에 새긴 칼자국, 떨어진 것이 아니라 일부러 그 자리에 놓은 가지의 암호를 풀 줄 알았다. 그는 몇달 동안 사라졌다가 아무도 예상치 못한 때에 불쑥 물건을 가지고 식물로 뒤덮인 벽들 사이로 나타났다. 때로는 채집한 나비들이거나 도마뱀 껍질, 백로 깃털이 가득 찬 자루, 기묘한 소리를 내는 살아 있는 새, 또는 사람 모양의 도자기, 가재도구나 희귀한 바구니처럼 외부인들의 흥미를 끌 수 있는 물건들이었다. 한번은 오랫동안 사라졌다가 스무명의 원주민을 데리고 난초를 가져오기도 했다. 가빌란이라는 개의 이름은 주인에게 도움이 될까 싶어 깃털 하나도 뽑지 않고 새를 잡아다주는 능력 덕분에 붙여진 것이었다. 거리에서 그를 부르는 참치잡이 어부와 인사를 나누려고 아델란따도가 잠시 떠난 틈을 타 그리스인이 가벼운 어조로 내게 말하길, 대다수 사람들에 따르면 저 특이한 인물은 돌아다니던 중에 금이 엄청나게 묻혀 있는 곳을 발견했는데 그 위치는 당연히 극비로 하고 있다고 했다. 그가 짐꾼들과 나타날 때면 왜 그들이 몇 안 되는 이가 살아가는 데 필요한 것보다 훨씬 많은 짐을 가지고 돌아가는지, 왜 씨돼지며 옷감, 빗, 설탕처럼 먼 곳을 탐험하는 사람에게는 별 쓸모없는 것들을 가져가는지 아무도 이해할 수 없었다. 이에 관해 물어보려 하면 그는 대답을 피한 채 원주민들에게 마을을 돌아다니지 못하게 했고, 소리치고 재촉해서 그들을 다시 숲으로 몰아갔다. 사람들은 그가 법망을 피해 다니는 도망자들이나 부족 간 전쟁에서 패하여 포로가 된 이들을 데리고 광맥을 캐는 중이라거나, 삼백년쯤 전에 산으로 도망친 흑인들 무리에서 스스로 왕이 되어, 항상 북소리가 울려퍼지고 말뚝 울타리가 쳐진 마을에서 산다고 했다. 그러나 아델란따도가 돌아왔고, 광부는 재빨리 화제를 바꿔 내 여행의 목적에 대해 말하기 시작했다. 특이한 목적에 따라 움직이는 이들을 대하는 데 익숙하고, 자신이 높이 평가하는 몬살바혜라는 이름의 식물학자의 친구이자 후원자인 아델란따도는 내게 뱃길로 사흘 거리에 있는, 강물 색이 탁해 엘 뻰따도라 불리는 강 상류의 작은 마을에서 필요한 악기들을 발견할 수 있을 것이라고 했다. 어떤 원시 종교의 식에 대해 묻자 그는 음악을 만들어내는 모든 도구를 기억나는 대로 늘어놓으며 소주의 힘을 빌려 통나무 드럼과 뼈로 만든 피리, 뿔과 두개골 호른, 장례 의식 때 울리는 항아리와 치료용 딸랑이 소리를 흉내 내고 연주하는 시늉을 했다. 그때 뻬드로 데 에네스뜨로사 수사가 나타나 로사리오의 아버지가 방금 사망했다는 소식을 전했다. 이 갑작스런 소식에 놀란 한편 도착 이후 아무 소식도 듣지 못한 그녀를 보고 싶은 마음에 나는 그리스인과 카푸친회 수사, 아델란따도와, 마을에 있을 때면 밤샘 모임에 결코 빠지지 않는 가빌란과 함께 고인의 집으로 향했다. 내 입안에는 방금 맛본 아가베 소주의 헤이즐너트 향이 감돌고 있었고, 작은 선술집의 꽃이 그려진 간판은 터무니없이 웃기는 이름을 뽐내고 있었다. '미래의 추억'.

14

(금요일 밤)

　창살이 달린 여덟개의 창이 있는 그 집에서는 죽음이 쉬지 않고 작동하고 있었다. 모든 곳에서 부지런히, 열심히 장례를 준비하고, 눈물을 모으며, 초에 불을 붙이고, 자신의 작품을 마을 전체가 잘 볼 수 있도록 긴 의자가 충분한지, 출입구는 충분히 넓은지 확인했다. 곰팡이 슨 낡은 벨벳을 덮은 나무 상자에 은색 대못을 박은 망치 소리가 아직 여운으로 남은 관이 단상에 올려져 있었는데, 눈썰미가 뛰어나 주민들의 치수를 다 기억하여 항상 죽은 이의 체구에 꼭 맞는 관을 짜는 목수가 얼마 전에 가져온 것이었다. 밤에는 향이 아주 강한 꽃들이 등장했는데, 뜰이나 창가의 화단, 밀림이 우거지며 회복된 정원의 ——꽃잎이 두꺼운 월하향과 재스민, 야생 백합, 목련 같은—— 꽃들로, 어제 춤추던 여인의 머리를 장식했던 리본으로 줄기를 묶었다. 현관이나 입구에 서서 남자들이 엄숙하게 이야기를 나누는 동안 여인들은 침실에서 기도를 했는데, 모두 성가의 "은혜로 충만한 마리아, 하느님이 그대를 구원하시길, 주께서 그대와 함께하시네, 모든 여인들 가운데 축복받은 이여"를 끈질기게 반복해서 불렀고 그 소리는 어두운 구석의 선반 위에 놓인 성인들의 초상과 묵주 사이로 퍼지면서 자갈돌을 굴리는 부드러운 파도의 변함없는 시간과 함께 노랫가락은 상승과 하강을 반복했다. 죽은 이의 삶을 담았던 집 안의 모든 거울은 크레이프와 리넨으로 덮여 있었다. 여러 유명 인사들, 수로 관리자, 시장과 교사, 참치잡이 어부, 가죽 무두장이가 담배꽁초를 챙이 넓은 모자에 꽂은 뒤 시신 위로 막 몸을 굽혔다. 그 순간 검은 옷을 입은 마른 소녀가 발작이라도 일으킨 듯 날카로운 비명을 지르며 바닥에 쓰러졌다. 여럿이서 그녀를 방 밖으로 옮겼다. 그러나 이제 관에 가까이 다가간 것은 로사리오였다. 상복을 입고 윤나는 머리칼을 단정히 동여맨 창백한 입술의 그녀는 놀랄 만큼 아름다웠다. 그녀는 울어서 부은 눈으로 모두를 바라보다가 갑자기 속 깊은 곳에 상처라도 입은 것처럼 두 손을 모아 입가에 대고 긴 울음소리를 냈는데, 그것은 인간의 소리가 아니라 활에 맞은 짐승이나 출산 중인 여인네 또는 귀신 들린 자의 소리 같았다. 그러고는 관을 끌어안았다. 갈라지고 끊어지는 목소리로 자신의 옷을 찢고 눈을 뽑아버릴 것이며 더 이상 살고 싶지 않다고, 무덤에 뛰어들어 흙으로 자신을 덮어버리겠다고 했다. 사람들이 떼어놓으려 하자 그녀는 분노에 차 저항하며 미래를 예견하듯 깊은 곳에서 나온 듯한 신비롭고 소름 돋는 말로 검은 벨벳에서 자신의 손가락을 떼어내려는 자들을 위협했다. 울음으로 목이 메어 큰 재앙과 세상의 종말, 최후의 심판과 전염병과 속죄에 대해 말했다. 마침내 다리를 축 늘어뜨리고 머리가 헝클어진 채 거의 기절 상태인 그녀를 사람들이 데리고 나갔다. 그녀의 검은 스타킹은 이 재앙 앞에서 올이 나갔고, 얼마 전 윤을 낸 굽이 닳은 구두가 바닥에 끌리는 것을 보자 내 마음이 찢어질 듯 아팠다.

그러나 이제 그녀의 다른 자매가 관을 끌어안고 있었다…… 그런 격렬한 고통에 깊은 인상을 받은 나는 문득 고전 비극을 떠올렸다. 각자의 상복을 서랍에 보관하고 있는 이런 대가족 내에서 죽음은 아주 흔한 일이었다. 다산의 경험을 지닌 어머니들은 자주 죽음의 현현을 느끼곤 했다. 그러나 유년 시절부터 망자에게 수의를 입히고 천으로 거울을 가리며 적절한 기도를 읊조리는 식으로 비통한 장례 의식을 행해온 여인들은 아주 먼 옛날부터 지켜온 전통에 따라 죽음 앞에 '항거했다'. 왜냐하면 이 모든 것은 무엇보다 집 안의 사신의 현존 앞에 절망에 찬, 협박조의, 거의 마술적인 항의였기 때문이다. 시신 앞에서 그 시골 여인들은 오레스테이아[60]의 주인공들처럼, 불타는 궁에서 개처럼 내던져진 트로이의 울부짖는 고귀한 공주들 같은 끔찍한 얼굴 위로 검은 베일처럼 머리를 풀어헤치고 울부짖었다. 오른쪽 문과 왼쪽 문으로 번갈아 등장한 아홉 자매들이 그 끈질긴 절망과 극적인 감정을 놀랄 만큼 잘 표현하면서, 고독을 저주하고 폐허가 된 집에서 슬피 울며 신은 없다고 부르짖는, 어머니 헤쿠바[61]의 입장을 준비하는 모습은 이 모든 것이 연극이 아닌가 의심하게 했다. 가까이 있던 망자의 친척 한사람은 여인들이 사랑했던 고인을 애도하는 방식이 감탄스러울 정도라고 말했다. 그러나 나는 이 모든 것이 지상의 왕국에서 앞서 간 이들이 행해온 장례 의식의 어두운 기억을 내 안에 불러일으키고 나를 에워싸는 듯했다. 그리고 기억 속 한페이지에서 이제 셸리의 시가 떠올라, 스스로의 의미 속에 웅크리고 있는 듯 계속 되풀이되었다.

(…) 그대는 어떻게 들을 수 있나요?

죽은 자의 언어를 알지 못하면서

(…How canst thou hear

Who knowest not the language of the dead?)[62]

---

60 Oresteia. 아이스킬로스의 비극 3부작 『아가멤논』(*Agamemnon*) 『코이포로이』(*Choephoroe*) 『에우메니데스』(*Eumenides*)의 총칭.

61 Hécuba. 그리스 신화에서 트로이의 왕 프리아모스의 아내이자 헥토르와 파리스, 카산드라의 어머니.

62 셸리의 극시 『사슬에서 풀린 프로메테우스』의 한 구절.

내가 내내 살았던 도시의 사람들은 더이상 그 목소리의 뜻을 몰랐는데, 실은 죽은 자와 대화할 수 있는 언어를 잊었기 때문이다. 홀로 된다는 것의 극심한 공포를 알고 그토록 불확실한 길에 자신을 홀로 두지 말라고 애원하는 이들의 고통을 아는 이들의 언어 말이다. 아버지의 무덤에 자신을 내던지겠다고 외치는 아홉 자매들은 천년을 이어온 가장 숭고한 의식을 따르는 것이었다. 그 의식에 따라 죽은 자의 고독을 조롱하기 위해 죽은 자에게 물건을 바치고 불가능한 약속을 했다. 입에는 동전을 물리고 하인과 여인들과 악사의 모습을 한 인형들로 둘러쌌다. 뱃삯이나 요구조건은 알지도 못하면서 저세상으로 가는 강의 뱃사공과 문지기에게 말할 암호와 자격증, 통행권을 주었다. 이와 동시에 나는 내가 살고 있는 이 세상 사람들에게 죽음이 얼마나 속되고 사소한 일이 되었는지, 근조 화환과 얼음 침대의 시대, 엄숙한 표정으로 의식을 준비하는 장례 대행회사 직원들, 거창한 의식과 기도로 진행되는 행사, 공용 물품과 돈을 바라며 시신 위로 뻗은 손을 감추지 못하는 냉정한 사업에 대해 생각했다. 어떤 이들은 이곳에서 벌어지는 비극 앞에 미소 지을 수도 있으리라. 그러나 이것을 통해 인류 초기의 의식이 재현되고 있었다. 내가 이런 생각을 하고 있을 때, 다이아몬드 채굴업자가 독특하고 악의 가득한 표정으로 다가와 부엌에서 홀로 다른 여인들을 위해 커피를 끓이고 있는 로사리오에게 가보는 게 좋을 거라고 했다. 그의 냉소적인 어투가 불편해서 나는 이런 비통한 시간에 그녀를 번거롭게 하지 않는 것이 좋겠다고 응수했다. 그러자 그 그리스인은 훈계조로 "스스로를 괴롭히지 말고 안으로 들어가시지. 다른 땅에서 왔더라도 대담한 남자가 매사에 더 운이 좋은 법이니까"라고 말했다. 그런 불쾌한 조언은 필요 없다고 대꾸하려는 순간, 광부가 갑자기 열띤 어조로 "홀에 들어가면 먼저 왕비를 만날 텐데, 이름은 아레테이고 알키노오스 왕과 같은 조상의 후손이지"[63]라고 했다. 이 예상치 못한 말에 놀라 어리둥절한 내 모습을 매의 눈으로 바라보던 그가 웃으며 말을 맺었다. "호메로스, 오디세우스." 그러고선 단호하게 부엌을 향해 나를 밀었다. 거기, 항아리들과 선반, 점토 냄비와 화롯불 사이에서 로사리오가 고깔 모양의 낡은 천에 뜨거운 물을 붓고 있었다. 난폭하다고 할 만큼 고통을 표현하고 나니 슬픔이 좀 가라앉은 듯이 보였다. 그녀가 조용한 목소리로 내게 자신이 14인의 구제성인에게 올린 기도가 아버지를 구하기에는 너무 늦은 것이었다고 설명했다. 이어서 아버지의 병에 대해 무슨 전설을 이야기하듯이 말해서 그녀가 인간의 육체에 대해 신화적 개념을 가지고 있다는 것을 드러냈다. 병은 친구와 싸운 뒤 시작되었는데, 강을 건널 때 햇볕을 너무 많이 쬐어 체액이 뇌로 올라간 탓에 몸의 절반에 피가 부족해졌고 이것이 근육에 염증을 일으켜 조직의 변형을 가져왔으며, 결국 사십일간 고열에 시달리며 심벽비대증이 왔다고 했다. 로사리오가 말하는 동안 그녀의 몸에서 뿜어져나온 열기가 옷을 통해 내 피부에 와닿았고, 나는 그 온기에 끌려 그녀에게 다가갔다. 그녀는 바닥에 놓인 큰 항아리에 기댄 채 팔꿈치를 가장자리에 대고 있어서 토기의 선을 따라 그녀의 허리도 내 쪽을 향해 휘어 있었다. 화롯불이 그 얼굴을 비춰 어두운 눈동자에 순간 깃드는 빛이 불을 따라 움직이고 있었다. 나는 부끄러웠지만, 소년 시절 이래 잊어버렸던 갈망으로 그녀를 원

---

63 『오디세이아』 제7권 48행. 알키노오스의 궁전으로 들어가는 오디세우스의 말이다.

하고 있음을 느꼈다. 수많은 우화에 나오는 이야기처럼 이제 더이상 살아 돌아오지 않을 육체의 존재감을 가까이 느끼고 살아 있는 육체를 탐하려는 가증스런 욕망이 타오르는 것인지 알 수 없으나, 그녀의 상복을 벗기는 내 시선이 무척이나 강렬했을까, 로사리오는 항아리를 사이에 두고 마치 우물 입구로 다가서는 사람처럼 천천히 돌아 다시 가장자리에 기대섰고, 내 맞은편에서 물이 가득 찬, 우리 두사람의 목소리에 성당의 홀 같은 메아리를 만드는 검은 구멍 너머로 나를 바라보았다. 때로 잠깐씩 나를 혼자 남겨두고 조문객을 맞으러 갔던 그녀는 눈물을 닦으며 내가 안절부절못하는 연인처럼 그녀를 기다리고 있는 곳으로 돌아왔다. 우리는 거의 말이 없었다. 그녀는 일종의 항복처럼 여겨지는 수동성을 즐기며 항아리의 물 위로 자신의 모습을 보게 내버려두었다. 곧 일출 시간을 알리며 시계가 울렸지만 해는 뜨지 않았다. 모두가 기이하게 여기며 뜰로 나갔다. 해가 떠올라야 하는 곳에 회갈색 연기와 뜨거운 화산재, 갑자기 솟은 꽃구름 같은 붉은 구름이 지평선 끝에서 끝까지 하늘을 메우고 있었다. 구름이 우리 위로 자리를 잡으면서 지붕과 항아리와 우리의 어깨 위로 나비가 비처럼 내리기 시작했다. 셀 수 없이 많은 보랏빛 줄무늬에 짙은 다홍빛의 작은 나비들이었다. 드넓은 밀림 너머, 대륙의 미지의 장소에서 현기증 나는 속도로 번식한 후 증인도 기록도 없는 어떤 지각변동이나 재앙에 놀라고 쫓겨 날아오른 나비들이었다. 아델란따도는 그런 나비의 이동이 이 지방에서는 놀라운 일이 아니라며 이럴 때는 하루 종일 해를 보는 것이 어렵다고 말했다. 따라서 로사리오 아버지의 장례는 촛불 아래, 붉은 날개를 단 낮의 밤에 치러질 것이었다. 이 세상 한 귀퉁이에서는 다뉴브강이 쥐들로 뒤덮여 검게 변하거나 늑대들이 도시의 시장까지 침범했던 암흑기의 연대기 작가들이 서술한 그런 대이동이 아직 일어나고 있었다. 지난주에도 동네 사람들이 성당 묘지에서 큰 재규어를 죽였다고 누군가 이야기해주었다.

15

(6월 16일 토요일)

담벼락이 잡초로 뒤덮인, 로사리오의 아버지를 매장한 공동묘지는 성당 건물과 이어져 있거나 건물의 일부처럼 보였는데, 낡은 대문과 짧고 굵은 십자가가 세워진 포석으로 된 기단만이 이들을 구분 짓고 있었다. 기단의 잿빛 돌에는 그리스도와 수난의 도구가 정으로 새겨져 있었다. 성당은 납작한 형태였고, 두꺼운 벽과 틈새가 파인 굵은 돌, 단단한 버팀벽으로 이루어져 요새의 옹벽처럼 보였다. 아치는 낮고 엉성했다. 격자로 된 장식용 까치발 위 나무 지붕은 초기 로마네스크 양식의 교회를 연상시켰다. 정오를 지난 성당 안은 어두웠고, 땅과 태양 사이를 가르는 나비들의 날갯짓으로 붉게 물들어 있었다. 그렇게 등불과 촛대로 둘러싸인 옛 성인들은 성당의 벽화나 종교화 속 인물처럼 보였고, 그래서 그곳은 성당이 아니라 저마다 전통적인 도구를 이용해 작업 중인 일터 같았다. 손에 곡괭이를 들고 잔디와 옥수숫대로 덮인 바닥에서 일하는 이시드로, 매일 새로운 열쇠를 걸어주는 베드로, 격분해서 창이 아니라 장대를 들고 용을 찌르는 게오르기우스, 야자수를 든, 너무 거구여서 어깨에 아기 예수를 세워도 귀까지밖에 닿지 않는 크리스토포루스, 그의 상처를 핥는 모습을 더 실감 나게 보이기 위해 그림 속 개에게 진짜 개털을 붙인 나사로. 많은 권한을 가졌으나 그들에게 요구하는 것이 많아서 기진맥진한, 헌금으로 동전을 받고 아무 때나 행렬에 내보내는 이 성인들은 마을의 일상에서 거룩한 공무원, 중보(仲保)기도자부터 일용직, 천상의 관료 직분까지 담당했으며 항상 일종의 고충 처리 사역을 해야 했다. 매일 신성모독에 대한 용서를 구하는 선물과 봉헌 초를 받았으며, 류머티즘의 고통, 우박 피해, 길을 잃은 가축에 대한 문제까지 청원의 대상이었다. 도박꾼들은 카드놀이를 하다 버릴 패를 정할 때 그들을 불렀고, 매춘부는 수입이 좋은 날이면 초에 불을 밝혔다. 아델란따도가 웃으며 얘기해준 바에 따르면 이 모두는, 내가 살던 도시의 외양만 화려한 예배당의 희미해져가는 황금빛 신화와 격식만 따지느라 가식적으로 변해버린 현대 성당의 스테인드글라스와 함께 모든 힘을 잃은 신의 세계와 나를 화해시키는 것이라고 했다. 제단 위에서 피 흘리는 것처럼 보이도록 검은색 나무로 만든 그리스도 앞에는 자기희생, 사역, 감동적인 성인전의 분위기가 흐르고 있었는데, 때로는 오래된 비잔틴풍 예배당 안의 두개골에 칼이 박힌 순교자나 이교도들의 머리를 짓밟고 있는 피 묻은 말굽 위 갑옷을 입은 주교의 이미지가 나를 두렵게 만들었을 것이다. 다른 때였다면 이 소박한 성당에 조금 더 머물렀겠지만, 나비들이 우리 주위에 드리우는 어둠이 내게는 마치 끝없이 계속되는 일식과도 같은 효과를 내기 시작해 불안해졌다. 이것과 지난밤의 피로로 인해 나는 무슈가 있는 여관으로 돌아갔는데, 그녀는 아직 해가 뜬 줄도 모르고 베개를 끌어안고 잠들어 있었다. 몇시간 후 내가 잠에서 깨어났을 때 그녀는 이미 방에 없었고 나비들의 탈출도 끝나 다시 해가 솟아 있었다. 언쟁을 피하게 된 것을 다행으로 생각했고, 로사리오의 집으로 향하면서 나는 그녀가 잠에서 깼기를 간절히 바랐다. 그곳은 모든 것이 일상으로 돌아와 있었다. 상복을 입은 여인들은 ─죽음이라는 일상의 재앙을 겪은 뒤 삶을 이어가는 오랜 관습에 따라─ 기분 좋게 각자의 일을 하고 있었다. 개들이 잠들어 있는 마당에서 아델란따도와 뻬드로 수사는 함께 밀림에 들어가는 것에 대해 의논하고 있었다. 그때 무슈가 나타났고 그리스인이 그 뒤를 따랐다. 지난밤 그토록 화를 내며 돌아가려 했던 일은 잊어버린 것 같았다. 오히려 그녀의 얼굴에는 어떤 심술궂고 도전적인 기쁨이 드러났는데, 상복을 꿰매느라 바쁜 로사리오도 나처럼 그것을 알아챘다. 내 여자친구는 설명할 필요성을 느낀 듯 부두에서 야네스를 만났다고 했다. 고무 채취자들이 돛단배에서 이 시기에 항해할 수 있는 좁은 수로로 된 지름길을 통해 뻬에드라스 네그라스의 급류를 피해 강을 거슬러 올라갈 준비를 하고 있는 부두에서 만났다는 것이었다. 그녀는 그 광부에게 화강암 벽을 볼 수 있도록 자신을 데려가달라고 부탁했다. 최초의 발견자들이 세차게 소용돌이치는 물살과 으르렁대는 나무, 거품이 부글대는 협곡이라는 두려운 현실 앞에 절망감으로 눈물 흘렸을 때부터 항해의 주요한 경계가 된 곳이었다. 그녀가 폭포 언저리에서 꺾었다면서 야생 백합의 한 종류인 희귀한 꽃을 보여주며 그 엄청난 장관에 대해 문학적 표현을 막 시작하려는 찰나, 여자들이 하는 말 따위엔 결코 귀를 기울이지 않는 ─게다가 무슨 말인지 이해도 못 한─ 아델란따도가 짜증스런 몸짓으로 그녀의 말을 끊었다. 그의 생각은 우리도 좀더 편하고 빠른 속도로 움직일 수 있도록 고무 채취자들의 배를 이용해야 한다는 것이었다. 야네스도 바로 그날 밤이면 그의 형제들이 있는 다이아몬드 광산에 도착할 수 있다고 확언했다. 내 예상과는 정반대로 무슈는 '다이아몬드 광산'이란 말을 듣자 — 내 생각에는 보석으로 빛나는 동굴의 환상에 눈이 멀어 — 기쁘게 찬성했다. 그녀는 로사리오의 목에 매달려 아주 쉬운 여정이 될 이번 여행에 함께해달라고 부탁했다. 내일은 광산에서 쉴 수 있을 것이다. 그곳에서 그녀는 우리가 여행에서 돌아오기를 기다릴 수 있을 것이었다. 내가 보기에 무슈는 사실 여행이 짧기보다 더이상 위험 부담이 없기를 바랐고, 우리 앞에 벌어질 일에 대해 알고 싶고 혹시 자신이 여행을 포기하고 아눈시아시온 항구로 돌아가기로 할 경우 동행해줄 사람이 필요했던 것이다. 어쨌든 로사리오가 우리와 함께 간다면 내게는 큰 기쁨이 될 터였다. 그녀를 바라보았다. 마치 내 이야기를 기다리는 듯 바느질상자를 가만히 내려다보는 그녀의 눈에 시선을 맞추었다. 그녀는 내 뜻을 읽고, 이런 일은 미친 짓이라며 방과 세탁실에서 반대의 목소리를 높이는 자매들에게 다가갔다. 그녀는 자매들의 반대에도 아랑곳하지 않고 옷보따리와 허름한 숄을 걸치고 바로 나타났다. 숲길에서 무슈가 우리 앞에 걸어가는 틈을 타 그녀는 내게 중요한 비밀을 폭로하는 사람처럼 빠르게 말하길, 내 여자친구가 가져온 꽃은 삐에드라스 네그라스에서 자라는 것이 아니라 버려진 수도원이 있는 섬에서 자라는 것이라며 손으로 그 방향을 가리켜 알려주었다. 더 자세히 얘기해달라고 부탁하려 했으나 로사리오는 그 순간부터 고무 채취자들의 배에 도착할 때까지 나와 단둘이 남겨지는 것을 피했다. 이제 배는 세찬 급류를 피해가며 강을 거슬러 올라갔다. 낡은 갤리선의 돛대에 넓게 펼쳐진 삼각형 돛 위로 석양이 물들고 있었다. 밀림으로 들어가는 입구 풍경은 엄숙하고도 침울했다. 왼쪽 강변으로 점판암으로 이루어진 검은 야산이 놀랄 만큼 슬픈 모습을 드러내고 있었다. 그 산의 치맛자락에는 도마뱀이나 맥 같은 석화된 동물 모양의 화강암덩어리들이 박혀 있었다.

조용한 하구에는 세갈래로 나뉜 흙더미가 야만인들의 기념비처럼 서 있었는데, 둥그스름한 형태의 꼭대기는 마치 금방이라도 튀어오를 것 같은 거대한 개구리처럼 보였다. 나무가 거의 없는 광산 마을의 모든 풍경이 신비로운 분위기를 자아냈다. 얼마 안 되는 수풀 사이 여기저기에 현무암 더미들, 거의 직사각형 모양의 암석들이 흩어져 있었는데 아주 오래된 사원과 선돌, 고인돌의 유적처럼 — 침묵과 정지만이 가득한 잃어버린 묘지의 흔적처럼 — 보였다. 마치 우리와는 다른 인간들로 이루어진 기이한 문명이 그곳에서 번성했다가 시간의 밤 가운데 사라져가며 우리가 모르는 의도를 가지고 만든 건축물의 흔적을 남겨둔 것 같았다. 줄 지어 강을 향해 솟구치거나 쓰러져 있는 그 석판들의 배치는 어떤 눈먼 기하학이 작용한 것이다. 물길 가운데는 섬들이 있었는데 마치 산을 발기발기 찢어 여기저기 버린 자갈 더미들처럼 유랑하는 바위 더미 같았다. 각각의 섬은 내게 줄곧 — 로사리오의 이상한 말이 불러일으킨 — 하나의 고정된 생각을 떠올리게 만들었다. 마침내 나는 무심한 척 버려진 수도원 섬에 대해 물었다. "성 프리스카⁶⁴라네." 뻬드로 수사가 살짝 얼굴을 붉히며 말했다. "성 프리아포스⁶⁵라고 불러야 맞겠는데요." 아델란따도가 껄껄 웃으며 말하자 고무 채취자들이 웃음을 터뜨렸다. 그렇게 알게 된 사실은, 수년 전부터 마을에서 즐길 장소를 찾지 못한 남녀가 오래된 프란체스코회 성당의 무

---

64 로마의 클라우디우스 황제 치하에서 교수형에 처해져 순교한 여성.
65 그리스 신화에서 남성 생식력을 상징하는 신. 아프로디테와 디오니소스의 아들로 큰 성기를 지닌 기형적인 모습으로 묘사된다.

너진 벽을 넘어 숨어든다는 것이었다. 키잡이에 따르면 그곳에서 무수한 성행위가 이루어졌고 그곳을 지배하는 습기와 이끼, 야생 백합의 냄새가 카푸친회 수사 중 가장 지혜로운 남자라도 불타오르게 만들기에 충분하다고 했다. 나는 뱃머리에서 브라반트의 게노베바 이야기를 읽고 있는 로사리오 곁으로 갔다. 배 중간쯤의 티크 열매 포대 위에 누워 무슨 얘긴지 이해하지 못하고 있던 무슈는 우리의 공동생활에 방금 아주 중대한 일이 일어났다는 사실을 전혀 알아채지 못했다. 왜냐하면 ── 적어도 그 순간 ── 나는 화도 안 나고 그녀의 행동을 나무랄 마음조차 생기지 않았던 것이다. 오히려 나는 물고랭이가 피어 있는 가운데 윙윙거리는 벌레 소리와 두꺼비 울음소리가 들리는 그 석양 속에서 오랜 시간 젊어지고 온 짐을 내려놓은 사람처럼 가볍고 자유로운 기분을 느꼈다. 강변에는 목련꽃이 그림처럼 수놓여 있었다. 아내가 매일 걷고 있을 길에 대해 생각해보았다. 그러나 기억 속에서 그녀의 모습은 명확히 떠오르지 않았고 흐릿하고 희미한 모습으로 사라져갔다. 흔들리는 배의 움직임이 어린 시절 내 경이로운 여행에서 배 구실을 했던 바구니를 생각나게 했다. 내 팔 가까이에 있는 로사리오의 팔에서 느껴지는 온기를 즐겁고도 묘한 초조함으로 받아들이고 있었다.

16

(토요일 밤)

집을 지으면서 인간은 자신의 혈통을 드러낸다. 그리스인들의 집은 원주민이 보이오 원두막을 올리는 데 쓰는 동일한 재료로 만들었는데, 천연섬유, 야자수 잎, 갈대와 진흙을 섞어 세상 모든 건축물이 그렇듯 오래 견딜 수 있도록 그들 나름의 규정에 따라 세웠다. 그러나 처마를 좀더 들어올리고 들보 간격을 더 벌리는 것만으로도 합각머리에 전면부의 위엄을 더하고 추녀 끝이 만들어지게 되었다. 벽기둥으로는 바닥 지름이 좀 더 긴 통나무를 골라 도리아식 기둥을 흉내 냈다. 우리를 둘러싼 바위산의 풍경도 뜻밖에 어딘지 헬레니즘 분위기를 풍겼다. 방금 만난 야네스 삼형제는 나이만 몇살씩 차이가 있을 뿐 개선문에 새긴 것처럼 옆모습이 닮은꼴이다. 밤이면 염소를 가둬두는 가까운 오두막에서는 —아델란따도가 지난밤 이미 말했던— 몬살바헤 박사가 채집한 희귀식물을 분류, 처리하고 있다고 한다. 그는 아직 밝혀지지 않은 효능을 가진 약초와 뻬요떼 선인장, 밀림의 독초와 마취제 수집가이자 모험가였는데, 이제 그 과학자가 으스대는 어투와 몸짓을 하며 우리 쪽으로 다가왔다. 그 식물학자는 우리가 누구인지에는 관심을 보이지 않은 채 보지도 못한 버섯의 종류에 대해 라틴어 학명을 써가며 설명해서 우리를 지치게 만들었다. 손가락으로 견본을 잘게 부수며 왜 그런 명칭을 붙였는지 설명했다. 그러다 갑자기 우리가 식물학자가 아니라는 사실을 깨닫고는 스스로를 독의 제왕이라 비하하며 우리가 거쳐온 바깥세상의 소식을 전해달라고 청했다. 무언가 말해줘야 할 것 같아 하긴 했지만 —주의를 기울이지 않는 사람들을 볼 때— 여기서는 내가 가져온 소식에 아무런 관심이 없는 것이 분명했다. 몬살바헤 박사가 알고 싶어한 것은 사실 강 주변의 삶과 관련된 일들이었다. 그는 이제 뻬드로 데 에네스뜨로사 수사에게 부탁하여 받은 키니네 한알을 삼킨다. 월요일에 채집한 식물들을 가지고 아눈시아시온 항구로 내려갔다가 곧 돌아올 예정인데, 냄새만 맡아도 환영에 시달리게 하는 이름 모를 나무와 가까이 있으면 특정 금속 제품에 곰팡이가 슬게 하는 십자꽃을 발견했기 때문이다.

그리스인들이 마치 광기의 돌을 빼내듯 검지를 관자놀이에 갖다댔다. 아델란따도는 박사가 원주민 단어를 발음할 때 내는 이상한 소리를 비웃었다. 그러나 고무 채취자들은 그가 뛰어난 의사이고, 이 빠진 칼끝으로 종기를 제거한 적이 있다고 말했다. 로사리오는 그를 알고 있었고 그가 기나긴 침묵 끝에 끝없이 수다를 떨려고 드는 것을 자연스러운 일로 받아들였다. 무슈는 그에게 맥베스 경이라는 별명을 붙이고 프랑스어로 이야기하다가 결국은 식물 이야기에 지쳐 야네스에게 그녀의 해먹을 집 안에 걸어달라고 부탁했다. 뻬드로 수사가 내게 설명하길, 그 식물학자는 미친 것은 아니지만 상상력이 풍부해서 밀림에서 홀로 몇달을 지내고 올 때면 자신이 연금술사와 이교도 조상을 두었고 ─ 고집스레 라몬 류이[66]라 부르는 ─ 라이문도 룰리오의 직계 후손이라고 우긴다고 했다. 류이의 유명한 저서 『아르스 마그나』[67]에서 확인할 수 있는 나무에 대한 집착이 바로 그와 류이가 같은 혈통의 증거라는 것이었다. 그러나 도착한 이들과 처음 만난 사람들의 소란은 그리스 광부들이 가져온 염소젖 치즈와 그들의 작은 뜰에서 키운 무와 토마토, 까사바 빵, 소금, 사탕수수 소주가 든 통을 둘러싸자 조용해졌다. 소주

---

66 Ramón Llull 혹은 Raimundo Lulio(1236~1316). 에스빠냐의 종교인이자 지식인, 철학자로 까딸루냐 문학에 큰 영향을 미쳤다. 명석한 박사(Doctor Illuminatus)라고 불렸다.

67 *Ars Magna*. 연금술의 모든 기술이란 뜻으로 류이의 대표작 중 하나(1275).

를 먼저 권했는데 아마도 무의식중에 소금과 빵, 와인을 먹고 마시는 수도원의 의식을 따라 한 것 같다. 이제 우리는 조상들이 그랬듯 한밤중의 따스한 불을 찾아 화롯가에 모여 앉아 있다. 어떤 이들은 팔꿈치를 기대고 다른 이들은 턱을 괴고 있었으며 카푸친회 수사는 습관처럼 무릎을 꿇고 있었고 여인들은 담요를 깔고 앉아 있었는데, 가빌란은 혀를 내민 채 그리스 사람들의 애꾸눈 개 폴리페모스[68] 옆에 앉아 있었다. 모두가 젖은 나뭇가지 사이에서 타오르는, 노랗게 죽어가다 활활 타오르는, 장작 위의 나뭇가지에서 파랗게 살아나는 불꽃을 바라보았다. 우리가 차지하고 있는 점판암 비탈길은 신비로운 별이나 이정표, 돌기둥 같은 분위기를 풍겼고, 계단 꼭대기는 안개에 가려 보이지 않았다. 힘든 일정이었다. 그러나 아무도 자러 가지 않는다. 그곳에서 불의 온기에 취한 듯 각자 자신의 세계에 갇힌 채 아무 생각 없이 상념에 빠져 다른 이들과 함께 나누는 편안함과 고요를 맛보고 있었다. 얼마 지나지 않아 흩어져 있는 돌덩어리 위로 차가운 공기가 퍼지고 덤불나무의 덩굴 너머로 달이 뜨며 귀뚜라미가 노래하기 시작한다. 흰 새 두마리가 깍깍 울어대며 하늘에서 내려온다. 집에 불이 켜지고 말소리가 들리기 시작한다. 그리스 사람 하나가 광산에 더이상 파낼 것이 없어 보인다고 불평한다. 그러나 몬살바헤는 어깨를 으쓱하며 그란데스 메세따스[69]로 더 나아가면 모든 하천에 다이아몬드가 있을 것이라고 확언한다. 햇볕에 그을린 대머리에 두꺼운 테 안경을 쓴 식물학자는 불가사리를 연상케 하는 마디가 굵은 손가락에 검버섯이 덮인 뭉툭한 손을 가졌다. 그는 내 상상 속에서 땅의 영혼, 동굴

---

68 Polyphemos. 『오디세이아』에 나오는 외눈 거인으로 식인종 무리의 우두머리.
69 Grandes Mesetas. 대고원이란 뜻.

의 수호정령처럼 보인다. 그가 황금에 대해 말을 꺼내자마자 모두 조용해졌는데, 사람들은 보물 이야기를 좋아하기 때문이다. 그 이야기꾼—당연히 그래야 하듯 불 옆에 자리 잡은—은 이 세상의 금에 관한 모든 것을 먼 도서관에서 배웠다. 곧 저 멀리에 달빛에 물든 엘도라도의 신기루가 나타났다. 뻬드로 수사가 빈정대는 미소를 지었다. 아델란따도는 불에 나뭇가지를 던지며 음흉한 표정으로 귀를 기울였다. 식물을 채집하는 사람에게 신화란 오직 현실의 반영일 뿐이다. 환영 같은 넓은 땅 곳곳을 찾아 헤매며 사람들이 발견하고자 했던 도시 마노아[70]에서 강변의 진흙에는 다이아몬드가, 강바닥에는 금이 있었다. 야네스가 "충적토일 뿐이에요"라고 반박했다. "그렇다면" 몬살바헤가 주장했다. "사람의 발길이 닿지 않은 미지의 땅인 저 너머, 폭포로 뒤덮인 괴상한 모양의 거대한 산들 사이에 우리가 모르는 광맥과 지구 연금술 연구소가 있다는 증거예요. 월터 롤리[71]가 '노다지'라고 부른, 수백개의 강에 흩뿌려진 끝없는 귀금속 자갈의 모체가 있다니까." 누군가 에스빠냐 사람들은 그를 '세르과몌랄레'[72]라 불렀다고 하자 식물학자는 기다렸다는 듯이 유명한 탐험가들의 증언을 이야기하기 시작했다. 그들은 자신의 이름을 듣고 어둠 속에서 나타나 갑옷과 솜 조끼를 우리 장작불에 데웠다. 니콜라우스 페데르만과 벨랄까사르, 에스뻬라, 오레야나[73]의 뒤로 사제들, 북 치는 고수와 사까부체 연주자

------

70 Manoa. 상상 속 황금의 도시 엘도라도(El Dorado)의 별칭.

71 Walter Raleigh(1554?~1618). 영국의 탐험가이자 작가. 엘리자베스 1세의 명으로 북아메리카 식민사업을 하며 엘도라도를 찾아다녔다.

72 Sir Walter Raleigh를 에스빠냐어로 발음한 것이다.

73 페데르만(Nicolás Federmann)과 에스뻬라(Jorge de Espira, 독일 이름 Georg Hohermuth)는 함께 엘도라도를 찾던 16세기의 독일 탐험가, 벨랄까사르(Sebastián

들이 따랐고 수학자, 식물학자와 심령술사 들을 거느렸다. 그들은
금발머리에 곱슬거리는 수염을 가진 독일인들이고, 격동의 땅 엘
도라도에 발을 들이자마자 곤살로 삐사로[74]의 말처럼 황금 말굽을
박은 준마를 탄, 날렵한 몸에 펄럭이는 군기를 휘감고 숫염소의 수
염을 가진 엑스뜨레마두라 사람들이었다. 무엇보다 까스띠야인들
이 '우레'라고 부르는 필리프 폰 후텐[75]이 있었는데, 어느 역사적인
날 오후, 언덕 위에서 부하들에 둘러싸여 위대한 도시 마노아와 그
막강한 요새를 감탄 속에 바라본 바로 그 사람이다. 그때 이래로
소문이 퍼져 이후 한세기 동안 밀림을 샅샅이 뒤지고 길을 잃고 헤
매다 제자리로 되돌아오는 실패한 탐험이 반복되었고, 타고 간 말
을 잡아먹고 그 피를 마시며, 창에 맞아 죽은 세바스티아누스[76] 같
은 죽음이 반복되었다. 이런 이야기는 잘 알려진 사건들이라 할 수
있다. 잘 알려지지 않은, 신화의 불길에 날개를 태우고 갑옷을 입은
채 죽어 접근할 수 없는 어떤 돌벽 아래 버려진 많은 이들의 이름
은 역사 속에서 잊혔기 때문이다. 불꽃 앞 어둠 속에서 아델란따도
가 일어서며 도끼를 불 가까이 비췄는데, 그 묘한 생김새가 내 주
의를 끌었다. 시꺼멓게 변색된 올리브나무로 만든 자루가 달려 있
는 까스띠야 도끼였다. 자루에 농민 병사가 칼로 날짜를 새겨놓았

<hr>

de Belalcázar)는 15세기 에스빠냐의 정복자이며, 오레야나(Francisco de Orellana)는
엘도라도를 찾던 중 유럽인으로는 처음으로 16세기에 아마존을 탐험했다.

74 Gonzalo Pizarro(1511~46). 엘도라도를 찾던 에스빠냐 정복자 프란시스꼬 삐사
로의 동생.

75 Philipp von Hutten(1517~46). 엘도라도를 찾던 독일 탐험가. 에스빠냐어로 펠
리뻬 데 우레(Felipe de Urre) 혹은 펠리뻬 데 우뜨레(Felipe de Utre)라고도 불렸다.
우레(urre)는 금이라는 뜻.

76 Sebastianus(256~288). 로마 황제 디오클레티아누스의 기독교 박해로 온몸에
화살을 맞는 형을 당했으나 죽지 않았다는 성인.

다. 정복자들 시대의 날짜였다. 우리가 어떤 신비로운 감동에 사로잡혀 말없이 손에서 손으로 도끼를 건네는 동안 아델란따도는 어떻게 밀림의 가장 깊은 곳, 인간의 뼈와 칼과 투구, 총 사이에서 이 도끼를 발견했는지, 또 나무뿌리가 마치 보이지 않는 두 손으로 받들듯이 창을 쥐고 있었는지에 대해 이야기를 늘어놓았다. 도끼의 차가움이 손가락 끝에 느껴졌다. 그리고 우리는 더 경이로운 사건을 기대하며 멋진 풍경 속으로 들어갔다. 몬살바헤의 부름에 따라 주문을 외우며 상처를 치료하는 보고따와 거대한 시까뇨꼬오라 여왕, 호수의 바닥에서 잠자는 양서류 인간과 꽃향기만을 먹고 살아가는 이가 나타났다. 우리는 이미 두 눈 사이에 페데르만의 부하들이 본 대로 히드라의 빛나는 돌이 박힌 '루비 개'와 사슴의 내장에서 발견된 베조아르 위석^{胃石}, 그리고 그 아래서 다섯사람이, 또는 —어느 수도원장의 반박할 수 없는 이야기에 따르면—타조의 발굽에 다리를 밟힌 다른 야만인들이 쉴 수 있을 만큼 큰 귀를 가진 따뚜나차스 이야기를 받아들였다. 두세기 동안 산띠아고로 향한 눈먼 순례자들은 콘스탄티노플에 전시되어 있는, 맹렬히 신음하며 죽어간 남미산 큰 독수리의 경이로움을 노래했다…… 뻬드로 데 에네스뜨로사 수사는 그런 우화를 전하는 것은 나쁜 짓이라는 걸 지적할 의무가 있다고 느꼈다. 그러나 몬살바헤가 불가사의한 사건의 옹호자가 되어, 마노아 왕국의 존재는 계몽의 세기[77]가 한창일 때 그곳을 찾아 나선 선교사들도 인정한 것이라고 단언했다. 세미나에서 발표하는 듯한 어조로 칠십년 전 유명한 지리학자가 그란데스 메세따스에서 '우레'가 바라본 유령의 도시 비슷한 것

----

77 18세기 유럽과 아메리카에 중요한 정치적·사회적 변화가 생긴 시대. 까르뻰띠에르는 자신이 쓴 역사소설의 제목을 '계몽의 세기'라 붙였다.

을 발견했다고 했다. 아마존 여전사[78]도 실존했었는데. 옥수수 제국[79]으로 신비로운 이주를 하는 도중 까리브족에 의해 살해당한 사내들의 아내라고 했다. 마야인들의 밀림에는 계단, 잔교, 기념비와 물고기 사제와 가재 사제의 종교의식을 묘사한 웅장한 그림으로 가득 찬 사원이 있었다. 쓰러진 나무 뒤에서 갑자기 거대한 머리들이 나타났는데 내면에서부터 죽음을 바라보듯 내리뜬 두 눈이 오히려 더 두려움을 주었다. 다른 곳에는 서로 마주 보는 '신들의 거리'가 길게 뻗어 있는데 그 신들의 이름은 우리에겐 영원히 알려지지 않을 것이다. 수세기 동안 인간에게는 허락되지 않은 불멸의 형상이었으나 지금은 파괴되고 죽임을 당한 신들이다. 태평양 연안에서는 거대한 그림들이 발견되었는데 너무도 커서 사람들은 오래전부터 그 터전 위에서 살아오면서도 그것의 존재를 알지 못했다. 그림들은 마치 알파벳의 발명을 극형으로 징벌하고 매듭을 이용한 결승문자를 쓰는 부족에 의해 다른 행성에서 바라보도록 고안된 것 같다.[80] 밀림에서는 매일 새로운 석조물이 발견되었다. 먼 절벽에 깃털을 단 뱀[81]이 그려져 있었고, 그 누구도 그란데스 리오스 연안의 수천개 바위에 음각된 동물 모양과 별자리, 신비한 부호들이 뜻하는 바를 해독하지 못했다. 몬살바헤 박사가 모닥불 옆에 서서 달이 떨어지는 쪽으로 검푸른색으로 보이는 먼 고원을 가리키며

---

78 그리스 신화에 나오는 여전사로만 이루어진 부족. 에스빠냐 정복자들은 이들이 아메리카 대륙에 있다고 믿었다.
79 옥수수는 멕시코 남부가 원산지로, 15세기만 해도 유럽에는 알려지지 않았다. 메소아메리카와 잉카제국에서 재배되었고 이곳 사람들의 주식이었다.
80 하늘에서 내려다봐야 보이는 뻬루 남부의 유명한 나스까(Nazca) 라인을 가리킨다.
81 아스텍족의 신으로 죽음과 부활의 상징이자 사제들의 수호신인 케찰코아틀(Quetzalcóatl)을 말한다.

말했다. "저기 보이는 형태들 너머로 무엇이 있는지 아무도 모릅니다." 어린 시절 이후 잊고 있던 감성을 일깨우는 어조였다. 우리는 모두 일어나서 걷기 시작하여 새벽이 오기 전에 경이로운 문에 도착하고픈 마음이었다. 빠리마 호수의 물이 다시 빛나기 시작했다. 우리 안에 마노아 성이 다시 한번 세워지고 있었다. 그것의 존재 가능성이 새롭게 떠올랐는데, 바로 밀림 — 미지의 그곳 — 근처에 사는 이들의 상상 속에 신화가 살아 있었기 때문이다. 그리고 나는 아델란따도와 그리스 광부들, 고무 채취자 두명과 매년 우기가 지난 후 무성해진 수풀 속으로 들어가는 이들이 결국 엘도라도의 이름에 취해 길을 떠난 초기 탐험가들과 같다는 생각을 하지 않을 수 없었다. 박사가 유리로 된 통을 열어 어두운색의 돌들을 보여주었는데 모닥불이 비치자 우리 손안에서 노란색으로 변했다. 우리는 그 황금을 만져보았고, 더 자세히 보기 위해 눈에 가까이 가져갔다. 연금술사처럼 무게를 재어보았으며, 무슈는 혀로 맛을 보았다. 그리고 그 금덩이들이 유리통으로 돌아가자 불길이 약해지고 밤은 더욱 차가워진 것만 같았다. 강에서는 거대한 개구리들이 울어댔다. 갑자기 뻬드로 수사가 지팡이를 불구덩이에 던졌고 방금 죽인 뱀이 튀어오르자, 지팡이는 모세의 지팡이가 되었다.

17

(6월 17일 일요일)

광산에서 돌아오면서 나는 무슈가 틀림없이 기대했을 보석으로 빛나고 아가멤논[82]의 보물로 가득 찬 근사한 동굴이 실제로는 온통 여기저기 파헤치고 흙을 긁어 뒤섞어놓은 어지러운 장소인 것을 보고 실망할 것이라 이미 예견했던 만큼 유쾌한 느낌이 들었다. 그곳은 삽으로 위에서 아래로 파고, 양쪽 끝까지 파헤치고, 특히 다이아몬드가 처음 발견된 곳은 혹시나 실수로, 밀리미터 차이로 엄청난 부의 광석을 남겨두지 않았을까 하는 기대감으로 스무번 넘게 파헤친 진흙구덩이였다. 다이아몬드를 찾는 이들 중 가장 젊은 사람이 내게 이 일의 괴로움과 매일의 절망, 그리고 보석을 발견한 이가 다시 가난해져서 빚만 잔뜩 진 채로 그 보석을 발견한 장소를 다시 찾게 되는 기이한 숙명에 대해 말해주었다. 그러나 귀한 다이아몬드를 땅에서 발견할 때면 또다시 꿈에 부풀고 세공 전에 직감으로 이미 알 수 있는 보석의 눈부심이 밀림과 산맥의 풍경을 완전히 잊게 만들어, 결실도 없는 노동 끝에 진흙 더미에서 일어서는 이들의 심장을 뛰게 하는 것이다. 내가 여자들에 대해 물으니 위험한 짐승이 없는 근처 계곡에서 목욕을 하고 있다고 한다. 그러나 여기까지 소리가 들린다. 가까이 들리는 성난 목소리와 알 수 없는 비명 소리 때문에 숙소를 나섰다. 처음엔 누군가 치졸한 생각으로 다가가 여인네의 나신을 본 것은 아닌가 생각했다. 하지만 이내 무슈가 젖은 옷을 입고 나타나서 어떤 무서운 것으로부터 도망치듯이 도움을 청했다. 내가 한걸음 내딛기도 전에 두꺼운 치마를 아무렇게나 걸친 로사리오가 보였는데, 그녀는 금방 무슈를 따라잡아 단번에 바닥에 밀쳐 넘어뜨리고 막대기로 마구 때리기 시작했다. 풀린 머리칼을 어깨 위로 늘어뜨린 채 욕을 퍼부으며 발과 막대,

---

82 그리스 신화에 나오는 트로이전쟁의 영웅. 미케네의 왕으로 트로이를 공격한다.

주먹으로 무슈를 때렸는데, 어찌나 사나워 보이는지 우리 모두가 달려들어 그녀를 붙잡아야 했다. 그녀는 계속해서 몸을 뒤틀고 발로 차며 자신을 붙잡은 이들을 물어뜯었고, 극심한 분노로 말도 잘 나오지 않는지 끙끙대며 신음소리를 냈다. 나는 무슈를 일으켜 세웠는데 간신히 두 발로 버티고 설 수 있을 정도였다. 이가 두개 부러졌다. 코피를 흘리고 있었다. 온통 긁힌 자국에 상처투성이였다. 몬살바헤 박사가 그녀를 치료하기 위해 약초 채집자의 오두막으로 데리고 갔다. 우리는 로사리오를 둘러싸고 대체 무슨 일이 있었는지 알아내려 했다. 하지만 그녀는 입을 앙다물고 대답하기를 거부했다. 바윗돌 위에 앉은 그녀는 고개를 숙인 채 거부의 몸짓으로 검은 머리카락을 좌우로 흔들어 아직 분노를 삭이지 못한 얼굴을 가렸다. 나는 오두막으로 향했다. 무슈는 반창고를 덕지덕지 붙이고 약 냄새를 풍기며 약초 연구자의 해먹에서 훌쩍이고 있었다. 내가 묻자 그녀는 왜 자신이 공격을 당했는지 모르겠다며 로사리오가 미친 것 같다고 울음을 터뜨렸고, 더이상 견딜 수 없다고, 이 여행이 그녀를 지치게 만들고 광기의 경계까지 몰아간다며 그만 돌아가고 싶다고 했다. 이제 애걸하기까지 한다. 얼마 전까지만 해도, 드물게 보이는 그녀의 눈물과 하소연에 나는 무엇이든 하게 되었다. 하지만 지금 절망에 빠져 흐느끼는 그녀를 보면서도 동요하지 않고 냉정을 유지하는 나 스스로에게 놀라고 탄복한다. 오랜 시간 함께했던 무슈가 이토록 낯설게 느껴지는 날이 오리라고는 상상하지 못했다. 사랑——이제는 그런 감정이 정말로 존재했는지조차 의심스러운——이 식은 후라 할지라도 적어도 다정한 우정의 관계는 지속될 수 있었을 텐데. 그러나 채 이주도 안 되는 시간 동안 내 안에서 일어난 과거 회귀와 변화, 성찰에 어젯밤에 알게 된 사실까지 더해 그녀의 읍소는 아무런 감흥을 일으키지 못했다. 한탄하는 그녀를 내버려두고 그리스 사람들의 집으로 돌아오니 조금 흥분을 가라앉힌 로사리오가 얼굴을 가린 채 조용히 해먹 위에 몸을 웅크리고 있었다. 남자들은 다른 생각에 빠져 있는 것 같았지만 무언가 언짢은 듯 눈썹을 찡그린 채였다. 그리스인들은 큰 점토 냄비에서 끓고 있는 생선 수프를 조리하는 데 정신을 쏟고 있었는데 기름과 고추, 마늘을 놓고 입씨름하는 모습이 뭔가 어색해 보였다. 고무 채취자들은 말없이 그들의 신발을 수선하고 있었다. 아델란따도는 썩은 동물의 시체 위에서 기뻐 날뛰던 가빌란을 씻기는 중이었는데, 몸을 적시는 물에 화가 난 개는 바라보는 사람을 향해 이를 드러내며 경계심을 내비쳤다. 뻬드로 수사는 자신의 묵주 알을 풀고 있었다. 나는 그들 모두에게서 로사리오에 대한 암묵적 연대감을 느꼈다. 이곳에서 다툼을 일으키는 이는 모두가 본능적으로 거부하는 인물, 무슈였다. 로사리오가 분노에 차서 무슈를 공격했을 때는 그럴 만한 이유가 있을 거라고 모두가 추측했다. 가령 고무 채취자들은 어쩌면 로사리오가 야네스에게 반해 그를 유혹하는 듯한 내 여자친구의 행동에 화가 났을지도 모른다고 생각했다. 숨 막히는 더위가 몇 시간 동안 계속되었고 그동안 각자 자신의 생각에 빠져 시간을 보냈다. 밀림에 가까워질수록 남자들이 점점 더 조용해지는 것을 느꼈다. 누군가 말을 할 때도 거의 성경 같은 교훈적인 어조로 아주 짤막하게 말할 뿐이었다. 대화할 때는 말을 천천히 하고, 다른 이의 이야기를 다 들은 후에야 대답을 했다. 바위 그림자가 어두워지기 시작했을 때, 오두막에서 몬살바헤 박사가 우리에게 전혀 예기치 못한 소식을 전해왔다. 무슈가 열이 나서 부들부들 떨고 있다는 것이었다. 깊은 잠에서 깨자 헛소리를 하더니 오한과 함께 다시 정신을 잃었다고 했다. 뻬드로 수사는 오랜 경험을 바탕으로 말라리아 증상이라고 진단했는데, 이 지역에서는 그다지 대단찮게 여기는 병이었다. 사람들이 키니네 알약을 그녀의 입에 밀어넣었고, 나는 화를 삭이며 그녀 곁에 머물렀다. 임무가 끝나기 이틀 전, 미지의 땅의 입구에서 놀라운 발견을 지척에 두고 있는 이때, 어리석게도 병을 가장 못 견뎌낼 그녀를 선택한 벌레에 물려 쓰러지다니. 며칠 후면 강하고 깊고 단단한 자연이 그녀를 무장해제하여 지치고 추하게 만들어 부서트리고 결정적인 한방을 날렸을 텐데. 나는 그 너무 빠른 패배에 놀랐는데, 마치 진정한 정통 복수극의 전형 같았다. 무슈는 이곳에선 터무니없는 인물, 밀림이 가로수 길로 대체되는 미래에서 온 존재였다. 그녀의 시간, 그녀의 시대는 달랐다. 지금 우리와 함께 있는 이들에게 남편에 대한 정조, 부모에 대한 존경, 예의를 갖춘 태도와 언어, 이들이 지키고 자랑스러워하는 의무와 명예는 어떤 논쟁도 허락하지 않는 영원불변의 가치였다. 배가 고파서 살인을 저지르는 것은 큰 죄가 아닐지라도 특정 규칙을 지키지 않는 것은 타인의 존중을 받을 권리를 포기하는 것과 마찬가지였다. 아주 전통적인 연극에서처럼 이곳의 실재하는 현실의 무대 위 사람들은 선한 자와 악한 자, 모범적인 배우자 또는 신실한 애인, 건달이나 신의 있는 친구, 존경할 만한 어머니나 그렇지 못한 어머니로 규정된 것 같았다. 10행시 로만세 형식을 따르는 연안의 노래들은 강간당해 수치심에 죽은 아낙네의 비극적인 이야기와 밀림 깊은 곳에서 개미떼에게 먹혀 죽었다는 남편을 십년 동안 기다린 삼바[83] 여인의 정조에 대해 노래했다. 그런 무대

---

83 Zamba. 흑인과 원주민 사이에 태어난 혼혈.

에 무슈가 속하지 않는다는 것은 분명했고, 그녀가 그리스인과 함께 산따 쁘리스까 섬에 갔었다는 사실을 안 순간 내 자존심을 지키고 싶었다면 나도 그것을 인정해야만 했다. 하지만 이제 말라리아로 위험에 처한 이상 그녀가 돌아가게 되면 나도 함께 가야 했다. 그리고 그것은 내 유일한 임무를 포기하고 빈손으로, 내게는 그의 평가가 너무나 중요한 한사람 앞에 부끄러운 모습으로 돌아가야 한다는 것을 의미했으니, 이 모든 것이 이제는 견딜 수 없게 된 인물을 호위해야 한다는 바보 같은 의무 때문이었다. 내 얼굴에 이런 고민이 드러났던지, 미루어 짐작한 몬살바헤가 내가 원하면 자신이 내일 무슈를 데리고 가겠다고 말해 나의 걱정을 덜어주었다. 그녀가 편안하게 재회를 기다릴 수 있는 곳으로 데려다주겠다고 했다. 병약해진 몸으로 계속 길을 가는 것은 불가능에 가깝다는 것이다. 그녀는 그런 여정에 적합한 여인이 아니었다. "나의 작은 영혼, 부드러운 방랑자여."[84] 냉소적인 어조로 그가 말했다. 나는 그를 포옹하는 것으로 답했다.

다시 달이 떴다. 저기, 커다란 암석 아래, 밤의 초입에 남자들을 불러모았던 불이 꺼져가고 있다. 무슈는 숨을 쉰다기보다 한숨을 내쉬었고, 열에 들떠 내뱉는 잠꼬대는 쌔근대고 그르렁거리는 소리였다. 내 어깨 위로 누군가 손을 올린다. 로사리오가 내 옆 멍석 위에 말없이 앉는다. 그러나 나는 곧 어떤 해명이 시작될 것을 알고 침묵으로 기다린다. 강을 향해 날아가는 새의 까악까악 우는 소리가 지붕 위의 매미들을 깨웠고 그녀를 결심하게 만든 것 같다. 너무 낮아 들릴까 말까 한 목소리로 너무나 의아했던 그 사건을 이

<hr>

84 Anima, vagula, blandula. 로마 황제 하드리아누스(Hadrianus, 재위 117~138)가 죽기 직전에 썼다고 전하는 시의 첫 구절.

야기한다. 강가에서의 목욕. 자신의 몸이 아름답다고 믿고 그걸 자랑할 기회를 결코 놓치지 않는 무슈가 짐짓 살이 처진 것 같아 고민인 척하며 그녀로 하여금 마을 사람들이 부끄러움을 가리려고 걸치는 속치마를 벗으라고 권했다. 그러고는 끈질기고 능숙하게 로사리오의 나신, 탱탱한 가슴과 부드러운 배를 칭찬하며 애정 어린 손길로 그녀를 어루만졌는데, 이때 문득 로사리오는 자신의 가장 깊은 본능을 일깨우려는 그녀의 의도를 깨달았던 것이다. 자신은 물론 상상하지 못했겠지만 무슈는 이곳 여인들에게 있어 가장 나쁜 형용사보다 더 나쁜, 어머니를 모욕하거나 집에서 쫓겨나거나 탯줄에 침을 뱉거나 남편에 대한 정절을 의심받거나 후레자식 또는 매춘부란 호칭보다 더 나쁜 모욕을 준 것이었다. 그날 아침의 다툼을 회상하는 그녀의 눈이 어둠 속에서 너무도 번득여 그녀가 또다시 폭력을 행사할까 두려웠다. 나는 그녀를 진정하기 위해 손목을 잡았는데, 이 성급한 행동으로 그만 약초 연구자가 말린 약초를 담아두는 바구니 하나를 쓰러뜨리고 말았다. 두껍고 바삭거리는 건초가 우리 위로 쏟아졌고 녹나무와 박하, 사프란 냄새를 동시에 연상시키는 향기가 우리를 감쌌다. 갑작스러운 감정에 사로잡혀 숨을 멈춘다. 그렇게 ―거의 그렇게― 유년 시절 마리아 델 까르멘의 아버지가 심은 바질과 박하 밭 옆에서 그녀와 함께 마술 여행을 했던 그 바구니 냄새를 맡았다. 가까이에서 로사리오를 바라보며 손으로는 그녀의 혈관이 뛰는 것을 느꼈는데 갑자기 그녀의 미소 ―아니, 미소라기보다는 어떤 기대감과 긴장으로 멈춘 웃음― 속에서 무언가 안달하는 조바심을 보았고, 욕구에 사로잡힌 나는 오로지 그녀를 내 것으로 만들겠다는 일념으로 그녀를 덮쳤다. 다정함이라곤 찾을 수 없는 빠르고 거친 포옹, 그것은 몸을 맞대는 행위의 기쁨이라기보다 상대를 제압하고 쓰러뜨리려는 투쟁처럼 보였다. 하지만 숨을 헐떡거리며 나란히 누워 방금 무슨 일이 일어난 것인지 깨달았을 때 커다란 만족감이 우리를 엄습했는데, 마치 육체가 새로운 삶의 방식을 계약한 것만 같았다. 흐트러진 건초 위에 누운 우리에겐 즐거움 외에 다른 무엇도 안중에 없었다. 달빛이 문으로 틈입해 천천히 우리 다리 위로 기어오른다. 발목에 있었는데 이제 초조한 손길로 나를 쓰다듬는 로사리오의 엉덩이에 닿는다. 열망에 사로잡혀 허리를 활 모양으로 굽히며 이번에는 그녀가 나를 덮친다. 서로의 만족을 위해 맞춰가고 있을 때, 갈라지고 쉰 목소리가 우리 귀에 대고 욕을 뱉는 바람에 우리는 갑작스레 몸을 떼었다. 바로 가까이에서 앓는 소리를 내고 있는 여자를 완전히 잊고서 해먹 아래에서 뒹굴었던 것이다. 무슈가 경련이 이는 머리를 우리 위로 내밀고 입가에 침을 흘리며 냉소적으로 내려다보고 있었다. 이마 위로 엉망으로 헝클어진 머리칼 때문에 마치 고르고네스[85]의 머리처럼 보였다. "더러운 것들! 더러운 것들!" 그녀가 고함을 질렀다. 로사리오가 조용히 하라며 발로 해먹을 걷어찼다. 곧 다시 정신이 혼미해진 무슈의 헛소리가 들렸다. 떨어졌던 육체가 다시 합쳐지고, 한 팔을 해먹 밖으로 축 늘어뜨린 채 죽어가는 얼굴을 내민 무슈와 나 사이에 로사리오의 머리카락이 커튼처럼 쳐진다. 그녀가 내게 자신의 리듬을 가르치려 팔꿈치를 바닥에 댄다. 우리가 주위의 소리에 귀 기울일 만한 청각을 되찾았을 때에는 어둠 속에서 쌔근거리며 자는 여자 따위는 상관없었다. 지금 이 순간 고통에 몸부림치며 죽는다 해도 우리는 상관하

---

[85] Gorgones. 그리스 신화에 나오는 세 자매. 머리카락은 뱀이며 눈을 마주치는 이를 돌로 만들었다. 페르세우스가 자매 중 하나인 메두사의 머리를 자른다.

지 않을 것이다. 우리는 다른 세상에 단둘이 있다. 나는 그녀의 체모를 주인의 손길로 쓰다듬고 그 아래 나의 씨를 뿌렸고, 내 몸짓은 서로 마주친 피가 희열 속에 뒤섞이는 것의 완성이었다.

18

(6월 18일 월요일)

이제 막 시작된 사랑, 아직은 그 경이로움에 불안하고 서로를 갈망하여 다음 사랑의 행위에 장애가 되는 모든 것을 부숴버리는 연인들에게 어울리는 잔인함으로 우리는 무슈를 돌려보냈다. 거의 정신을 차리지 못한 채 담요를 둘둘 말고 훌쩍이고 있는 그녀에게 망토를 둘러주고 다음 배로 나도 따라갈 것이라고 하며 몬살바헤의 카누에 태워 보냈다. 그녀를 데려가 숙소를 알아봐주고 필요한 치료를 받게 하는 등 돌봐줄 비용으로 필요 이상의 돈을 약초 연구자에게 쥐여주고 나를 위해서는 겨우 더러운 지폐 몇장과 동전 몇개만 남겨두었다. 어차피 밀림에서는 아무짝에도 쓸모없는 것이다. 이곳에서 이루어지는 상업 행위란 바늘이나 칼, 송곳 같은 단순하고 실용적인 물건들의 물물교환에 한정되기 때문이다. 이렇게 선심을 쓴 것은 또한 내 양심의 마지막 가책을 잠재우기 위한 은밀한 의식이기도 했다. 어찌 됐든 무슈는 우리와 함께 갈 수 없었고 따지고 보면 나는 해야 할 마지막 의무를 다한 셈이다. 다른 한편 몬살바헤가 환자를 데려가겠다고 자원한 것은 몇달간의 금욕 생활을 어여쁜 여인을 통해 보상받고 싶은 못된 욕망에서 비롯되었을 수도 있다. 그런 점이 내게는 전혀 문제가 되지 않을뿐더러, 오히려 내심 그 식물학자가 볼품없는 외모로 인해 목적을 이루지 못하고 실패하지 않을까 안타까웠다. 이제 배가 저 멀리 사라져가고, 배가 떠나면서 내 인생의 한 시기도 막을 내린다. 오늘 아침처럼 이렇게 마음이 가볍고 몸이 상쾌했던 적이 없다. 어딘지 울적해 보이는 야네스의 어깨를 두드리자 무슨 일인지 의아해하는 동시에 후회스러운 표정으로 나를 보았는데, 이것도 나 자신의 냉담함에 대한 또다른 평계가 되어주었다. 어차피 모든 이가 — 이곳에서 쓰는 표현을 따르자면 — 로사리오가 나와 '언약을 맺었다'는 것을 눈치채고 있었다. 그녀는 나를 시중드느라 바쁘게 움직이며 음식을 갖다주고 염소젖을 짜서 주고 마른 수건으로 내 땀을 닦아주는 것은 물론이고 내 말과 침묵에 귀를 기울이고 목이 마른 건 아닌지, 휴식이 필요한 건 아닌지 주의 깊게 살폈는데, 그런 세심함이 내게 남자로서의 긍지를 느끼게 한다. 이곳에서 여자는 남자를 '섬긴다'. 이 단어가 가진 가장 고결한 의미에서의 섬김이다. 비록 로사리오와 내가 우리만의 지붕을 가진 것은 아니지만 그녀의 손은 이미 내식탁이자 내 입에 닿는 물잔이 되었고, 그 안에 떨어진 잎으로 깨끗이 씻은 다음에는 주인으로서 내 이니셜이 새겨진 접시가 되었던 것이다. "언제쯤 단 한명의 여자와 정식 관계를 맺는지 보겠네." 내 뒤에서 뻬드로 수사가 중얼거린다. 내가 유치하게 시치미 떼도 소용없다는 걸 내놓고 말하는 것이다. 나는 이미 기혼이고 더군다나 이교도 방식으로 결혼했다는 것을 들키지 않기 위해 화제를 바꾸며, 우리와 함께 강을 거슬러 올라가기 위해 짐을 꾸리는 그리스 사람에게 다가간다. 또다시 운명의 장난에 놀아난 결과 이곳에는 이미 묻혀 있는 보물은 없다는 확신 아래, 그는 거의 미지에 가까운 산악지대에 있는 까뇨 뻰따도 너머로 다시 한번 떠나려는 참이다. 짐보따리 중 가장 좋은 자리에 어디를 가든 항상 지니고 다니는 유일한 책, 습기로 인해 낱장들이 녹색으로 얼룩진 대역판『오디세이아』를 검은 고무줄로 묶어 넣었다. 책을 묶어 집어넣기 전에 그 책의 여러 대목을 암기하고 있는 그의 형제들이 앞대목의 에스빠냐어 부분을 찾아 딱딱하고 경직된 악센트로 u자를 v자로 발음하며 몇단락을 읽었다. 그들은 깔라마따[86]의 작은 학교에서 비극의 주인공들의 이름과 신화의 의미에 대해 배웠으나, 위대한 나라들을 방문하고 금을 사랑했으며 그의 땅 이타카[87]를 잃지 않기 위해서라면 인어의 유혹도 물리칠 수 있는 모험가 율리시스에게 알 수 없는 친밀감을 느꼈다. 뻬까리 멧돼지에 의해 애꾸눈이 된 광부들의 개 이름은 폴리페모스였는데, 이것은 그들의 야영지 모닥불 옆에서 큰 소리로 수백번은 읽은 비극 속 키클롭스를 기념해 붙여준 이름이었다. 나는 야네스에게 피로 연결된 그 땅을 왜 버렸느냐고 묻는다. 광부는 한숨을 내쉬고서 지중해 세계를 폐허의 풍경으로 묘사한다. 뒤로하고 온 그곳에 대해 마치 미케네의 성벽이나 텅 빈 무덤, 염소들이 사는 회랑에 대해 설명하듯이 이야기했다. 물고기가 없는 바다와 먹지 못하는 뿔소라, 혼란스러운 신화와 무너져내린 원대한 포부. 그리고 바다, 오래전부터 그들의 생존의 터전이었던 바다, 저 멀리 펼쳐진 드넓은 바다. 그는 대양의 이쪽에서 처음으로 나타난 산을 보았을 때 그 붉고 험한 모습이 엉겅퀴와 가시로 덮인 그들의 산과 비슷해서 울음을 터뜨렸다고 내게 말했다. 그러나 이곳은 귀금속에 대한 집착과, 그의 조상들에게 그토록 노를 젓

---

86 Kalamata. 그리스 펠로폰네소스반도에 있는 항구도시.
87 Ithaka. 율리시스의 고향.

게 했던 무역과 방랑의 부름으로 그를 끌어당겼다. 그가 꿈꾸던 보석을 찾는 날에는 바닷가 가파른 산 옆에 포세이돈의 신전 같은 기둥이 있는 집을 지을 것이라고 그 그리스인은 자신에 차서 말했다. 그가 고향의 운명에 대해 다시금 탄식하며 책을 펼쳐 첫 부분을 읽는다. "아아, 인간들은 걸핏하면 신들을 탓하곤 하지요,/그들은 재앙이 우리에게서 비롯된다지만 사실은 그들 자신의/못된 짓으로 정해진 몫 이상의 고통을 당하는 것이라오."[88] 광부는 제우스의 말이라고 하고선 곧 책을 내려놓았는데, 고무 채취자들이 방금 잡은 이상한 발굽의 동물 한마리를 나뭇가지에 매달아 가져왔기 때문이다. 처음 본 순간 나는 굉장히 큰 야생 돼지라고 생각했다. "맥이야! 맥이라니까!" 뻬드로 수사가 놀란 모습으로 두 손을 맞잡고 소리치고는 사냥꾼들을 향해 달려갔는데, 밀림의 주식인 물에 갠 따삐오까에 질렸다는 것을 드러내는 기쁨의 몸짓이었다. 장작에 불을 지피고 포획한 짐승을 손질하고 삶아서 잔치가 벌어졌는데, 그 넓적다리와 내장과 등심을 보자 우리는 야만적이라고 할 만한 식욕을 느꼈다. 웃통을 벗은 채 작업에 집중하는 광부가 내 눈에 갑자기 무척 오래된 옛날의 풍경 같아 보인다. 짐승의 머리털을 불에 던지는 행위는 어떤 속죄의 의미를 지니고 있으니 어쩌면 그가『오디세이아』의 한 구절을 내게 설명해줄 수도 있을 것만 같다. 살덩이에 기름을 바른 후 꼬치에 꽂아 내거나 독주를 뿌리고 나무판 위에 얹어 내오는 방식은 아주 오래된 지중해식 전통을 따른 것이다. 내게 최고의 스테이크가 제공되는 순간 야네스가 돼지치기 유마이오스[89]로 보였다…… 우리가 막 연회를 마치자마자 아델란따도

88 『오디세이아』 제1권.
89 『오디세이아』 제14권의 등장인물로 율리시스의 돼지치기.

가 일어나 성큼성큼 강을 향해 내려가고 그 뒤를 가빌란이 시끄럽게 짖어대며 쫓아갔다. 원주민들이 ─나무둥치를 파내어 만든─ 아주 원시적인 형태의 카누 두척을 저어 내려오고 있었다. 출발의 시간이 다가왔고 각자 자기 보따리를 짐꾸러미에 싣기 시작했다. 나는 로사리오를 오두막으로 데려갔고, 우리는 몬살바헤가 표본을 분류하고 마른 식물을 깔아놓은 바닥 위에서, 어제 알게 된 떫고 강한 냄새를 풍기는 지저분한 바닥 위에서 다시 한번 서로를 안았다. 이번에는 첫 만남 때의 서투름과 조급함을 수정해 우리가 스스로 육체 언어의 지배자가 되었다. 몸을 좀더 서로에게 잘 맞추고 양팔도 더 정확하게 서로를 찾는다. 서로를 더듬으며 선택하고, 앞으로 우리의 성교에 맞는 리듬과 방법을 찾아가고 있다. 한쌍이 대장간의 노 속에서 뒤섞여 녹아들며 서로를 알아가는 가운데 비밀스런 언어가 탄생한다. 이제 다른 이에게 금지된 은밀한 단어들이 쾌락으로부터 태어날 것이며 그것은 우리의 밤의 언어가 될 것이다. 그것은 두가지 음색의 발명으로, 어제까지는 생각지도 못했던 소유와 감사의 행위, 성수性數변화, 피부가 상상하는 단어들, 몰랐던 별명들을 포함하며, 이제 아무도 우리의 소리를 들을 수 없을 때 토해내게 될 것이다. 오늘 처음으로 로사리오가 내 이름을 몇번씩이나, 마치 그 음절의 본을 다시 뜨기라도 하는 것처럼 불러주었다. 그녀의 입에서 내 이름은 무척이나 특별하고 예상치 못했던 울림을 가져, 내가 가장 잘 아는 그 단어가 방금 새롭게 창조된 것처럼 들렸다. 우리는 환희 가운데 함께 갈증을 채웠고, 주위를 둘러보자 새로운 느낌의 세계로 온 것만 같았다. 나는 땀에 엉겨붙은 마른풀들을 떼어내려 물에 뛰어들었다가 지금 일어나고 있는 일이 고유한 전통을 거스르는 일이라는 생각에 웃음을 터뜨렸는데, 한여름에 발정기가 시작된 때문이다. 이제 내 연인이 배를 타러 내려간다. 우리는 고무 채취자들에게 작별을 고했고, 이제 출발이다. 첫번째 카누에 아델란따도와 로사리오, 내가 쭈그리고 앉아서 출발했다. 다른 카누에는 뻬드로 수사와 야네스가 짐꾸러미를 싣고 출발했다. "주님과 함께 갑시다!" 아델란따도가 쿵쿵대는 가빌란 옆에 앉으며 소리쳤다. 이제부터는 돛단배를 타고 가는 항해는 기대할 수 없을 것이다. 태양과 달, 모닥불 — 그리고 때로 번개 — 이 우리의 얼굴을 밝혀줄 유일한 빛이 될 것이다.

제4장

덩굴풀, 나무 아래는 고요와 정적밖에 없을까?
그럼, 파수꾼들이 있는 것이 좋은 것이네.
—『포폴부』[1]

19

(월요일 오후)

이제 더이상 우리를 놀라게 하지 않는 다양한 형태의 바위와 돌섬, 돌언덕, 돌산 사이를 지나 두시간 정도 배를 타고 가자 엄청나게 빽빽한 중키의 초목 — 흔들리고 춤추는 대나무 숲으로 덮인 가운데의 볏과식물 — 이 바위산 대신 단조로운 초록색을 띠고 끝없이 펼쳐졌다. 나는 불을 옆에 두고 몬살바헤가 해준 이야기에서 건진 유치한 놀이를 하며 즐겼다. '우리는 마노아 왕국을 찾아 떠난 정복자들이다.' 뻬드로 수사는 주임사제이니 밀림에 들어가다

---

1 *Popol-Vuh.* 구두로 혹은 문서로 전해 내려오던 마야의 신화와 전통에 대해 기술한 책. 키체(quiché), 더 넓게는 마야문명에 대한 집약본이라 볼 수 있다.

다칠 경우 우리의 고해성사를 들어줄 것이고, 아델란따도는 필리프 폰 후텐이 될 수 있겠다. 그리스인은 점성술사 미체르 꼬드로[2]이다. 가빌란은 발보아의 개 레온시꼬가 된다. 그리고 나는 한 부족을 약탈할 때 속옷 차림의 여인을 취하는 트럼펫 연주자 후안 데산 뻬드로의 역할을 맡는다. 원주민들은 그냥 원주민들인데, 이상해 보일지 모르지만 나도 아델란따도처럼 구분 짓는 데 익숙해졌다. 아델란따도는 아무런 악의도 없이 아주 자연스럽게 "우리 일행은 세명의 남자와 열두명의 원주민으로 이루어졌다"라는 말을 했다. 내 생각에 세례 여부가 이런 구별의 근거가 되는 것 같았고, 이것은 내가 꾸며내고 있는 소설의 설정에 현실감을 준다. 이제 우리가 지나가는 강의 왼쪽은 대나무 밭 대신 낮은 밀림이 들어섰는데, 뿌리가 물에 잠겨 접근 불가능한 장애물을 이루고 있었다. 강의 가장자리에 이르기까지 길 하나 보이지 않고 하나의 틈이나 균열도 없이 어찌나 곧게 서 있는지 곧추선 나무로 된 벽, 울타리처럼 보였다. 젖은 나뭇잎 위로 희뿌연 증기처럼 퍼지는 햇빛 아래, 끝도 없이 길게 늘어선 그 식물 벽은 측심연測深鉛과 측지기를 이용해 사람이 만든 것처럼 보였다. 카누가 인적 없는 으스스한 연안에 가까이 다가갔고 아델란따도는 주의 깊게 구석구석을 살펴보는 것 같았다. 그곳에서 우리가 무엇을 찾기란 불가능해 보였지만, 그럼에도 원주민들은 점점 더 천천히 삿대를 저었고 등을 세운 개는 주인이 가리키는 곳으로 눈을 돌렸다. 기다림과 배의 흔들림에 졸음이 밀려와 나는 눈을 감았다. 갑자기 아델란따도의 고함 소리가 나를 깨운다. "저기 문이 있다!" 우리로부터 2미터 떨어진 곳에 다른 나무

---

2 Micer Codro. 이딸리아의 점성술사. 에스빠냐의 정복자 바스꼬 누녜스 데 발보아(Vasco Núñez de Balboa)의 죽음을 예견했다 하여 유명세를 탔다.

둥치와 다를 바 없는 나무가 있었다, 더 넓지도, 껍질이 더 두껍지도 않은. 그러나 그 껍질에는 수직으로 세개의 브이자를 겹쳐놓은 듯한 표지가 새겨져 있었는데, 한 글자가 다른 글자를 관통하여 잔처럼 받치고 있는 듯 보였고 끝없이 이어질 것처럼 보였지만 여기 물에 비칠 정도까지만 반복되었다. 그 나무 옆으로 아치 모양의 통로가 열려 있는데 어찌나 좁고 낮은지 그 사이로 배가 들어가는 것은 불가능해 보였다. 그렇지만 우리 배는 그 좁은 터널로 들어섰고, 비좁은 공간 탓에 양쪽 뱃전이 뒤틀린 뿌리들을 거칠게 스치고 지나갔다. 손과 노를 사용해 장애물을 치워야만 물에 잠긴 덤불 사이를 지나 이 어려운 항해를 지속할 수 있었다. 내 어깨 위로 뾰족한 나무가 소리를 내며 떨어졌고 목을 스쳐 피가 났다. 나뭇가지에서 그을음 같은 것이 머리 위로 쏟아졌는데, 때로는 느낄 수조차 없는 것이 공중을 떠다니는 플랑크톤 같았고 어떨 때는 누군가 높은 곳에서 던진 흙부스러기처럼 무거웠다. 이와 함께 피부를 화끈거리게 만드는 덩굴과 썩은 열매들, 눈물을 흘리게 만드는 솜털 달린 씨앗들, 가루와 침전물에다 얼굴을 찌푸리게 하는 악취가 끊이지 않았다. 뱃머리가 갈색 모래언덕에 부딪히자 무너진 개미집에서 흰개미들이 쏟아져나왔다. 그러나 위에서 그림자를 드리우는 것들보다 더 지독한 것은 어쩌면 아래에 있는 것들이었다. 물길 양쪽으로 황토색 벨벳 가면처럼 구멍이 숭숭 난 나뭇잎들이 흔들렸는데 미끼이자 위장 식물이었다. 헤엄치는 지느러미의 움직임을 따라 불그스레한 꽃가루가 해삼이 흔들거리며 만들어내는 회오리 안으로 휩쓸려들어갔다. 꽃가루가 묻은 지저분한 거품 송이가 둥둥 떠다녔다. 그 너머로는 신비한 생물이 오글거리는 바위의 갈라진 구멍들 위로 두꺼운 거즈 같은 유백색 부유물이 떠 있었다. 격렬한 침묵의 전쟁이 털 난 갈고리 발톱들로 가득한 밑바닥 — 마치 오물로 뒤덮인 뱀 같아 보이는 그곳 — 에서 벌어지고 있었다. 이상한 소리가 나며 갑작스럽게 물결이 밀려왔고 철썩이는 소리가 났다. 보이지 않는 생물들이 탁한 부식물, 서캐로 얼룩덜룩한 검은 나무 껍질 아래 만들어지는 잿빛 소용돌이를 뒤로하고 도망치는 것이었다. 탁한 물밑으로 무성한 생물들과 끈적끈적한 점액, 연녹색 발효 식물의 존재를 짐작할 수 있었는데, 식초와 썩은 고기를 반죽한 것 같은 악취를 풍겼고, 기름이 떠다니는 수면 위에는 벌레들, 빈대와 흰 벼룩, 다리가 떨어진 파리, 초록빛 아래 흔들리는 점에 불과한 작은 모기들이 기어다녔다. 햇살 몇줄기가 겨우 비집고 들어와 비추는 초록빛이 너무 진해서, 잎을 통해 비치는 햇빛이 호수 바닥의 식물의 뿌리에 닿을 때면 이끼 빛깔로 변했다. 좁은 수로로 배를 저어간 지 얼마 되지 않아 눈 속에서 길을 잃은 등산가들이 겪는 것과 비슷한 현상이 일어났다. 어지럽고 방향감각을 잃은 가운데 수직의 개념이 사라졌다. 나무와 나무 그림자를 구별할 수 없게 되었다. 빛이 아래에서 오는 건지 위에서 오는 건지, 하늘이 물인지 땅이 물인지, 썩은 잎에 숭숭 뚫린 구멍이 물 아래 빛의 웅덩이는 아닌지 알 수 없었다. 나무와 가지, 덩굴이 닫히거나 열린 각도에서 비치는 정도에 따라 존재하지 않는 상상의 길, 출구, 복도나 강둑이 있다고 생각되었다. 겉으로 보이는 모습들이 뒤틀리고 작은 신기루가 손끝에 닿을 듯 느껴져 당혹스러웠고, 완전히 길을 잃은 기분으로 말할 수 없이 극심한 초조함이 더해졌다. 마치 비밀 장소의 문턱을 넘어서기 전에 혼자 빙글빙글 돌아 허둥대게 만드는 것만 같았다. 이제 노 젓는 이들이 선체의 길이를 정확히 파악하고 있는지 의심이 들었다. 점점 겁이 나기 시작했다. 나를 위협하는 것은 아무것도 없었다. 주위의 모든 이가 침착해 보였다. 그러나 본능이 일깨운 정의하기 어려운 두려움에 나는 깊은 숨을 들이쉬었는데, 그럼에도 공기가 부족한 듯 느껴졌다. 더구나 옷과 피부, 머리에 들러붙는 축축한 느낌이 갈수록 불쾌해졌다. 미지근하고 끈적끈적한 습기가 연고처럼 모든 것에 녹아들어, 석양과 함께 도착할 말라리아모기와 여기의 주인인 파리와 모기, 이름 없는 벌레들이 무는 것이 더욱 끔찍하게 느껴졌다. 내 이마에 떨어진 두꺼비 한마리에 놀라 펄쩍 뛰고 나자 시원하기까지 했다. 두꺼비인 줄 몰랐다면 손안에 가둬두고 그 서늘함으로 이마를 식혔을 것이다. 이번에 높은 데서 카누 위로 떨어지는 것은 작고 붉은 거미들이었다. 그리고 물의 표면과 평행한 가장 낮은 나뭇가지 사이에는 수천개의 거미줄이 쳐져 있었다. 배가 거미줄을 건드릴 때마다 뱃전이 말라빠진 말벌과 날개 찌꺼기, 더듬이와 먹다 만 등껍질이 뒤섞인 잿빛으로 뒤덮였다. 사람들은 지저분했고 몸은 기름때로 번들거렸다. 땀에 젖어 안쪽에서부터 짙은 색으로 변한 셔츠에는 진흙과 찌꺼기, 수액이 튀어 있었고 얼굴은 햇볕을 잘 받지 못한 밀림의 안색, 밀랍빛으로 변했다. 누런 바위 기슭에서 물길이 끊긴 작은 늪에 도착했을 때 나는 몸 전체를 결박당한 포로 같은 기분이 들었다. 아델란따도가 카누를 세운 곳 바로 근처에서 나를 불러 끔찍한 것을 보여줬다. 다 썩어 문드러진 살 아래 초록색 파리들이 떼지어 붙어 있는 악어의 시체였다. 윙윙대는 소리가 어찌나 큰지 순간순간 누군가가—아마도 흐느끼는 여자가—그 파충류의 이빨 사이에서 신음하며 내는 가는 울음소리처럼 들렸다. 나는 연인의 따스함을 찾아 그 끔찍함으로부터 도망쳤다. 두려웠다. 그림자가 때 이른 황혼을 향해 다가서고 있었고, 겨우 밤을 지낼 거처를 준비하자마자 밤이 찾아왔다. 각자 자신의 해먹을 요람 삼아 기어들었다. 덩치 큰 개구리의 개골개골 우는 소리가 밀림을 침범했다. 어둠 속을 불안과 두려움이 떠다녔다. 어디서 누군가가 오보에의 마우스피스를 물고 바람을 불어넣기 시작했다. 기괴한 금관악기가 수로 바닥에서 웃음을 터뜨렸다. 잎사귀들을 통해 천개의 플루트가 서로 다른 두가지 음조로 화답했다. 금속으로 된 빗, 통나무를 무는 톱, 하모니카의 리드, 귀뚜라미의 귀뚤귀뚤 소리가 땅 전체를 뒤덮은 것 같았다. 공작새의 울음소리, 으르렁대는 소리, 올라갔다 내려갔다 하는 휘파람 소리, 땅에 붙어서 우리 아래를 지나가는 온갖 '것들'—몸을 숨겼다가 통통거렸다가 삐걱거리다가 아이처럼 울어대다가 나무 꼭대기에서 울부짖다가 구덩이 바닥에서 방울을 흔드는 '것들'이 있었다. 나는 멍하게 무서움을 느꼈고 열이 나기 시작했다. 피로한 일정에다 긴장된 기대감이 나를 기진맥진하게 했다. 공포에 질려 사람의 목소리를 들려달라고 애걸하기—내 두려움을 절규하기—직전에 쏟아지는 잠이 에워싼 공포에서 나를 구출했다.

20

(6월 19일 화요일)

다시 날이 밝았을 때 나는 첫번째 관문을 통과했다는 것을 깨달았다. 어젯밤의 두려움은 어둠이 가져가버렸다. 수로에서 나의 아침식사에 쓸 식기를 모래로 닦는 로사리오 옆에서 세수를 하고 있자니 미지의 큰 강 어귀에서 살았던 수천명의 남자들이 느꼈을 감정, 매일 아침 태양이 뜰 때마다 온몸과 모든 감각기관으로 느꼈을 그 아름다움을 공유하는 것만 같았고, 그 아름다움은 이처럼 먼 곳의 인간에게 세상의 주인이자 최고 권위를 지닌 창조의 상속자임을 선포할 자긍심을 주었다. 색감으로 보면 밀림의 새벽은 어스름보다 아름답지 않다. 천년의 습기를 내뿜는 대지 위, 대지를 가르는 물 위, 안개로 휘감긴 수풀 위에서 새벽은 결코 개지 않을 것 같은 불확실한 빛 아래 그리자유 화법[3]으로 그린 그림처럼 보였다. 끝없이 이어지는 나무들 위로 빛이 쏟아질 정도로 해가 높이 뜨려면 아직 몇시간을 기다려야 할 것이다. 그러나 밀림의 새벽은 수천년 동안 새벽마다 밤의 공포가 끝나고 으르렁대는 소리가 잦아들며 어둠이 걷히고 유령들이 혼란스러워하고 악령이 사라지는 것을 보아온 조상들이 세대에 걸쳐 그들의 피에서 피로 전한 은밀한 기쁨을 새롭게 느끼게 한다. 하루가 시작되자 나는 로사리오에게 함께할 수 있는 기회가 많지 않음을 사과해야 할 것만 같은 기분이 들었다. 그녀는 웃음을 터뜨리며 짧은 로만세 구절을 읊조렸다. "끊임없이 눈물을 흘리는/나는 갓 결혼한 신부/내 힘으로는 어쩔 수 없는/잘못된 결혼으로……"[4] 그녀가 이 여행이 우리에게 강요하는 금욕에 대해 짓궂은 암시를 담아 노래하는 도중에 우리는 노를 저어 다시 강폭이 넓은 곳에 다다랐는데, 아델란따도가 이게 진짜 밀림이라고 알려주었다. 물이 넘쳐서 쓸린 엄청난 대지의 흙덩이와 휘어 비틀어진 나무들, 진흙 속에 뿌리내린 열대 덩굴나무 둥치는 마치 닻을 내린 배처럼 보였고, 황금빛이 감도는 붉은 나무둥치가 신기루처럼 끝없이 펼쳐졌다. 죽은 지 오래된 숲의 나무들이 대

---

3 grisaille. 회색조만 사용해 그 명암과 농담으로 그리는 화법.
4 작자 미상의 로만세 「남편의 몸짓」의 한 구절.

리석으로 보일 정도로 하얗게 변해 물에 잠긴 도시의 오벨리스크처럼 우뚝 서 있었다. 대나무와 야자나무 같은 적어도 우리가 아는 식물들 너머로 뒤엉킨 칡뿌리와 나뭇가지, 덩굴식물, 가시덤불 등이 빽빽하게 얽혀 있었고, 때로 물을 찾아 헤매는 맥이 메마른 들판을 가로지르곤 했다. 날개 사이에 고개를 묻은 채 긴 다리로 균형을 잡고 서 있는 수백마리의 왜가리가 늪 가장자리에 부리를 내렸다. 간혹 파수를 보던 수컷이 경계 태세를 취하며 하늘에서 날아 내려왔다. 앵무새들이 시끄러운 날갯짓으로 의기양양하게 도착하면서 갑자기 나뭇가지들이 무지개색으로 펼쳐져 아래쪽의 황량한 그림자, 온갖 생물이 천년 동안 서로를 타넘고 기어오르며 빛에, 태양에 닿으려 싸웠던 그곳 위에 거친 붓질 자국을 만들었다. 여러 나무둥치의 수액을 다 빨아들인 후 겨우 이파리 한장을 남긴 채 위로 뻗은 메마른 야자수들과 다른 나무들의 경쟁은 내가 이제껏 보지 못한 큰 나무들이 지배하는, 매 순간 벌어지는 수직 전투의 다양한 양상이었다. 저 아래 기어다니는 듯 걷는 인간들과 어둠에 잠식된 식물들을 두고 활짝 갠 하늘 아래 모든 전투에서 자유롭게, 마치 공기 가운데 멈춘 듯 하늘로 가지를 뻗은 나무에 찢어진 레이스처럼 보이는 투명한 이끼가 걸려 있었다. 수세기 동안의 삶을 영위한 후에 이들 중 어떤 나무는 잎사귀를 잃고, 이끼를 말리며, 자신의 꽃을 소멸시켰다. 나무는 노쇠해져 화강암처럼 불그스레한 빛을 띤 채 우뚝 서 있었고, 그 기념비적인 뼈대는 벌거벗은 침묵 가운데 대칭성과 리듬, 균형과 결정화를 보이는 광물과 유사한 구조를 드러냈다. 비에 젖고, 폭풍 가운데서도 꿈쩍하지 않은 채, 어느 운수 좋은 날 번개가 비열한 지상으로 그를 쓰러뜨리기 전까지 또다른 수세기를 거기 서 있었던 것이다. 그러다 선사시대 이래 나온 적이 없는 이 거인은 사방으로 가지를 날리며 석탄과 하늘의 불로 가득 찬 불덩이의 몸을 둘로 쪼개고 둥치 아래의 모든 것을 불사르면서 온몸으로 부르짖으며 쓰러졌다. 백그루의 나무가 그와 함께 쓰러져 부러지고 눌려 찌그러지며 하늘을 향해 당기는 활시위처럼 덩굴을 날리고 내던지며 죽어갔다. 밀림에서 수천년의 나이를 먹은 부식토 위에 쓰러져 너무도 거대하고, 보이지 않는 쟁기질로 동떨어진 두개의 물줄기를 갑자기 합친 것처럼 너무도 복잡하게 얽힌 뿌리를 땅에서 끌어냈으며, 어둠 속에서 뿌리를 드러내 흰개미 집을 부수고, 젖은 혀와 세운 발톱을 드러내며 개미 뒤를 쫓는 개미핥기 앞에 구멍을 열었다. 무엇보다 나를 놀라게 한 것은 훼손되지 않은 자연의 끝없는 모방이었다. 이곳에서는 모든 것이 무언가 다른 것처럼 보였고, 실제 모습을 감춘 세상을 창조하며 많은 진실을 물음표로 남겨두었다. 늪의 얕은 바닥에서 턱을 벌린 채 미동도 없이 감시하는 악어들은 야생 장미나무 옷을 입은 썩은 통나무처럼 보였고, 덩굴식물 베후꼬는 파충류처럼 보였으며, 뱀은 허물을 이용해 숲에서 귀한 낟알 흉내를 내거나, 눈으로 나방 날개의 무늬를 모방하거나, 비늘로 파인애플이나 산호인 척하지 않을 때면 나무덩굴처럼 보였다. 수생식물은 두꺼운 카펫처럼 서로를 얽어 그 아래 흐르는 물을 감추고 땅 위 식물인 척했다. 떨어진 나무껍질은 곧 소금물에 절인 월계수 같은 모습을 띠게 되었고, 너무 나뭇가지 같고 너무 유리 같으며 햇빛을 다 투과시키지 않는 이 파리들 사이사이로 비치는 햇빛 같은, 진한 노란색 줄무늬의 납빛 같은 카멜레온의 거짓 옆에서 버섯은 마치 구리 주물이나 황가루처럼 보였다. 밀림은 거짓말과 속임수, 가짜 얼굴의 세계였다. 그곳에서는 모든 것이 가면과 계략, 겉치레의 게임이자 변형이었다. 도마뱀-오이, 밤나무-고슴도치, 번데기-지네, 당근 속살을 가진 애벌레와 아마씨의 침전물에서 활동하는 전기물고기의 세계. 강변을 지날 때는 다양한 식물 지붕이 만들어낸 그림자가 우리가 탄 배까지 시원한 공기를 전해주었다. 하지만 그 상쾌한 느낌은 이삼초만 멈춰 서 있어도 견디기 힘든 벌레 물림과 발진으로 변하기 일쑤였다. 사방이 꽃으로 가득한 듯 보였다. 그러나 꽃의 색은 거의 대부분 본래 색이 아니었는데, 저마다 자라거나 시든 정도가 다른 잎들이 만들어내는 착시였다. 열매가 달린 듯 보였지만 그 둥그런 모양이나 잘 익은 농도는 식충식물의 소화 주머니와 고약한 냄새를 풍기는 벨벳 같은 털, 물기가 방울방울 맺힌 알뿌리가 불러일으키는 착각으로, 땅 위 한뼘 정도 높이에서 사프란 꽃가루를 날려 튤립을 수정하는 얼룩선인장을 연상하는 것과 같았다. 저 위 높은 곳에 있는 대나무 숲 위로 서양 난초가 보일 때면 알프스의 숭고한 에델바이스처럼 비현실적이고 접근하기 어려운 것으로 보였다. 또한 진홍빛 강가에 늘어선 채 불타는 가시나무처럼 노랗게 불을 밝히는, 초록빛이 아닌 나무도 있었다. 때로는 하늘조차 거짓말을 했는데, 은빛 물웅덩이에서 위치를 뒤바꿔 심연 속에 빠지곤 했다. 깃털로 개성을 드러내는 새들만이 진실한 존재였다. 백로들은 구부러진 목으로 물음표를 만들어낼 때나 파수꾼 백로의 울음소리에 놀라 하얀 깃털을 세울 때나 거짓을 전하지 않았다. 무서운 세계에서 빨간 모자를 쓴 그토록 연약하고 작은 물총새는 유명한 벌새의 진동과 함께, 그 존재만으로도 기적의 생물이었다. 끝없이 이어지는 바로크식 덩굴 사이를 누비며 장난을 치거나 난잡한 짓을 하고, 덩치만 크지 손이 다섯 달린 어린아이처럼 연신 손뼉을 쳐대는 유쾌한 황갈색 원숭이도 거짓말을 하지 않았다. 무엇보다 아래의 놀라운 풍경으로는 부족하다는 듯, 나는 새로운 구름의 세계를 발견했다. 인간이 잊고 있던 그토록 색다르고 그토록 독특한 구름이 마치 창세기의 처음 몇장에서처럼 물기를 잔뜩 머금고 드넓은 밀림의 습기 위에 드리워 있었다. 구름은 마치 풍화된 대리석처럼 바닥이 직선이었고 끝없이 높이, 움직임 없이 기념비처럼 솟아 있었는데, 도공이 물레를 돌려 만드는 둥근 항아리를 닮아 있었다. 서로 이어져 있지 않을 때가 많은 구름들은 마치 하늘에서 제작된 듯 공중에 멈춰 있었고, 서로 닮아 있었다, 물이 갈라지고 강물이 처음으로 합쳐지는 신비를 지켜보던 태곳적부터.

21

(화요일 오후)

정오 무렵에 노를 젓는 사공들에게 휴식을 주고 다리도 좀 풀 겸 나무들이 울창하게 들어선 강어귀에 배를 멈춰 세운 틈을 타서 야네스는, 그의 주장에 따르면 다이아몬드를 잔뜩 품고 있을 급류의 줄기를 찾아서 떠났다. 하지만 벌써 두시간 전부터 큰 소리로 불러도 아무런 대답 없이 우리 목소리만이 진흙투성이 하천을 돌아서 울리고 있었다. 기다리다 화가 난 뻬드로 수사는 귀금속과 보석의 열망에 눈먼 자들을 격렬히 비난했다. 나는 약간 언짢은 기분으로 이를 듣고 있었는데 ─엄청난 광맥을 발견한 걸로 다들 믿고 있는─ 아델란따도가 모욕감을 느끼지 않을까 싶었던 것이다. 그러나 그는 덥수룩한 눈썹 아래 미소를 지으며 로마의 미사 도구들에는 왜 그리 황금과 보석이 번쩍이는지 영악한 질문을 던졌다. 뻬드로 수사는 "왜냐하면 창조주의 가장 아름다운 물질이 그것을 창조한 이를 경배하는 데 쓰이는 것이 지당하기 때문"이라고 답했다. 그리고 제단을 위해서는 화려한 의식이 요구되지만 미사를 집전하는 사제에게는 겸손이 요구된다는 것을 증명하기 위해, 세속적인 주임신부들을 새로운 면죄부를 파는 자, 로마교황청 대사관의 대변인, 설교대에 선 테너 가수라 평하며 신랄하게 비판하기 시작했다. 아델란따도가 웃으며 "보병과 기병 사이의 영원한 경쟁"이라고 단언한다. 내 생각에, 밀림에서 사십년 동안 선교 활동을 해온 은자의 눈에 도시의 신부들은 편안해 보일 것이고, 멍청하게 보일 수도 있을 것이다. 그의 장단에 맞추기 위해 나는 성전에서 장사나 하는 사제 나부랭이를 예로 들며 동의를 표한다. 그러나 뻬드로 수사는 갑자기 내 말을 막고 "악인에 대해 말하려면 다른 이에 대해 알아야 하는 법이지"라며 내가 모르는 인물에 대해 떠벌리기 시작한다. 마라뇬[5] 원주민들에 의해 갈기갈기 찢겨 죽은 신부들과 마지막 잉카[6]에게 야만적으로 고문당한 신앙심 깊은 복자 디에고, 빠라과이식 화살에 맞은 후안 데 리사르디, 그리고 아빌라의 박사[7]가 환상 속에서 본, 해적에게 목 잘려 살해되어 천사들을 두려움에 떨게 하며 천국에 닿은 무서운 얼굴의 40인의 수사들. 이 모든 일이 어제 일어난 일인 것처럼 말한다, 마치 마음대로 시간을 앞질러,

....

5 Río Marañón. 아메리카대륙에서 가장 큰 강 중 하나로 뻬루에 있다.

6 신잉카국의 마지막 군주 투팍 아마루(Túpac Amaru)를 뜻한다. 에스빠냐 침략시 항전을 주도했으나 패배, 꾸스꼬에서 능지처참을 당했다. 1572년 그의 죽음과 함께 잉카제국은 사라지게 된다.

7 아빌라의 성 떼레사(Santa Teresa de Ávila)라는 애칭으로 불린 에스빠냐의 수녀이자 성녀를 가리킨다.

혹은 거슬러 갈 수 있는 능력이라도 가진 듯이. 나는 "어쩌면 그의 선교사업이 시간을 초원한 공간에서 완수되기 때문일 수도……" 라고 혼잣말을 해본다. 이제 뻬드로 수사는 해가 나무 뒤로 넘어가는 것을 깨닫고서 칭찬 일색의 성인전 이야기를 멈추고, 도망친 짐승을 찾는 마부 같은 위협적인 목소리로 욕설을 섞어 야네스를 소리쳐 부르기 시작했다. 그리고 그리스인이 다시 나타났을 때 얼마나 그를 지팡이로 패댔는지 우리 모두 카누에 쪼그리고 앉아 있어야 했다. 다시 배가 움직이고 나서야 뻬드로 수사가 시간이 지체되었다고 왜 그렇게 화를 내는지 알게 되었다. 이제 물길은 전혀 다른 풍경을 예고하는 어두운 협곡 같은 강기슭 사이에서 폭이 점점 좁아지며 접근이 어려워졌다. 그리고 갑자기 물줄기는 우리를 급류가 소용돌이치는 넓은 황톳빛 강 한가운데로 몰아넣었고, 옆으로 그란데스 메세따스의 가파른 경사를 흘러내린 급류가 쏟아져 들어오는 리오 마요르를 향해 질주해갔다. 오늘 물의 힘은 지역에 내린 강수량으로 인해 위험할 정도로 거셌다. 지리를 잘 아는 뻬드로 수사가 뱃전에 양발을 버틴 채 지팡이로 카누의 항로를 정한다. 그러나 물의 저항은 어마어마했고 우리가 그 싸움에서 벗어나기도 전에 밤이 우리를 덮쳐왔다. 갑자기 하늘이 어수선해졌다. 찬바람이 거센 물살을 일으키고 나무들이 죽은 나뭇잎을 벗어던지며, 으르렁거리는 밀림 위로 폭풍이 휘몰아친다. 모든 것이 검푸른 색조로 바뀐다. 번개가 쉴 새 없이 치면서 번쩍하는 빛줄기 하나가 수평선을 밝히기가 무섭게 맞은편에서 다른 것이 일어나, 그 발톱 속에 또다시 모습을 드러낸 산 너머로 가라앉는다. 들끓는 물 위에 비친 나무들로 뒤덮인 섬의 공포스러운 실루엣 사이사이 앞뒤 좌우에서 나타나는 번쩍이는 선명함—그 천재지변의 빛, 운석의 비는 너무도 가까이 있는 장애물, 급류의 분노와 수많은 위험을 바로 눈앞에 드러내 보이며 내게 갑작스런 공포를 안겨주었다. 배를 때리고 들어올렸다 흔들었다 하는 혼란스런 상황에 빠진 이에게 가능한 구원이란 없다. 나는 완전히 이성을 잃고 두려움을 이기지 못해, 꽉 끌어안은 로사리오의 육체에서 따스함을 찾았다. 연인의 몸짓이 아니라 엄마의 목에 매달린 아이처럼 카누 바닥에 쓰러져 그녀의 머리카락 사이에 얼굴을 묻고 벌어지는 일을 보지 않고 우리를 둘러싼 분노로부터 도망치고자 한다. 그러나 카누의 머리에서 꼬리까지 미지근한 물이 차오르기 시작해 이 모든 것을 잊기는 쉽지 않다. 배는 가까스로 균형을 잡고 소용돌이를 곤두박질하거나 바위들을 타넘고 펄쩍 튀어오르며, 바람을 거슬러 어지럽게 비틀거리며, 파도 거품에 둘러싸여 판자가 비명을 지르고 용골 전체가 신음하는 가운데 뒤집힐 듯 말 듯 나아가고 있다. 게다가 비까지 내리기 시작한다. 번쩍이는 번갯불 사이로 언뜻 검게 보이는 수염의 카푸친 수사가 이제 더이상 뱃길을 지휘하는 것이 아니라 기도를 하고 있는 걸 보자 내 공포는 더 커져간다. 이를 악물고 위험 가운데 태어난 자식의 그것처럼 내 머리를 받쳐 들고 있는 로사리오는 놀랄 만큼 용감해 보인다. 아델란따도는 엎드린 채 원주민들의 허리띠를 붙잡아 그들이 물에 빠지지 않고 계속 노를 저어 우리를 지킬 수 있도록 했다. 불안감 때문에 끝없이 길게 느껴지는 시간 동안 끔찍한 싸움이 계속되었다. 뻬드로 수사가 다시 뱃머리에 서는 것을 보고 위험이 지나갔다는 것을 알았다. 폭풍은 갑작스러웠던 시작만큼 예고 없이 마지막 번개와 함께 사라지고 긴 천둥소리와 함께 분노의 교향곡을 마친다. 기쁨에 찬 개구리가 강변에서 부르는 노랫소리로 밤이 가득 찬다. 강은 접었던 등을 펴고 먼 대양을 향해 자신의 길을 간다. 긴장으로 인해 지칠 대로 지친 나는 로사리오의 품속에서 잠이 든다. 곧 모래톱 위에 카누가 멈추고 안전한 육지에 뛰어내린 뻬드로 수사가 "신의 가호로!"라고 외치는 걸 듣자 이제 두번째 관문을 통과했음을 깨닫는다.

22

(6월 20일 수요일)

오랜 시간 잠을 자고 깨어나 물병을 들고 한참을 마셨다. 물병을 내려놓으려다 내 얼굴 바로 옆에 같은 높이에 있는 걸 보고 내가 바닥에 깔린 얇은 돗자리 위에 누워 있다는 사실을 잠이 덜 깬 멍한 상태에서 깨달았다. 장작 태우는 냄새가 났다. 내 위로 천장이 보인다. 그제야 강 하구에 내려서 원주민 부락을 향해 걸어간 것, 탈진과 감기 기운을 낫게 하려고 아델란따도가 내게 — 이곳에서는 '불타는 위장'이라 불리는 — 독주를 몇번이나 삼키게 한 것이 기억났다. 내 뒤에서는 젖가슴을 드러낸 채 허리와 엉덩이 사이에 두른 흰 천으로 성기를 겨우 가린 원주민 여인 여럿이 까사베 전병을 반죽하고 있었다. 모리체 야자나뭇잎을 엮어 만든 벽에는 사냥과 낚시 도구, 화살과 독화살통, 조롱박 들이 걸려 있었고 손거울 모양의 주걱도 있었는데 — 나중에 알게 된 거지만 — 숙취를 없애는 씨앗을 담는 것으로, 그 가루를 새의 가슴뼈로 만든 대롱을 통해 들이마신다고 했다. 입구에서는 불그스름하고 넓적한 생선 세 마리를 나뭇가지로 엮은 망에 얹어 숯불로 굽고 있었다. 말리려고 널어놓은 해먹을 보고서야 우리가 왜 바닥에서 잤는지 알게 되었다. 쑤시는 몸으로 움막에서 나온 나는 순간 놀라서 소리를 지르며 그 자리에 멈춰 설 수밖에 없었다. 거대한 나무들 뒤로 엄청나게 거대한 검은 돌무더기가 수직으로 솟아 있었는데, 위대한 기념비의 살아 있는 존재 그 자체였다. 내가 지금 보고 있는 것과 비슷한 것을 찾으려면 기억 속 엘 보스꼬의 그림 세계, 성인들의 유혹과 환상을 그리는 화가의 상상 속 바벨탑으로 떠나야 했다. 설사 비슷한 것을 유추해 찾는다 해도 규모의 차별성으로 인해 포기해야만 했다. 내가 보고 있는 이것은 거대한 도시 ─ 널찍하게 떨어져 있는 여러채의 건물로 구성된 마을 ─ 였고, 돌을 잇대어 만든 계단과 구름에 가려진 거대한 무덤, 흑요석으로 된 기이한 요새가 인간에게는 허락되지 않은 어떤 왕국의 입구를 지키고 있는 듯 보였다. 그리고 그곳, 새털구름 위에 '형태의 수도'가 모습을 드러내고 있었다. 1마일이라는 믿을 수 없는 높이에 두개의 탑, 본당과 애프스, 버팀벽이 있는 고딕풍의 멋진 성당이 희귀한 재질에 어두운 반점이 있는 원추형 반석 위에 서 있었다. 종탑을 휘감은 짙은 안개가 화강암 모서리에 부딪히며 소용돌이쳤다. 측면에 오르간 파이프가 설치되고 깎아지른 듯한 테라스로 강조된 그 형태의 비율에는 ─ 최후의 심판을 기다리는 신들과 왕들, 청중의 거처 같은 ─ 무언가 비현실적인 것이 있었다. 압도당한 정신은 그 수수께끼 같은 지구의 건축물을 해석하려는 시도조차 못 한 채 그 수직의 냉혹한 아름다움을 이성으로 판단하지 않고 그냥 받아들였다. 이제 태양이 던진 빛을 받아 땅에 자리 잡고 있다기보다 하늘에 떠 있는 그 불가사의한 성전은 은빛으로 빛났다. 빛과 그림자로 다르게 보이는 여러 평면 위로 같은 지질학적 특성을 가진 다른 형태가 나타났는데,

그 가장자리에서 수백갈래의 폭포수가 흘러내려 아래에 있는 나무 꼭대기에 닿기도 전에 비로 뿌려지고 있었다. 이런 장대함 앞에 거의 압도당한 나는 잠시 내 키 높이로 시선을 내렸다. 오두막 여러 채가 검은 물웅덩이 가에 늘어서 있었다. 어린아이 하나가 내게 다가와 뒤뚱거리는 두 다리로 서서 작은 모란 팔찌를 보여주었다. 주황색 부리를 가진 크고 검은 새가 젠체하며 걸어가는 쪽에서 원주민들이 생선 아가미를 꼬챙이로 꿰어 들고 나타났다. 저 멀리 젖을 먹는 아기를 가슴에 매단 여인들이 무언가를 엮고 있었다. 큰 나무 아래서 만디오까를 빻는 할머니들에게 둘러싸여 로사리오가 내 옷을 빨고 있었다. 물가에 무릎을 꿇고 머리를 늘어뜨린 채 손에 빨랫돌을 든 그녀의 모습은 조상들의 실루엣을 닮아 있었고 지난 세대 동안 그녀의 피부색을 밝게 만든 친족들보다 이곳의 여인네들과 더 가까워 보였다. 지금은 내 연인이 된 이 여인, 죽음의 문턱에서 살아 돌아온 그녀를 산기슭에서 보았을 때 왜 내가 '인종'에 대한 인상을 받았는지 이해가 되었다. 그녀의 비밀은 먼 세계, 내게 알려지지 않은 빛과 시간을 지닌 세계의 냄새였다. 내 주위의 모든 이가 원초적 리듬에 따라 생활하는 일상 속에서 평화롭게 어우러져 각자 자신의 일에 열중하고 있었다. 내가 항상 다소 공상적인 이야기를 통해 접해왔고 실존하는 인간과는 다른 영역의 존재로 여겨왔던 그 원주민들은 자신의 영역, 자신의 공간 속에서 자기 문화의 완벽한 주인으로 다가왔다. '야만인'이라는 어처구니없는 인식만큼 그들의 실체에서 동떨어진 것도 없었다. 내게 기본적이고 필수적인 것들에 대해 그들이 모른다고 해서, 그 사실이 그들을 원시적인 존재로 덧칠하는 것은 아니었다. 생선들을 정확하게 꿰어 엮고, 화살을 입으로 불어 명중시키고, 집의 뼈대를 야자수 잎으로 덮는 마감 기술을 지닌 이들은 내게 삶의 연극 무대에서 자신들에게 주어진 임무를 완벽히 소화해내는 고수의 경지에 이른 인간을 보여주었다. 주름이 쭈글쭈글한 노인의 엄한 가르침 아래 소년들은 활을 다루는 법을 배웠다. 남자들은 노젓기로 다져진 강한 등을 움직였고, 여자들은 임신에 적당한 골반과 넓고 높은 치골, 튼튼한 엉덩이를 가졌다. 매부리코와 풍성한 머리카락으로 인해 눈에 띄게 귀족적인 옆모습을 지녔다. 신체의 나머지 부분은 실용적 기능에 맞게 발달했다. 무언가를 잡는 수단으로서 손가락은 강하고 거칠었다. 걷기 수단인 다리를 위해 발목이 튼튼했다. 살은 효율적으로 뼈를 감싸고 있었다. 적어도 이곳에는 내가 그토록 여러해 동안 해온 것 같은 불필요한 직업이란 없었다. 이런 생각을 하며 로사리오가 있는 곳으로 가고 있을 때, 아델란따도가 오두막의 문에 나타나 기쁨에 찬 목소리로 나를 불렀다. 내가 이 여행에서 찾고 있던 것, 내가 맡은 임무이자 목적이 되는 대상을 방금 발견했다는 것이다. 거기, 화로 옆 바닥에 이달 초 내게 맡겨진 임무에 해당하는 악기들이 있었다. 스무개의 미지의 나라를 걸어 성물을 찾은 순례자의 감동으로, 나는 막대에서 원시적 형태의 북으로 변한, 십자 모양의 손잡이가 달리고 불에 그을려 만든 원통에 손을 얹었다. 이어 의식에 쓰이는, 깃털을 단 나뭇가지로 만든 마라까와 사슴뿔로 만든 호른, 화려하게 장식한 딸랑이와 늪에서 길을 잃은 어부들을 부를 때 쓰는 진흙으로 만든 피리를 보았다. 오르간의 조상이라 할 수 있는 팬파이프가 거기 있었다. 그리고 무엇보다, 죽음을 가까이 접하는 모든 것의 특징이라 할 수 있는 기분 나쁜 엄숙함을 담아 불쾌하고 불길한 소리, 빈 무덤에서 울리는 것 같은 소리를 내는 항아리가 있었다. 처음으로 이것을 소개한 책에 그려진 그대로 양옆으로 관이 달린 모습이었다. 인간의 가장 고상한 본능에 따라 만든 것들을 물물교환으로 수중에 넣자, 내 인생의 새로운 주기에 들어선 것처럼 느껴졌다. 임무를 완수했다. 정확히 보름 만에, 정말로 칭찬받을 만한 방법으로 목표를 이룬 것이라 자랑스러워하며 나는 완수한 임무의 트로피들을 기쁜 마음으로 어루만졌다. 소리 내는 항아리 — 근사한 작품 — 의 발견이야말로 지금까지의 내 인생에서 특별하고 기억에 남는 첫 성과였다. 내게서 이 물건은 점점 더 중요해지고 내 운명과 긴밀한 관계를 맺어, 그 순간 어쩌면 나와 비슷한 몸짓으로 원시 악기를 살펴보며 나에 대해 생각하고 있을지도 모르는, 내게 임무를 맡긴 이와 나 사이의 거리를 없애주었다. 나는 내면의 만족감에 가득 차 시간의 흐름을 잊은 채 조용히 서 있었다. 현실로 돌아왔을 때는 잠에서 깨어나 눈뜬 이의 기지개처럼 내 속에서 무언가가 부쩍 성숙해져 내 머릿속에서 빨레스뜨리나[8]의 독특한 대위법 아래 위엄에 찬 목소리로 울려퍼지고 있었다.

악기들을 묶을 덩굴을 찾아 오두막을 나왔을 때 부족의 일상적인 리듬을 깨고 시끄러운 소동이 벌어지고 있는 것을 보았다. 지저귀듯 떠들어대는 원주민 아낙네들 사이, 로사리오의 뒤를 따라 뻬드로 수사가 춤추듯 가볍게 움막을 들락거리고 있었다. 입구의 나뭇가지를 엮어 만든 식탁에는 찢어진 곳을 다른 실로 꿰맨 레이스 식탁보가 덮였고 바가지 두개에 노란색 꽃이 놓여 있었다. 가운데에는 수사가 목에 걸고 있던 검은색 나무 십자가를 두었다. 그는

---

8 Giovanni Pierluigi da Palestrina(1525?~94). 이딸리아의 작곡가. 후기 르네상스 교회음악의 거장으로, 둘 이상의 독립된 선율이나 성부를 동시에 결합시켜 곡을 만드는 대위법(對位法)에 기초한 다성음악을 작곡했다.

항상 가지고 다니던 낡은 갈색 가죽 가방에서 — 군데군데 구멍이
난 — 예배용 장식품과 물건 들을 꺼내 소맷자락으로 먼지를 닦은
후 제단 위에 늘어놓았다. 나는 점점 더 놀라움을 느끼며 돌제단
위에 성배와 떡이 그려지는 것을 보았다. 성배 위에 성수를 뿌리고
두자루의 미사용 촛대 사이에 성찬보가 놓이는 것도 보았다. 이런
장소에서 행해지는 모든 것이 터무니없어 보이는 동시에 놀랍게
느껴졌다. 아델란따도가 자유로운 정신력의 소유자라고 자부하는
것을 알았기에 나는 눈짓으로 무슨 일인지 물었다. 종교와는 별로
상관없고 단지 간밤의 폭풍이 지나간 데 대해 감사의 의미로 드리
는 언약의 미사라고 말했다. 그가 로사리오가 서 있는 제단에 다가
섰다. 이꼰ikon의 남자임에 분명한 야네스가 내 옆으로 다가와 그리
스도는 하나밖에 없다고 속삭였다. 원주민들은 멀찍이 떨어져 바
라보고 있었다. 부족의 — 송곳니로 만든 목걸이를 걸친 주름투성
이 — 족장은 정중한 태도를 보였다. 어머니들은 칭얼대는 아이들
을 조용히 시켰다. 뻬드로 수사가 내 쪽으로 돌아서며 호소하듯 부
탁했다. "여보게, 이 원주민들은 세례를 거부한다네. 자네까지 무
관심하게 보이면 안 될 것 같아. 하느님을 위해서가 아니라면 나를
위해 해주게나." 그러고는 조금 더 거친 어조로 "자네도 같은 배에
타고 있었고 똑같이 두려움을 느꼈었다는 걸 기억하게"라고 말했
다. 긴 침묵이 이어졌다. 그런 다음에는 말했다. "성부와 성자와 성
령의 이름으로, 아멘." 나는 목이 타는 듯한 고통을 느꼈다. 그 오랜
불변의 단어들은 밀림 한가운데에서 — 마치 초기 기독교도의 지
하 거처, 태초 인류의 땅속에서 태어난 듯 — 장중한 엄숙함을 띠
었다. 한번도 도끼가 닿은 적 없는 나무들 아래서 햇빛 아래 우뚝
선 종탑이 있기 전, 승리의 성당에 성가가 울려퍼지기 전의 영웅적

인 역할을 맡았다. "거룩, 거룩, 거룩하시도다, 온 누리의 주 하느님……"[9] 이곳에서는 나무둥치가 그림자를 만드는 기둥이었다. 우리 머리 위로 위태로운 나무 잎사귀들이 무겁게 드리워 있었다. 그리고 우리 주위로는 이방인들, 우상 숭배자들이 덩굴로 된 그들의 회랑에서 이 이상한 사건을 지켜보고 있었다. 어제 나는 우리가 마노아를 찾는 정복자라는 생각을 하며 즐거워했다. 그러다 문득 이와 비슷한 곳에서 엘도라도를 찾던 정복자들이 드린 미사와 이 미사 사이에 아무런 차이가 없다는 사실을 깨닫게 되었다. 시간이 사백년을 거슬러 흐른 것이다. 이것은 이름 모를 강가에 방금 도착한, 서쪽으로 태양을 좇아 이동하며 증표를 남기는 발견자들이, 옥수수의 인간들이 놀란 눈으로 지켜보는 앞에서 드리는 미사이다. 제단 양옆에 무릎 꿇고 있는, 비쩍 마르고 얼굴이 검게 탄 아델란따도와 야네스, 엑스뜨레마두라 농부 같은 한사람과 상거래소[10] 책자에 나오는 대수학자의 옆모습을 지닌 다른 한사람은 딱딱한 육포를 먹고 온갖 벌레에 물려 고열에 시달리다 드넓은 풀숲에 투구를 벗어놓고 기도하는 정복 시대의 전사였다. "우리를 불쌍히 여기소서, 주여, 우리를 불쌍히 여기소서. 우리에게 자비를 베푸소서." (Miserere nostri, Domine, miserere nostri. Fiat misericordia.)[11] 원정대의 사제가 시간을 정지시키는 어조로 읊조린다. 아마도 1540년이 지나고 있을 것이다. 우리 배는 폭풍에 찢기고 훼손되었다. 이제 수사가 성경 말씀에 따라 바다에서 얼마나 큰 파도가 배를 덮쳤

---

9 미사통상문의 한 구절.
10 Casa de la Contratación. 16세기의 에스빠냐 기관으로 중남미 식민지 상거래를 관리했다.
11 조반니 빨레스뜨리나가 작곡한 무반주 성악곡(모테트)의 한 구절.

는지에 대해 설명하면서, 잠든 그리스도에게 제자들이 다가가 깨우며 "주님, 살려주십시오. 우리가 죽게 되었습니다"라고 하자 그리스도가 "그렇게도 믿음이 없느냐? 왜 그렇게 겁이 많으냐?"라는 말씀과 함께 일어나 바람을 꾸짖고 바다를 잠잠케 하신 역사에 대해[12] 말한다. 아마도 1540년이 지나고 있을 것이다. 그러나 사실이 아니다. 연도는 아찔한 시간의 되감기 속에서 줄어들고 용해되어 사라진다. 아직 16세기에 들어서지 않았다. 우리는 훨씬 이전 시대를 살고 있다. 우리는 중세 시대에 있다. 신대륙 발견과 정복을 행하는 르네상스의 인간이 아니라 중세의 인간이기 때문이다. 위대한 사역을 하기 위해 지원한 사람들은 빨라디오[13]를 모방한 콜로네이드의 문을 통해 구세계에서 나간 것이 아니라 로마네스크 양식의 아치 아래를 지나서 갔으며, 그 기억을 가지고 대양을 건너 떼오깔리[14]의 피 묻은 흙 위에 그들의 첫 성당을 건설했다. 펜치와 못, 창으로 장식한 로마네스크 십자가를 앞세워 제물에나 비슷한 도구를 사용하는 이들에 대항해 싸웠다. 중세는 최근에 우리가 지나온 많은 도시에서 그토록 끈질기게 지속되고 있는 악마의 게임, 뱀의 산책, 프랑스의 12인의 귀족[15]의 댄스, 샤를마뉴의 로망[16]이다. 그리고 이제 나는 놀라운 사실을 깨닫는다. 산띠아고 데 로스 아기날도스에서 맞은 성체식 오후부터 나는 중세 초기에 살고 있었다. 물

---

12 마태오의 복음서 8:25~26의 일화.

13 Andrea Palladio(1508~80). 이딸리아 르네상스 시대의 건축가. 유럽 건축사에서 저택 건축의 전형을 제시하여 후대에 가장 많은 영향을 끼친 건축가 중 하나다.

14 teocali. 아메리카 원주민들의 신전 피라미드.

15 Pares de Francia. 『롤랑의 노래』에 나오는 롱스보에서 죽은 샤를마뉴의 12명의 기사들.

16 roman. 『롤랑의 노래』처럼 12, 13세기 중세 유럽에서 발생한 서사시. 애정사와 무용담을 중심으로 전기적(傳奇的) 요소를 가진 것이 특징이다.

건 한개나 옷 한벌, 치료법 한가지는 다른 달력에 속할 수도 있다. 하지만 생활의 리듬, 항해법, 램프와 냄비, 시간의 연장, 말과 개의 중요성, 성인을 경배하는 방식, 축제일이면 마을에서 마을로 옮겨다니는 창녀들이나 마흔명의 이복 자식을 둔 것을 자랑하는 족장들처럼 모든 것이 중세식이었다. 내가 같이 지내온 사람들이 술을 퍼마시고, 언제든지 젊은 웨이트리스의 육체를 탐할 준비가 되어 있는 부르주아였음을 깨달았다. 박물관에서 그들의 유쾌한 인생에 대해 끝없이 꿈꾸곤 했었다. 그들과 같은 식탁에 앉아 가슴 부위가 검게 그을린 새끼 돼지를 잘랐고, 서인도제도로 가는 새로운 길을 찾게 만든 향신료에 대한 열망을 공유했다. 백개의 그림을 보며 조잡한 붉은색 흙벽돌로 만든 그들의 집과 넓은 부엌, 못으로 고정한 대문과 친숙해졌다. 물론 나는 그들이 허리춤에 돈을 차는 습관이 있고, 상대와 거리를 두고 춤을 추며, 현악기를 선호하고, 닭싸움을 좋아하며, 통구이 연회를 열어 거나하게 마시기를 좋아하는 것을 알고 있었다. 그들이 사는 거리의 맹인과 하반신장애인을 알았고, 통증을 줄이려 쓰는 습포제와 연고, 발삼유에 대해 알고 있었다. 그러나 박물관의 니스칠 아래, 회복 불가능한 죽은 과거에 대한 증언과 기록을 통해 알고 있었다. 보라, 이곳에서 과거는 갑자기 현재가 되었다. 내 손으로 만지고 숨 쉴 수 있다. 이제 다른 이들이 공간을 여행하듯 나는 시간을 여행할 수 있는 놀라운 가능성을 본다……
"예배가 끝났으니 평안히 가십시오. 주님을 찬미합시다, 신의 가호로." 미사가 끝났고, 그와 함께 중세도 끝났다. 그러나 날짜는 계속해서 숫자를 놓치고 있었다. 엄청난 속도로 연도가 사라지고 거슬러 올라가고 지워졌으며, 달력을 채우고, 달을 반대로 회전시켜, 세 자리 로마숫자로 표기되는 세기에서 한 자릿수로 된 세기로 되돌아갔다. 성배가 광채를 잃고, 십자가의 못이 떨어지고, 상인들은 성전으로 돌아갔으며, 성탄의 별은 지워졌고, 수태고지 천사가 하늘로 돌아간 0년이 되었다. 그리고 0년의 반대쪽으로 날짜들 — 두 자리, 세 자리, 다섯 자리 날짜들 — 이 다시 커지기 시작해 여기저기 땅을 헤매는 데 지친 인간이 강 연안에 최초로 부락을 세우고 농사를 시작하며, 음악이 필요해지자 불에 그을린 나무통을 두드릴 막대를 사용하다가 빈 수숫대를 입으로 부는 악기를 만들고, 진흙 항아리를 울려 망자를 기리는 때에 이르렀다. 구석기시대였다. 이곳에서 법을 만들고, 우리의 삶과 죽음을 결정하고, 음식과 독의 비밀을 알고, 기술을 발명해낸 이는 돌칼과 돌낫, 생선 가시로 만든 낚싯바늘과 뼈로 만든 화살을 사용하는 인간이었다. 우리는 '역사'의 새벽이 태어나는 도시에서 — 잠시 머물다 갈 — 침입자, 무지한 이방인이었다. 지금 여인들이 부채질하는 불이 갑자기 꺼지면, 우리는 손을 사용해 다시 불을 붙일 수도 없을 것이다.

23

(6월 21일 목요일)

나는 아델란따도의 비밀을 알고 있다. 그가 어제 불 옆에서, 야네스가 듣지 못하도록 조심하며 말해주었다. 그가 금을 찾았다거나 도망친 노예들의 왕으로 노예를 거느렸다는 소문, 밀림에서 여러명의 아내를 데리고 있다거나 그의 애인이 다른 남자를 만나지 못하게 하려고 혼자 여행하는 것이라는 소문이 있다. 진실은 이보다 훨씬 더 아름다운 것이다. 그 사실을 알게 되었을 때, 나는—확신하건대—당대의 누구도 상상 못 할 이야기에 놀라움에 사로잡혔다. 그날 밤 오두막에서 삐걱거리는 소리를 내는 해먹에 누워 잠을 청하기 전에 그물 사이로, 나는 로사리오에게 며칠 더 여행을 할 거라고 말한다. 피곤하다거나 지쳤다거나 아이처럼 집에 가고 싶다는 말이 나올까 걱정했으나 돌아온 것은 긍정적이고 활기찬 답변이었다. 그녀는 우리가 어디로 가든지 상관하지 않았고, 가까운 곳으로 가든 먼 곳으로 가든 걱정도 하지 않았다. 로사리오에게는 삶을 충족해주는 어떤 좋은 장소로부터 '멀리 떨어져 있다'는 개념 자체가 없었다. 국경을 넘어 다니면서도 같은 언어를 말하고 대양을 건넌다는 것은 생각도 해보지 않은 그녀에게 세계의 중심은 정오에 태양이 머리 위를 비추는 그곳이었다. 그녀는 땅의 여인이었다. 땅 위를 걷고, 먹고, 건강히 지내고, '육체의 즐거움'을 받는 대가로 섬길 남자가 있는 동안에는 너무 깊이 따지지 않는 게 좋을 운명을 따랐다. 이 운명은 어두운 힘을 발휘하는 '위대한 사건들'에 의해 지배되고, 무엇보다 인간의 이해력을 넘어서는 것이었다. 이런 이유로 그녀는 "어떤 일에 대해 생각하는 것은 나쁘다"라고 말하곤 한다. 그녀는 스스로를 '당신의 여인'이라고 삼인칭으로 부른다. "당신의 여인은 자고 있었어요. 당신의 여인이 당신을 찾고 있었어요……" 그리고 나는 그 반복되는 소유격에서 '아내'라는 단어가 전하지 못할 상황에 대한 정확한 정의와 탄탄한 개념을 발견한다. '당신의 여인'은 모든 계약과 맹세보다 우선하는 확인이다. 위선적인 성경 번역가들이 예언적 외침의 울림을 제거하고 '뱃속'이라 고쳐 쓴 그 '자궁'의 첫번째 진실을 담고 있는 것이다. 게다가 이렇게 문장을 단순화해서 정의하는 것은 로사리오에게 일상적인 일이다. 연인으로서 내가 알아야 할 자신의 은밀한 몸짓들에 대해 말할 때면 라반 앞에서 라헬[17]이 언급한 '여인들의 관습'을 떠올리게 하는 명확하고도 신중한 표현을 썼다. 오늘 밤 '당신의 여인'이 부탁한 것은 내가 어디를 가든 자신을 데리고 가라는 것뿐이었다. 그녀는 자신의 보따리를 들고 아무 질문 없이 남자를 따른다. 나는 그녀에 대해 아는 것이 별로 없다. 그녀가 기억력이 나쁜 건지 아니면 과거에 대해 이야기하고 싶어하지 않는 건지 알 수 없다. 다른 남자들과 살았다는 것을 숨기지 않는다. 다만 당시의 삶의 비밀에 대해서는 위엄을 가지고 말한다. 아니면 우리가 만나기 전에 일어난 일에 중요성을 부여하는 것이 내게 실례라고 생각하기 때문일 수도 있다. 이렇듯 아무것도 소유하지 않은 채, 어제를 잊고, 내일에 대해 생각하지 않으며, 현재를 사는 것이 나를 놀라게 한다. 그럼에도 불구하고 이런 태도는 해가 뜨고 지고 다시 뜨는 사이 지나가는 시간을 상당히 늘렸음에 분명하다. 그녀는 아주 길었던 날과 아주 짧았던 날에 대해 이야기할 때 마치 하루가 다른 시간 ─ 빠르게 흐르는 일상 가운데 안단테와 아다지오를 가진 지구 교향곡의 시간 ─ 을 가진 것처럼 말한다. 놀라운 것은 ─ 이제 나도 시간에 얽매이지 않는데 ─ 나 역시 시간이 다르게 흐른다고 느낀다는 점이다. 길어지는 어떤 아침과 태평스러운 석양, 그리고 거꾸로, 오른쪽에서 왼쪽으로, 높은음자리표 반대로 읽어 창세기의 나침반까지 거슬러 가는 이 교향곡의 박자에 들어맞는 모든 것 앞에 경이로워한다. 왜냐하면 해 질 무렵에, 어제 우리가 함께 지낸 사람들보다 훨씬 오래전의 문화를 가진 부족의 거주지와

---

17 창세기 29~35장에 나오는 인물로 라반의 딸, 야곱의 아내.

마주쳤기 때문이다. 구석기시대 ― 기술은 마들렌기와 오리냐끄기[18]와 비슷하고, 석기는 밤의 시대의 가장 초기에 있다는 느낌으로 박물관에서 여러번 그 수집품을 바라보았던 ― 에서 나와서 인간의 삶의 한계를 가장 어두운 밤의 시대로 되돌려놓는 곳으로 들어왔다. 나와 비슷한 팔다리를 가진 사람들, 불룩한 배 위로 처진 가슴을 가진 여인들, 고양이처럼 몸을 쭉 폈다가 웅크리는 아이들, 아담과 이브가 죄를 짓기 전처럼 '벌거벗은 것을 모르고' 본원적으로 부끄러움을 느끼지 않아 생식기를 가리지 않은 이 사람들은 하지만 인간이었다. 아직 씨앗의 힘을 이용할 생각을 하지 못했고, 정착하지 않았고, 씨 뿌리는 행위는 상상조차 못 했다. 이들은 정처 없이 걷고, 저 위 밀림의 지붕에 매달린 원숭이들과 경쟁하며 야자속을 먹는다. 우기가 되어 물이 불어나 몇달 동안 강 사이의 어떤 지역에 고립되면, 흰개미처럼 나무껍질을 벗기고 말벌의 유충을 먹고 개미와 이를 씹으며 땅을 헤집어 손톱에 걸리는 벌레와 지렁이를 먹다가, 나중에는 손가락으로 흙을 반죽해 먹는다. 불을 사용하는 법도 잘 모른다. 늑대와 여우 눈을 하고 도망치는 그들의 개는 개 이전의 개이다. 나로서는 전혀 의미를 알 수 없는 그들의 표정을 바라보며, 나는 어떤 단어도 쓸모없고 어떤 공통의 몸짓도 발견하지 못할 것을 안다. 아델란따도가 내 팔을 잡고 갉아먹은 뼛조각으로 가득한 돼지우리 같은 진흙 구덩이로 끌고 가서, 내가 이제껏 보지 못한 끔찍한 광경을 보여준다. 그것은 하얀 턱수염을 가

---

18 마들렌(Madeleine)문화는 약 17,000~12,000년 전 서유럽의 후기 구석기에서 중석기시대 문화, 오리냐끄(Aurignac)문화는 B.C. 32,000~B.C. 26,000년경의 상구석기시대 유럽과 서남아시아에 존재했던 문화. 프랑스의 같은 지명에서 발견된 유적에서 유래한 이름이다.

진 살아 있는 두명의 태아처럼 보였는데, 늘어뜨린 입술로 갓 태어난 아기 비슷한 울음소리를 내며 흐느끼고 있었다. 불룩한 배와 해부학 도면처럼 온통 푸른 핏줄로 뒤덮인 주름투성이 난쟁이가 송곳니 사이로 손가락을 집어넣고 무언가 두려워하는 비굴한 눈짓으로 바보처럼 웃었다. 그들이 얼마나 혐오스러웠는지 나는 반감과 두려움을 동시에 느끼며 그들에게서 등을 돌려버렸다. 아델란따도가 비꼬는 투로 말한다. "포로들, 밀림의 합법적인 주인이자 우월한 인종으로 여겨지는 이들의 포로들이지." 나와 똑같이 발기하는 성기를 가진 그 인간 애벌레가 '최하'가 아니고 다른 서열이 있을 수도 있다는 가능성 앞에 나는 일종의 현기증을 느낀다. 어딘가에는 그 포로들의 포로가 존재할 수 있으며, 그들 중에도 총애를 받고 권위를 가진 우월한 종자가 있어, 더이상 개가 남긴 뼈를 갉아먹지 않고 썩은 고기를 두고 독수리와 다투며, 발정의 밤이면 짐승의 소리로 울부짖는 것이다. 이들과 나 사이에는 아무런 공통점이 없다. 전혀. 나를 둘러싼 그들의 주인, 벌레를 삼키고 흙을 핥는 이들과도 나는 아무 연관이 없다…… 그러나 거기 누워서 자고 성교하며 종족을 번식시키는—서캐의 보금자리라고 하는 게 더 적당할—해먹 같지도 않은 해먹들 사이에는 햇볕에 꾸덕꾸덕해진 점토로 된 물건이 있다. 항아리 비슷한데 손잡이가 없고 위쪽 가장자리에 마주 보게 뚫린 두개의 구멍이 있는 것으로, 흙이 굳기 전에 손가락으로 눌러 볼록하게 만든 배꼽 모양의 문양이 있다. 이것은 신이다. 아니, 신보다 더한 존재, 신의 어머니다. 모든 종교의 기원인 어머니다. 모든 신들의 계보학의 은밀한 입구에 위치한 자궁, 생식하는 여성의 기원. 불룩한 배, 배인 동시에 유방이자 자궁, 생식기인 배를 가진 어머니, 인간의 손을 통해 '물건'이 만들어져 존재

212

감을 가지게 됐을 때 최초로 빚은 형상인 어머니. 내 앞에 있는 것은 토템 가운데 어린아이 신들의 어머니로, 신성한 것을 대하는 습관을 길러 더 큰 신들을 맞을 준비를 하도록 인간에게 주어진 것이었다. '홀로, 공간과 시간을 넘어선' 어머니, 파우스트가 두려움에 떨며 두번 부른 '어머니'. 이제 쭈글쭈글한 음부의 노파들과 나무에 기어오른 이들, 임신한 여인들이 나를 보고 있는 것을 알고 나는 그 성배를 향해 어색한 경배의 몸짓을 한다. 나는 인간의 거주지에 있고 그들의 신을 존중해야 한다…… 그런데 그때 모두들 달리기 시작한다. 내 뒤편, 지붕의 처마 역할을 하는 나뭇가지의 드리운 잎들 아래에 방울뱀에 물린 사냥꾼의 검게 부은 몸을 방금 눕혔다. 뻬드로 수사는 이미 몇시간 전에 죽은 사람이라고 했다. 그러나 주술사는 죽음의 신이자 지배자들을 쫓기 위해 ─ 이 사람들이 유일하게 아는 도구인 ─ 작은 돌을 채운 조롱박을 흔들기 시작한다. 치료 기도를 준비하는 엄숙한 정적이 대기를 지배하고, 곧 이어질 절정에 대한 기대가 사람들을 채운다. 밤의 공포가 차오르는 넓은 밀림에서 '말'이 태어난다. 이미 말 이상이 되어버린 말. 말하는 이의 목소리를 흉내 내는 말, 그리고 또한 시체가 소유한 영혼에 속한 말. 하나는 주술사의 목구멍에서 나오고, 다른 것은 그의 배에서 나온다. 하나는 지하 용암의 열기처럼 근엄하고 혼란스럽고, 다른 것은 중간 톤으로 분노에 차 있고 거칠다. 번갈아 나타난다. 서로 화답한다. 하나가 꾸짖으면, 다른 것은 신음한다. 목구멍에서 나오는 소리가 칭찬하면, 배에서 나오는 목소리는 비꼰다. 짐승 울음처럼 늘어지며 으르렁거리는 소리가 있고, 음절들이 갑자기 어떤 리듬을 이루며 반복된다. 멜로디의 맹아인 네개의 음으로 끊어지는 떨림소리가 있다. 그러나 이어지는 것은 입술 사이로 혀를 떨며 내는 소리와 안으로 으르렁대는 소리, 그리고 빠르게 치는 마라까 소리. 그것은 언어 너머에 있는 무엇이었고 노래와는 더더욱 거리가 있는 무엇이었다. 발성이 무엇인지도 모르지만 이미 말 그 이상이 되어버린 어떤 것. 조금 더 이어지자, 벙어리 개들로 둘러싸인 시체 위 그 아우성이 무섭고 끔찍하게 느껴진다. 이제 주술사는 그를 마주 보고, 소리치고, 발뒤꿈치로 바닥을 굴러 모든 비극의 가장 깊은 진실인 가슴 아픈 분노의 저주를 표현한다. 인간이 측량할 수 없는 궤멸의 힘에 대항해 싸우고자 하는 원시적 시도였다. 나는 이것을 피해 적당한 거리를 유지하려고 노력한다. 그럼에도 이 의식이 발휘하는 무시무시한 매혹을 피할 수 없다…… 사냥감을 놓치지 않는 죽음의 신의 완강함 앞에서 '말'은 갑자기 약해지고 낙담한다. 치료의 오르페우스인 주술사의 입에서 '장송가'—이것은 다른 무엇도 아닌 '장송가'인 것이다—가 그르렁거리며 발작적으로 분출되었고, 놀랍게도 내가 방금 '음악의 탄생'을 목도했음을 알려준다.

24

(6월 23일 토요일)

그 '역사'는 물론 선사시대의 이주 이력도 잊힌, 지구의 근골 위를 걸은 지 이틀이 지났다. 천천히, 계속 오르막길을 올라, 폭포와 폭포 사이 급류를 건너고 폭포와 다른 폭포 사이의 물길을 따라 뱃노래에 맞춰 흔들리며, 그란데스 메세따스가 솟아 있는 땅에 도착했다. 수천년간 비에 씻겨 지구의 기하학을 이루는 원소로 축소된 벌거벗은 바위의 모습이었다. 그것은 아직 그것을 바라볼 수 있는 눈이 없던 때에 지구의 표면 위에 처음 세워진 기념비적 존재였고, 그 역사와 특별한 혈통이 압도적인 위엄을 더한다. 거대한 청동 실린더처럼 보이는 것도 있고, 끝이 뭉툭한 피라미드나 물 사이에 선 길쭉한 석영 결정처럼 보이는 것도 있다. 바닥보다 꼭대기가 더 넓은 형태도 있고, 거대한 돌산호처럼 벌집 모양의 구멍이 난 것도 있다. 우리 머리 위 백뼘 정도 높이에서 양 측면으로 깊게 뚫린 터널은 그 신비로운 장중함으로 우리를 — 정체를 알 수 없는 무서운 — '어떤 것의 문'으로 이끄는 것처럼 보였다. 각각의 고원은 날카로운 모서리와 깎아지른 절단면, 쭉 뻗거나 중간중간 끊어진 측면과 부서진 모양으로 고유의 형태를 지닌다. 오벨리스크 모양이나 현무암 절벽 모양 아니면 측면 테라스 형태도 있고, 모서리가 깎이거나 각도가 날카로운, 순례 행렬을 닮은 이상한 경계석이 세워져 있다. 갑자기 그런 창조물의 엄숙함을 깨트리며 이 견고한 지역에 약간의 움직임을 불어넣기 위해 아라베스크 양식의 돌, 지질학적 상상력이 물과 공모를 한다. 붉은빛이 감도는 화강암 산의 꼭대기에서 일곱줄기의 노란 폭포가 흘러내린다. 허공으로 떨어져내리는 강물로 겁에 질린 나무들이 표시하는 경사로 위에 무지개를 만든다. 자연이 만든 아치 아래 급류의 거품은 천둥처럼 메아리치며 부글거리고 갈라졌다가 서로 만나 넘쳐흐르며 잇따라 웅덩이를 만들어낸다. 저 위 꼭대기, 달까지 이어지는 계단의 끝에 인간의 발길이 닿지 않은 순수한 물을 담고 있는, 구름과 이웃한 호수가 있다. 새벽의 서리와 얼어 있는 바다, 우윳빛을 띤 물가, 그리고 노을이 지기 전에 밤으로 자신을 채우는 구덩이가 있다. 봉우리 끝에는 거대한 돌기둥이 서 있고, 뾰족하게 튀어나온 돌, 교차로, 안개를 내뿜는 갈라진 틈이 있다. 용암의 응혈 같은 울퉁불퉁한 바윗덩이 —다른 별에서 떨어진 듯한 운석이 있다. 우리는 말이 없다. 위대한 작품의 웅장함 앞에서, 켜켜이 겹쳐진 절단면과 드리워진 그림자와 끝없이 펼쳐진 들판 앞에서 완전히 압도당했다. 우리는 금지된 장소에 던져진 침입자가 된 것 같다. 눈앞에 펼쳐지는 것은 인간이 있기 전에 존재한 세계다. 저 아래 큰 강에는 괴물 도마뱀과 아나콘다, 유두가 달린 물고기와 머리가 큰 라울라우, 민물 상어, 전기뱀장어와 아직 선사시대 동물의 특징을 지닌 레피도시렌이 있다. 이곳에는 양치식물 아래 몸을 숨겨 피하는 것들과 동굴에 꿀을 숨기는 벌들이 있지만, 마치 살아 있는 생물이라곤 없는 것처럼 보인다. 이제 막 물과 물 사이가 갈라졌고, 마른 땅이 드러났고, 푸른 움이 돋았고, 처음으로 낮과 밤을 다스리는 빛을 접해본다. 우리는 창세기의 세계, 창조의 제4일이 끝나는 때에 있다.[19] 조금만 더 거슬러 가면 창조주의 무서운 고독이 시작되는 순간에 닿을 것이다. 지구가 무질서하고 텅 비어 있고 어둠이 심연 위에 깔려 있었을 때, 향이나 찬송도 없는 시간 속 항성의 슬픔에 닿을 것이다.

---

19 창세기 1:6~19의 내용.

제5장

당신의 법을 기쁨으로 삼으리이다.

— 시편 119:174

25

(6월 24일 일요일)

아델란따도가 팔을 들어 황금을 향한 길을 가리키자 야네스는
이 땅의 보물을 찾기 위해 우리에게 작별을 고한다. 자신의 발견을
나누기 싫어하고, 탐욕스런 몸짓으로 입을 열면 거짓을 말하고, 꼬
리로 발자취를 쓰는 짐승처럼 지나온 길을 지우는 그 광부는 틀림
없이 고독할 것이다. 우리에게 중요한 인물이 된 듯한 호메로스를
읽는 아카이아풍의 시골 사람을 껴안았을 때 잠시 감동을 느꼈다.
오늘은 값진 보석에 대한 탐욕이 그를 황금의 도시 미케네를 향해
이끌어 모험가의 길을 가게 만든다. 우리에게 뭔가 선물하고 싶은
데 가진 게 입고 있는 옷뿐이라 그는 로사리오와 내게 『오디세이

아』 책을 내민다. '당신의 여인'은 우리에게 행운을 가져다줄 성스러운 이야기라고 믿고 기뻐하며 책을 받는다. 내가 그녀의 환상을 깨뜨리기 전에, 여명 속에 웃통을 벗고 어깨에 노를 멘 채 자신의 배로 향하는 야네스는 놀랄 만큼 율리시스를 닮았다. 뻬드로 수사가 그를 축도하고, 좁은 수로를 따라 우리는 '도시'의 부두로 우리를 데려다줄 배를 타고 길을 떠난다. 이제 그리스인이 떠났으니 비밀에 대해 공공연하게 말할 수 있다. 아델란따도는 도시 하나를 세웠다. 며칠 전 밤에 이 '도시'에 대해 들은 뒤로, 나는 지치지도 않고 그 어떤 값비싼 보석을 걸친 인간들보다 더 빛나는 상상의 나래를 펼치게 되었다. 도시를 건설하다. 나는 도시를 세운다. 그는 도시를 세웠다. 그렇게 동사를 변형하는 것이 가능하다. 도시의 건설자가 될 수 있다. 첫 도시. 시대의 공포를 피해, 이 창세기의 세계에서 한 인간의 의지에 따라 태어난, 지도에 등장하지 않는 도시를 세우고 지배한다. 대장장이 두발카인이나 하프와 오르간을 연주하는 음유시인 유발[1]이 태어나기도 전에 세워진 에녹의 도시…… 아직 인간이 정복하지 못한 자연의 대지, 드넓은 땅과 미지의 산과 무수한 고원에 세울 수 있는 도시를 생각하며 나는 로사리오의 무릎에 머리를 묻는다. 규칙적으로 반복되는 노 젓는 소리에 졸음이 몰려와서, 이제 밀림의 숨 막히는 공기와는 다른, 산 내음을 풍기는 식물들 사이로 건조한 공기를 마시며 흐르는 물 사이에서 기분 좋게 졸기 시작한다. 평화로운 시간이 흐르고, 고원을 감싸고 고요한 강의 미로 사이를 지나 개울에서 개울로, 태양을 등지고 나아가다 희귀한 담쟁이덩굴로 뒤덮인 절벽을 돌아가면 갑자기 눈앞에 햇살

---

1 창세기 4:21~22에 나오는 에녹의 자식들. 에녹은 창세기 4:17에 나오는 카인의 아들로 성경에서 처음으로 언급되는 도시의 설립자.

이 쏟아지곤 했다. 저녁이 되어 드디어 배를 연안에 대고 산따 모니까 데 로스 베나도스의 경이로움에 다가갈 수 있었다. 하지만 나는 당황해서 가던 길을 멈춰 섰다. 협곡 사이로 보이는 것은 큰 집이었다. 밀림용 칼 마체떼로 자르고 다듬어 만든, 폭이 200미터 정도 되는 공간으로, 갈대와 진흙을 반죽해 만든 벽, 네개의 창문과 현관문이 하나 있는 큰 집이 가장자리에 자리하고 있었다. 좀 작지만 형태는 비슷한 창고와 헛간 비슷한 집 두채도 양옆으로 늘어서 있었다. 게다가 희뿌연 연기가 피어오르는 원주민의 오두막도 열채 정도 보인다. 아델란따도가 떨리는 목소리로 자랑스럽게 말한다. "이게 마요르 광장이에요…… 저건 관저이고…… 저기에 내 아들 마르꼬스가 살아요…… 저쪽엔 내 딸 셋이 살고…… 별채에는 알곡과 농기구와 가축이 있답니다…… 그 뒤로 원주민의 마을이 있지요……" 그리고 뻬드로 수사를 향해 "관저 앞에 주교좌성당을 세울 것"이라고 한다. 내게 과수원과 옥수수밭, 울타리를 쳐 돼지와 염소를 키우기 시작한 공간을 소개하며 그 가축을 아눈시아시온 항구에서 얼마나 힘들게 데려왔는지 설명하고 있을 때, 최초의 주교와 함께 돌아온 그들의 '통치자'를 맞이하러 원주민 아내들과 그 사이에서 태어난 메스띠소 딸들, 시장 아들을 비롯한 원주민들이 나타나 환영의 인사를 하느라 주위가 떠들썩해졌다. 뻬드로 수사가 내게 "이곳이 붉은 사슴의 땅이고 설립자의 어머니 이름이 모니까라서 산따 모니까 데 로스 베나도스라 부른 거라네. 성 아우구스티누스[2]를 낳았고 '한 남편을 섬기며 홀로 자식들을 키운' 성녀의 이름도 모니까였지"라고 알려준다. 그러나 나는 도시란 단어 때문

---

2 Aurelius Augustinus(354~430). 고대 기독교 교부 가운데 최고의 사상가. 『참회록』 등 중요한 종교 서적을 집필했다.

에 좀더 웅장하거나 신기한 곳을 상상했다고 고백한다. 뻬드로 수사가 "마노아?"라고 비꼬듯 말한다. 아니다. 마노아도, 엘도라도도 아니다. 하지만 나는 무언가 다른 것을 생각했다. "프란시스꼬 삐사로나 디에고 데 로사다, 뻬드로 데 멘도사[3]가 세운 도시들도 처음엔 다 저랬다네." 수사가 말한다. 장작불에 고기 구울 준비를 해야 해서 바로 대꾸하지는 못하고 넘어갔으나 새로운 의문들이 떠오르는 것은 어쩔 수 없었다. 신실한 믿음 따위는 없고 그저 눈앞에 닥친 위험을 벗어났을 때만 감사의 의미로 미사를 드리는 아델란따도가 시대에 구속되지 않는 마을을 설립할 절호의 기회를 맞아 왜 온갖 종류의 금지 조항과 규범, 규율, 종교적 편협성이라는 엄청난 부담을 요구하는 교회를 세우겠다는 건지 이해할 수가 없다. 그러나 지금은 그런 질문을 할 필요가 없다. 어딘가에 도착했다는 기쁨이 나를 감싸도록 내버려둔다. 고기 굽는 것을 돕고, 땔감을 가져오고, 그들이 부르는 노래에 관심을 보이고, 입에서 입으로 술잔을 건네며 다들 마시는, 송진과 흙맛이 감도는 용설란주를 마시면서 긴장을 푼다…… 그리고 나중에, 다들 지쳐 원주민들은 그들의 마을에서, 설립자의 딸들은 여자들 숙소에서 잠들었을 무렵 관저 옆에서 그간 지나온 길에 대해 듣는다. 불 속에 나뭇가지 하나를 던져넣으며 아델란따도가 말한다. "음, 내 이름은 빠블로예요. 빠블로라는 이름만큼 성도 흔한 거지요. 아델란따도라는 호칭이 위대한 업적을 연상시키지만, 실은 그냥 몇몇 광부들이 내게 붙여준 별명이라는 걸 말씀드리고 싶어요. 강에서 모래가 많은 곳을 배로 지날 때 내가 항상 다른 이들보다 빨랐거든요……"

---

3 삐사로(Francisco Pizarro), 로사다(Diego de Losada), 멘도사(Pedro de Mendoza)는 모두 15~16세기 에스빠냐의 정복자.

메르쿠리우스의 지팡이[4] 문양 아래에서 스무살 남짓 되는 청년이 기침을 심하게 하며 노인의 약방에서 여러 색의 액체가 담긴 약병들 너머로 거리를 내다본다. 그곳은 아침기도와 묵주, 수녀들이 만든 꿀과 빵으로 유명한 지역이다. 성직자 모자를 쓴 신부가 걸음을 재촉하고, 경비원이 구름으로 잔뜩 흐린 밤이면 "마리아 산띠시마"를 부르며 시간을 알리는 곳이다. 저 멀리 '말의 땅'이 있다. 그 너머로는 오르막길이 이어지고, 젊은이가 어둠의 일 아니면 성직자나 광부, 재단사 외에 다른 일을 찾기 어려운, 저택들이 있는 도시가 있다. 그는 병들고 지쳐서 약과 잠자리를 제공받는 조건으로 약방에서 일하게 된다. 거기서 약 추출법에 대해 좀 배우고, 구토를 일으키는 호두와 양아욱 뿌리, 타르타르 구토제를 재료로 한 민간요법을 담당하여 처방한다. 처마에 그늘이 지고 아무도 나다니지 않는 시에스따 시간에는 거리를 등지고 홀로 약제실에서 앉아, 절구통과 절굿공이 사이 아마씨 위에 마비된 손을 올린 채 황금의 땅에서 흘러 내려오는 넓은 강의 유유자적한 흐름을 바라본다. 때로 다른 시대의 흔적을 지닌 오래된 배에 실려, 지친 다리를 끄는 남자들이 부두로 내려와 지팡이로 썩은 판자를 두드려댄다. 마치 항구에 내려서도 여전히 구덩이나 수렁에 빠질까봐 두려워하는 것 같다. 그들은 키니네, 찰무그라, 유황을 찾아 약방에 오는 이들로, 말라리아에 걸린 광부들, 옴에 걸린 고무농장의 일꾼들, 혹은 일을 지속할 수 없는 나병환자들인데, 자신들이 병에 걸렸다고 생각하는 지역에 대해 말할 때면 침울한 견습 약사 앞에서 미지의 세계의 장막을 열어젖힌다. 실패한 이들이 도착하지만, 진흙에서 놀

---

4 로마 신화의 신 메르쿠리우스의 지팡이는 평화와 의술의 상징이다.

라운 보석을 발견한 이들도 도착한다. 그러면 여드레 동안 여인과 음악을 지겹도록 누린다. 아무것도 건지지 못한 자들이 보물을 찾을 수 있다는 기대로 들뜬 눈을 하고 지나간다. 이들은 쉬지도 않고, 여인들이 어디에 있는지 묻지도 않는다. 이들은 방에 자물쇠를 걸어잠그고 틀어박혀 병에 넣어온 샘플을 살펴보고, 상처가 낫거나 가래톳이 가라앉는 즉시, 모두가 잠든 밤에 어디로 가는지 아무에게도 알리지 않은 채 길을 떠난다. 젊은이는 벌레 먹은 설교대가 있는 교회에서 마지막 미사 후에 일요일에만 입는 옷을 입고 먼 도시로 가려고 떠나는 또래 청년들을 부러워하지 않는다. 약병과 조제법을 익히면서 새로운 광맥에 대해 배운다. 원주민 여인을 목욕시킬 오렌지꽃 물병을 주문하는 이들의 이름을 외우고, 책에 나오지 않는 이상한 강 이름을 거듭 확인한다. 까따니아뽀니 꾸누꾸누마[5] 같은 소리의 울림에 사로잡혀 지도 앞에서 이름 없이 초록색으로 표시된 지역을 하염없이 바라보며 상상에 빠진다. 그리고 어느 희붐한 새벽녘 약제실 창문을 넘어 광부들이 돛을 올리고 있는 부두로 가서 약을 제공할 테니 배에 태워달라고 부탁한다. 십년 동안 그는 금광을 찾는 이들의 불행과 실망, 분노와 집념을 함께한다. 운이 따르지 않자 더 멀리, 매번 더 멀리, 더 외로이 가며 자신의 그림자와 대화를 나누는 것에 익숙해진다. 그리고 어느날 아침 그란데스 메세따스의 세계에 다가선다. 구십일 동안 헤매며 걷고, 이름 없는 산에서 길을 잃고, 기근 시기 원주민들이 그러듯 벌의 유충과 개미, 메뚜기를 먹는다. 이 계곡에 닿았을 때는 종양으로 다리 한쪽이 뼈까지 곪아 문드러져 있다. 원주민들 — 이곳에 정착해 살며,

<hr />

5 까따니아뽀(Cataniapo)와 꾸누꾸누마(Cunucunuma)는 베네수엘라의 강 이름.

장례식에 쓰는 항아리를 만드는 부족과 유사한 문화를 가진 — 이 약초로 그를 치료한다. 그 원주민들은 그를 만나기 전에 본 백인이라곤 한명뿐이고, 밀림의 다른 부족과 마찬가지로 우리를 근면하지만 허약하여 예전에는 번성했지만 이제 멸종해가는 종족의 마지막 후손이라고 생각한다. 그는 긴 회복기를 거치면서 주위 사람들의 일과 고통을 분담하고 도와서 처리하게 된다. 어느 밤, 달빛이 내리는 그 바위산 아래에서 황금 조각을 발견한다. 아눈시아시온 항구로 돌아가 그것을 바꿔 씨앗과 묘목, 농기구와 목공 도구를 가져온다. 두번째 여행에서는 다리를 묶은 돼지 한쌍을 배 밑바닥에 실어온다. 그후에는 새끼를 밴 염소와 젖을 갓 뗀 송아지를 데려왔는데, 이와 비슷한 동물을 보지 못했던 원주민들은 아담처럼 송아지에 이름을 붙였다. 차츰 아델란따도는 활력을 띠어가는 이곳에서의 삶에 관심을 갖게 된다. 오후에 폭포 아래에서 목욕을 할 때면 물가에 선 원주민 처녀들이 유혹하는 뜻으로 작고 흰 자갈을 그에게 던진다. 어느날 그는 한 여인을 아내로 맞이하고 바위 기슭에서 큰 축제가 열린다. 그러다 자신이 황금 가루를 주머니에 넣고 아눈시아시온 항구에 자꾸 나타나면 다른 광부들이 곧 뒤쫓아와서 그들의 욕망과 분노와 야망으로 이 미지의 계곡을 덮칠 것이라는 생각이 든다. 모든 의심을 피하기 위해 그는 겉으로는 박제한 새와 난초, 거북 알을 파는 척한다. 그러던 어느날 그는 자신이 하나의 도시를 건설했다는 사실을 깨닫게 된다. 아마도 내가 '건설하다'라는 동사를 도시에 쓸 수 있다는 사실을 깨닫고 느낀 놀라움을 그도 느꼈을 것이다. 모든 도시가 그런 식으로 태어났으니, 산따 모니까데 로스 베나도스도 미래에는 기념비와 다리, 아케이드를 가질 것이라고 기대할 만한 근거가 있는 셈이다. 아델란따도는 마요르 광장의 윤곽을 그리고 관저를 짓는다.

　증서에 서명을 하고 눈에 잘 띄는 비석 아래 묻는다. 공동묘지 구획을 표시해 죽은 이들을 질서 정연하게 정리한다. 그는 이제 황금이 어디 있는지 안다. 그러나 더이상 황금을 얻고자 애쓰지 않는다. 땅과, 땅 위에서 자신이 지배할 수 있는 권력에 더 많은 관심을 갖게 되었기에 마노아를 찾는 것을 그만둔다. 그는 고대의 지도 제작자들이 그린 지상낙원 비슷한 것을 바라지 않는다. 이곳에는 질병과 재해, 독사와 벌레, 어렵게 키운 가축을 먹어치우는 들짐승이 있다. 홍수와 기근이 이어지는 날이 있고 괴저에 걸린 팔 앞에서 무력감을 느끼는 날도 있다. 그러나 인간은, 아무리 오래 지속된다 해도 그 모든 시련을 이겨내게끔 되어 있다. 만약 굴복하더라도, 그것은 존재의 기본 법칙에 따른 오랜 투쟁의 하나다. "황금은 '그곳'으로 돌아가는 사람들을 위한 거죠." 그가 말하는 '그곳'은 마치 '그곳'에서의 일과 노력이 열등한 사람들의 것인 양 경멸의 뜻을 담고 있는 듯하다. 우리를 둘러싼 이곳의 자연이 아름답지만 끔찍하고 무자비한 것은 의심의 여지가 없다. 그러나 이 안에 사는 이들은 '그곳'의 두려움과 놀라움, 냉정한 잔혹함, 끝없이 닥치는 위협보다 이곳을 더 좋아하고 친숙하게 여긴다. 이곳에서는 전염병이나 질병, 자연적 위험을 당연한 것으로 받아들인다. 이는 고유의 엄격함을 지닌 질서의 일부다. 창조는 어떤 흥밋거리가 아니라는 점을 모든 이가 본능적으로 알고, 창조의 비극 속에서 각자에게 주어진 임무를 받아들인다. 그러나 창조는 시간과 장소, 행동의 단위를 가진 비극이고, 그 안에서 죽음은 분노의 날에 신들이 사용하는 천둥 번개와 함께 독이나 비늘, 불, 독기를 통해 주어진다. 태양빛 아래 혹은 화톳불의 따스함 앞에 자신의 운명을 따르는 이곳 사람들은 단순한 것에 만족하고, 아침의 따사로움이나 물고기를 많이 잡았을 때, 가뭄 끝에 내리는 비에서 기쁨을 찾고, 우리의 도착 같은 단순한 일에 함께 기뻐하며 북을 치고 노래를 부른다. 나는 '에녹의 도시에서도 분명히 이렇게 살았을 거야'라고 생각했고, 그러자 뭍에 닿자마자 머릿속에 떠올랐던 의문이 다시 생각났다. 그 순간 밤공기를 마시기 위해 우리는 관저를 나왔다. 아델란따도가 내게 암벽 높은 곳에 이름 모를 장인이 새겨놓은 표지를 가리켜 보인다. 이들의 물질문명 수준으로는 설치하기 어려운 비계를 이용해 올라간 장인들이 작업한 것이다. 달빛 아래 전갈과 뱀, 새, 그리고 나로선 이해하기 어려운, 어쩌면 별자리일 수도 있을 형상들이 그려져 있다. 내 의문에 대한 예상치 못했던 답을 얻었다. 아델란따도가 설명하길, 어느날 여행에서 돌아오자 그때 아직 십대였던 아들 마르꼬스가 '세계의 홍수'에 대한 이야기를 하여 그를 놀라게 했다고 한다. 그가 없는 사이에 원주민들이 소년에게 우리가 지금 보고 있는 암각화를 보여주며, 홍수가 나서 강물이 넘친 시대에 거대한 카누에 모든 동물 한쌍씩을 태워서 구한 어떤 남자가 만든 조각 그림이라고 일러주었다는 것이다. 마흔번의 낮과 밤 동안 비가 내렸고, 그런 뒤 비가 그쳤는지 알아보기 위해 쥐 한마리를 내보냈더니 앞발 사이에 옥수수 알갱이를 가지고 돌아왔다고 한다. 아델란따도는 자식들에게 노아의 방주 이야기를 —꾸며낸 이야기라고 생각했기에 —가르치지 않으려 했다. 그러나 비둘기 대신 쥐, 올리브 가지 대신 옥수수 알갱이로 바뀐 것을 빼면 똑같은 이야기를 알고 있는 것을 보고, 자신이 건설하고 있는 도시의 비밀을 뻬드로 수사에게 고백했다. 홀로 미지의 지역을 여행하고 약초를 구분하고 병을 치료할 줄 아는 뻬드로 수사를 남자로 여겼기 때문이다.

"어차피 같은 이야기를 들을 거면 내가 배운 것과 같은 내용을 배우는 게 낫지." 여러 종교의 노아를 생각해볼 때, 밀림에서 올리브 나무를 본 사람은 아무도 없으니 올리브 가지를 문 비둘기보다 옥수수 알갱이가 나오는 원주민 노아 이야기가 이 땅의 현실에 더 어울린다는 생각이 든다. 그러나 수사가 갑자기 공격적인 어투로 내 말을 끊고 '구원'에 대해 잊었느냐고 묻는다. "여기 태어난 이들을 위해 죽은 이가 있고, 그 이야기를 전하는 것은 꼭 필요한 일이네." 그러고는 내일 에녹의 도시의 첫 성전이 될 둥근 오두막이 세워질 장소에 덩굴로 두개의 나뭇가지를 엮어 십자 모양으로 만들었다. "그리고 양파도 심으실 거예요" 아델란따도가 마치 양해를 구하듯 내게 말한다.

26

(6월 27일)

그란데스 메세따스 위로 아침이 찾아온다. 햇빛이 분홍빛 화강암 절벽을 비추면 간밤의 안개는 머뭇대며 희미하게 가늘어지는 베일을 드리우다 이내 거대한 그림자 속으로 사라진다. 꼭대기가 안개 사이로 사라져가는 것처럼 보이는 녹색과 회색, 검은색의 암벽 아래 양치식물은 약한 바람 속에서 자신들을 반짝이게 하는 서리를 가볍게 털어낸다. 어린아이가 겨우 숨을 만한 구덩이에서 규모는 작지만 아래 울창한 밀림과 마찬가지로 복잡한 세계, 이끼와 은빛을 띤 식물과 진균식물을 본다. 물방울이 손에 잡힐 듯 높은 습도 속에서 나무 한그루가 겨우 들어갈 자리를 수많은 종류의 식물이 다퉈 채우고 있다. 이 대지의 플랑크톤은 높은 곳에서 떨어지는 폭포 아래 고색창연한 초록빛을 자랑하고, 폭포의 부글대는 거품은 바위를 움푹 패게 만들었다. 이제 태양이 빛나는 산 정상에서 솟아나 떨어져내리며 초록빛을 띤 흰 거품으로 변하고, 더 아래 나무 뿌리의 타닌이 황톳빛으로 변색시킨 개울로 부글거리며 흐르는 물에서 우리 두사람은 벌거벗은 채 목욕을 한다. 이 순결한 알몸에는 과시도, 에덴의 거짓도 없고, 밤이면 우리 오두막에서 헐떡거리며 몸부림치는 일과도 완전히 다르다. 이곳에서는 장난하듯 몸 곳곳을 햇빛 아래 드러내고 기분 좋게 산들바람을 맞지만, '그곳'에서는 사람들이 평생 한번도 공기의 살가움을 느끼지 못한 채 죽어간다. 우리 나라에서는 햇빛이 넘실거리는 바다에서 수영하더라도 하얗게 자국이 남지만 엉덩이에서 허벅지에 이르는 부분이 여기에선 검게 그을린다. 햇살이 가랑이 사이로 들어와 고환을 덥히고 척추를 기어오르고 가슴팍을 간질이고 겨드랑이에 그늘을 드리우고, 목덜미에 땀이 맺히게 하면서 나를 소유하고, 침범한다. 그 뜨거움이 내 정관을 단단하게 만들어 한번 더 하나가 되고 싶은 극단적인 충동이 만들어내는 팽팽한 긴장과 두근거림 속에 자궁을 그리워하는 끝없는 열망을 느낀다. 다시 물로 돌아와 대리석 줄밥 같은 굵은 모래 사이로 손을 넣고 얼음 같은 샘물을 찾아 얼굴을 적신다. 조금 더 있으면 원주민들이 와서 남근을 손으로 가리고 아무것도 걸치지 않은 채 목욕을 할 것이다. 정오가 되면 사막에서 말씀을 전하던 세례 요한처럼 뼈가 앙상한 뻬드로 수사가 성기의 하얗게 센 털도 가리지 않은 채 올 것이다…… 오늘 나는 '그곳'으로 돌아가지 않겠다는 큰 결심을 했다. 산따 모니까 데 로스 베나도스에서 이루어지는 단순한 작업들을 배울 것이고, 그 첫걸음으로 성당 건축 작업을 지켜볼 것이다. 나는 온 세상이 내게 강요한 시시포스의 운명을 피해, 포로가 되어 쳇바퀴 위를 도는 다람쥐의 공허한 직업으로부터, 암흑 속의 일과 계산된 시간으로부터 도망칠 것이다. 이제 더이상 월요일은 잿빛이 아닐 것이고 월요일이 월요일이라는 것을 기억할 필요도 없을 것이며, 내가 짊어졌던 바위는 그 쓸모없는 무게에 짓눌려 신음할 누군가의 것이 될 것이다. 방송사의 비위를 맞추며 음악을 모독하는 일을 계속하느니 톱과 괭이를 들겠다. 로사리오에게 이런 얘기를 하자, 그녀는 언제나 자신의 남자로 받아들인 남자의 뜻을 받들듯이 기쁘게 내 뜻을 받아들인다. '당신의 여인'은 이 결심이 내게는 '그곳'의 모든 것을 포기하는 것이어서 상상 이상의 중대 결심이라는 것을 이해하지 못했다. 밀림의 경계에서 태어나 광부와 사는 자매들을 둔 그녀는 남자들이 북적이는 도시보다 드넓은 오지를 선호하는 것을 자연스럽게 여겼다. 또한 나와는 달리, 서로에게 익숙해지기 위해 지적 적응 기간이 필요하지도 않았으리라. 그녀는 나를 이제껏 알았던 다른 남자들과 그리 다르지 않은 남자로 보았다. 나는 그녀를 사랑하기 위해—이제 그녀를 마음 깊이 사랑하는 것을 알기에—새로운 가치관을 수립해야 했다. 전혀 다른 환경에서 자란 나 같은 남자가 오롯이 여자일 뿐인 그녀와 함께하기 위해 필요한 가치관을. 이제 나는 내가 무엇을 하고 있는지 분명히 알고 있다. 이곳에 남아, 이제 나를 비추는 빛은 태양과 화톳불이 될 것이고, 매일 아침 이 폭포수에 몸을 담글 것이며, 일그러지지 않은 완벽하고 온전한 여인이 내가 원할 때면 항상 곁에 있을 거라고 되뇌자, 큰 기쁨이 밀려왔다. 가슴을 드러낸 로사리오가 흐르는 물에 머리를 감는 동안 나는 평평한 바위에 가로누워 그리스인이 준 낡은 『오디세이아』를 펼쳤는데, 마침 눈에 띈 문장에 미소 짓게 되었다. 율리시스가 부하들을 로투스 열매의 땅으로 보냈을 때 그 열매를 먹은 부하들이 고국으로 돌아가야 한다는 사실을 잊어버리게 된 대목이었다. 그 영웅은 이야기한다. "나는 울고불고하는 이들을 억지로 함선들이 있는 곳으로 끌고 와 배 밑창에 노 젓는 자리 옆에 묶었소."[6] 멋진 작품이지만 늘 이 대목은 마음에 들지 않았는데, 동료들의 행복을 빼앗으면서 보상이라곤 그들의 봉사에 대한 요구뿐인 율리시스의 냉혹함 때문이었다. 나는 이 신화에서, 사랑과 육체적 만족과 예상치 못한 선물을 통해 대다수 사람들이 억지로 견디는 초라함이나 금기, 타인의 시선으로부터 벗어나는 방법을 알게 된 이들의 행동이 사회에 불러일으키는 불편한 반응을 본다. 따뜻한 돌 위에서 돌아눕자 여러 명의 원주민들이 아델란따도의 만이 마르꼬스 주위에 둘러앉아 바구니를 짜는 모습이 보인다. 이제 음악의 기원에 대한 내 오래된 이론이 어처구니없는 것이었다는 생각이 든다. 우리와 똑같은 사람인 선사시대 인간의 일상, 치유와 종교의식에 대해 알지도 못하면서 인간의 특정 예술이나 제도의 시초에 대해 이해하려 드는 자들의 생각이 얼마나 공허한 것인지 깨닫는다. 원시 조형미술 — 어떤 동물을 지배할 수 있는 힘을 부여하는 표현 방식인 — 의 마술적 목표와 동물의 달리기나 속보, 걷기를 모방하고자 한 초창기 음악적 리듬을 연결시키려던 내 생각은 무척이나 순진한 것이었다. 그러나 나는 며칠 전 음악의 탄생을 목도했다. 아이스킬로스가 페르시아의 황제를 부활시킨 장송곡 너머, 아우톨리코스[7]의

---

6 『오디세이아』 제9권.
7 『오디세이아』 제19권에 나오는 율리시스의 외할아버지.

자식들이 율리시스의 상처에서 뿜어져나온 검은 피를 멈추게 한 송가 너머, 저승 여행 도중에 뱀에 물린 자국에서 파라오를 보호하기 위한 노래 너머의 세계를 볼 수 있었다. 내가 본 것은 물론 음악이 마술적 기원을 가졌다고 주장하는 이들의 이론을 뒷받침한다. 그러나 그들은 책이나 심리학 논문을 통해, 고대 비극과 주술에서 비롯된 의식을 바탕으로 생존에 대한 근거 없는 가설을 세워 그런 결론에 도달했다. 그에 반해 나는 어떻게 말이 노래에 닿지 않으면서 노래를 향한 길을 가는지, 어떻게 동일한 단음절의 반복이 특정 리듬을 만들어내는지, 어떻게 높낮이를 달리해가며 실제 목소리와 꾸민 목소리를 번갈아 내는 주술사가 초음악적인 의식에서 음악적 테마를 만들어내는지 두 눈으로 '보았다'. 선사시대 인간이 아름다운 새들의 지저귐을 흉내 내려다 음악을 발견했다는 이들의 어리석은 주장에 대해 생각해본다 — 밀림에서 끝없는 속삭임과 그르렁대는 소리, 철퍽거리는 소리, 물이 흐르는 소리, 무언가 떨어지는 소리의 향연 속에서, 그 소리들을 일종의 소리 신호로 해석해야 하는 사냥꾼에게 매일같이 듣는 새의 지저귐이 무슨 음악적, 미학적 의미가 있다는 건지. 나는 여러 엉터리 이론에 대해 생각하다가 책에서 얻은 이론에 열중하는 몇몇 음악인들 사이에 내 발언이 일으킬 파장에 대해 상상하기 시작했다. 원주민들은 5음계 범위 안에서만 노래할 줄 안다는 일반적인 관점을 무너뜨리는, 단순한 아름다움과 독특한 음계를 지닌 이곳 원주민의 노래 일부를 수집하는 것도 유용할 것이다…… 그러다 갑자기 그런 상념에 빠진 나 자신에게 화가 났다. 나는 이곳에 남기로 결심했으니 그런 헛된 지적 사유는 단번에 버려야 한다. 그런 잡념에서 벗어나기 위해 이곳에서 입는 얼마 안 되는 옷가지 하나를 걸치고 성당을 짓는 이들과 합류하러 간다. 성당은 큰 나뭇가지로 된 들보에 야자수 잎을 얹은 뾰족한 지붕 위로 나무 십자가를 세운 넓고 둥근 오두막이었다. 뻬드로 수사는 끝이 뾰족한 아치 형태를 가진 고딕 양식의 창문을 고집했고, 갈대와 진흙을 반죽해 만든 벽에 이어 그린 두개의 곡선은 이 오지에서는 「그레고리오성가」나 다름없었다. 종이 없었던 만큼 내가 제안하여 종탑에 속이 빈 나무등치를 걸었는데, 이곳에서는 떼뽀낙스뜰레[8] 북과 같은 기능을 할 것이다. 나는 오두막에 있는 북채-리듬스틱에서 영감을 받아 그 악기를 만들 생각을 했는데, 처음 소리를 시험해보고 아픈 경험을 했다는 것을 고백하지 않을 수 없다. 이틀 전, 보호 매트를 묶은 끈을 풀었을 때 습기에 굳은 덩굴줄기가 갑자기 툭 하고 끊어지면서 장례 의식에 쓰는 항아리와 딸랑이, 갈대 피리가 바닥에 굴렀다. 갑자기 빚쟁이-물건이 주위를 둘러쌌고, 마치 나를 질책하는 것 같은 그것들의 존재를 잊기 위해 벌 받는 아이처럼 구석으로 밀쳐두어도 아무 소용이 없었다. 더이상 내게 속하지 않는 악기들에 빚진 덕택에 나는 이 밀림으로 왔고, 내 짐을 내려놓고 내 여인을 만났다. 이곳에서 도망침으로써 나는 빚쟁이에게 족쇄를 채우고 있다. 그리고 큐레이터가 내 도피에 책임을 질 것이 틀림없고, 자기 물건을 전당포에 맡기거나 어쩌면 고리대금업자에게 돈을 빌려 내게 지급된 돈을 갚을 것이기에 그에게 족쇄를 채우는 것임을 나는 안다. 내 해먹 머리맡에 박물관에 갈 물품이 전시 목록과 진열장을 요구하며 놓여 있지만 않아도 정말로 기쁘고 행복할 것 같다. 차라리 그 악기들을 여기서 가지고 나가 부서뜨려 어느 바위 밑에 묻어버리는 게 나을 것이다. 하지만

---

8 teponaxtle. 슬릿드럼과 유사한 나무로 만든 악기. 주로 멕시코 원주민 사회에서 사용했다.

그럴 수 없다. 내 양심이 버려졌던 자리로 돌아왔지만, 너무 오랫동안 자리를 비워 불신과 분노로 가득 찬 상태로 돌아왔기 때문이다. 로사리오가 의식에 사용하는 항아리의 피리 모양 주둥이에 입을 대고 불자 마치 어두운 우물에 빠진 동물이 내는 것 같은 쉰 소리가 난다. 거칠게 그녀를 밀치자 영문을 모른 채 아파하며 물러선다. 찡그린 그녀의 눈썹을 펴주기 위해 내가 화난 이유를 말해준다. 그녀는 곧바로 가장 간단한 해결책을 제시한다. 몇달 후 아델란따도가 평소처럼 필수품을 사거나 오래 써서 닳은 도구를 바꾸기 위해 아눈시아시온 항구로 갈 때 그 물건들을 함께 보내자는 것이다. 그녀의 자매 중 한명이 강을 내려가 우체국까지 그것들을 가져다줄 것이었다. 나는 더이상 양심의 가책으로 괴롭지 않았는데, 이 짐이 행선지로 향하면 내 도피의 대가를 지불하는 셈이었기 때문이다.

27

삐드로 수사와 함께 암각화가 새겨진 절벽에 올라, 검은 바위가 바람을 맞으며 서 있고 회색 양탄자처럼 보이는 식물들 사이에서 유적이나 폐허의 잔해처럼 남아 있는 편암으로 된 바닥에서 휴식을 취했다. 샘이 아니라 안개에서 얼음물 줄기가 솟아나오고 구름을 쫓아 올라가는 이 절벽 테라스에는 인간 세상의 것이 아니라 달의 것 같은, 현실과 동떨어진 무언가가 있었다. 천년 동안 지속된 침식의 결과로 대지가 메말랐고 이로 인해 황과 용암, 옥수玉髓와 플루토늄 재로 이루어진 듯한 산이 근골을 드러내고 있었다. 이런 기형적인 광물의 비밀을 나라는 존재가 깨트린다고 생각하자—신성을 깨뜨릴 뿐 아니라 침입하는 것 같은 — 막연한 불안감이 엄습했다. 산사태로 인해 벽에서 떨어진, 비잔틴의 모자이크를 삽으로 퍼서 석영과 황금, 홍옥 조각들을 여기저기 뿌려놓은 것처럼 보이는 자갈이 깔려 있었다. 이곳에 도착하기 위해 우리는 이틀 동안 — 점차 파충류가 사라지고 난초와 꽃나무가 풍성해지는 길을 거쳐 — '새들의 땅'을 지나왔다. 새벽부터 황혼까지 화려한 앵무새와 분홍빛의 작은 앵무새, 황록색으로 반짝이는 가슴을 자랑하는, 부리가 머리에 잘못 달린 듯한 진지한 눈빛의 뚜깐이 우리와 함께했다. 이 뚜깐이 바로 노을이 질 무렵 악한 생각이 인간을 유혹하는 때에 "하느님이 너를 보고 계셔!"라고 고함친 종교적인 새다. 새라기보다 곤충에 가까운 벌새가 밤의 옷을 입은 빠우히[9]의 인색한 그림자 위로 현기증 나는 형광색을 뿜내며 멈춰 있는 것을 보았다. 시선을 올리자 분주하게 쪼고 있는 검은 줄무늬 딱따구리와 밀림의 지붕에서 경계를 늦추지 않은 채 시끄럽게 울어대는 휘파람새와 울새, 잡담하는 앵무새와 따로 이름이 없어서 뻬드로 수사가 '원주민의 해바라기'라고 부르는 새들의 지저귀는 소리 너머로 밀림의 지붕에 자리 잡은 온갖 새소리와 지저귐으로 시끄러운 소동이 벌어지고 있었다. 다른 부족들이 말이나 황소 같은 상징을 통해 자신들의 문명을 나타냈다면 새의 모습을 닮은 원주민들은 자신들의 문명을 새의 신전 아래 두었다. 날아다니는 신, 새의 신, 날개 달린 뱀이 그 신화의 중심에 있었고, 아름다운 모든 것은 깃털로 장식했다. 테노치티틀란[10]의 황제의 왕관도 깃털로 장식되어 있었고, 이곳에서 알게 된 축제 의상과 의식, 놀이 도구와 피리

---

9 pauji. 주로 남미에 서식하는 야생 닭의 일종으로 멸종위기종이다.
10 Tenochtitlán. 현재의 멕시코시티로 예전 아스테카왕국의 수도.

도 깃털로 장식되어 있다. 이제 나는 '새들의 땅'에 살고 있다는 사실에 감탄하여, 이들의 우주기원론에서 우리의 신화와 유사한 점을 발견하기는 어렵겠다는 얄팍한 생각을 꺼내본다. 뻬드로 수사가 『포폴부』라는 책을 읽어보았느냐고 물었는데 나는 제목조차 들어본 적이 없었다. "고대 키체족의 성스러운 경전인데, 비극적이게도 이미 로봇의 신화에 대해 증언하고 있다네. 그뿐 아니라 내 생각에 아마 기계의 위협과 「마법사의 제자」[11]의 비극을 예견한 우주창조론을 담은 유일한 책일 걸세." 그러고서 놀랍게도 밀림 속에서 굳어지기 전에는 온전히 그의 것이었을 학자의 언어로, 창세기의 처음 몇장 중 인간이 만들고 불의 도움을 받아 사용했던 물건과 도구가 반란을 일으켜 인간을 죽이는 장면에 대해 이야기한다. 물항아리, 돌구이판, 접시, 냄비와 맷돌, 집, 무시무시한 계시록처럼 괴성을 지르며 미쳐 날뛰는 개들이 반란을 일으켜 인간을 몰살시켰다…… 그가 그 얘기를 들려주는 동안 눈을 들어 살펴보니, 아래 밀림에 사는 원시 부족민들의 귀에까지 전해진, 세상을 벌하는 홍수를 이겨내고 다시 세상에 사람이 살게 한 조물주에게 바치는 그림이 조각된 회색 돌벽 아래에 와 있었다. 우리는 여기 광활한 세상의 아라라트산[12]에 있다. 물이 줄어들기 시작하고 쥐가 앞발 사이에 옥수수 알갱이를 가지고 돌아왔던 그곳, 방주가 멈춰 선 자리에 있다. 우리는 조물주가 데우칼리온[13]처럼 새로운 인간의 탄생

---

11 Der Zauberlehrling. 괴테가 1797년에 쓴 14연으로 된 발라드. 마법사의 제자가 자기 능력을 넘는 초자연적 힘을 불러낼 줄은 알았지만 이를 진정할 능력은 갖지 못해 벌어지는 낭패를 형상화했다.

12 창세기 8:4에서 노아의 방주가 멈춰 선 산.

13 Deucalion. 그리스 신화에 나오는 프로메테우스의 아들. 정직한 자여서 제우스가 인간을 벌하려 홍수를 일으킬 때 이를 미리 알려준다. 아내와 함께 배를 타고

을 위해 등 뒤로 돌을 던진 곳에 있다. 그러나 데우칼리온도, 우트나피슈팀[14]도, 중국인 노아나 이집트인 노아도 도착한 곳에 수세기에 걸쳐 남을 서명을 해두지 않았다. 반면 이곳에는 '누군가'가 우리가 설명할 수 없는 과정을 거쳐 커다란 끌을 이용해 거대한 벌레와 뱀, 공중의 생물과 물과 땅의 짐승들, 달과 해, 별의 형상을 새겨넣은 커다란 조형물이 있다. 이런 장소에, 이렇게 높은 암벽에 문양을 새길 많은 조각가가 작업할 수 있을 만큼 크고 튼튼한 비계를 설치하기란 오늘날에도 불가능할 것이다…… 이제 뻬드로 수사는 표지들의 다른 쪽 끝으로 나를 데려가 산 저쪽의 사방이 막힌 분화구와 바닥에 무시무시하게 번식한 풀을 보여주었다. 마치 다육질의 볏과식물 같았는데, 그 가지는 팔이나 촉수처럼 부드럽고 둥글었다. 손처럼 펼쳐진 커다란 잎들은 바닷속 해초처럼 보였는데, 돌산호나 해조류 같은 질감과 줄기 없이 옆으로 튀어나온 피 묻은 암술, 벌레 먹은 옥수수 속대, 깃털 등불이나 줄기에 매달린 새처럼 보이는 알뿌리식물의 꽃 때문이었다. 그리고 이 모든 것은 저 아래에서 얽히고설켜 매듭을 만들며 기괴하면서도 흥거운 소유와 짝짓기의 움직임을 이루는 극도의 형태적 혼란이라 할 수 있겠다. 수사는 내게 "이것들은 태초에 인간으로부터 도망친 식물이라네. 식용으로 쓰이길 거부하고 저항하는 식물들이 수천년 동안 강을 건너고 언덕을 오르고 사막을 지나 이곳, 선사시대의 마지막 계곡으로 숨어든 거지"라고 말했다. 나는 다른 곳이라면 화석이 되어 뼈에

파르나소스산 꼭대기에 닿은 후 델포이 신전의 예언을 따라 어머니의 뼈를 어깨 너머로 던지자 여기서 새로운 인간들이 태어났다고 한다.

14 Utnapishtim. 수메르, 바빌로니아의 서사시 『길가메시』에 등장하는 인물. 노아와 마찬가지로 대홍수에서 살아남는다.

그려져 있거나 석탄에 석화되어 잠들어 있을 것이 이곳에서 여전히 생명을 가지고, 태양의 리듬을 따르는 인간의 시간보다 이전에 존재한, 날짜도 없는 봄을 살아가며, 몇시간 안에 싹을 틔우거나 혹은 반대로 나무가 되어 우뚝 서기까지 반세기가 걸릴 씨앗을 뿌리는 것을 놀라움으로 바라본다. "이건 인간이 원죄를 짓기 전 지상 낙원을 둘러싸고 있던 악마의 식물이라네." 악마의 가마솥에 기대서자 심연의 현기증이 나를 덮치는 것만 같았다. 여기서 보는 것들, 이 태어나기 전의 세계, 눈이 없던 때 존재하던 것들에 매혹당하면 이름도 지어지지 않은 채, 말로써 재창조되지 않은 채 어느날 지구상에서 사라진 이 두꺼운 이파리들의 더미 아래 나를 던져넣어 가라앉아버릴 것을 알았다. 이것들은 우리가 아는 신들 이전에 있던 신들, 이름도 없어 인간의 입에 오르내린 적 없는 견습 신으로 창조에 서툰 신들의 작품일지도 모른다…… 뻬드로 수사가 지팡이로 어깨를 툭 쳐서 거의 넋을 잃고 바라보던 나는 정신을 차렸다. 정오에 가까워지면서 그 자연의 오벨리스크의 그림자가 점점 짧아졌다. 오후가 지나 구름이 낮게 깔리자 차가운 안개 속에 길을 잃기 전에 이 산꼭대기에서 하산을 시작해야 했다. 다시 조물주의 서명이 있는 암각화 앞을 지나 내려가는 길이 시작되는 단층 경계선에 도착했다. 뻬드로 수사가 멈춰 서서 깊은 숨을 내쉬고, 멀리 솟아난 숲의 지평선 사이 울퉁불퉁한 산들이, 계곡의 숨 막히게 아름다운 경치를 무너뜨리며 어둡고 냉정한 자신의 존재를 드러내는 것을 바라보았다. 마디마디 옹이가 박힌 지팡이로 가리키며 그가 말했다. "이 지역에서 유일하게 사악하고 피에 굶주린 원주민들이 저곳에 살지." 그곳에서 돌아온 선교사는 아무도 없다. 그런 보람 없는 곳에서 모험을 감행하는 것은 부질없다는 조롱 섞인 발언을 그때 내가 한 것 같다. 대꾸 대신에 슬픔 가득한 회색의 두 눈동자가 나를 바라보았는데, 무척이나 강렬하면서도 체념한 듯한 표정이라 순간 그를 화나게 한 것은 아닌가 당황했지만 이유는 알 수 없었다. 아직도 그 카푸친 수사의 주름진 얼굴과 헝클어진 수염, 털이 무성한 귀, 그의 살이 아닌 것같이 푸른 혈관이 보이는 관자놀이가 눈앞에 떠오른다. 그때는 마치 흐릿한 에나멜로 만든 것처럼 그의 내면과 외면을 모두 응시하는, 만성결막염으로 충혈된 늙은 눈동자가 그의 페르소나였다.

28

요 며칠간의 더위로 거의 벌거벗은 채 책상 대용으로 길게 펼친 나무판자 뒤에 앉아 '○○의 공책'이라 쓰인 것을 손에 든 아델란따도가 삐드로 수사와 원주민 지도자, 과수원 책임자인 마르꼬스와 함께 회의를 진행하고 있었다. 가빌란은 뒷다리 사이에 뼈다귀를 끼운 채 주인 옆에 앉아 있다. 부족을 위한 여러가지 결정을 하고 이를 문서로 남기려는 것이다. 자기가 없는 동안 암사슴을 사냥한 것을 알게 된 아델란따도가, 굶어 죽기 직전인 경우를 제외하고는 '암사슴'이라 부르는 것과 그 새끼를 사냥하는 것을 금지하고, 예외적인 경우에도 참가자들의 판단에 따라 위급 상황의 지침을 따를 것을 결정한다. 특정 무리의 이동, 무분별한 사냥과 들짐승의 공격으로 지역의 붉은 사슴이 멸종 위기에 처한 것이 이번 조치를 취한 이유이다. 모두 이를 존중하고 지키기로 맹세한 후 까빌도 의사록에 이 규정을 기록하고 공공 건축물 문제로 넘어갔다. 마르꼬스는 우기가 다가오는데, 요 며칠간 뻬드로 수사의 지휘 아래 채소밭을 만들면서 경사면 물길을 낸 방향이 곡물창고를 물에 잠기게 할 수 있다고 말했다. 아델란따도가 설명을 요구하는 엄한 눈빛으로 수사를 바라보았다. 뻬드로 수사는 그 작업이 양파를 재배하기 위한 것이었고, 물이 고여 있거나 너무 습하지 않은 경작지가 필요한데 그러자면 채소밭이 경사면을 향할 수밖에 없었다고 설명했다. 과수원 책임자가 지적한 위험 요소는 과수원과 곡물창고 사이에 흙으로 세뼘 정도 높이의 울타리를 세우는 것으로 피할 수 있다. 다들 이 작업의 필요성에 공감하여 바로 다음 날부터 이 일을 시작하되 산따 모니까 데 로스 베나도스 거주자 전체가 동참할 것을 결정했는데, 이는 하늘에 구름이 가득하고 더위와 짙은 안개에다 어디서 오는지 모르는 파리떼의 습격으로 인해 한나절 만에 작업을 마치기가 어려웠기 때문이다. 그러나 뻬드로 수사가 성당 건물도 아직 완공되지 않았는데 이것도 급한 문제라고 주지시켰다. 아델란따도가 곡식 보관이 라틴어 미사보다 더 급한 문제라고 날카로운 어조로 말했고, 의제에 적힌 안건 중 마지막으로 울타리에 쓸 나무의 벌채와 수송, 예년보다 일찍 강을 거슬러 올라온 물고기떼를 살필 인원에 대해 정하고 회의를 마쳤다. 오늘 회의에서는 당장 진행되어야 할 건축 작업에 대한 결정과 ─ 아델란따도의 말에 따라 지키지 않을 경우 '처벌 받게 될' ─ 법률 하나를 정했다. 이 마지막 결정에 나는 불편한 마음이 들어 이 도시에도 벌을 제도화하는 끔찍한 일을 해야 하느냐고 그에게 물었다. "이제까지는 잘못을 저지르면 한동안 그 사람에게 말을 걸지 않고 모두의 비난을 느끼게 해왔어요. 하지만 언젠가 인구가 아주 많아지면 더 큰 벌이 필요해지겠지요." 나는 '그곳' 사람들이 공룡이나 흡혈귀, 뱀이

나 원주민 춤밖에 아는 게 없는 고대 지도 위 하얀 '미지의 땅'terra incognita만큼이나 알지 못하는 이곳에서 일어나는 문제들의 심각성에 다시 한번 놀란다. 태초의 자연 그대로의 세계를 여행하는 동안 뱀──산호뱀, 살모사, 방울뱀일 수도 있을 또다른 뱀──을 본 경우는 몇번 안 되었고 맹수도 보지는 못하고 으르렁대는 소리만 몇번 들었다, 물론 고요한 호숫가 썩은 나무둥치에 몸을 숨긴 악어를 향해 돌을 던진 적이 한두번이 아니지만. 위험에 맞서는 것──급류에서 겪은 폭풍을 제외하면──에 관한 한 내 이야기는 빈약하다. 그렇지만 그 대신 모든 곳에서 지혜와 사색, 예술과 시, 신화의 형태를 발견했는데, 그것들은 도서관에서 볼 수 있는, 인간을 잘 안다고 자부하는 사람들이 쓴 수백권의 책보다 인간을 이해하는 데 더 큰 교훈을 주었다. 아델란따도는 단순히 도시를 건설한 것이 아니라 '○○의 공책'에 엄숙하게 기록될 법규에 기반한 '폴리스'[15]를 뜻하지 않게 매일 만들어내고 있는 것이다. 그리고 언젠가는 금지된 짐승을 사냥한 자를 엄벌할 날이 올 것이고, 그때는 항상 차분하고 목소리를 높이지 않는 이 작은 남자가 주저 없이 범인을 부족에서 쫓아내 밀림에서 굶겨 죽이는 벌을 내릴 것이다. 존속 살해범을 개와 독사와 함께 가죽 부대에 넣어서 강에 던져버린 부족처럼 인상적이고 강렬한 처벌을 내리거나…… 나는 아델란따도에게 만약 산따 모니까에 황금을 찾아 아무 땅이나 파헤치는 사람이 나타난다면 어떻게 할 것이냐고 물었다. "여기를 떠날 시간으로 하루를 주겠어요"라는 답이 돌아왔다. "여기는 '그런 자'를 위한 곳이 아니지요." 마르꼬스가 갑자기 분개한 어조로 선언하듯 말

---

15 polis. 그리스의 도시국가.

했다. 그리고 나는 그가 오래전 아버지의 뜻을 어기고 '그곳'에 갔다가 온순하고 친근한 마음으로 접근했던 이들로부터 이년 동안 학대와 굴욕을 당한 끝에 새로이 발견한 세상에서 본 모든 것에 대한 증오를 가지고 돌아와야 했다는 사실을 알게 되었다. 그는 더이상의 설명 없이 멀리 국경 근처에서 얻은 족쇄 자국을 보여주었다. 이제 아버지와 아들은 침묵한다. 그러나 나는 그들이 그 침묵 뒤로 '국가 이성'이 만들어내는 가혹한 가능성을 망설임 없이 받아들이리라는 것을 감지한다. 이것이 메세따스의 계곡으로 돌아가기로 결심한 탐험가가 그 두번째 여행에서 결코 돌아오지 않을 이유였다. ─ 그의 운명에 대해 궁금해할 누군가는 '밀림에서 길을 잃은 까닭'이라고 생각할 것이다. 이것 역시 한시도 빠지지 않고 나의 정신세계를 차지하는 여러 생각거리 중의 하나가 된다. 며칠씩 머리를 쓰지 않고, 감각이 아닌 것을 버리고, 햇볕 아래 누워, 로사리오와 뒹굴고, 낚시를 배우며, 미각에 새로운 자극을 주는 맛에 익숙해지는, 오로지 육체의 인간으로 산 끝에 내 두뇌는 마치 필요했던 휴식을 취한 뒤처럼 초조하고 조급하게 움직이기 시작했다. 어느 날 아침에는 모든 것을 이해하고 기록하고 설명하기 위해 박물학자, 지질학자, 인류학자, 식물학자와 역사학자가 되고 싶어진다. 다른 날 오후에는 놀랍게도 이곳의 원주민들이 어떤 어둠의 서사시를 기억하고 있다는 것을 발견했는데, 뻬드로 수사가 이 시의 조각들을 꿰어 맞추고 있었다. 북쪽으로 진군해가는 도중에 만나는 모든 것을 파괴하고 승리의 행진을 기념하는 푯말을 세운 까리브족의 이동에 관한 이야기였다. 용맹한 영웅들이 손으로 들어올린 산들과, 그들의 앞길에서 비켜 방향을 바꾼 강들, 별들이 참여한 전투 이야기가 전해지고 있었다. 공주를 납치하고, 전쟁의 전략을 세우고, 기억에 남을 결투를 하고 동물과 동맹하는 이야기 속에 방대한 신화가 담겨 있다. 종교의식을 행하는 밤에 새의 뼈로 만든 대롱으로 가루를 들이마신 원주민 지도자는 음유시인이 되고, 그의 입술로부터 나오는 무훈시와 영웅담, 서사시를 선교사가 받아적는다. 시는—활자가 생기기도 전—밀림의 뛰어난 자들의 기억 속에서 어둡게 살아왔다…… 그러나 생각을 너무 많이 해서는 안 된다. 나는 이곳에 생각하기 위해 있는 것이 아니다. 일상의 작업들, 거친 삶, 유까 가루와 생선, 까사베 전병으로 이루어진 빈약한 식사로 인해 나는 말라서 살이 뼈에 들러붙었다. 내 육체는 간결하고 명확해지고 근육이 단단해졌다. 내가 지녔던 나쁜 지방과 희고 연약한 피부, 깜짝깜짝 놀라는 성격과 이유 없는 불안감, 재앙이 닥칠지도 모른다는 예감, 두근대던 신경은 사라졌다. 자신의 주변에 완벽하게 적응한 내 페르소나는 좋은 느낌을 받는다. 로사리오의 살에 다가갈 때면 욕망의 부름이라기보다는 억제할 수 없는 원초적인 성적 충동이라 할 긴장감이 솟구친다, 시위를 당겨 화살을 쏜 후 본래 형태를 회복하는 활의 팽팽한 긴장감이.

'당신의 여인'이 가까이 있다. 그녀를 부르자 응한다. 나는 여기에 생각하기 위해 있는 것이 아니다. 생각해서는 안 된다. 무엇보다 느끼고 보아야 한다. 보다가 관찰하게 되면 기묘하게 빛이 나고 모든 것이 목소리를 낸다. 그렇게 갑자기, 섬광 같은 한순간에 나는 '나무의 춤'이 존재한다는 것을 발견했다. 모두가 바람 속에서 춤추는 비밀을 아는 것은 아니다. 하지만 그런 은총을 받은 나무들은 경쾌한 나뭇잎, 가지와 줄기가 나무둥치 주위를 둥글게 돌며 춤을 춘다. 그리고 잎이 만들어내는 것은 리듬이다. 파도가 울렁이고 넘실대는, 잠시 하얗게 정지했다가 숨을 쉬고 끝나는, 점점 높아지고 빨라졌다가 소동을 일으키고 소용돌이를 일으키다 갑자기 초록의 위대한 음악으로 변하는 리듬이다. 산들바람에 흔들리는 대나무 숲의 춤보다 아름다운 것은 없다. 인간이 만든 어떤 안무도 허공을 수놓는 가지의 율동적 움직임을 따라가지 못한다. 미적 감동의 더 탁월한 형태란 단순히 창조물에 대한 훌륭한 이해에 있는 것은 아닌지 때로 스스로 묻게 된다. 어느날 인간은 옥수의 눈과 나비의 갈색 날개에서 알파벳을 발견할 것이고, 그러면 점박이 달팽이 하나하나가 늘 시였음을 경이로움과 함께 깨달을 것이다.

29

이틀 전부터 쉬지 않고 비가 내린다. 낮은 천둥소리의 긴 서곡은 땅 위와 능선 사이를 달려 빈 공간을 채우고, 동굴 속에서 메아리치는 듯하더니 갑자기 비로 변했다. 지붕의 야자수 잎이 메말라 있었기에 첫날 밤은 빗물이 새지 않는 곳을 찾느라 헛되이 해먹의 위치를 이리저리 바꾸며 보냈다. 그다음에는 바닥으로 흙탕물이 쏟아져 들어오기 시작해서 구해놓은 악기들을 간수하려고 움막을 지탱하는 들보에 매달아야만 했다. 우리는 입은 옷이 다 젖은 채 진흙탕 속에서 어리둥절한 상태로 새벽을 맞았다. 불이 잘 지펴지지 않아 집에 매운 연기가 가득해서 모두들 눈물을 흘렸다. 반죽이 채 굳지 않은 진흙 벽을 적신 비로 인해 성당의 반이 무너져내려서, 뻬드로 수사는 사제복을 허리까지 묶어 올리고 생식기를 천 하나로 가린 채 몇몇 원주민의 도움을 받아 다시 세울 수 있는 것은 어떻게든 세워보려 하고 있었다. 기분이 언짢아져 아델란따도에게 긴급 조치를 취해 성당 건설을 마치도록 도와주지 않았다고 욕설을 퍼부었다. 그뒤 다시 비가 오기 시작해서 밤이 될 때까지 오고 또 오고, 더 많은 비가 계속 내렸다. 다시 밤이 되었다. 나는 로사리오를 안는 위안조차도 가질 수 없었는데, 그녀는 "안 돼요"라는 말과 함께 모든 애정 표현을 혐오하는 듯 퉁명스럽고 무뚝뚝하게 대했다. 마치 사십일간의 고난의 시간에 들어간 듯 나는 잠들지 못했는데, 물소리가 아닌 다른 모든 소리를 지우며 끊임없이 흐르는 물과 세상의 소음 때문이었다…… 잠깐 꿈을 꾸다—아직 해가 뜨려면 이른 시간에—무언가 큰일을 성취한 듯한 기묘한 느낌이 들어 깨어났다. 조각조각 흩어져 의미를 찾지 못하던 세부 요소에 대한 보고서가 요약, 집적되고 정리되면서 정확한 의미를 갖게 된 것 같았다. 내 영혼에 하나의 작품이 생겨났다. 눈을 뜨거나 감거나 보이고, 귀에 들리며, 그 질서 정연한 논리에 놀라게 되는 '어떤 것'이다. 내 안에 새겨져, 어려움 없이 표현할 수 있고, 누구나 느끼고 읽고 이해할 수 있는 텍스트나 악보로 만들 수 있는 작품이었다. 몇년 전에 호기심으로 아편을 피워본 적이 있다. 네번째로 파이프를 물자 일종의 지적 행복감이 나를 채웠고 당시 나를 괴롭히던 창작에 관한 모든 문제에서 갑작스런 해결책을 찾을 수 있었다. 모든 것이 명확하게, 생각대로, 정확히, 완전하게 보였다. 마약에서 깨어났을 때, 오선지만 있다면 몇시간 후에 내 펜 끝에서는 어려움도 망설임도 없이 내가 당시 어떤 유형으로 쓸지 주저하며 구상 중이던 협주곡이 탄생할 것이었다. 그러나 다음 날 꿈에서 깨어 실제로 펜을 잡으려 하면 분하게도 베나레스 연기의 영향 속에서 생각하고 상상하고 결심한 것 중 가치 있는 것은 아무것도 없다는 사실을 깨닫게 되곤 했다. 따스한 램프 불빛 아래 두개의 바늘 사이에 생겨난 거품 방울들이 승화시킨 별 볼 일 없는 공식과 일관성 없는 아이디어, 엉터리 발명품, 불가능한 미술이나 음악의 전달일 뿐이었다. 이 밤 이곳의 어둠 속 모든 곳에서 떨어지는 물방울의 소음에 둘러싸인 내게 일어나는 일도 그 망상 가득한 역작이 시작되던 것과 비슷한 것이었다. 그러나 이번에는 행복감이 의식을 풍요롭게 한다. 생각 자체가 어떤 질서를 찾아 헤매고, 이미 뇌 안에 있는 손이 삭제하고 수정하며 정의를 내리고 강조한다. 내 생각을 구체화하려고 일부러 술에 취하고 비틀거릴 필요가 없다. 그저 「장송곡」의 초고를 쓰는 데 필요한 빛을 가져다줄 해가 뜨기를 기다리기만 하면 된다. 꿈에서 내 상상 속에 나타난 제목이 바로 '장송곡'이었던 것이다.

작곡을 멀리하게 만든 어리석은 짓을 하기 전에 —— 당시 나의 게으름이나 환락으로의 초대에 대한 나약함은 따지고 보면 자신감을 잃은 창작에 대한 두려움의 다른 형태에 지나지 않았다 —— 나는 말을 음악과 결합하는 참신한 가능성에 대해 많이 고민했었다. 문제에 더 집중하기 위해 당연히 종교의식과 세속적인 기능에서 레치타티보의 길고 아름다운 역사에 대해 복습해보았다. 그러나 사실내 흥미를 끈 것은 레치타티보나 노래하며 암송하는 법, 말하며 노래하는 법, 언어의 억양 변화에서 멜로디를 찾는 것, 반주와 말이 조화롭게 어우러지게 하거나, 또는 반대로 지탱해주는 하모니로부터 말을 자유롭게 하는 것에 대한 연구, 무소륵스끼와 드뷔시 이후의 현대 작곡가들을 그토록 고민에 빠지게 만들고, 빈 악파[16]의 발작적이고 감정이 폭발하는 듯한 성과에 이르게 되는 일련의 과정

---

16 아널드 쇤베르크(Arnold Schönberg)가 이끈 제2 빈 악파(Wiener Schule)를 가리킨다.

이 아니었다. 나는 오히려 — 인상파 형식을 따라 말의 변화를 과장하고 양식화해서 만든 음악이 아니라 — 벌거벗은 말, 음악 이전에 존재한 말에서 태어난 음악적 표현, 거의 무감각하게 말에서 노래로 바뀌고, 시가 음악이 되고, 운율과 음운에서 고유의 음악을 발견하는 그런 표현을 찾고 있었다. 아마도 라틴어의 자연스러운 악센트에서 태어난 것 같은 멋진 성가 「진노의 날」Dies irae, dies illa이 그러했을 것이다. 나는 오케스트라의 완전한 침묵 가운데 수석 가수 코리페오가 청중 앞에 나서서 손짓으로 집중시킨 후 아주 단순하고 흔히 쓰이는 단어들, '남자' '여자' '집' '물' '구름' '나무', 그리고 그 기본적인 설득력으로 인해 다른 형용사가 필요 없는 명사들로 이루어진 시를 '읊기' 시작하는 일종의 칸타타를 상상하고 있었다. 그것은 마치 하나의 동사-창세기 같은 것이 될 것이었다. 단어의 반복과 악센트가 차츰 연속된 단어들에 특유의 음률을 부여할 것이고, 구두 후렴 형태의 계산된 거리로 조심스레 돌아오게 될 것이다. 그리고 — 내가 원하듯 — 내게 있어 말에 가장 가까운 음악의 상태인 성 암브로시오의 성가 — 「영원한 창조주」Aeterne rerum conditor — 처럼 단순한 선과 소수의 음에 집중된 형태를 가진 멜로디가 만들어지기 시작할 것이다. 말이 멜로디가 되면 오케스트라의 일부 악기는 은밀하게 소리를 내며 문장부호가 문장에서 하듯 낭송되는 단어들의 주기를 설정하고 틀을 잡아, 나무와 구리, 현, 팽팽한 북 등 악기 저마다의 진동 재료를 통해 가능한 조합을 만들어낼 것이다. 다른 한편으로 그 시절에 나는 기초 선율 cantus firmus에 장식적인 제2의 목소리를 얹어 종교음악에는 어울리지 않을 카덴차나 빛과 그림자를 더하는 「기뻐하라 성도들아」Congaudeant catholici에 큰 감명을 받았었다. 장식 없는 기둥에 걸린 천일홍 화환처럼, 그것은 그 위엄을 해치기는커녕 부드럽게 물결치는 장식물을 더하는 것 같았다. 나는 코리페오의 시작 파트에 차례로 더해지는— 남성 파트, 여성 파트— 합창이 어떻게 「꼼뽀스뗄라」 교회선법[17]으로 정리되는지를 보았다. 물론 이것은 일련의 새로운 악센트를 만들어냈고, 이들에게서 전체적인 리듬, 오케스트라가 음향을 통해 다양화하고 색을 덧입힌 리듬이 태어났다. 이제 화려한 카덴차적인 요소는 전개되면서 악기 영역으로 넘어가 하모니의 변조와 여러 순수음 간의 대립을 추구했고, 마침내 유기적으로 결합된 합창은 점점 고조되는 풍성한 대위법의 움직임 속에 다성음악의 발명에 자신을 맡길 수 있었다. 이런 식으로 나는 다성음악과 화성 작곡을 결합시켜 보컬과 교향악 송시의 틀 안에서 점점 강해지는 표현과 함께 음악 본연의 규칙을 따라 잘 정돈된 형태를 갖추려 했다. 전체적인 개념은 일단 그럴듯했다. 레치타티보의 단순함은 청중에게 준비 안 된 상태에서 들으면 복잡하고 혼란스럽게 여겨질 수도 있는 여러 다른 차원의 동시성을 자연스럽게 인식하도록 준비시켜서, 모든 음악적 관계를 통해 하나의 세포-단어의 논리적 발전 과정을 따라갈 수 있게 했다. 물론 기악적으로는 위험한 선동이라 할 이런 음악의 재창조가 무질서한 형식을 낳는 것은 아닌지는 의심해보아야 한다. 이것에 대해서는 순수음을 시도하는 방식으로 나 스스로를 변호할 생각이었고, 알베리끄 마냐르[18]의 작품에서 발견한 플루트와 콘트라베이스, 오보에와 트롬본의 놀라운 대

---

17 教會旋法. 중세 르네상스 시대에 교회음악의 기초를 이룬 음계(선법). 여기서는 중세 성가 「산띠아고 데 꼼뽀스뗄라 성당」(la Catedral de Santiago de Compostela)의 음계를 가리키는 듯하다.
18 Alberic Magnard(1865~1914). 프랑스의 작곡가.

화를 참조하려 했다. 화성和聲에 관해서는, 현존하는 몇몇 최고의 음악인들이 얼마 전부터 활용하기 시작한 기독교 양식을 솜씨 좋게 사용해 화합의 요소를 찾고자 했다…… 로사리오가 문을 열었고, 햇빛이 틈입하여 기분 좋은 생각에 빠져 있던 나를 놀라게 한다. 아직 나는 놀라움에 취해 있다.「장송곡」은 내 안에 있던 것이지만, 그 씨앗이 다시 뿌려져 구석기시대의 밤에 자라났다, 주술사가 독사에 물려 검게 변한 시체 위에서 울부짖는 것을 들었을 때, 지친 포로들이 자신의 배설물 위에 쓰러져 있는 돼지우리에서 두발짝 떨어진 그곳, 저 아래, 괴물로 가득 찬 강변에서. 그날 밤, 내가 남자로 여기지 않았던 이들에게서 큰 교훈을 얻었다. 내가 훨씬 우월하다고 생각하게 했던 이들, 그들은 그들 나름대로 개들이 남긴 뼈를 침 흘리며 갉아대는 두 늙은이보다 스스로 우월하다고 생각했다. 진짜 장송곡을 마주하자 내 안에서 세포-단어를 선언하는「장송곡」에 대한 아이디어가 다시 태어났고, 형태를 갖추기 위해 하나의 어조, 하나의 음 이상을 필요로 하면서 그 엑소시즘의 언어가 음악으로 변했다. 그것은 마술적 기능이 요구하는 형태이자, 번갈아 소리를 내는 두개의 목소리, 두가지 방식으로 으르렁거리는 소리에 의해 그 자체로 소나타의 단초가 되는 형태였다. 그 무대의 목격자이자 음악가인 내가 나머지를 더하고 있었다. 나는 그들 안에 이미 있는 잠재력과 아직 부족한 것이 무엇인지 어렴풋이 감지했다. 이미 지난 음악과 지나지 않은 음악을 완벽하게 이해했다…… 이제 나는 빗속에서 공책 하나를 부탁하러 아델란따도의 집으로 달려간다. 표지에 '○○의 공책'이라 쓰인 공책들 중 — 그가 별로 내키지 않아 하며 건네준 — 하나에, 자 대신 곧은 마체떼를 대고 직접 그린 오선지 위에 떠오른 음악적 영감을 스케치하기 시작한다.

30

우선 소년 시절부터 품어온 오랜 구상에 따라 ——『파우스트』의 제2부 제3막처럼 —— 제1막이 그 자체로 멋진 칸타타 테마인 셸리 의 『사슬에서 풀린 프로메테우스』 작업을 하고 싶었다. 머릿속에 서 '그곳'에서 도피하는 나를 연상시키는 포로의 쇠사슬로부터의 해방은 죽은 자를 삶으로 소환하고자 만든 마술적 음악인 장송곡 의 원개념에 잘 어울리는 것으로, 어둠의 그림자에서 돌아와 부활 을 노래하는 의미를 담고 있다. 기억나는 일부 시어는 단순하고 직 선적인 단어로 된 텍스트로 작업하려는 내 욕심에 딱 맞는 것이었 다. "오 나여! 아아, 영원한, 영원한 고통, 고통, 고통이여! —— 변화 도, 정지도, 희망도 없네! 그래도 나는 견디네!"(Ah me! Alas, pain, pain, pain, ever, for ever! ——No change, no pause, no hope! Yet I endure!)[19] 그다음에는 산과 샘물, 거센 바람을 합창으로 표현, 그 러니까 지금 나를 둘러싸고 있고 내가 느끼는 요소를. 아직 밀림을 지배하는 신들의 어머니들처럼 어머니인, 점토와 모암으로 된 그 땅의 목소리. 그리고 음악극에 난입하고, 분노한다기보다 미쳐 날 뛰는 어조로 부르짖는 그 —— '지옥의 사냥개들'(hounds of hell). "아, 나는 생명의 향기를 맡는다! 그저 그의 눈을 들여다보게 해주 오!"(Ah, I scent life! Let me but look into his eyes!) 그러나 아니 다. 이런 상상을 하며 흥분하는 것이 어이없는 까닭은 이곳에는 셸 리의 책이 없고 앞으로도 구할 수 없을 것이며, 있는 책이라고는 겨우 세권, 로사리오가 가진 『브라반트의 게노베바』와 뻬드로 수

---

19 영어 인용은 모두 셸리의 『사슬에서 풀린 프로메테우스』의 한 구절.

사의 사역 교재『통합 성가집』, 그리고 야네스가 준『오디세이아』가 전부이기 때문이었다.『브라반트의 게노베바』의 책장을 넘기다가 나는, 참기 힘든 문체를 제외하면 그 줄거리 구조가 「펠레아스」[20]와 유사하며, 뛰어난 오페라 작품과 견주어 부족할 것이 없다는 점도 알게 되었다. 기독교 산문으로 보면 이 작품은 나를 「장송곡」 아이디어에서 '멀어지게' 하고 칸타타 전체에 성경적, 찬송가적 형식을 부여할 것이었다. 그러니 이제 내게 남은 것은 에스빠냐어로 된『오디세이아』이다. 이 언어로 쓰인 시에 곡을 붙이겠다는 생각은 해본 적이 없었는데, 그 언어 자체가 큰 예술무대에 합창곡으로 올리기 어려운 장애물이 될 것이기 때문이었다. 그러나 갑자기 '내 작품의 공연을 보고 싶은' 무의식적인 열망이 나를 흥분시킨다. 그런 개운치 않은 느낌이 반복되는 한 나의 '포기'는 결코 진심일 수 없을 것이다. 무인도에 있는 시인 라이너 마리아 릴케처럼 나는 절실한 필요에 따라 창작을 해야 했다. 게다가 내 진짜 언어는 무엇이었나? 아버지 덕에 독일어를 했다. 루스와는 고등학교 때 배운 영어로 말했고, 무슈와는 주로 프랑스어를 했다. 로사리오와는 나의『문법 개요』책 정도의 에스빠냐어 ─ "이것들은, 파비오……" ─ 로 말했다. 그러나 이 마지막 언어는 또한 어머니가 내게 자주 읽어주던 자줏빛 벨벳 표지의 책『성인들의 생애』속 「리마의 성녀 로사」, 로사리오의 언어이기도 했다. 이 우연의 일치에서 나는 어떤 긍정적 신호를 보았다. 그래서 더이상 망설이지 않고 야네스의『오디세이아』로 돌아온다. 하지만 웅변조의 표현은 처음부터 나를 낙담시키는데, "크로노스의 아들, 가장 위대한 주군, 내

─────────────

20 드뷔시의 오페라 「펠레아스와 멜리장드」(Pelléas et Mélisande)를 말한다.

아버지여"나 "라에르테스의 아들이자 신의 자손, 천의 지혜를 가진 율리시스"와 같은 기도의 방식을 사용하는 것을 좋아하지 않기 때문이다. 내가 필요로 하는 텍스트 장르에 이보다 더 반하는 것은 없을 것이었다. 빨리 뭔가를 쓰려는 조급증에서 이어지는 문장들을 읽고 또 읽는다. 폴리페모스의 일화에서 몇번이나 멈추지만 결국 너무 어수선하고 부침이 심하다는 생각이 든다. 짜증이 나서 거처에서 나와 비를 맞으며 돌아다니자 로사리오가 놀라 소란을 피운다. 예민해진 나를 보고 걱정하는 '당신의 여인'에게 나는 대답을 하는 둥 마는 둥 한다. 하지만 그녀는 곧 질문을 멈추고, 남자는 '안 좋은 날'이 있게 마련이고 눈살을 찌푸리는 이유를 알릴 의무는 없다는 사실을 받아들인다. 방해하지 않으려 내 등 뒤 한쪽 구석에 앉아 진드기로 뒤덮인 가빌란의 귀를 죽순의 뾰족한 부분으로 깨끗이 청소해주기 시작한다. 하지만 곧 나는 기분이 좋아졌다. 문제의 해결책은 아주 간단했다. 내가 원하는 단순함을 얻기 위해서는 호메로스의 작품에서 쓸데없는 내용을 덜어버리면 되는 것이다. 망자를 불러내는 에피소드에서 문득 마술적이고 자연적인 동시에 정확하고 엄숙한 어조를 발견한다. "망자에게 세번의 시음을 행한다. 우유와 꿀의 시음. 와인의 시음과 맑은 물의 시음. 밀가루를 뿌리고, 이타카로 돌아가면 가장 좋은 암소를 제단 불에 바치고 테이레시아스[21]에게 내 목장의 가장 좋은 흑양을 바칠 것을 맹세한다…… 나는 짐승의 목을 베고 그 피를 흘렸으며, 저승에서 잠자는 것들의 그림자가 나타나는 것을 보았노라."[22] 텍스트가 필요한 일

---

21 그리스 신화에 나오는 테베의 예언자. 율리시스가 저승으로 내려가 고향으로 돌아가는 길을 그에게 묻는다.
22 『오디세이아』 제11권.

관성을 찾으면서 음악적인 줄거리 구조가 형성된다. 애도하는 처녀들과 청동 창 아래 쓰러진 병사들에 대해 말하는 대목에서는, 거의 눈치채지 못할 정도로 코리페오의 목소리가 부드러워지면서 말은 음악으로 바뀔 것이다. 첫번째 소리에 배치할 카덴차적 요소는 "슬피 울어줄 이 없이, 땅에 묻히지도" 못한 사실을 슬퍼하며 우는 엘페노르[23]의 한탄에 의해 완성된다. 시에서도 긴 신음에 대해 언급하지만 나는 이를 정확한 발성으로, 그의 간청의 전주곡으로 해석할 것이다. "눈물도 장례식도 없이 나를 떠나보내지 마시오. 내 모든 무기와 함께 나를 불태우고 내 무덤을 바닷가에 세워 모든 이가 내 불행에 대해 알게 하시오. 내 시체 위에 그대들과 함께 저은 노를 심어주오."[24] 안티클레이아[25]의 등장으로 내 안에서 점점 명확해져가는 보컬 체계에 알토 음색을 더할 것이고, 그것은 율리시스와 엘페노르의 디스칸투스[26] 사이에 대위법처럼 들어갈 것이다. 오르간 페달 소리와 함께 오케스트라의 열린 화음이 테이레시아스의 존재를 알릴 것이다. 그러나 나는 여기서 멈춘다. 음악을 쓸 필요성이 얼마나 절박한지 개요를 짜기 시작하고, 그토록 오랫동안 잊고 있던 악상기호들이 연필심 아래 되살아나는 것을 본다. 첫장을 마치고 비뚤비뚤 그린 오선지와 이제껏 내가 써온 음악과는 다른, 무언가 기도나 간구 같은 단선율의 시작을 알리는 음표들을 감탄하며 바라본다. 오늘날의 취향에 맞춰 다른 많은 이들과 마찬가

---

23 『오디세이아』 제10권의 율리시스의 동료. 마녀 키르케의 섬에서 죽는다.
24 『오디세이아』 제11권. 율리시스는 저승으로 내려갔을 때 엘페노르를 만나 자신의 시체를 불태워달라는 부탁을 받는다.
25 율리시스의 어머니. 『오디세이아』 제11권, 15권에 저승에서의 모습이 묘사된다.
26 discantus. 고음 소프라노. 중세 「그레고리오성가」의 양식으로 르네상스 시대에는 대위법을 가리켰다.

지로 내가 숙련된 전문가의 건강미와 즉흥성을 살리고자 했던 『결박당한 프로메테우스』[27]에 붙인 불운한 「전주곡」의 기교와는 전혀 달랐다. 그 작품은 수요일에 쓰기 시작해서 일요일 미사에서 불렸는데, 장인의 공식과 대위법, 수사학을 차용했지만 그 정신을 되찾지는 못했다. 불협화음이나 잘못 배치된 음, 고의로 가장 거칠고 불쾌한 음역에 배치한 거친 악기들이 냉정하게 생산된 모방 예술의 존속을 보장하는 것은 아니었다. 그중에서 오직 — '발전'시키기 위한 형식과 패턴으로 이루어진 — 죽은 유산만을 이용해 머리로 만든 작품이었고, 느리게 흐르는 시간의 위대한 성질, 아리아의 숭고한 영감을 자주, 일부러 잊고서 알레그로의 경솔함과 성급함, 저돌성을 교묘한 손재주로 대체한 작품들 말이다. 일종의 보행성 운동실조증이 수년간 합주 협주곡[28]의 작곡가들에게 어려움을 주었으며, 음악 자체의 호흡에 반하는 강조된 악센트가 튀어나오는, 8분음표와 16분음표를 — 마치 2분음표나 온음표는 존재하지 않는 듯 — 사용한 움직임이 리체르카레[29]의 양쪽을 흔들었고, 인간이 만들어낼 수 있는 최악의 음색인 대위법 아래 생각의 부재를 포장했다. 다른 수많은 이들과 마찬가지로 나도 '질서로의 귀환'이라는 슬로건에 따라 순수함과 기하학, 무균 상태를 외쳤으며, 내 안에서 일어나려고 애쓰는 모든 노래를 잠재웠다. 이제, 공연장과 선언문과 끝없이 지겨운 예술 담론으로부터 멀리 떨어져 스스로 놀랄 만큼 쉽게 음악을 만든다. 마치 뇌에서 내려온 아이디어가 내 손을

---

27 *Promētheus Desmōtēs*. 아이스킬로스가 B.C. 479~B.C. 424년에 쓴 것으로 추정되는 비극.

28 concerti grossi. 다양한 솔로 악기들이 현악기나 오케스트라와 번갈아 연주하는 곡.

29 ricercare. 대위법의 초기 형태. 고식(古式) 푸가.

가득 채우고 연필심을 통해 흘러나오려고 허둥거리는 것만 같다. 고통 없는 창작에 대해 의구심을 가져야 한다는 것은 안다. 그러나 지우고 비판하고 삭제할 시간이 있을 것이다. 쉼 없이 비가 내리는 가운데 내 안에서 넘쳐나는 에너지에 자극을 받아 즐거운 조바심을 가지고 써내려가다보니 대부분이 오직 나만 해석할 수 있는 속기록의 글자가 되어버렸다. 오늘 밤 잠들 때면 「장송곡」의 초반부가 '○○의 공책'을 다 채웠을 것이다.

31

방금 예상치 못한 불쾌한 일을 겪었다. 아델란따도에게 공책을 한권 더 달라고 하자 그는 혹시 그걸 먹느냐고 내게 물었다. 나는 왜 종이가 더 필요한지 설명했다. "이게 마지막이에요." 그는 언짢은 듯이 말했는데, 그 공책들은 회의 내용을 기록하고 협의안을 작성하며 유용한 메모를 하는 데 쓰는 것이고 음악에 낭비할 수 없다고 했다. 내 불쾌감을 진정하려고 그가 아들 마르꼬스의 기타를 권한다. 내가 보기에 그는 작곡과 글쓰기 사이의 연관성을 이해하지 못한다. 그가 아는 음악의 범주라고는 반돌라[30], 하프 같은 현악기 연주자로 초기 까라벨라선을 타고 온 이들처럼 여전히 중세의 방랑가객으로 남았으며, 악보는 당연히 필요로 하지 않고 오선지도 모르는 이들의 음악뿐이다. 나는 화가 나서 뻬드로 수사에게 간다. 하지만 수사는 아델란따도를 편들며 오히려 곧 세례 명부, 장례 명

---

30 bandola. 베네수엘라와 꼴롬비아에서 주로 사용하는 만돌린 비슷한 악기.

부와 혼인신고서도 작성해야 하는데 이 사실을 아델란따도가 잊고 있는 것 같다고 말한다. 그러더니 갑자기 내 얼굴을 쳐다보며 평생 연애 놀음만 할 생각이냐고 대놓고 묻는다. 전혀 예상치 못한 질문이라 나는 더듬더듬 엉뚱한 소리를 했다. 이제 뻬드로 수사는 이른바 교양과 학식을 갖춘 사람이 원주민에게 모범이 되지 못하고 그의 선교 사역을 방해한다고 책망하기 시작한다. 신성하고 합법적인 결합이 산따 모니까 데 로스 베나도스에 자리 잡아야 할 질서의 기초가 되어야 하기에, 내게는 로사리오와 결혼할 의무가 있다고 단언한다. 나는 문득 냉정을 되찾고 이곳에서는 그의 사역 없이도 다들 잘만 살고 있다고 빈정대듯 말한다. 수사 얼굴의 모든 혈관이 한꺼번에 부풀어오르는 것처럼 보인다. 그는 분노에 차서 내게 천벌이 내리기를 빈다는 듯 고함을 지른다. 자신의 사역의 중요성을 의심하는 것은 용납지 않을 것이라며, 그의 무리가 아니지만 그의 목소리를 듣고자 모여든 양떼를 인도한 목자 그리스도의 이야기[31]를 통해 자기 존재를 정당화한다. 지팡이로 땅을 내리치는 뻬드로 수사의 분노에 놀라서 나는 어깨를 으쓱하고 다른 곳을 보며 하려던 말을 삼킨다. 이것이 교회의 존재 이유다. 사마리아인 복장 아래 이제껏 숨겨온 족쇄가 드러나기 시작한다. 때 낀 손톱으로 성호를 긋지 않으면 두 육체가 몸을 누이고 즐길 수도 없다. 교훈적인, 모범적인 인물이 되기로 동의하는 일요일이면 우리는 서로를 껴안은 자리 위에 성수를 뿌려야 할 것이다. 결혼의 그림이 어찌나 우스꽝스럽게 느껴지는지 나는 웃음을 터뜨리며, 벌어진 벽 틈을 임시방편으로 메꿔놓은 토란잎 위로 빗소리가 끈질기게 들려오

---

31 마르코의 복음서 6:30~34에 나오는 일화.

는 성당을 벗어난다. 우리 오두막으로 돌아오자 내 조롱과 도전적인 웃음이 사실은 불편한 진실을 감추고자 할 때 쉽게 나타나는 반응임을 고백하지 않을 수 없었다. 나는 이미 결혼한 것이다. 그리고 이것은 내가 로사리오를 진심으로, 깊이 사랑한다는 사실만 아니면 별문제가 되지 않을 것이다. 조국과 그곳의 법원으로부터 이렇게 멀리 떨어진 곳에서의 이중 결혼은 입증할 수 없는 범죄일 것이다. 성직자가 요구하는 대로 모범적인 희극을 연기하면 모두 다 만족할 것이다. 그러나 거짓의 시간은 지났다. 스스로를 다시 남자로 느끼게 된 것과 동시에 나는 거짓말하는 것을 스스로 금지했다. 나는 나에 대한 로사리오의 정절을 다른 무엇보다 높이 평가하기에 그녀를 속인다는 생각만 해도 화가 난다. 게다가 언제든 아이를 가질 수 있고 평생 살아갈 집을 본능적으로 찾아야 하는 여인에게 이것은 무척 중요한 주제가 아닌가. 우리가 '신 앞에 부부'가 되었다고 선언하는 종이를 마치 나들이옷을 입은 소녀처럼 기쁘게 자신의 옷가지 속에 보관하는 그녀를 보는 잔인한 짓은 할 수 없다. 내양심의 가책이 그런 비겁한 짓을 금지한다. 이런 이유로 나는 수사가 구사할 법한 전술에 두려움을 느낀다, 확고한 목표의식을 가지고 뻬드로 데 에네스뜨로사가 '당신의 여인'의 마음에 방아쇠를 당기는 역할을 맡길까봐. 진실을 자백할지 거짓말을 할지 딜레마에 빠졌다. 진실은 ─ 내가 말한다면 ─ 로사리오와의 조용하고 단순한 조화의 삶을 거짓되게 만들고 선교사 앞에서 곤경에 빠지게 할 것이다. 거짓은 ─ 내가 받아들이면 ─ 이 새로운 삶에서 내가 절대법으로 지키기로 맹세한 정직함을 무너뜨리는 심각한 행위가 될 것이다. 이런 걱정과 고민으로부터 도망치고자 작곡에 몰두하려 애를 썼다. 나는 안티클레이아가 등장하는 아주 어려운 장면에 봉착했다. 엘페노르의 감미로운 애도 속에 율리시스의 목소리가 단순한 디스칸투스의 단계에 이르면서 칸타타의 첫 서정적인 에피소드를 소개하는 장면이다. 테이레시아스의 등장 후에는 오케스트라가 이 에피소드의 주제를 연주하여 보컬로 이루어진 다성음악 아래 첫 악기 연주를 위한 양분을 제공할 것이다…… 하루가 끝날 무렵, 가능한 한 빽빽하게 쓰려고 했음에도 벌써 두번째 공책의 삼분의 일 이상을 쓴 것을 알았다. 속히 이 문제를 해결할 확실한 방법을 찾아야 했다. 천연섬유와 진귀한 이파리, 야자수 잎과 섬유질이 넘쳐나는 밀림에는 분명 무언가 글을 쓸 수 있는 재료가 있을 것이다. 하지만 쉬지 않고 비가 내린다. 메세따스의 계곡에 마른 것은 하나도 없다. 달필가의 지혜로 악보를 조금 더 빽빽하게 그려 1밀리미터의 종이라도 아끼려 한다. 하지만 넘치는 영감에 반하는 그런 하찮고 인색한 걱정이 내게 강박으로 다가와 큰 그림을 그려야 할 때 작은 일에 매달리게 한다. 나는 양손이 묶이고 위축되어 조롱거리가 된 언짢은 기분으로 해 질 무렵에 작업을 그만두었다. 종이 부족이라는 어처구니없는 일로 상상력이 방해받을 줄은 꿈에도 생각지 못했다. 그리고 화가 머리끝까지 나 있는 상태일 때 로사리오가 우체국이 없는데 누구에게 편지를 쓰고 있느냐고 내게 물었다. 그 착각, 멀리 가야 하는데 가지 못하는 편지의 이미지로 인해 갑자기 내가 어제부터 하고 있는 모든 일이 헛되다는 생각을 한다. 연주되지 못할 악보는 아무짝에도 쓸모가 없다. 예술 작품은 타인을 위한 것이다. 더 많은 청중에게 다가갈 수 있는 음악은 특히 그렇다. 나는 내 작품이 연주될 수 있는 장소에서 벗어나 탈출에 성공한 순간 진정한 작곡을 시작한 것이다. 어처구니없게도, 멍청한 웃음밖에 안 나오는 일이다. 비록 「장송곡」은 여기서 끝이고 두번째 공책의 삼분의 일을 넘기지 않을 거라고 마음속으로 다짐했지만 그럼에도 내일 새벽이면 어떤 힘에 사로잡혀 연필을 들고 테이레시아스가 등장하는 장면을 쓸 것을 알고 있었는데, 오르간과 오보에 셋, 클라리넷 셋, 바순 하나, 두개의 호른과 트롬본 하나가 만들어내는 유쾌한 울림이 이미 내 귀에 들려온다. 「장송곡」이 결코 연주되지 않더라도 상관없다. 나는 그것을 써야 하고, 무슨 일이 있어도 쓸 것이다. 올해 어느날 큐레이터에게 증명하고자 했듯이 내가 완전히 텅 비어 있지 않다는 것을 스스로 확인하기 위해서라도. 조금 진정이 되어 해먹에 몸을 누인다. 다시 수사와 그의 요구에 대해 생각해본다. '당신의 여인'은 내 뒤에서 습기 때문에 어렵사리 붙인 장작불 위에 옥수수를 굽고 있다. 그녀가 있는 곳에서는 그림자 진 내 얼굴을 보거나 말하는 내 표정도 읽을 수 없다. 마침내 나는 흔들리는 목소리로 우리가 결혼하는 것이 필요하거나 바람직하다고 생각하는지 그녀에게 물었다. 그녀가 나를 초심자들을 위한 주일 복음엽서의 주인공으로 만들 기회를 놓치지 않을 것이라고 생각한 순간, 놀랍게도 결혼은 결코 원하지 않는다는 대답이 돌아온다. 즉시 내 놀라움은 질투 섞인 실망으로 변한다. 상처 입은 나는 로사리오에게 다가가서 설명을 청한다. 하지만 그녀는 그녀의 자매들, 또 당연히 그녀의 어머니, 그리고 아마도 무엇도 두려워하지 않는 그 여인들의 숨은 자부심의 근거가 되는 이유를 들어 나를 당황시켰다. 그녀에 의하면 법적으로 구속력을 가지는 결혼은 여자로 하여금 남자에 맞설 수 있는 모든 방법을 없앤다는 것이다. 헤어지려는 남자에게 맞서는 여자를 가장 잘 도와주는 무기는 언제든지 그를 떠나 홀로 두고 아무 권리도 행사하지 못하게 하는 것이다. 로사리오에게 있어 법적인 아내란 남편이 술에 취해 행패를 부리거나 바람을 피우고 학대를 일삼는 집을 떠나면 경찰을 시켜 찾아올 수 있는 여자를 의미했다. 결혼하는 것은 여자가 아닌, 남자가 만든 법의 무게에 지배받는 것이다. 로사리오는 자유로운 결합에서는 "남자도 그를 기쁘게 하고 보살펴주는 이를 가지려면 대우를 잘해야 한다는 걸 안다"라고 단정적으로 말한다. 이 촌스럽지만 논리적인 개념에 나는 말문이 막혔다. 삶을 마주할 때 '당신의 여인'은 내가 속한 세계와는 다른 개념과 원칙, 사용법의 세계 안에서 움직이는 게 확실하다. 그럼에도 나는 기분 나쁜 열등감을 느끼고 모욕당한 것만 같았는데, 이제는 내가 그녀를 결혼시키고 싶기 때문이다. 원주민들이 모인 앞에서 뻬드로 수사가 결혼 의식의 언어를 말하는 것을 듣고 서약하는 내 모습을 보고 싶기 때문이다. 그러나 멀리 '그곳'의 법적 효력이 있는 서명 문서가 나의 모든 도덕적 권리를 앗아간다. 이곳에 이렇게 부족한 '그곳'의 종이가……

바로 그때 로사리오가 비명을 지른 데 이어 두려움에 떠는 소리에 뒤를 보았다. 거기 창틀에 나타난 것은 나환자로, 고대의, 오랫동안 잊혔던 레위기의 나환자[32], 밀림 깊은 곳의 끔찍한 보호 처소에 사는 나병에 걸린 남자였다. 끝이 뾰족한 모자 아래 얼굴의 일부 흔적이 남아 있고, 목구멍의 어둠 속에 뚫린 검은 구멍과 표정 없는 두 눈을 둘러싸고 붙어 있는 살은 말라 굳은 눈물 같았으며 이 또한 녹아 흐를 것만 같았다. 호흡기를 통해 그르렁거리는 소음을 내며 회색빛 손으로 옥수수를 가리킨다. 가까이에서 움직이는 시체가 남아 있는 손가락 비슷한 것을 흔드는 그 악몽 앞에서 나는 어떻게 해야 할지 몰랐고, 두려움에 사로잡혀 말문이 막힌 로사리오

---

32 구약의 레위기 13, 14장에서 야훼가 모세와 아론에게 나병과 나환자를 어떻게 대해야 하는지에 대해 언급한다.

가 바닥에 무릎을 꿇었다. "니까시오, 저리 가!" 마르꼬스가 차분히 다가가 말한다. "저리 가라고, 니까시오. 저리 가!" 그리고 Y자 모양의 가지로 그를 부드럽게 밀어 창에서 멀어지게 한다. 하지만 웃으며 우리 오두막으로 들어와 옥수수 하나를 던져주자, 그는 그것을 주머니에 넣고서 걷는다기보다 기어서 산 쪽으로 멀어져갔다. 그제야 나는 아델란따도가 이곳에 도착했을 때 만났다는 황금을 찾던 광부, 이미 심하게 앓고 있던 니까시오를 본 것을 알게 되었다, 오랫동안 잊고 있던 그가 먼 동굴에서 죽음을 기다리고 있다는 것을. 그가 마을에 오는 것은 금지되어 있다. 하지만 가까이 접근한 것이 아주 오래전 일이라 오늘은 특별한 벌은 주지 않았다. 나환자가 또다시 올지도 모른다는 두려움에 아델란따도의 아들에게 저녁을 같이 먹자고 제안한다. 그는 당장 빗속을 달려 자신의 오래된 네줄 기타를 찾으러 간다. 까라벨라 선상에서 울렸던 그 기타 소리. 로만세 멜로디를 따라 흑인들의 피를 춤추게 만드는 리듬을 튕기며 그가 노래하기 시작한다.

나는 물라또 왕과
물라띠나 여왕의 아들,
나와 결혼할 이는
물라따가 될 테지.[33]

---

33 16세기 에스빠냐의 작자 미상의 로만세. 물라또(mulato)는 라틴아메리카의 백인과 흑인의 혼혈 인종.

32

내가 야자수 잎이나 나무껍질, 우리 오두막 한구석에 깔려 있는 사슴 가죽에 글을 쓰려 하는 것을 알게 된 아델란따도가 좀 가여웠는지 마지막이라고 경고하면서도 공책 한권을 더 주었다. 비가 그치면 아눈시아시온 항구에 가서 며칠 머무르며 원하는 만큼 공책을 사다주겠다고 한다. 그렇지만 비가 그치려면 아직 팔주나 남았고, 또 출발 전에 성당 건축을 마무리해야 하고 습기로 망가진 모든 것을 보수해야 하는 것은 물론 시기상 씨앗도 뿌려야 했다. 그러니 예순네장의 작은 종이를 다 채우고 나면 초안은 그 자리에 멈출 것을 알면서도 나는 작업을 계속해나간다. 이제 초기의 그 환상적인 상상력이 불러일으키는 흥분이 다시 돌아오는 것을 두려워하며, 연필의 지우개를 써서 ― 즉 종이 사용을 늘리지 않으면서 ― 첫 대본을 고치고 간결하게 만들며 하루하루를 보낸다. 로사리오에게 결혼에 대해서는 다시 언급하지 않았다. 하지만 솔직히 말해 전날 그녀의 거절은 나를 깊은 초조감에 빠뜨렸다. 하루의 끝이 보이지 않는다. 비가 너무 많이 내린다. 정오에 한두시간 흰색으로 변하는 잿빛 구름 위로 희미한 빛을 내는 원판처럼 나타나는 태양의 부재는, 자신의 색을 노래하고 땅 위로 그림자를 드리우기 위해 태양을 필요로 하는 대자연을 기진맥진한 상태에 빠지게 한다. 더러운 강물이 나무둥치와 썩은 나뭇잎 더미, 밀림의 잔해와 물에 빠져 죽은 동물들을 쓸어간다. 진흙투성이 뿌리를 드러낸 나무가 높은 폭포에서 떨어져 부딪히고 부서지면서 잔해로 쌓고 있다. 모든 것에서 물 냄새가 나고, 모든 것에서 물소리가 들리고, 손으로 무엇을 만질 때마다 물이 만져진다. 뭔가 쓸 수 있는 것을 찾아 나갈 때마다 풀에 가려진 진창에 구르고 진흙 구덩이에 무릎까지 잠긴다. 습기를 먹고 사는 모든 것이 자라나 기뻐 날뛴다. 지금처럼 칼라디움 잎이 푸르게 우거지고, 이토록 버섯이 자라고, 이끼가 퍼지고, 두꺼비가 울고 썩은 나무에 벌레가 넘쳐난 적이 없다. 고원의 바위 절벽에서 넘쳐흐르는 물이 거대한 검은 띠를 이룬다. 절벽마다, 습곡마다, 단층마다 급류의 물길이다. 마치 이 고원이 저지대로 물을 쏟아부어 마을마다 강수량을 채워주는 중요한 임무를 수행하는 것만 같다. 바닥에 쓰러진 판자를 들어올릴 때마다 회색 노린재가 미친 듯이 도망치는 것을 볼 수 있다. 풍경 속에서 새들이 사라졌고, 어제는 가빌란이 채소밭의 침수된 쪽에서 보아뱀 한마리를 찾아냈다. 이곳의 남녀는 이때를 어쩔 수 없는 힘든 시기로 받아들이고 자신들의 오두막에 틀어박혀 옷감을 짜거나 끈을 엮으며 지겨운 시간을 보낸다. 그러나 비를 견디는 것은 또다른 게임의 법칙이다. 마치 독사가 왼손을 물어 독을 풀었을 때 오른손으로 마체떼를 휘둘러 그 손을 잘라 아픔을 멈춰야 한다는 것을 받아들이는 것과 같다. 이는 삶을 위해 필요한 것이고, 삶은 즐겁지 않은 많은 것들을 필요로 한다. 이것은 부엽토와 고름, 썩은 잎의 날들이며, 생식기와 배설기관의 경계가 모호해져 번식하는 것은 모두 배설물 근처에서 번식하며, 태어나는 모든 것은 — 마치 쇠똥에서 깨끗한 아스파라거스나 푸른 박하가 싹트는 것처럼 — 침과 혈장과 피에 싸여 태어날 것이라는 자연의 법칙에 따른다. 이제 비가 그쳤다고 생각한 어느날 밤, 마치 휴전이 이루어진 듯 지붕을 울리던 소리가 그치고 계곡 전체가 고요한 숨소리로 가득 찼다. 멀리 강이 흐르는 소리가 들리며 차갑고 짙은 백색의 안개가 사물 사이의 공간을 채웠다. 로사리오와 나는 긴 포옹 안에서 온기를 찾았다. 쾌락에서 벗어나 정신을 차려보니 다시 비가 내리고 있었다. "우기는 여자들이 임신하는 기간이에요." '당신의 여인'이 귀에 대고 속삭였다. 나는 달래듯이 그녀의 배에 손을 얹었다. 난생처음으로 나에게서 생겨난 아이를 쓰다듬고, 내 팔로 안아 무릎을 구부려보고, 손가락을 살짝 물어보고…… 싶은 욕망이 생겼다. 호른과 영국 호른에 대한 글을 쓰다 말고 연필을 쥔 채 이런 상상에 빠진 나 자신에게 놀라고 있을 때, 울음소리가 들려 오두막 문턱을 나선다. 원주민 부락에 무슨 일이 일어난 것이 분명했고, 모두들 대장의 오두막 근처에서 떠들고 손짓을 하고 있다. 숄을 걸친 로사리오가 장대비 속을 뛰어가기 시작한다. 그곳의 광경은 끔찍하다. 여덟살짜리 여자아이가 사타구니에서 무릎까지 피를 흘리며 방금 강에서 돌아온 것이다. 겁에 질려 울면서 한 말이 어느정도 전달이 되어, 나환자 니까시오가 그 아이를 범하려 했고 손으로 성기에 상처를 입힌 것을 알게 되었다. 뻬드로 수사가 해진 천조각으로 지혈하는 동안 몽둥이로 무장한 사내들이 주변을 수색하기 시작한다. "그 나병 환자는 이곳에서 쓸모없다고 그랬죠?" 오랫동안 묵혀온 불만을 담아 아델란따도가 수사에게 말한다. 수사는 아무 대답 없이 밀림의 오랜 민간요법에 따라 거미줄 뭉치를 사타구니에 대고 음부에 연고를 바른다. 내가 느낀 혐오와 분노는 말로 다 할 수 없다. 설사 합의하에 이루어졌다 하더라도 성관계에서 남자가 공격하는 위치에 있다는 사실만으로도 마치 나를 포함한 모든 남자들이 똑같이 그 역겨운 시도의 범인이 된 것처럼 느껴졌다. 마르꼬스가 분노에 사로잡혀 주먹을 쥐고 있는 내 겨드랑이 아래로 소총을 밀어넣는다. 긴 총열이 두개 달린 영국식 소총으로, 이런 외지에서 여전히 초기 무기 제조술이 유효하다는 증표인 데메라라 총기회사 마크가 찍혀 있다. 마르꼬스가 집게손가락을 입술 위에 대고 삐드로 수사가 눈치채지 못하도록 자기를 따라오라는 손짓을 한다. 우리는 소총을 천으로 싸고 강을 향해 걷기 시작한다. 진흙 섞인 거센 물줄기에 사슴 시체가 떠내려가고 있었는데 부풀어오른 하얀 배가 마치 바다소의 배처럼 보였다. 풀이 짓밟히고 피로 얼룩진, 겁탈 장소에 도착한다. 진흙에 발자국이 깊이 파여 있다. 몸을 구부린 마르꼬스가 흔적을 따라간다. 오랫동안 걸었다. 어두워지기 시작했는데도 아직 나환자를 찾지 못한 채 암각화 절벽 아래에 다다랐다. 그냥 돌아가려고 할 때 마르꼬스가 비에 젖은 덤불 사이에 갓 생긴 오솔길을 가리켰다. 조금 더 가다가 갑자기 추격자가 멈췄다. 니까시오가 그곳, 공터 한가운데에 무릎을 꿇고 그 끔찍한 눈으로 우리를 바라보고 있었다. "얼굴을 겨냥해요." 마르꼬스가 내게 말했다. 총을 들어 그 불쌍한 인간의 얼굴 한가운데 크게 뚫린 구멍에 총구를 조준한다. 그러나 내 손가락은 방아쇠를 당기지 못한다. 니까시오의 목구멍에서 알아듣기 힘든 말이 나온다, "고애…… 고애…… 고애" 비슷하게 들리는. 총을 내려놓았다. 범죄자가 원하는 것은 죽기 전의 고해성사였다. 마르꼬스를 향해 돌아선다. "쏴요. 신부가 간섭하지 않는 게 나아요." 그가 재촉한다. 다시 총구를 겨눈다. 그러나 거기 두 눈이 있었다. 눈꺼풀도 없이, 거의 생명도 없는 두 눈이 여전히 바라보고 있었다. 그 눈을 감기는 힘이 내 손에 달려 있었다. 두 눈을 감기기. 인간의 두 눈. 역겨운 자였다. 가장 역겨운 짓을 저지른 죄인이었고, 어린 소녀의 육체를 찢고, 어쩌면 그 악으로 오염시킨 자였다. 없애고 폐기해 맹금류에게 던져주어야 했다. 그러나 내 안의 어떤 힘이 방아쇠를 당기는 순간 '무언가가 영원히 바뀌어버릴 것처럼' 그것을 거부했다. 인간의 존재에는 벽이나 비석, 경계를 쌓는 행위가 있다. 그리고 나는 집행자가 되는 순간 내게 시작될 그 시간에 두려움을 느꼈다. 화난 몸짓으로 마르꼬스가 내게서 소총을 빼앗았다. "당신들은 하늘에서 도시 전체를 파괴하면서 이건 못 하다니! 한번도 전쟁터에 나간 적이 없나요?" 영국식 소총은 왼쪽 총열에 탄환이, 오른쪽에 탄창이 있었다. 두발의 총성이 한발로 들릴 만큼 연달아 울렸고 바위에서 바위로, 계곡에서 계곡으로 퍼져나갔다…… 아직 메아리가 울리고 있을 때 억지로 그쪽을 보았다. 니까시오는 아직 그 자리에 무릎을 꿇고 있었지만 그 얼굴은 점점 형태를 잃으면서 흐릿해져 인간의 모습이 사라져갔다. 그저 살점이 산산이 뜯겨나간 붉은 고깃덩어리로, 마치 녹고 있는 밀랍처럼 천천히 가슴을 타고 흘러내렸다. 드디어 피의 흐름이 멈추고 젖은 풀 위로 상반신이 쓰러졌다. 갑자기 비가 쏟아졌고 밤이 되었다. 이제 마르꼬스가 소총을 들고 갔다.

33

계곡 북쪽에서 들어와 우리 위를 지나며 길게 울리는 천둥 같다. 해먹 위에서 급하게 몸을 일으키는 바람에 고꾸라질 뻔한다. 곡선을 그리며 돌아가는 비행기 아래 겁에 질린 신석기시대 사람들이 도망친다. 관저 문턱을 나서는 아델란따도 뒤를 마르꼬스가 따른다. 둘 다 놀라서 쳐다보는 동안, 뻬드로 수사는 오두막 안에서 겁에 질려 소리치는 원주민 여인들에게 사람에게 해를 끼치지 않는 '백인들의 물건'이라고 외치고 있다. 비행기는 땅에서 대략 150미터 정도 높이에, 다시 비로 변할 것만 같은 무거운 구름 지붕 아래

떠 있다. 그러나 손으로 활을 단단히 붙잡고 도전적인 눈으로 쳐다보는 원주민 족장과 비행물체를 나누는 거리는 150미터가 아니다. 15만년이다. 이 오지에 처음으로 폭발하는 모터음이 들린다. 공기를 휘젓는 프로펠러도 처음이고, 새들의 다리가 있는 곳에 나란히 달린 회전하는 구체는 이들에게 바퀴의 발명을 알려준다. 그런데 비행기가 나는 모습이 무언가 주저하는 것만 같다. 나는 비행사가 뭔가를 찾거나 어떤 신호를 기다리는 것처럼 우리를 내려다보는 것을 눈치챘다. 그래서 로사리오의 숄을 흔들며 빈터로 뛰어간다. 내 기쁨이 강한 전염성을 가졌는지 원주민들도 이제 겁먹지 않고 시끌벅적 요란스럽게 몰려들어서 뻬드로 수사가 지팡이로 밀치며 길을 열어야만 한다. 비행기는 강을 향해 멀어져가며 조금 더 하강하다가 갑자기 우리를 향해 양 날개를 멈칫거리며 점점 다가왔다. 그리고 땅에 닿았다. 나무가 커튼처럼 둘러선 숲을 향해 위태롭게 굴러가다가 적시에 회전하여 남아 있는 힘에 제동을 건다. 두 남자가 조정석에서 나와 내 이름을 부른다. 일주일 넘게 여러대의 비행기가 나를 찾아다녔다는 걸 알고 내 놀라움은 커져갔다. '그곳'에 있는 누군가—누군지는 모르지만—가 내가 밀림에서 길을 잃었고, 어쩌면 피에 굶주린 원주민들에게 포로로 잡혔을지도 모른다고 말했다는 것이다. 내가 고문을 당했다는 음흉한 소설이 쓰였다. 포셋[34]에게 일어난 일이 다시 벌어졌으며, 신문이 떠들어대는 바에 따르면 내 이야기는 리빙스턴[35]의 현대판 버전이라는 것

---

34 Percy H. Fawcett(1867~1925). 영국의 탐험가. 고대문명이 있다는 믿음을 가지고 아마존으로 탐험을 떠났다 실종되었다.

35 David Livingstone(1813~73). 스코틀랜드 출신 의사이자 선교사. 아프리카 탐험 도중 통신이 두절되어 그를 찾으려 포상금이 걸렸는데 결국 기자 스탠리(Henry Stanley)에게 발견되었다.

이었다. 주요 일간지 하나가 나를 구하려고 상금을 내걸었다. 비행기 조종사들은 큐레이터가 알려준 대로 내가 악기를 찾으러 간 원주민 거주 지역을 수색했다. 포기하려던 차에 오늘 아침 뇌우를 만나서 이를 피하려다 이제껏 해온 수색 항로를 벗어나게 되었다. 그란데스 메세따스를 지나다가 인간의 흔적이 없는 대지만 있으리라 짐작했던 곳에서 큰 부락을 발견하여 깜짝 놀랐으며, 숄을 흔드는 나를 보고서 그들이 찾던 실종자라고 생각했다는 것이다. 나는 아직 대장간도 없고 가끔은 내가 유발의 역할을 담당하는 이 에녹의 도시가 수도에서 직선으로 세시간 비행거리에 있다는 사실에 놀란다. 창세기 4장과 '그곳'에서 흐르는 시간을 나누는 오십팔세기의 시간을 백팔십분 만에 건너서 바로 오늘, 지금 이 순간, 중세나 정복 시기, 식민지나 낭만주의 시대에 속하는 도시로 날아가, 어떤 이들이 ─ 마치 이곳 사람들은 '현재'가 아니라는 듯 ─ 현재라고 부르는 그 시대로 돌아갈 수 있는 것이다. 이제 그들은 비행기가 착륙할 수 없는 곳에 내가 있을 경우에 낙하산에 매달아서 던졌을 방수천에 싼 꾸러미를 비행기에서 꺼내 약, 통조림, 칼, 붕대를 마르꼬스와 수사에게 건넨다. 조종사가 큰 알루미늄 수통을 꺼내 뚜껑을 열고 내게 마시라고 권한다. 폭풍이 몰아치던 날 밤 이후 술은 한모금도 마신 적이 없었다. 지금 우리를 에워싼 우주의 습기 속에 이 알코올은 갑자기 잊고 있던 욕구를 일깨워 나를 취하게 만든다. 내 술을 삼키는 아델란따도와 그 아들을 질투와 조바심으로 바라볼 뿐 아니라, 수천가지 맛에 대한 갈망이 내 미각을 자극한다. 차와 와인, 샐러리와 해산물, 비니거와 얼음이 갈급하게 나를 부른다. 그리고 입 안에서 다시 태어나는 그 담배. 청소년 시절 음악원에 가는 길에 아버지 몰래 피웠던 담배 냄새다. 내 안에서 자신의 모습에 적응하지 못하는 또다른 내가 움찔댄다. 그와 내가 불편하게 포개진다, 황인종과 홍인종이 제대로 겹쳐지지 않는 석판처럼, 시력이 멀쩡한 사람이 근시 안경을 쓰고 사물을 보는 것처럼. 목구멍을 넘어가는 이 타는 듯한 독주에 나는 당황하고 약해진다. 그와 동시에 무인도에 잘못 떨어진 것 같은 느낌을 받는다. 이 소중한 순간에 나는 산과 다시 짙어지는 구름과 비가 더욱 무성하게 만든 나무들이 두려워진다. 내 주위로 마치 커튼이 쳐지는 것 같다. 풍경의 특정 사물이 멀게 느껴지고 평면이 서로 뒤바뀌면서, 산책길은 더이상 내게 말을 걸지 않고 폭포수 떨어지는 소리는 점점 커져 귀를 먹먹하게 만든다. 그 끝없는 물소리 가운데 조종사의 목소리가 마치 다른 언어로 말하는 것처럼 크게 들린다. 이것은 내가 어디를 가든 숙명적으로 따라올, 말로 표현된 사건, 미룰 수 없는 소환, 일어나야만 하는 일이다. 그는 내게 곧 다시 비가 쏟아질 것 같고, 산 정상에 깔린 안개가 조금 걷히는 대로 시동을 걸 테니 지체하지 말고 짐을 꾸려 함께 떠나야 한다고 말한다. 나는 거절의 몸짓을 한다. 그러나 바로 그때 내 안에서 웅장하고 기쁘게 「장송곡」 오케스트라의 첫 화음이 울려퍼진다. 쓸 종이가 부족한 드라마가 다시 시작된다. 이어서 책, 필요한 책 여러권이 생각난다. 곧 『사슬에서 풀린 프로메테우스』 작업을 하고자 하는 욕망을 참을 수 없게 될 것이다. "오 나여! 아아, 영원한, 영원한 고통, 고통, 고통이여!" 내 등 뒤에서 조종사가 다시 말한다. 매번 같은 얘기를 하는 그의 말이 내 안에 시의 다른 구절을 불러일으킨다. "나는 웅성대는 목소리를 들었네. 내가 낸 목소리는 아니었어."(I heard a sound of voices; not the voice which I gave forth.) 조종사들의 언어, 그토록 오랜 세월 내가 쓰던 그 언어가 이 아침 내 머릿속에서 ── 어머니와 로사리오의 언어인 — 모국어를 대체한다. 내 영혼을 교란하는 단어들의 소리가 들리자 얼마 전까지 하던 것처럼 에스빠냐어로 생각하는 것이 어려워졌다. 그러나 나는 떠나고 싶지 않다. 하지만 두 단어로 간추릴 수 있는 물품이 부족하다는 것은 인정한다. 종이와 잉크. 나는 한때 익숙했던 모든 것을 가까스로 다 버렸다. 물건들, 입맛, 옷가지, 취미를 불필요한 밸러스트처럼 던져버리고 해먹에, 재로 몸을 씻고, 장작불에 구운 옥수수를 갈아먹는 지극히 단순한 삶에 도달했다. 그렇지만 종이와 잉크, 종이와 잉크로 표현된 것이나 표현할 것들은 포기할 수 없다. 여기서 세시간만 가면 종이와 잉크와, 종이와 잉크로 만든 책과 공책, 종이 뭉치와 잉크병이 있다. 여기서 세시간…… 로사리오를 본다. 그녀의 얼굴은 차갑고 무표정했고, 불쾌함이나 갈등, 혹은 고통은 보이지 않았다. 내 걱정을 눈치챈 것은 확실한 것이, 나와 눈을 마주치지 않는 그녀의 두 눈에는 모두에게 무슨 일이 일어나든 상관없다는 것을 증명하려는 이의 냉정하고 거만한 눈빛이 드러난다. 그때 마르꼬스가 곰팡이로 푸르스름해진 내 오래된 여행가방을 가져온다. 나는 다시 거절하는 몸짓을 하지만 그 안에 넣어둔 '○○의 공책'을 받기 위해 손을 내민다. 상금을 기대하고 있음이 분명한 조종사의 목소리가 기운차게 나를 재촉한다. 이제 마르꼬스가 큐레이터에게 건넬 악기들을 비행기에 싣는다. 나는 처음엔 그러지 말라고 했다가 천조각에 싸인 리듬스틱과 딸랑이, 장례용 항아리를 보내면 아직도 밤이면 꿈에서 나를 괴롭히는 것들로부터 벗어날 수 있을 거라는 생각에 그렇게 하라고 한다. 알루미늄 수통에 남은 것을 마저 마신다. 그리고 갑자기 결정을 내린다, 이곳에서 다른 이들이 살아가고 있는 충만한 삶을 살기 위해 내가 필요로 하는 얼마 안 되는 것들을 사러

가겠다고. 이곳에서는 모두 자신의 손으로, 소명의식을 가지고 운명을 성취한다. 사냥꾼은 사냥을 하고, 수사는 가르침을 전하고, 아델란따도는 다스린다. 이제 나도 이곳에서 공통의 노력을 요하는 일 외에 ― 진정한 ― 직업을 가져야 한다. 큐레이터에게 악기를 보내고, 루스와 연락을 취해서 현재의 상황을 상세히 알리고 빠른 이혼을 요청한 다음 며칠 내로 이곳으로 영원히 돌아올 것이다. 이제 이곳에서의 삶에 적응한 것이 너무 급작스러웠음을 깨닫는다. 내 과거가 나를 아직 '그곳'에 묶어두고 있는 법적 연결 고리를 끊어야 하는 마지막 숙제를 완수할 것을 요구하고 있다. 루스는 나쁜 여자가 아니었고 다만 불운한 직업의 피해자일 뿐이었다. 회피할 길을 아는 남자에게 불가능한 것을 요구하거나 이혼을 반대하는 것이 얼마나 부질없는 짓인지 이해한다면 그녀는 모든 책임을 인정할 것이다. 그리고 삼사주 뒤면 나는 수년간 작업하는 데 필요한 모든 것을 가지고 산따 모니까 데 로스 베나도스로 돌아올 것이다. 작품이 완성되면 아델란따도가 도시로 갈 때 아눈시아시온 항구로 가져가 배편으로 부칠 것이다. 작품을 받아볼 음악가, 지휘자 친구들이 그것으로 공연을 할지 안 할지는 알아서 판단할 것이다. 비록 지금 스스로에게 생각을 표현하고 잘못된 이 시대의 음악을 고칠 형식을 만들어낼 능력이 있다고 믿긴 했지만, 나는 그에 관한 모든 허영심에서 벗어났다고 느꼈다. 이제 내가 아는 것을 우쭐대며 자랑스러워하지는 않지만 ― 공허한 박수갈채에 대한 허영심은 없지만 ― 내가 아는 것에 대해 침묵해서는 안 된다. 세상 어딘가에서 어떤 젊은이가 내 목소리를 통해 해방의 세계를 발견하고 자기 자신을 찾기 위해 내 메시지를 기다리고 있을지도 모른다. 타자가 보기 전까지 행위는 완성된 것이 아니다. 그러나 단 한명이 보는 것으로도 존재가 완성되고 진정한 창조가 이루어진다, 아담의 이름을 지어줌으로써 그랬듯이.

조종사가 명령하듯 내 어깨에 손을 얹는다. 로사리오는 이 모든 것에 무심한 듯 보인다. 그제야 나는 몇마디 말로 방금 내린 결정에 대해 설명한다. 그녀는 아무 말 없이 어깨를 으쓱하며 경멸하는 듯한 표정을 지었다. 그래서 증거로 그녀에게 「장송곡」 메모를 건네준다. 내게 있어 그 공책들은 그녀 다음으로 소중한 것이라고 말한다. "당신이 가져가도 돼요." 그녀는 나를 보지도 않은 채 원망하는 투로 말한다. 그녀에게 입 맞추었으나 그녀는 재빨리 내 포옹에서 벗어나 애무를 거절하는 동물처럼 뒤도 돌아보지 않고 멀어져간다. 나는 그녀를 부르고 말을 걸지만 바로 그때 비행기 엔진에 시동이 걸린다. 원주민들이 환호성을 터뜨린다. 조종석에서 내게 마지막 신호를 보낸다. 그리고 내 뒤로 철제 문이 닫힌다. 엔진 소음이 생각을 방해한다. 곧이어 평원의 끝을 향해 간다. 바퀴가 진흙투성이 땅에서 옴짝달싹 못 하다 진동을 일으키며 움직이는 가운데 180도로 회전한다. 그러자 벌써 나무 꼭대기가 저 아래 보인다. 암각화 절벽 위를 낮게 날며 사람들로 가득 찬 마요르 광장이 있는 산따 모니까 데 로스 베나도스 위를 다시 한번 돈다. 나는 지팡이를 빙빙 돌리고 있는 뻬드로 수사를 본다. 뾰족한 모자를 흔들고 있는 마르꼬스 옆에서 양손을 허리에 대고 위를 올려다보는 아델란따도를 본다. 로사리오는 시선을 땅에 둔 채 우리 집으로 향하는 오솔길을 홀로 걸어가고, 나는 ― 약간 짐승 냄새를 풍기는 그녀의 가르마 냄새를 향기롭게 되새기는 가운데 ― 양쪽으로 갈라 늘어뜨린 그녀의 검은 머리카락이 과부의 베일 같아서 소름이 돋는다. 멀리, 니까시오가 쓰러진 장소에는 독수리들이 퍼덕대고 있다. 우리 아래로 구름이 짙어지고 우리는 순항할 대기를 찾아 모든 것으로부터 우리를 떼어놓는 우윳빛 안개 속으로 더 올라간다. 한참 동안 계기비행을 할 것이라는 얘기를 듣고 나는 비행기 바닥에 누워 술기운과 높은 고도로 멍한 가운데 잠이 든다.

제6장

그대들이 죽는다고 말하는 것은 방금 죽은 것이고, 태어난다고 말하는 것은 죽기 시작하는 것, 그리고 산다고 말하는 것은 살며 죽어가는 것이다.

— 께베도[1] 『꿈들』

34

(7월 18일)

아직 햇살이 남아 있는 가운데 ─ 원뿔형 아치와 일그러진 오벨리스크, 연기를 내뿜는 거인 형상의 ─ 두꺼운 구름을 막 헤치고 나오자 아래에는 도시의 석양 속으로 하나둘씩 불이 켜지기 시작한다. 어떤 이들은 비행기 창유리로 보이는 빛을 발하는 수많은 도형 사이 경기장이나 공원, 대로를 검지로 쫓아간다. 다른 이들은 도착을 기뻐하고 있지만, 나는 달력으로 한달 반 전에 뒤로하

---

1 Francisco Gómez de Quevedo(1580~1645). 에스빠냐의 작가. 시·소설·비평과 함께 철학·신학 에세이 등 다양한 분야에서 활동했다. 『꿈들』(Sueños)은 그의 대표작 중 하나다.

고 떠났던 세계에 초조한 마음으로 접근하고 있다. 이 도시의 시간을 벗어난, 광대하고 격렬했던 육주간의 삶이었다. 내 아내는 아내라는 새로운 역할을 연기하려 극장에서 출발했다. 그 놀라운 뉴스 때문에 나는 이제는 얼마든지 종이 다발에 쓸 수 있게 된 「장송곡」의 메모와 함께 '당신의 여인'이 나를 기다리고 있을 산따모니까 데 로스 베나도스로 돌아가지 않고, 다시는 보지 않으리라 생각한 교외의 굴뚝 위를 날아가고 있는 것이다. 어이없게도 나를 둘러싼 사람들, 비행 내내 내게 큰 관심을 보인 그들은 나를 부러워하는 것 같다. 모두가 내게 루스가 우리 집에서 기자들에게 둘러싸여 있거나, 악기 박물관 전시장 앞에서 애절한 실루엣을 연출하거나, 큐레이터의 아파트에서 극적인 표정을 지으며 지도를 보고 있는 모습이 담긴 기사 스크랩을 보여주었다. 그들 말로는 그녀는 어느날 밤 무대 위에서 갑자기 어떤 예감을 느꼈다고 한다. 반쯤 대사를 읊다가 흐느끼기 시작해 부스와의 대화를 막 시작한 상태에서 뛰쳐나갔고, 그길로 큰 일간지를 찾아가서 그달 초에 돌아왔어야 할 내가 아무런 소식이 없고 내 스승 — 그날 오후 그녀를 찾아온 — 이 굉장히 불안해하고 있다고 밝혔다. 곧 — 당연히 포셋을 앞세워 — 흉포한 부족에 사로잡힌 탐험가와 여행자, 현자 들에 대한 말들이 나왔고, 루스는 감정이 북받쳐 현상금을 내걸고 큐레이터가 내 목적지라고 알려준 미지의 거대한 녹색 대지에서 실종된 나를 찾아줄 것을 신문사에 간청했다. 다음 날 아침으로 루스는 오늘의 가련한 인물이 되었고, 바로 전날 밤까지 아무도 몰랐던 내 실종 사건은 국가적 관심을 불러일으키는 뉴스가 되었다. 헤수스 델 몬떼 성당 앞에서 찍은 첫 영성체 — 아버지가 투덜대며 어쩔 수 없이 받아들인 바로 그 영성체 — 사진과 이딸리아 몬떼 까시노 유적지에서 군복을 입고 찍은 사진, 그리고 반프리트 빌라[2] 앞에서 흑인 병사들과 함께 찍은 사진을 포함한 내 모든 사진이 신문에 실렸다. 큐레이터는 언론에 마술적 리듬-모방에 관한 내 이론 ── 지금 생각하면 터무니없어 보이는 ── 에 대해 칭송을 늘어놓았고, 아내는 우리의 결혼 생활에 대해 아름답고 즐거운 이미지를 연출했다. 그러나 나를 견딜 수 없을 만큼 불편하게 만드는 것이 또 있다. 나를 구출한 조종사들에게 크게 사례한 신문이 가정과 가족을 강조하며 독자들에게 애써 나를 모범적인 인물로 소개하는 것이다. 나를 언급하는 모든 기사의 주제는 한결같다. 나는 과학 연구의 순교자이고 훌륭한 아내의 품으로 돌아온 인물이다. 부부 사이의 미덕은 연극계와 예술계에서도 찾을 수 있으며, 재능을 핑계로 사회의 규칙을 어길 수는 없다. 『안나 막달레나 바흐의 연대기』[3]를 보라, 멘델스존의 평화로운 가정을 떠올려보라 등등. 나를 밀림에서 구출하기 위해 이루어진 모든 일에 대해 알게 됨에 따라 나는 수치스러움을 느끼는 동시에 기분이 나빴다. 나로 인해 국가는 큰돈을 썼다. 한 생명을 구하기 위해 여러 가족이 평생을 편안하게 생활하기에 충분하고도 남는 돈을 쓴 것이다. 포셋의 경우와 마찬가지로 내 경우에도, 어느 교외 ── 지금 우리가 그 위를 날고 있는 지역 같은 ── 의 골이 진 철제 지붕 아래 빽빽이 들어찬 아이들 같은 광경은 냉담하게 바라보면서, 어떤 탐험가나 민족지학자, 사냥꾼이, 예를 들어 투우사가 소의 뿔에 받칠 위험을 알면서도 그 일을 택하듯 자신의 일에도 그런 위험이 있음을 인지하고도 스스로 선택한 일

---

2 Villa Wahnfried. 독일 바이로이트에 위치한 바그너의 저택.

3 *The Little Chronicle of Anna Magdalena Bach*. 영국의 음악학자 에스터 마이넬(Esther Meynell)이 1925년에 쓴 바흐의 전기소설.

을 수행하다 실종되거나 야만인의 포로가 되었을 때에는 동정하고 함께 괴로워하는 사회의 부조리함에 나는 충격을 받았다. 수백만명의 인간이 내 소식에 정신을 쏟느라 세계를 위협하고 있는 현재진행형의 전쟁을 잠시 잊었다. 그리고 이제 내게 박수를 보내려는 이들은 사기꾼에게 박수를 치는 것이라는 걸 모르고 있다. 왜냐하면 지금 활주로를 향해 가고 있는 이 비행의 모든 것이 사기이기 때문이다. 전에 지휘자의 시신 옆에서 밤을 지새웠던 그 호텔 바에 있을 때 나는 전화선을 통해 지구 반대편에 있는 루스의 목소리를 들었다. 울고 웃으며 수많은 사람들에게 둘러싸여 있어서 그녀가 무슨 말을 하는지조차 이해하기 힘들었다. 그녀는 갑자기 사랑의 표현을 쏟아내더니 내 옆을 항상 지키기 위해 연극 무대를 떠났다는 소식을 전하며 나와 합류하기 위해 첫 비행기를 탈 거라고 말했다. 이 계획, 내 도피의 대기실이던 그곳으로 오겠다는 말에 기겁을 해서 나는 우리 집에 그냥 있으라고, 내가 그날 밤 당장 비행기를 타겠다고 그녀에게 소리쳤다. 라틴아메리카의 법 때문에 이혼 절차가 길고 어려워 로따 법원[4]에 청원까지 해야 하는 그곳으로 오겠다니. 웅성대는 소음 사이로 어수선한 작별 인사를 하는 가운데 엄마가 되고 싶다는 그녀의 얘기를 들은 것 같았다. 그후에 대화 내용을 마음속으로 다시 맞춰보다가 그녀가 말한 것이 엄마가 되고 싶다는 것이었는지, '엄마가 될 것'이라는 거였는지 미심쩍어 숨을 멈췄다. 일요일의 의례적인 행사로 마지막으로 그녀와 관계를 가진 것이 육개월이 되지 않았으니 불행히도 가능성은 있었다. 일간지가 내 구출에 관련된 수많은 거짓말 — 왜냐하면 이제부터 내

─────────────

4 이혼 절차를 담당하는 가톨릭 법원.

가 팔려는 거짓말이 오십페이지는 되기에 ── 을 독점 게재하는 조건으로 제의한 꽤 큰 금액을 받아들이기로 결심한 것은 그 순간이었다. 사실 내 여행이 얼마나 근사했는지는 밝힐 수 없었는데, 그렇게 되면 최악의 방문객들이 산따 모니까와 메세따스 계곡으로 향할 것이기 때문이었다. 다행히도 나를 발견한 조종사들은 기사에서 '미션'이라고만 언급했는데, 수사가 십자가를 세운 모든 오지를 '미션'이라 부르는 습관 때문이었다. 그리고 미션이라는 단어가 대중에겐 그리 큰 호기심을 불러일으키지 않아서 나는 많은 것에 대해 침묵할 수 있다. 따라서 내가 팔려는 것은 비행하는 동안 복습한 꾸며낸 이야기다. 잔인하다기보다는 의심 많은 부족의 포로로 잡혀 있다가 도망쳐 밀림을 수백 킬로미터 가로지른 끝에 드디어 길을 잃고 허기진 상태로 그들이 나를 발견한 '미션'에 도달한 것이다. 내 여행가방 안에는 남미 작가가 쓴 유명한 소설이 있었는데, 거기에는 짐승과 나무의 이름, 원주민 전설과 옛날에 일어난 사건 등 내 이야기를 그럴싸하게 꾸미는 데 필요한 모든 것이 들어 있었다. 내 글에 대한 대가를 받아 루스가 한 삼십년 정도는 편히 살 수 있는 금액을 보장한 뒤 이혼을 제안하면 죄책감을 덜 수 있을 것이다. 왜냐하면 내 상황이 그녀의 임신 ── 갑작스레 무대를 떠나 나와 가까워질 필요성을 느낀 것을 설명해주는 ── 가능성과 함께 도덕적으로 더욱 나빠진 것은 의심의 여지가 없기 때문이다. 가장 끔찍한 폭압과 싸워야 할 것 같다, 사랑받기를 원치 않는 이에게 사랑하는 이들이 보여주는, 폭력을 무장해제하고 비난의 말을 침묵시키는 엄청난 애정과 겸손이라는 폭압과. 내가 치러야 하는 이런 싸움에서, 나가라고 문을 가리키기 전에 모든 잘못을 인정하고 지레 용서를 비는 이처럼 강력한 적은 없다.

비행기 트랩을 내려서자마자 루스의 입술이 와닿고, 열린 코트 자락 사이로 나를 찾는 그녀의 육체가 느껴진다. 그녀가 걸친 얇은 옷 너머로 가슴과 아랫배가 내게 닿고, 그녀는 내 어깨에 기대어 흐느끼기 시작한다. 해 질 무렵의 비행장이 깨진 거울 같은 수천개의 플래시 불빛으로 눈이 부시다. 그런데 큐레이터가 막 도착해 감격에 겨워 나를 껴안는다. 총장과 학장을 비롯한 대학측 대표단의 도착도 이어진다. 정부와 지자체의 고위 관계자들과 신문사 편집장—도예가와 무용가와 함께 엑스티에이치도 있는 듯한데?— 그리고 마지막으로 우리 스튜디오 직원들과 회사 사장과 홍보부장—벌써 완전히 취한—이 도착한다. 나를 둘러싼 혼란과 소란 속에서 이미 잊고 있던 얼굴들이 마치 저 먼 곳으로부터 오듯 떠오르는 것을 본다. 공통의 직업이나 일에 관련된 영역에서 몇년씩 가까이 지냈지만 잠깐 안 봤다고 이름과 그들이 하는 말소리와 함께 사라져버린 수많은 얼굴들. 그런 유령 같은 존재들에 둘러싸여 나는 시청에서 열릴 환영회로 향한다. 그리고 이제 초상화 전시실의 샹들리에 아래에서 루스를 보니, 그녀는 자기 인생 최고의 역할을 연기하고 있는 것 같다. 끝없는 아라베스크 장식을 묶었다 풀었다 하며 조금씩 극의 중심, 회전축이 되어 다른 여인들로부터 모든 관심을 빼앗으며 발레리나의 날렵함과 우아함으로 가정주부 역할을 맡는다. 그녀는 여기저기를 다니고 모든 곳에 있다. 기둥 뒤로 미끄러지듯 사라졌다 신출귀몰하게 다른 곳에 나타난다. 사진사가 그녀를 뒤쫓자 포즈를 취한다. 핸드백에서 운 좋게도 알약을 찾아 두통을 낫게 한다. 과자나 술잔을 들고 내게 돌아와 일초 정도 감격에 차서 바라보다가 슬쩍 친밀한 몸짓으로 나를 스치면 사람들은 저마다 자기만 그걸 눈치챘다고 생각한다. 왔다 갔다 하며 누군가 셰익스피어를 인용하자 기발한 말 한마디를 건네고, 언론에 짧은 인터뷰를 통해 다음에 내가 밀림에 가게 되면 나와 동행하겠다고 말한다. 뉴스 카메라 앞에 날씬한 몸을 세운 그녀의 연기는 적당한 거리를 유지하면서도 무척 인상적이고 다양하며 암시적이었고, 수천가지 영리한 기술을 동원해 내게 주의를 게을리하지 않는 모습은 이상적인 부부관계의 전형으로 보여 가까이서 보고 있자니 박수를 쳐주고 싶을 정도다. 이 환영회에서 루스는 ― 이번에는 시드는 꽃의 아픔 없이 ― 두번째 신혼의 밤을 살아갈 신부의 떨리는 기쁨을 누리고 있다. 성으로 돌아온 브라반트의 게노베바이자 부부의 침대에 대한 율리시스의 얘기를 듣는 페넬로페[5]다. 믿음과 소망으로 위대해진 그리셀다[6]다. 마침내 그녀의 재주가 바닥나 더이상 반복하다가는 주인공 놀이가 빛을 잃을 수도 있다고 느끼자 그녀는 남편이 힘들고 어려운 고난을 겪어서 단둘이서 휴식을 취하고 싶어한다고 그럴싸하게 둘러대고, 우리는 자리를 뜬다. 몸의 굴곡이 드러나는 옷을 입고 내 팔에 매달려 계단을 내려가는 그녀를 보며 의미심장한 눈짓을 주고받는 남자들 사이를 지나간다. 시청에서 나오니 무대의 막을 내리고 조명만 끄면 될 것 같은 느낌이 들었다. 이 모든 것이 나와는 상관없는 먼 곳의 일처럼 느껴진다. 나는 여기서 아주 먼 곳을 떠돌고 있었다. 사장이 방금 전에 "며칠 더 쉬도록 하지"라고 말했을 때는 감히 내 시간에 대해 무슨 권리나 가진 듯이 생각하는 것이 언짢아서 마뜩잖은 시선으로

----

5 Penelope. 율리시스의 아내. 정절을 지키는 아내의 전형.

6 Griselda. 인내하고 순종하는 아내에 관한 민화의 주인공. 이딸리아 르네상스 초기 뻬뜨라르까(Francesco Petrarca)와 보까치오(Giovanni Boccaccio)가 이 인물에게서 영감을 받았다.

그를 쳐다보았다. 그리고 이제 내 집이었던 장소에 들어서자 마치 타인의 집처럼 느껴진다. 여기 보이는 것 중에 예전과 같은 의미를 지닌 것은 없고, 다시 가지고 싶은 열망도 전혀 생기지 않는다. 서재의 책장에 가지런히 꽂혀 있는 책 가운데 수백권은 이제 죽은 것과 마찬가지다. 이 시대가 생산한 가장 지적이고 섬세한 문학이라 여겼던 것도 그 거짓된 경이로움이라는 무기와 함께 부서져내린다. 이 아파트 특유의 냄새는 내가 두번 다시 살고 싶지 않은 삶으로 나를 돌려보낸다…… 들어오면서 루스는 누군가―분명 이웃 주민이리라―문틈으로 밀어넣은 신문 기사를 줍기 위해 몸을 숙였다. 기사 내용에 그녀가 점점 더 놀라는 것처럼 보인다. 거기에 정신이 팔려 내가 두려워하던 애정 표현이 늦춰지고 그녀에게 무슨 말을 할지 생각할 여유가 생긴 것에 기뻐하고 있을 때, 그녀가 분노에 가득 찬 두 눈을 번득이며 난폭한 몸짓으로 나를 향해 다가온다. 신문지 조각을 건네주는데, 거기서 스캔들 사냥꾼으로 유명한 기자와 대화하는 무슈의 사진을 보고 나는 소름이 끼친다. 기사 제목―삼류 잡지에서 가져온―은 내 여행에 대한 '폭로'였다. 기자는 옛 애인과의 대화 내용을 늘어놓았다. 놀랍게도 그녀는 밀림에서 내 동업자였다고 말한다. 그녀의 말에 따르면 내가 악기학의 관점에서 원시 악기들을 연구할 때 그녀는 점성학적 접근 방식으로 그것들을 관찰했다―알다시피 많은 고대 부족이 그들의 음계를 별자리의 질서와 관련지었기에―는 것이다. 무슈는 무서울 정도로 용감하게, 전문가가 보면 웃음을 터뜨릴 실수를 연발하며 7악장으로 이루어진 기초적인 교향곡 비슷한 주니족[7]의 '빗속의 댄스'

----

7 미국 뉴멕시코주 주니(Zuni) 근처에 거주하는 원주민 부족.

에 대해 이야기하고, 인도 음악의 음계 라가^{raga}를 언급하고, 피타고라스에 대해 이야기하며, 엑스티에이치와 사귀면서 얻은 게 분명한 지식에서 취한 사례를 든다. 그 모든 것에도 불구하고 능수능란하긴 한데, 가짜 교양을 과시함으로써 대중의 눈앞에 자신이 나와 함께 여행한 것을 정당화하고 우리 관계의 실체를 교묘하게 포장하고 있다. 자신을 마치 친구가 맡은 일을 이용해서 원시 원주민들의 우주관을 가까이에서 접하고자 한 점성학 연구자로 소개한다. 끝으로 말라리아에 걸려서 자발적으로 연구를 그만두고 몬살바헤 박사의 카누를 타고 돌아왔다는 이야기로 자신의 소설을 마친다. 더이상은 언급하지 않는데, 이것만으로도 관심 있는 사람이라면 이해하기에 충분하다는 것을 알기 때문이다. 이것은 내가 로사리오와 함께 도망친 것과 아내가 대중의 인기에 힘입어 연기한 아름다운 사기극에 대한 복수에 지나지 않는다. 그리고 그녀가 하지 않은 이야기는 기자가 악의에 찬 빈정거림으로 추론해낸다. 루스가 실제로는 애인과 함께 밀림으로 간 남자를 구하는 데 온 국민을 이용했다는 것이다. 이야기의 모호한 부분은 이제 배신의 기회를 잡아 어둠 속에서 나온 이의 침묵에 의해 증명되었다. 아내의 완벽한 부부 극장은 갑자기 우스꽝스러워져버렸다. 그리고 지금 이 순간 그녀는 말할 수 없는 분노를 담아 나를 바라보고 있다. 그녀의 얼굴은 석고로 만든 비극의 가면 같았고, 냉소적인 미소를 띤 채 아치 모양으로 입꼬리를 내리고 굳어버린 입은 ─평소 콤플렉스가 있어 숨기곤 했던─ 이를 드러내고 있다. 그녀는 마치 무언가 잡고 부술 것을 찾는 듯 떨리는 손을 머리칼 속에 넣어 헤집고 있다. 나는 참을 수 없는 분노로 폭발 직전인 그녀보다 먼저 뭔가를 해야 한다고 생각했고, 구차하지만 거부할 수 없는 돈의 힘을 빌려 며칠 후에 하려던 말을 단번에 해버림으로써 위기를 재촉했다. 그녀의 연극 활동, 다른 모든 것보다 일을 우선시한 것, 육체가 멀어진 것, 일요일이면 행하는 섹스로 전락한 터무니없는 부부 생활이 문제였다고 했다. 그리고 이런 폭로에 구체적인 디테일을 더해야 할 것 같은 복수심에서 어느날 어떻게 그녀의 살이 내게서 멀어졌는지, 그녀라는 존재가 표면적으로는 정당한 이유가 없어 보이는 결별을 고하기 싫어 이미 꽤 오랫동안 끌어온, 그저 지루하게 이행해야 하는 의무의 이미지가 되었는지 말했다. 이어서 무슈에 대해, 별자리로 장식된 그녀의 스튜디오에서의 첫 만남에 대해, 그리고 적어도 그곳에서는 무질서한 젊음과, 내게는 육체적 사랑과 떼어놓을 수 없는 약간은 동물적인 기쁨과 유쾌한 자유분방함을 발견했다고 말했다. 얼굴의 모든 혈관이 파랗게 솟은 루스는 카펫 위에 쓰러져 헐떡이며 견딜 수 없는 작업이 어서 끝나길 바라는 것처럼 신음에 가까운 소리로 겨우 말했다. "계속해…… 계속…… 계속……" 그러나 이제 나는 무슈와 헤어졌고, 그녀의 악행과 거짓말에 환멸을 느끼며, 그녀 삶의 허위와 남을 기만하는 직업, 어리석은 이들의 어리석은 생각에 속아넘어가는 그녀 친구들의 끝없는 혼돈과 거짓을 멸시하게 되었다고 — 진실의 거처에서 오래 머문 뒤 돌아와 새로운 눈을 뜨게 되어 세상을 다시 보게 된 이후 — 말했다. 루스는 내 말을 더 잘 듣기 위해 무릎을 꿇었다. 그리고 나는 당장 그녀의 시선에서 너무 쉬운 동정과 내가 받아들일 수 없는 너그러운 관용의 위험을 보았다. 그녀의 얼굴은 약자의 연약함에 대한 이해로 부드러워졌고, 곧 타락한 자에게 손을 내밀어 흐느낌과 자비와 함께 나를 용서할 것이다. 열린 문 사이로 보이는 잘 정돈된 침대와 최고급 침대보, 탁자 위의 꽃과 나란히 놓여 있는 나와 그

녀의 잠옷은 곧 있을 포옹의 전조였고, 차게 내어놓은 화이트와인
과 함께 아파트 어딘가에 준비되어 있을 위로의 저녁식사 또한 빠
질 수 없을 것이다. 용서가 너무도 가까이 다가온 순간, 나는 최후
의 일격을 가할 때가 왔다고 믿고 로사리오에 대해 말했다. 망연자
실한 루스 앞에 이 예상치 못한 인물을 은밀한 곳에서 소환했고 무
언가 먼 세상의, 독특하고, 이해하기 위해서는 특별한 열쇠가 필요
한, 결국 이곳 사람들로서는 이해 불가인 존재라고 설명했다. 우리
의 법체계와는 다르고 일반적인 방식으로는 이해하기 어려운 존
재로 묘사했다, 사람의 탈을 쓴 불가사의한 존재로, 마치 기사단의
비밀에 대해 침묵해야 하듯 그 실체에 대해 침묵해야 하는 존재로.
이 친숙한 방을 무대로 한 연극에서 로사리오를 쿤드리[8]처럼 묘사
한 이야기에 더욱 당황스러워하는 아내의 모습을 심술궂게 바라보
면서 나는 로사리오 주위로 펼쳐진 지상낙원을 이야기했는데, 가
빌란이 찾아낸 보아뱀이 사탄의 뱀 역할을 맡았을 것이다. 지어낸
이야기를 말하면서 긴장이 풀린 혀는 내 목소리에 단호하고 확고
한 음색을 더했고, 진정한 위험에 처해 위협당하고 있는 것을 알아
차린 루스는 좀더 주의를 집중하기 위해 내 앞에 섰다. 갑자기 '이
혼'이라는 단어를 꺼내자 그녀가 이해를 못 하는 것 같아, 나는 화
내지 않고 되돌릴 수 없는 결정을 내린 사람의 차분하고 단호한 어
조로 여러번 반복해서 말했다. 그러자 큰 비극이 내 앞에 펼쳐졌다.
그 방이 무대가 된 후 삼십분 동안 그녀가 내게 한 말은 차마 떠올
릴 수 없는 것이었다. 내게 가장 깊은 인상을 남긴 것은 그녀의 몸
짓이었다. 자제심을 잃고 내뱉는 말을 강조하는, 경직된 몸에서 집

---

8 Cundrie. 바그너의 오페라 「파르치팔」에 나오는 인물. 성배의 기사를 유혹하는
 아름다운 여인이다.

스를 한 표정으로 움직이는 가느다란 팔의 제스처. 생각해보면 루스의 모든 극적인 자제력과 수년간 같은 역할을 맡은 것, 무대 위에서 자해하고픈 욕망을 줄곧 억눌러온 것, 메데이아의 고통과 분노의 삶을 살아온 것이 한꺼번에 터지면서 그 일인극에서 마침내 구원을 찾은 것은 아닌가 싶다. 하지만 갑자기 그녀는 팔을 늘어뜨리고 심각한 어조로 목소리를 낮추더니 법의 화신으로 변했다. 그녀의 언어는 법원과 변호사, 검사의 언어가 되었다. 몸매를 드러내지 않는 검은 드레스로 인해 더욱 딱딱해 보이는 모습에다 냉정한 고소인의 태도로 경고하기를, 자신에게는 나를 오랫동안 묶어둘 방법이 있고, 이혼 절차는 아주 까다롭고 힘들게 진행될 것이며, 조롱하듯 '너의 아딸라'라고 부른 그녀가 살고 있는 곳으로 내가 돌아가지 못하도록 최대한 절차를 질질 끌고, 가능한 모든 법적 장해물을 마련해두겠다고 했다. 그녀는 냉혹한 권력자, 정의의 화신처럼, 녹색 카펫 위에 세워진, 여성성이 거의 없는 거대한 조각상처럼 보였다. 나는 그녀에게 임신한 것이 사실이냐고 물었다. 그 순간 테미스[10]는 어머니가 되었다. 애절한 몸짓으로 자신의 배를 감싸안으며 마치 나의 철면피함으로부터 보호하려는 듯 자궁에서 태어날 생명을 향해 몸을 굽힌 채 나를 보지도 않고 불쌍하게, 아이처럼 울음을 터뜨렸는데, 어찌나 고통스러워 보였는지 가슴 깊은 곳에서 나오는 그 흐느낌은 신음 소리에 가까웠다. 이윽고 약간 진정이 되었는지 그녀는 먼 무언가를 바라보는 듯 벽에 시선을 고정한 채 힘겹게 일

---

9 프랑스 낭만주의 작가 샤또브리앙(François de Chateaubriand)의 소설 『아딸라』(*Atala*)의 등장인물. 미국 원주민과 에스빠냐인의 혼혈로 결혼하지 않겠다는 신과의 약속을 저버린 데 가책을 받아 자살한다.

10 그리스 신화에서 정의의 여신.

어서더니 자신의 방으로 가 문을 닫았다. 위기에 지쳐 숨 쉴 공기가
필요해진 나는 계단을 내려왔다. 계단 끝에는 거리가 있었다.

35

(시간이 흐른 후)

호흡에 맞춰 걷는 습관을 들인 나는 주위 사람들이 생체리듬을
따르지 않고 넓은 보도를 왔다 갔다 하며 길을 가로지르는 것을 알
고 놀란다. 그런 속도로 걷는 것은 길가의 신호등이 파란불로 바뀔
때에 맞춰 길을 건너고자 하기 때문이다. 몇분 간격으로 지하철역
입구에서 우르르 쏟아져나오는 군중은 이미 빠르게 흘러가고 있
는 거리의 리듬을 더욱 빠른 리듬으로 끊어버리는 것만 같다. 그러
나 신호등이 바뀌기를 기다리는 동안 곧 평소의 분주함으로 되돌
아간다. 이런 대중의 움직임에 스스로를 맞출 수 없는 나는 쇼윈도
에 붙어서 아주 천천히 걷기로 했는데, 상점들이 늘어선 쪽으로는
노인이나 장애인, 또는 급한 볼일이 없는 사람들을 위한 공간 비
슷한 것이 있기 때문이다. 그러다 두 상점 사이나 두 건물 사이 좁
은 공간에서 미라를 세워놓은 것처럼 넋을 잃고 쉬고 있는 사람들
을 발견한다. 건물 틈새에 밀랍처럼 창백한 안색의 여인이 있고, 붉
은 벽돌로 된 출입구에는 허름한 외투를 걸친 흑인이 방금 산 오카
리나를 불어보고 있다. 지면이 푹 꺼진 구덩이에서는 기대어 선 채
로 잠이 든 술주정뱅이의 다리 사이에서 개 한마리가 추위에 떨고
있다. 향 연기가 은은한 그림자를 드리우고 느린 오르간 연주 소

리가 나를 매혹하는 성당에 도착한다. 둥근 지붕 아래 전례典禮 라틴어가 깊은 울림을 가지고 퍼진다. 미사를 집도하는 사제를 향한, 노란 촛불에 어른거리는 얼굴들을 바라본다. 이 밤의 미사에 열정으로 참여한 이들 중 사제의 말을 한마디라도 이해하는 이는 아무도 없다. 설교의 아름다움도 알지 못한다. 이제 학교에서는 쓸모없는 언어라고 라틴어를 가르치지 않기에, 여기서 보는 이것은 간극이 커져가는 오해의 연출이자 연극이었다. 해가 거듭될수록 제단과 신자들 사이에는 죽은 말들로 가득 찬 웅덩이가 깊어진다. 이미 「그레고리오성가」가 울려퍼지고 있다. "종려나무처럼, 레바논의 백향목처럼 주님의 집에 심겼음이라, 하느님의 궁정에서 흥하고 번창하리로다."(Justus ut palma florebit: ─Sicut cedrus Libani multiplicabitur: ─plantatus in domo Domini, ─in atriis domus Dei nostri.) 이곳에 모인 이들이 이해하기 어려운 강론에 더해 이제 더이상 음악이 아닌 음악이 흘러나온다. 들리긴 하지만 아무도 듣지 않는 노래, 단지 죽은 말과 함께할 뿐 들리긴 해도 듣지 않는 노래. 이곳에 모인 남녀에게 자신들이 모르는 언어로 예배를 드리고 노래를 듣는 것이 얼마나 이상하고 낯선 일인지 생각하며, 아무 생각 없이 이런 의식에 참석하는 이들의 인식의 결여가 그들이 행하는 거의 모든 일에서 공통된 성질이란 것을 깨닫는다. 이곳에서 결혼을 하고 반지를 주고받으며 결혼의 증표로 열세개의 동전을 건네고 하객들이 던지는 쌀을 머리에 맞으면서, 정작 그런 행위가 지니는 천년의 상징성에 대해서는 무지하다. 주현절主顯節에 먹는 타원형 빵에서 콩을 찾아내고 세례식에는 아몬드를 가져가며 소나무를 전구와 천일홍으로 장식하지만, 정작 콩이나 아몬드, 장식한 나무가 무엇을 뜻하는지는 모른다. 이곳 사람들은 그 기원은 이미 오래전에 잊힌 — 마흔세기 전부터 사용되지 않는 글로 뒤덮인, 알수 없는 용도를 가진 물건들을 수집하는 것 따위 — 집단의 반사적인 반응으로 행하는 행위로서 전통을 지키는 것에 자부심을 느낀다. 이와 반대로 이제 내가 돌아갈 세계에서는 의미를 알 수 없는 몸짓은 하지 않는다. 무덤 위에서의 저녁식사나 집의 정화淨化, 가면을 쓴 춤, 약초 목욕, 충성의 서약, 위협하는 춤, 베일에 덮인 거울, 화해의 타악기 연주, 성체축일의 악마의 춤은 모두 의미를 지니고 있으며 영향관계를 계산한 행위들이다. 고개를 들어 광장 한가운데 고대 신전처럼 서 있는 공공도서관의 프리즈를 올려다본다. 트리글리프 사이 소 머리를 새긴 조각가는 아마도 옛 건축물을 본뜬 그 장식이 집안의 가장이 자신의 집 현관 위에 자랑스레 걸어둔 사냥의 전리품을 상징한다는 것을 알지 못했을 것이다. 도시로 돌아온 나는 이곳이 유적이라 불리는 곳보다 더 망가진 유적으로 가득 차 있는 것을 발견한다. 모든 곳에서 이 시대의 마지막 고전 조각을 새긴 병든 기둥과 신음하는 건물, 신新건축이 새로운 형식이나 위대한 양식으로 대체하지 못하고 포기한 형식 안에서 말라버린 르네상스의 마지막 아칸서스무늬를 본다. 빨라디오[11]의 아름다운 작품, 보로미니[12]의 화려한 곡선 작업은 옛 문화의 조각들로 짜맞춘 외벽에서 모든 의미를 잃었고 곧 시멘트 속에서 익사해버릴 것이다. 그 시멘트 길에서 먹을 것을 주는 회사에 그들의 시간 중또다른 하루를 판 사람들이 지친 모습으로 나온다. 또다른 하루를 제대로 살지도 못한 채 살았고, 이제 내일 또다시 제대로 살지 못

---

11 Andrea Palladio(1508~80). 이딸리아의 건축가로 후기 르네상스의 대표자.

12 Francesco Borromini(1599~1667). 이딸리아의 건축가이자 조각가. 바로크 전성기의 대표적 인물.

할 하루를 살기 위해 휴식을 취할 것이다―예전에 이 시간이면 내가 그랬듯―술과 춤으로 도망쳐 다음 날 태양 아래서 더 외롭고, 슬프고, 지치지 않는다면. 무슈와 함께 자주 잔을 기울였던, 고딕체로 된 네온사인이 반짝이는 베누스베르크 앞에 도착했다. 놀러 온 이들을 따라 지하로 내려가자 벽에는 공기가 부족한 듯한 황무지와 뼛조각, 무너진 아치, 타는 이 없는 자전거, 남근석처럼 보이는 기둥이 그려져 있고, 그 가운데 냉혹한 고르고네스의 존재를 모르는 것 같은, 갈빗대가 부러지고 창자는 녹색 개미가 먹어치웠으며 반쯤 살가죽이 벗겨진 노인들이 절망에 지친 듯 서 있다. 그 뒤로는 그리스 신전의 처마 위에 메트로놈과 모래시계, 달팽이 한 마리가 놓여 있다. 신전의 기둥은 검은 스타킹을 신고 붉은 가터벨트가 발목 부위를 감싼 여인의 다리이다. 오케스트라석은 나무와 석회, 금속 조각으로 만들었고 조명이 작은 동굴들을 비추고 있는데, 그 안에는 석고로 된 두상, 해마, 해부대와 회전판 위에 놓인 젖가슴 모양의 밀랍 모빌이 있어 한바퀴 회전할 때마다 젖꼭지가 그 옆 대리석 손의 가운뎃손가락을 스치게 되어 있었다. 좀더 큰 동굴에는 루이스 데 바비에라와 마부 호르니히, 로미오 복장을 한 배우 요제프 카인츠[13]의 확대한 사진이 바그너풍의 왕궁―로코코보다는 뮌헨 스타일에 가까운―그림과 함께 걸려 있었다. 이 왕의 광기는 특정 집단 사이에서는 유행처럼 인기를 끌었는데, 지금은 유행에 뒤처진 것이 되었지만 무슈는 여전히 '부르주아 정신'이라 부

<hr />

13 루이스 데 바비에라는 루트비히 2세(Ludwig II, 1845~86)를 말한다. 바그너의 후원자이자 친구로 미치광이 왕이라 불렸다. 호르니히(Richard Hornig)는 그의 마부, 요제프 카인츠(Josef Kainz)는 루트비히 2세가 자신만을 위해 연기하도록 고용한 오스트리아 배우로 루트비히 2세와 연인 관계였다.

르는 것에 저항하는 의미로 추종했다. 천장은 곰팡이로 군데군데 초록빛으로 얼룩져 동굴 천장을 흉내 내고 있다. 주변을 파악한 뒤 주위 사람들을 살펴본다. 댄스홀에는 서로 팔과 다리를 맞댄 사람들이 어둠 속에서 뒤섞여 내부로부터 터져나오는 마그마나 용암처럼 리듬에 따라 블루스를 추며 흐느적거린다. 이제 불이 꺼지고 실크나 모직 같은 얇은 천 사이로 이어지는 포옹과 접촉을 부추기는 어둠이 어딘지 지하세계의 의식이나 대지를 밟는 춤 — 밟을 대지도 없지만 — 과 비슷한 무리의 움직임에 새로운 서글픔을 더한다. 다시 거리로 나온 나는 이 사람들을 위해 광장 한가운데 소똥으로 품격이 높아진 기단 위에 선, 노련하게 암소를 덮치는 발정 난 황소상을 상상해본다. 어느 화랑의 쇼윈도 앞에 멈춰 선다. 오늘날 많은 화가들이 잃어버린 표현력의 비밀을 찾기 위해 — 우리 세대의 수많은 작곡가들이 본능적 에너지를 그리워하여 타악기를 과도하게 사용하면서 원시 리듬의 근원적 힘을 추구하는 것과 마찬가지로 — 더이상 숭배자가 없어 의미를 잃은 죽은 우상들의 불가사의하고 무서운 얼굴을 추구하고 있다. 지친 문화는 이십년 이상을 이성에 의지하지 않는 열정을 부추김으로써 새로운 수맥을 발견하고 젊음을 되찾고자 노력해왔다. 그러나 이제 내게는 손안에 쥐고 있는 물건의 진정한 의미도 모르면서 『방법서설』의 도시를 향해 반디아가라[14]의 가면과 아프리카의 이베이스[15], 장식용 징을 박은 주물을 흔드는 사람들의 시도가 우습기만 하다. 그들은 고유의 영역에서 의식을 행할 때 결코 '야만적'인 적이 없었던 것들에서 야만

---

14 Bandiagara. 아름다운 전통 가면을 제작하는 아프리카 말리의 지역명.
15 Ibeyí / Ibeji. 나이지리아 남부 기니만 근처에 사는 요루바(Yoruba)족의 신앙에서 쌍둥이 신 오리샤의 이름.

성을 찾고 있었다. 그것들을 '야만적'이라고 평가함으로써 그들은 스스로를 자신들이 추구하는 진실에 반灰하는 자리, 데까르뜨적인 바로 그 자리에 위치시켰다. 그들은 원시시대에 음악적 용도로 결코 쓰이지 않았을 리듬을 모방해서 죽어가는 서양 음악에 다시 활기를 불어넣으려 했다. 밀림과 그곳의 결단력 있는 사람들, 우발적인 만남과 아직 흐르지 않은 시간이, 내 서재에 영원히 죽은 채 꽂혀 있는 수많은 책들보다 내 예술의 본질과 특정 텍스트의 깊은 의미와 미지의 어떤 길의 위대함에 대해 시사하는 바가 훨씬 크다는 생각을 한다. 아델란따도를 보면서 나는 인간이 추구하는 가장 위대한 작업은 운명을 개척해나가는 것이라는 걸 깨달았다. 나를 둘러싼, 미친 듯이 달려가는 이곳의 군중 속에서 많은 얼굴을 보지만 운명은 거의 보이지 않기 때문이다. 그 얼굴들 뒤에는 깊은 욕망, 어떤 반항이나 충동도 항상 두려움에 묶여 있기 때문이다. 질책을 두려워하고, 시간과 뉴스를 두려워하고, 속박을 다양화하는 집단성을 두려워하고, 자신의 몸을, 공개적인 제재와 대중의 비난하는 손가락질을 두려워한다. 정액을 받아들이는 자궁을 두려워하고, 과일과 물을, 날짜와 법을, 슬로건과 실수를, 봉인된 봉투를, 일어날 수 있는 일을 두려워한다. 이 거리는 나를 요한계시록의 세계로 돌려보냈는데, 모든 것이 여섯번째 봉인이 풀리기 — 달이 핏빛으로 변하고 별들이 무화과처럼 떨어지며 섬들이 제자리에서 옮겨지는 순간 — 를[16] 기다리는 것만 같다. 쇼윈도에 진열된 책 표지와 제목, 옛날 양식의 건물 처마 장식 위를 흘러가는 문자, 허공에 떠워진 문구, 모든 것이 그것을 예고하고 있다. 마치 이 미로와 또다

---

16 요한계시록 6:12~14.

른 유사한 미로의 시간을 미리 재고, 그 무게를 달고, 나눈 것만 같다. 이 순간, 그래도 나를 안도하게 하는 것은 아델란따도를 통해 알게 된 밀림과 아눈시아시온 항구 선술집의 기억이다. 레몬과 소금을 곁들여 마신 독한 사탕수수 술맛이 입안에 감돌고, 머릿속에서 그림자와 천일홍으로 장식된 글자가 그곳의 이름, '미래의 추억'을 그리는 것만 같다. 나는 ─ 허락된 유토피아의 광대한 땅, 실재할 수 있는 이까리아섬[17]의 ─ 미래를 기억하면서 이곳에 잠시 살고 있다. 왜냐하면 여행이 내게 과거와 현재, 미래의 개념을 뒤섞었기 때문이다. 사람이 살면서 그것을 살펴보기 전에는 어제가 될 이것이 현재가 될 수 없다. 품위도 없고, 모든 것이 태어난 지 몇시간 지나지 않아 지치고 늙어버리는 이 차가운 기하학은 현재가 될 수 없다. 이제 나는 오직 훼손되지 않은 본래 그대로의 현재만 믿는다. 창세기의 빛에 앞서 창조된 것의 미래만 믿는다. 인간-말벌이나 인간-무존재 상태를 거부하고, 내 존재의 리듬이 갤리선 감독의 망치에 따라 정해지는 것은 받아들이지 않는다.

36

(10월 20일)

석달 전 아무런 설명도 없이 내 원고가 반송되어 왔을 때, 나는

---

17 그리스 신화에서 이카로스가 떨어져 죽었다는 섬. 프랑스 사회주의자 에띠엔 까베(Étienne Cabet)가 1840년 저서 『이까리아 여행』(Voyage en Icarie)에서 유토피아로 그렸다.

충격으로 다리가 후들거리며 온몸이 떨렸다. 이혼 소식이 전해지면서 나는 함정에 빠졌다. 범법자, 가증스런 인물로 보는 종교인들과 대중 앞에서, 신문은 나의 구조를 위해 지출한 비용과 귀환을 둘러싼 소란을 용서하지 않았다. 결국 나는 내 이야기를 삼류 잡지에 푼돈을 받고 팔아야 했고, 때마침 국제적인 이슈 하나가 터져서 내 사건은 묻혀버리고 말았다. 그리고 붉은 립스틱을 칠하는 대신 검은 옷을 입고 법정의 판사 앞에서 가슴과 자궁에 상처 입은 아내 역할을 연기하는 루스와의 싸움이 시작되었다. 임신에 관한 것은 거짓 경고에 불과했다. 그러나 그것으로 내 사건은 단순해지는 대신 오히려 조금 더 복잡해졌는데, 그녀의 영리한 변호사가 조금만 위험한 징후가 보여도 루스가 연극 무대를 포기하려 했던 점을 최대한 강조했기 때문이다. 따라서 나는 바로 성경에 나오는 비난받아 마땅한 남자, 집을 짓되 거기에 살지 않고, 포도원에 씨를 뿌리되 수확을 하지 않는 이가 되었다. 기계적으로 연기해야 했던 까닭에 루스를 그토록 괴롭혔던 「남북전쟁」의 무대는 예술의 성지, 그녀의 경력상 진정으로 추구했던 길로 바뀌었고, 그녀는 그 모든 영광과 명성을 나와의 인생을 살아가기 위해 한치의 망설임 없이 포기했는데 내 부도덕한 행동으로 인해 그 모든 것이 헛되게 되어버린 것이었다. 아내가 시간을 그녀의 편으로 만들고 내게 도피를 잊고 예전의 삶으로 돌아오게 하려고 끝없이 주장하는 그 복잡한 줄거리 속에서 나는 질 수밖에 없었다. 결과적으로 그녀는 잘 짜인 거대한 희극에서 최고의 역을 맡았으며, 무슈는 무대에서 빠져버렸다. 그렇게 석달 전부터 매일 오후 같은 길목을 돌아 이 층 저 층을 다니며 문을 열고, 기다리고, 서기들에게 질문을 하고, 내게 서명을 요구하면 그 서류에 서명을 하고, 다시 간판의 불빛으로 붉어진 도로에 서 있는 나를 발견하는 것이었다. 변호사는 이제 나를 불쾌한 기색으로 맞이하고 내 초조함에 짜증을 내는 동시에, 전문가의 시각으로 봤을 때 이혼 비용을 감당하기가 점점 더 어려워질 것이라고 경고한다. 사실 나는 큰 호텔에서 학생들이 묵는 호텔로, 거기서 다시 14번가의 여관으로 옮겼는데, 이곳의 카펫은 찌든 마가린과 기름 냄새를 풍겼다. 일하던 광고회사도 나의 복귀가 늦어지자 부하 직원이던 우고를 스튜디오 팀장으로 승진시켰다. 다른 직업을 구해보려 했지만 일자리 하나에 백명이 지원하는 이 도시에서는 아무런 성과가 없었다. 이혼을 하거나 말거나 이곳에서 도망칠 것이다. 그러나 아눈시아시온 항구까지 가기 위해서는 돈이 필요했고 시간이 지남에 따라 돈은 더 중요해지고 더 많이 필요했지만, 구할 수 있는 것은 악기를 연주하는 작은 일뿐이었고 수당을 받을 때면 일주일 후에는 또다시 빈털터리가 될 것을 알기에 아무 의욕 없이 그 일을 했다. 도시는 나를 떠나지 못하게 한다. 도시의 거리들은 커다란 덩어리로, 그물망의 줄처럼 얽히고설켜서 저 높은 곳에서부터 나를 내던지는 것만 같다. 한주 한주 지날 때마다 나는 밤이면 단벌 셔츠를 빨고 구멍 난 신발로 눈길을 헤치며 걷고 담배꽁초를 주워 피우며 벽장식 주방에서 요리를 하는 이들의 세계에 점점 더 가까워졌다. 아직 극한의 상태에 이르지는 않았지만 알코올의 잔향과 알루미늄 냄비, 귀리 봉지는 내 살림의 일부가 되었고, 내가 두려워하는 어떤 상황을 예고하고 있다. 매일 침대에 누워 『포폴부』와 잉까 가르실라소[18], 세르반도 데 까스띠예호스의 여행 같은 멋진 이야기를 읽으며 나를 위협하는 것들을 잊으려 한다.

---

18 Inca Garcilaso de la Vega(1539~1616). 뻬루의 작가이자 역사가. 대표작으로 『잉카 왕조사』(*Los comentarios reales de los Incas*)가 있다.

기묘한 우연들이 수렴되어 큰 잡음 없이 방향과 길이 뒤집히고 바뀐 날, 어머니 이름의 첫 글자가 새겨진 벨벳 표지의 『성인들의 생애』를 펼치다 책이 바닥에 떨어지면서 우연히 눈에 띈 대목, 성녀 로사 전기를 찾아 읽는다. 그리고 상처를 쿡쿡 찌르는 것 같은 암시로 가득 찬 그 다정한 구절을 읽을 때마다 매번 더 큰 애절함을 느낀다.

아아 가련한 나! 내 사랑하는 이를
누가 못 오게 하시나?
늦어져서 정오인데,
아직 안 오시네.

로사리오에 대한 기억으로 참기 어려운 아픔이 살을 저밀 때면 하염없이 산책하는데, 이미 안개 속에 잠든 가을의 퀴퀴한 나무 냄새가 조금은 나를 진정해주는 센트럴파크로 항상 향하게 된다. 비에 젖은 나무둥치를 만지면 우리가 마지막으로 불을 지폈던 젖은 장작을 떠올리게 된다. 매운 연기로 인해 '당신의 여인'이 웃고 눈물지으며 창가에서 숨을 들이마셔야 했던 그 장작. '전나무의 춤'[19]을 바라보며 뾰족한 가시의 움직임 속에서 어떤 좋은 징조를 찾고자 한다. 나를 기다리는 그곳으로 가는 것 외에 다른 것은 생각할 수가 없다보니 매일 아침 제일 먼저 만나는 것에서 어떤 징조를 읽으려 하는 것이다. 거미는 유리장에 전시된 뱀가죽과 마찬가지로 불길한 징조지만 내게 다가와 쓰다듬어주기를 기다리는 개는 좋은

---

19 까치나(Kachina) 원주민들의 춤 가운데 전나무 가지를 써서 집으로의 귀향을 기원하는 춤이 있다.

징조였다. 신문의 별자리 운세를 읽는다. 모든 것에서 징조를 찾는 다. 어젯밤에는 성당처럼 아주 높은 벽이 있고 기둥 사이에 죄수를 매다는 줄이 늘어뜨려진 감옥에 갇힌 꿈을 꾸었다. 마치 두개의 반 사거울에 비친 물체처럼 위로 올라갈수록 살짝 굴절된 두꺼운 아 치형 천장도 있었다. 마지막으로 말발굽 소리가 낮게 울리는 어두 운 지하 감옥이 있었다. 판화의 색채를 띤 그 모든 것으로 인해 눈 을 뜨자 박물관의 기억이 나를 삐라네시[20]의 「상상의 감옥」의 포 로로 만들었다는 생각이 들었다. 이것에 대해 더이상 생각하지 않 았다. 그러나 밤이 되자 서점에 들러 꿈의 해석에 관한 책들을 들 춰본다. "감옥. 이집트: 상황을 확인하다. 신비학: 기대하거나 원하 지 않는 이의 사랑이 기다리고 있다. 정신분석학: 벗어나야 할 상 황, 물건이나 사람들과 관련이 있다." 익숙한 향수 냄새에 놀라서 보니, 가까운 거울 속에서 한 여인의 형체가 내게 다가선다. 무슈 가 내 옆에 서서 조롱하듯이 책을 들여다보고 있다. 그녀의 목소리 가 들린다. "상담을 원한다면 당신에겐 지인 할인가를 적용하지." 거리가 가까이 있다. 일곱, 여덟, 아홉걸음만 떼면 바깥이다. 그녀 와 말하고 싶지 않다. 그녀의 말을 듣고 싶지 않다. 언쟁하고 싶지 않다. 그녀는 지금 나를 괴롭히는 모든 일의 원흉이다. 그러나 그와 동시에 허벅지와 둔부의 익숙한 부드러움, 사타구니를 타고 올라 가는 듯한 자극이 있다. 확실한 욕망이나 흥분이 아니라 차라리 근 육의 승복, 자극 앞에 약해지는 감각이었고 이는 사춘기 시절 싸워 버티려는 정신에 반해 내 육체를 매음굴로 이끌던 그 감각과 닮아 있었다. 그럴 때면 나는 내면의 패배를 인정해야 했고 그 기억은

---

20 Giovanni Battista Piranesi(1720~78). 이딸리아의 화가. 판화와 풍경화가 유명하 며 「상상의 감옥」(Carceri d'invenzione) 연작은 그의 대표작이다.

이후 말할 수 없는 괴로움을 주었다. 겁에 질린 정신이 신을 의지하고, 어머니의 기억에 매달리며, 성병으로 위협하고, 주기도문을 외우는 동안, 발걸음은 느리고 단호하게 빨간 리본으로 장식한 침대 시트가 있는 방을 향했고, 대리석 화장대 위의 뒤섞인 향수 냄새를 맡는 순간 내 의지는 섹스 앞에 무릎을 꿇고 영혼을 어둠 속에 홀로 내버려두리라는 것을 알고 있었다. 그러고 나면 내 정신은 육체에 화가 나서 밤이 되기까지 그와 싸움을 벌였고, 결국에는 함께 쉬어야 한다는 의무감으로 기도를 하고 이어질 며칠간의 회개를 준비하며 음욕의 죄를 벌하는 기분과 고통을 기다렸다. 성 니콜라우스 성당의 붉은 벽을 옆에 두고 무슈와 함께 걷고 있는 나 자신을 보자 그 사춘기 때의 싸움이 되살아나는 것을 느꼈다. 그녀는 양심의 가책을 느끼는 듯 빠르게 말을 이었는데, 신문에서 만들어낸 소동은 자신의 잘못이 아니고, 자신은 자신의 믿음을 이용한 기자의 희생양이었다는 것 등등이었다. 물론 순진한 눈으로 나를 똑바로 보며 거짓말을 하는 평소의 능력을 잃지 않았다. 그녀는 말라리아에 걸렸을 때 내가 한 행동을 비난하지 않았으며 진짜 악기를 찾기 위한 노력이었다고 너그럽게 평가했다. 내가 그리스인의 오두막에서 맨 처음 로사리오를 안았을 때 그녀는 사실 고열에 시달리고 있었던 만큼, 그녀가 우리를 실제로 보았는지 나는 확신이 서지 않았다. 슬프게도 오늘 밤 그녀와 함께 있는 것을 견디는 것은 누군가와 이야기를 나누기 위해, 흐릿한 불빛에 마가린 냄새를 풍기는 내 방에서 맴돌면서 혼자 있지 않기 위해서였다. 유혹하려는 그녀의 시도에 넘어가지 않겠다고 결심한 나는 여전히 단골로 대접받는 베누스베르크로 향했다. 그러면 현재의 내 비참한 상황을 고백하지 않아도 되고 술도 적당히 마실 수 있을 것이었다. 그러나 그 모든 것에도 불구하고 결국 알코올이 내 의지를 약하게 만들었고 얼마 지나지 않아 그녀의 별자리 운세를 보는 스튜디오에 있는 나를 발견했다. 무슈는 내 잔을 여러번 채웠고 편한 옷으로 갈아입어도 되느냐고 허락을 구했는데, 어떤 결과도 가져오지 않을 유희를 거부하는 나를 고집쟁이라고 불렀다. 이제부터 하는 행위는 아무런 구속력을 갖지 않을 것이라고 말하며 영악하게 행동하여 결국 나는 그녀의 요구에 응하게 되었는데, 내게 익숙하지 않은 몇주간의 금욕 생활 탓이 컸다. 몇분 후 나는 이미 육체를 감싼 두 존재를 하나로 잇는 것이 없고 이별만이 확실한 상태에서, 더이상 새로울 것 없이 살을 섞는 이들의 피로와 실망감을 알게 되었다. 스스로 화가 나고 서글퍼진 채 경멸감으로 다시 바라본 육체에서 전보다 더한 외로움을 느꼈다. 술집에서 만나 돈으로 사는 어떤 창녀라도 이보다는 나을 것이었다. 열린 문틈으로 스튜디오의 그림들이 보였다. "이 여행은 벽에 그려져 있어." 우리가 떠나기 전날 밤 무슈는 사수자리와 아르고스호, 베레니케의 머리털자리에서 징조를 보고 말했었다. 이제 그 모든 것의 불길한 느낌이 —그런 게 있다면— 놀랄 만큼 명확하게 느껴졌다. 베레니케의 머리털자리는 한번도 자르지 않은 자연 그대로의 머리카락을 지닌 로사리오였고, 루스는 직업상 나의 악기라 할 수 있는 피아노 뒤에 위협적으로 서 있는 히드라로, 내 작곡을 방해하는 존재이다. 무슈는 내 침묵이, 다시 맺은 관계에 대한 나의 무관심이 긍정의 표현이 아니라는 것을 느꼈다. 상념에서 벗어나고자 탁자 위에 있던 책 한권을 집어들었다. 무슈가 귀국 비행기 안에서 몇시간 동안 옆자리에 앉은 흑인 수녀 때문에 구독하게 된 작은 종교 잡지였다. 무슈는 웃으면서 기상 악화로 인해 여호와가 진정한 신인지 의구심이 들어 구독하게 된 거라고 설명했다. 그녀는 싸구려 종이에 인쇄된 허름한 선교 잡지를 내 손 위에 펼쳤다. "우리가 만난 그 카푸친 수도회 수사에 대한 얘기 같아. 여기 사진이 있어." 두꺼운 검은색 테두리 안에 잉까 가르실라소의 책과 『포폴부』, 오래전에 찍은 게 분명한 뻬드로 수사의 사진이 있었는데, 희끗희끗한 수염에도 불구하고 아직 젊은 모습이었다. 점점 커지는 흥분과 함께 수사가 예전에 암각화가 있는 절벽에서 내게 가리켜 보였던 야만적인 원주민의 땅으로 갔다는 사실을 알게 되었다.

아눈시아시온 항구에 최근에 도착한 금 채굴업자 ─ 기사에 의하면 ─ 가 알려주길, 심하게 절단되고 훼손된 뻬드로 데 에네스뜨로사의 시신이 강에 떠 있는 카누에서 발견되었고, 그 카누는 살인자들이 무서운 경고의 의미를 담아 백인들의 땅에 닿으라고 강으로 떠내려 보낸 것이라고 했다. 나는 재빨리 옷을 입고 무슈의 질문에 대답하지 않은 채 도망쳐나왔고, 이제 다시는 그 집으로 돌아가지 않으리라는 것을 짐작했다. 새벽 무렵까지 인기척 없는 시장과 은행, 침묵에 잠긴 장례식장과 잠든 병원 사이를 걸어다녔다. 가만히 있을 수가 없어서 해가 뜨자마자 페리를 타고 강을 건너 호보컨[21]의 상점가와 세관 사이를 걸었다. 내 생각에 살인자들은 뻬드로 수사에게 화살을 쏜 후 옷을 벗기고 마른 갈비뼈를 규석 위에 올려놓고서 오래된 제사 의식처럼 심장을 도려냈을 것이다. 어쩌면 거세를 했거나, 소고기처럼 가죽을 벗기고 각지게 잘라 잘게 썰었을 수도 있다. 그 늙은 육체에 행해졌을 잔인한 행위와 피비린내 나는 살육, 최악의 폭력을 상상할 수 있었다. 그러나 그 끔찍한 죽음은

---

21 Hoboken. 뉴저지의 도시. 허드슨강을 사이에 두고 뉴욕과 마주 본다.

왜 죽는지 모르면서 어머니를 부르거나 더이상 코와 뺨의 형체도 알아볼 수 없는 얼굴을 손으로 부여잡고 죽음으로부터 도망치려는 이의 죽음에서 느꼈던 그런 공포를 주지는 않았다. 뻬드로 데 에네스뜨로사 수사는 인간이 스스로에게 줄 수 있는 가장 위대한 보상을 얻은 것이다. 스스로 죽음을 찾아 길을 떠나고 도전하여, 화살을 맞아 죽음으로써 승리한 성 세바스티아누스와 마찬가지로 싸움에서 패함으로써 이긴 것이다. 죽음의 혼란과 최후 승복이었다.

37

(12월 8일)

나를 안내하던 소년이 집을 가리키며 그곳이 새 여관이라고 말했을 때, 나는 놀라움과 아픔을 느끼며 멈춰 섰다. 그 두꺼운 벽 너머, 바람에 흔들리는 풀잎으로 덮인 지붕 아래 로사리오의 아버지를 기리며 하룻밤을 보낸 적이 있었다. 그곳의 넓은 부엌에서 나는 중요한 미래에 대한 불길한 생각을 가지고 처음으로 '당신의 여인'에게 다가섰다. 이제 우리를 향해 다가오는 이는 멜리시오라는 남자로, 왜소증 흑인 여인인 그의 부인이 뒤따르는 짐꾼들로부터 세개의 가방을 받아 종이와 책을 꾹꾹 눌러 담아 터지기 일보 직전인 그것들을 머리에 이고서 전혀 무겁지 않다는 듯 정원을 향해 멀어져갔다. 방은 예전과 같은 상태였는데 다만 오래된 스티커 장식들이 사라졌다. 정원에는 똑같은 관목이, 부엌에는 성당 본당에서처럼 목소리를 울리게 하는 둥그런 항아리가 여전히 자리를 차지

하고 있었다. 하지만 입구의 넓은 거실은 식당 겸 상점으로 변해
구석에는 둘둘 감은 커다란 밧줄 뭉치가 놓여 있었고, 검은 가루와
기름, 방향제가 담긴 깡통과 다른 세기의 질병에나 쓰일 듯한 독특
한 모양의 플라스크 약병이 놓인 선반이 여러개 있었다. 멜리시오
씨는 내게 로사리오의 어머니에게서 이 집을 샀고, 그 어머니는 미
혼인 딸들을 데리고 안데스 너머, 열하루나 열이틀 정도 걸리는 거
리에 사는 그녀의 자매의 집에 살러 갔다고 했다. 도시인들이 위태
로운 운송 수단을 타고 먼 거리를 움직일 때면 두려움을 느끼는 것
과 달리, 이 땅의 사람들은 몇주씩 배나 차를 타고, 둘둘 만 해먹을
어깨에 걸치고서 넓은 세계를 건너는 것을 아주 자연스럽게 여긴
다는 것에 다시 한번 놀란다. 게다가 다른 지역에 가게를 열거나,
강 하구에서 상류 지역으로 옮기거나, 건너는 데 며칠씩 걸리는 평
원의 반대편으로 이사 가는 것도 땅을 울타리도, 경계나 이정표도
없는 곳으로 여기는 이들의 시각에서는 자연스러운 일일 뿐이다.
이곳에서 땅은 원하는 이의 것이다. 강변을 불과 칼을 사용해 정리
하고 네개의 말뚝 위에 담요를 펼치면 그곳은 이미 '농장'이 되고,
스스로 주인이라 주장하는 이의 이름을 가지게 된다, 마치 주기도
문을 외우며 바람에 나뭇가지를 던졌던 고대 정복자들처럼. 그렇
다고 더 부자가 되는 것은 아니다. 그렇지만 아눈시아시온 항구에
서는 스스로를 황금이 묻힌 땅의 숨은 소유자가 아니면 대지주로
여겼다. 통가콩과 바닐라 냄새가 집 안 가득히 퍼져 기분이 좋아진
다. 예전처럼 화톳불 위에서 지글대는 맥의 넓적다리가 도토리 냄
새를 풍기고 있다. 그 화톳불로, 살아 있는 불빛, 춤추는 불꽃, 숯불
의 뜨거운 지혜 속, 회색빛의 재 속에서 빛나는 노년을 발견하는
불똥으로 돌아온 것이다. 왜소증 흑인 여주인 도냐 까실다에게 술

한병과 술잔을 부탁하자 내 탁자는 칠개월 전[22] 내가 이곳에 있었던 것을 추억하려는 모든 이의 것이 되었고, 얼마 지나지 않아 공짜 술을 마시려는 이들이 모여들었다. 그중에 참치와 바다소 잡이 어부, 눈대중으로도 치수에 맞게 관을 잘 짜는 목수, 그리고 산띠아고 데 로스 아기날도스의 구둣방에서 일하는 것에 질려서 쪽배 가득 물물교환 할 상품을 싣고 왕래가 뜸한 강을 거슬러 온 시몬이라는, 원주민의 옆모습을 지닌 행동이 굼뜬 청년도 있었다. 내가 질문을 꺼내자마자 뻬드로 수사의 죽음을 확인해준다. 화살이 가슴을 관통하고 흉부가 절개된 시체를 발견한 것은 야네스의 형제들 중 한명이었다. 야생의 원주민들은 그들의 영토를 짓밟으려는 이들에 대한 엄중한 경고로 훼손한 시체를 작은 배에 실어 물에 띄워 보냈고, 급류 가장자리에서 그리스인이 이를 발견했을 때는 독수리들이 시체를 뜯어먹고 있었다. "그렇게 죽은 두번째 사람이지요"라며 수염을 기른 수사들 중에도 남자다운 남자들이 있다고 목수가 이야기한다. 내가 운이 없는지, 아델란따도가 겨우 보름 전에 아눈시아시온 항구에 왔었다고들 한다. 그리고 또다시 그가 소유하거나 찾고 있는 보물에 대한 전설이 되풀이된다. 시몬은 아직 사람이 탐험하지 않은 강의 수원지에서 놀랍게도 금을 찾는 대신에 집을 짓고 땅을 일구는 이들이 사는 것을 보았다고 내게 떠벌린다. 다른 이는 세 도시를 건설하고 그 도시를 자기 딸들의 수호성인의 이름을 따서 산따 이네스, 산따 끌라라, 산따 세실리아로 이름 붙인 인물에 대해 알고 있다고 했다. 왜소증 흑인 여주인 도냐 까실다가 우리에게 세번째 독주 병을 가져왔을 때, 시몬은 자신의 카누로 내

---

22 실제로는 육개월이나 원문의 착오다.

가 악기를 발견했던 곳까지 태워주겠다고 제안했다. 나는 여행의 진짜 목적을 말하지 않으려고 또다른 북과 피리를 수집하러 가는 것이라고 한다. 그곳에서 길을 아는, 지난번 여행을 함께 한 원주민 뱃사공들과 목적지까지 갈 것이다. 시몬은 그곳까지 간 적은 없고 어쩌다 멀리서 그란데스 메쎄따스의 일부를 보았을 뿐이다. 하지만 그리스인들의 옛 광산 너머까지 안내해주기로 약속한다. 세시간 동안 강을 거슬러 노를 저어 가서 급류가 시작되는 지점의 나무들의 울타리 — 끈으로 묶인 듯한 나무둥치 벽 — 를 찾아야 한다. 입구를 알리는 나뭇가지로 된 아치형 통로를 표시한 칼자국을 찾을 것이다. 나침반의 도움을 받아 계속해서 동쪽으로 가다보면, 어느날 오후에 내 생에 잊지 못할 폭풍을 겪은 다른 강을 만나게 될 것이다. 악기를 발견한 곳에 닿으면 어떻게 이 동행자를 따돌리고 부족 사람들과 함께할지 생각해야지…… 내일 출발하면 분명히 달콤한 안도감으로 잠들 수 있을 것이다. 더이상 천장의 들보 사이에 줄을 치는 거미들이 나쁜 징조로 여겨지지 않을 것이다. '그곳'에서 — 아, 이제 '그곳'의 모든 것이 얼마나 멀게 느껴지는지! — 모든 희망이 다 사라진 것처럼 보였을 때 법적인 문제가 해결되었고, 영화음악으로 작곡한 시답잖은 낭만적인 협주곡이 성공해 미로의 문을 열어주었다. 마침내 나는 장기간 작업하는 데 필요한 모든 것을 가지고 내가 선택한 땅의 문턱에 이르렀다. 스스로 마음을 다잡으려, 최악의 가능성을 상정하고 그것을 피하기 위해, 막연한 미신을 따라 언젠가는 내가 이곳에서 찾으려 했던 것에 질릴 것이라고 상상해본다. 내 작품이 발표되기를 기다리는 동안 '그곳'으로 돌아가고 싶어질 수도 있다고 생각해본다. 그러자 인정하지 않는 그 사실을 인정하는 척한다는 것을 알면서도 두려움이 나를 엄습한다,

이전까지 보고 겪은, 내 존재를 짓누르는 모든 것에 대한 두려움, 족쇄에 대한 두려움, 말레볼제[23]에 대한 두려움이. 나쁜 음악인 것을 알면서도 또다시 나쁜 음악을 만들고 싶지 않다. 나는 쓸모없는 일과 그저 시끌벅적 떠들기 위해 말하는 사람들, 공허한 나날과 아무 의미 없는 몸짓, 그리고 그 모든 것 위로 도래할 최후의 날로부터 도망치는 것이다. 한시라도 빨리 다시 허벅지 사이를 스쳐가는 산들바람을 느끼고 싶다. 그란데스 메세따스의 차가운 급류에 몸을 담그고, 물 아래에서 나를 감싸는 투명함이 새벽빛에 물들어 연초록으로 변하는 것을 보며 본연의 나로 돌아가고 싶어 안달이 난다. 무엇보다 내 온몸으로 로사리오의 무게를 느끼고, 흥분하여 떨리는 내 살 위로 그녀의 따스함을 접하며, 내 두 손이 기억하는 그녀의 곡선과 어깨, 짧고 굵은 털 속에 숨겨진 깊은 부드러움을 떠올리자 욕망이 솟구쳐올라 거의 고통스러울 지경이었다. 나는 히드라에게서 도망쳐 아르고스호를 타고 떠났으며, 이제 장마도 그쳐 '대홍수의 표지' 기슭에서, 고요한 달빛과 잠에서 깨어난 북풍의 새벽에 의해 정결해진 항아리에 담을 약초를 캐고 있을 베레니케의 머리칼을 지닌 사람을 생각하며 미소 짓는다. 새로 겪은 시험들과 여러곳에서 본 연극과 거짓 때문에, 나는 그녀를 사랑하기 전보다 더 의식이 깨어서 그녀에게 돌아간다. 게다가 이 세상의 왕국[24]에서의 여정에서 중요한 문제가 있다. 따지고 보면 모든 딜레

---

23 Malebolge. 단떼(Dante Alighieri)의 『신곡』(*La Divina Commedia*)에 나오는 지옥 중 제8옥에 있는 어둡고 혼란스런 장소.

24 빌라도의 심문에 대한 예수의 답을 암시한다. "내 왕국은 이 세상 것이 아니다. 만일 내 왕국이 이 세상 것이라면 내 부하들이 싸워서 나를 유다인들의 손에 넘어가지 않게 했을 것이다. 내 왕국은 결코 이 세상 것이 아니다."(요한의 복음서 18:36) 까르뻰띠에르는 1949년에 출간된 자신의 소설에 이를 차용해 제목을 '이

마를 해소하는 유일한 문제, 내가 내 시간의 주인인지, 아니면 갤리선의 노 젓는 사람 역할을 맡아 다른 사람들이 내 시간을 쓰도록 할 것인지를 아는 문제이다. 답은 그들에게 봉사하며 개인적인 삶을 포기할 것인가 하는 내 결심에 달려 있다. 산따 모니까 데 로스 베나도스에서는 눈을 뜨고 있는 동안에 내 시간은 내게 속한 것이었다. 내가 내 걸음의 주인이었고, 내가 원하는 곳에 발걸음을 내디뎠다.

38

(12월 9일)

태양이 나무 위로 떠올랐을 때 우리는 버려진 그리스인들의 옛 광산 근처에 정박했다. 내가 이곳에 머물렀던 것이 겨우 칠개월 전인데 다시 밀림이 모든 것을 장악해버렸다. 내가 처음으로 로사리오를 안았던 오두막은 말 그대로 뚫려버렸는데, 안에서부터 자라난 식물들이 지붕을 들어올리고 벽을 뚫었으며 집의 형태를 구성한 재료인 섬유질과 이파리도 다 썩게 만들었다. 게다가 최근에는 강이 범람해 땅이 잠겨버렸다. 우기가 아닌데도 비가 내렸고, 물이 가장 낮은 곳까지 계속 흘러내려 강변은 밀림의 찌꺼기로 뒤덮여 띠를 이루었으며 그 위로 노란 나비 수천마리가 파닥였는데, 떼를 지어 빽빽하게 날아다니는 통에 지팡이로 아무 데나 치기만 하면 노란 것이 묻어났다. 이걸 보자 아눈시아시온 항구에서 끝없이 연

세상의 왕국'(El reino de este mundo)으로 했다.

결된 날개구름으로 하늘이 어두워지면서 이동 행렬이 이어지던 이유를 알게 되었다. 갑자기 물이 부글거리더니 우리 배 위로 물고기 떼가 튀어올라 서로 부딪히며 납빛 지느러미와 꼬리를 부딪혀 박수 소리 같은 소음을 일으킨다. 이어서 브이자 대형을 이룬 왜가리 무리가 나타나고, 마치 주어진 순서를 따르는 듯 덤불 속의 모든 새들이 노래하기 시작한다. 밀림의 공포를 날갯짓으로 뒤덮은 새들이 곳곳에 나타나자, 나는 이 세계의 신화 속에서 새가 맡은 역할의 중요성과 다원성에 대해 생각하게 된다. 남극 근처 대륙의 가장 가파른 곳에서 최초로 깍깍거리며 운 에스키모의 '새-영혼'에서부터 '불의 땅'Tierra del Fuego에서 귀 날개를 펼쳐 날았던 새의 머리들까지, 연안은 전부 대기의 웅장한 무지갯빛 퍼레이드 안에서 나무로 된 새와 바위에 그려진 새 — 어찌나 큰지 산에서 내려다봐야 하는 — 땅에 그려진 새들로 뒤덮여 있다. 날개 달린 뱀 트리오 케찰코아틀, 구쿠마츠와 쿨칸[25]이 이끄는 뒤를 천둥-새, 이슬-독수리, 태양-새, 사절-콘도르, 별똥별-앵무새와 센촌뜰레와 께찰이 뒤따르며 드넓은 오리노꼬강 위를 날아다닌다…… 배를 타고 한참 나와서, 탁한 노란색 물 위를 비추는 정오의 태양이 몹시 뜨거워졌을 때, 나는 시몬에게 왼편으로 시야가 닿는 끝까지 막아선 나무들로 된 벽을 가리킨다. 천천히 노를 저어 가까이 다가가 통행수로 표지를 찾는다. 나무둥치에 시선을 고정한 채 수면 위에 선 남자의 가슴 높이에서 영원까지 연장될 수 있는 표지, 수직으로 겹쳐진 세 개의 브이자를 찾는다. 천천히 노를 젓다 말고 가끔 시몬이 내게

---

25 케찰코아틀(Quetzalcóalt), 구쿠마츠(Gucumatz), 쿨칸(Culcán)은 각기 아스테카문명, 과떼말라 고지대 원주민, 유까딴 지역에서 신으로 여긴 깃털 있는 뱀의 이름.

묻는다. 계속 앞으로 나아간다. 보는 데, 쉬지 않고 보는 데 집중하며 찾을 생각만 했더니 시간이 흐르면서 계속 같은 나무둥치를 쳐다보느라 눈이 지친다. 이미 '보았는데' 놓친 건 아닌지 의문이 든다. 몇초 동안 주의가 산만했던 건 아닌지 자문해보고 뒤로 돌아가라고 명령하지만 보이는 것이라곤 나무껍질이 벗겨진 자국이거나 햇빛 한줄기였을 뿐이다. 시몬은 항상 침착하게, 말대꾸 없이 내가 하라는 대로 한다. 카누가 나무둥치를 스쳐서 가끔 나무에 마체떼 끝을 대고 밀어내야만 한다. 그러나 이제 그 끝없이 이어지는 똑같은 나무둥치의 행렬에서 표지를 찾는 일이 내게 일종의 현기증을 일으킨다. 그래도 이 일은 헛수고가 아니라고 스스로에게 말한다. 어떤 나무둥치에서도 세개의 겹친 브이자 비슷한 것도 보이지 않았다. 그것은 확실히 존재하고, 나무둥치에 새긴 것은 지워지지 않으므로 분명히 발견할 것이다. 삼십분간 더 노를 저었다. 그러나 갑자기 밀림에서 특이한 모양으로 깨진 검은 바위가 튀어나왔는데, 만약 지난번에 여기를 지났다면 분명 기억할 수 있을 만한 모양이었다. 수로 입구를 지나친 것이 분명하다. 시몬에게 손짓해서 배를 돌려 온 길을 되돌아간다. 시몬이 내게 빈정대는 눈길을 보내는 것 같은데 그것이 나 자신의 초조함과 더불어 나를 짜증스럽게 만든다. 그래서 그에게 등을 돌리고 계속해서 나무들을 주의 깊게 살핀다. 표지를 못 보고 지나쳤다면 이제 두번째로 지나는 길이니 반드시 발견할 것이다. 좁은 문의 두개의 문설주처럼 두개의 통나무가 서 있었다. 위쪽의 가로대는 나뭇잎으로 되어 있었고, 왼쪽 둥치 중간 정도 높이에 표지가 있었다. 우리가 노를 젓기 시작했을 때는 해가 바로 앞에 있었다. 이제 반대 방향으로 노를 젓자 물 위로 그림자가 점점 길어져간다. 찾던 것을 발견하기 전에 밤이 되어 내일 다시 와야 할까봐 점점 초조해진다. 큰 문제는 아니지만 내게는 나쁜 징조로 보일 것이다. 최근 들어 모든 것이 잘 풀렸기에 이런 어이없는 지체를 받아들이고 싶지 않다.

시몬은 내내 냉소적인 침착함으로 나를 대한다. 마침내 한마디를 하는데, 내게 다른 나무들과 똑같은 어떤 나무를 가리키며 입구가 여기 아니냐고 묻는다. "가능하지요." 나는 거기에는 아무 표지도 없다는 걸 알면서 대답한다. "가능하다는 말은 법률용어가 아니에요." 그가 훈계조로 딱딱하게 말한다. 바로 그때 뱃전이 얽힌 덩굴 속으로 들어가면서 나는 뱃전에 넘어지고 만다. 시몬이 일어서서 삿대를 물에 넣어 바닥에 대고 균형을 잡아 카누를 밀어내려고 애쓴다. 바로 그 순간, 삿대를 젓는 그 일초 사이에 나는 왜 우리가 표지를 찾지 못한 건지, 앞으로도 찾지 못할 것인지를 알게 되었다. 약 3미터 길이의 삿대가 바닥에 닿지 않아서 내 동료는 덩굴을 마체떼로 쳐서 잘라야 했기 때문이다. 다시 노를 젓기 시작했을 때 시몬은 내 일그러진 표정을 보고 무슨 일이 생긴 줄 알고 다가온다. 나는 여기 아델란따도와 같이 왔을 때는 '노가 처음부터 끝까지 바닥에 닿았다'는 것을 기억하고 있었다. 즉, 그것은 강이 계속 넘쳐서 '표지가 물 아래 있다'는 것을 의미했다. 시몬에게 방금 깨달은 사실을 말한다. 그는 웃으면서 이미 그걸 짐작하고 있었지만 나를 '존중'하는 의미에서 아무 말도 하지 않았고, 나 또한 수위가 올라간 것을 고려하고 있으리라 믿었다고 했다. 이제 그의 답변이 두려워 단어를 골라가며, 내가 지난번에 본 것처럼 표지를 볼 수 있을 정도로 수위가 내려갈 것인지 그에게 묻는다. "4월이나 5월"이라는 답변이 내게 건조한 현실을 일깨워준다. 4월이나 5월까지는 밀림의 좁은 문은 닫혀 있는 것이다. 나는 밤의 공포와 폭풍의 시험을 이겨낸 후 이제 결정적인 시험에 맞닥뜨린 것을 깨닫는다, 돌아가고자 하는 유혹에. 세상 반대편 끝에서 어느날 아침 하늘에서 떨어진, 투명한 노란색 안경을 끼고 목에는 이어폰을 늘어뜨린 대리인들을 보내 내가 나를 표현하기 위해 필요한 것들은 비행기로 겨우 세시간 거리에 있다고 한 것은 루스였다. 그리고 나는 신석기시대 인간들이 놀라워하는 가운데 종이 몇장을 구하러 구름 위를 날았으며, 극단적인 방법을 써야만 자신의 영역으로 나를 소환할 최후의 기회를 얻을 수 있다고 생각한 여인에 의해 납치되고 있다는 것을 전혀 의심하지 못했다. 요 근래 며칠간 로사리오의 존재를 내 곁에 느끼고 있었다. 밤이면 가끔 잠든 그녀의 조용한 숨소리가 들리는 것만 같았다. 이제 물밑에 잠긴 표지와 닫힌 문 앞에서 그 존재는 멀어지는 것만 같다. 시몬은 고통스런 사실을 밝히는 내 말을 귀 기울여 들었지만 이해는 하지 못했다. 나는 스스로에게 위대한 길을 걷는 일은 무의식적으로 행해야 하고, 그것을 겪는 순간의 경이로움을 의식해서는 안 된다고 말한다. 자신의 발견으로 인해 교만해진 인간은 ─ 다른 이에게는 거부된 특권의 주인이 되었다고 믿고 ─ 원하면 언제든 다시 '성과'를 이룰 수 있다는 믿음에 따라 모든 진부한 것, 정해진 것을 넘어 더 멀리 나아가게 된다. 그러다 어느날 위대한 일이 두번 일어날 수 있다고 믿고서 걸어온 길을 되짚어 가는 돌이킬 수 없는 실수를 저지르는데, 돌아와보니 풍경은 바뀌어 있고, 이정표가 되는 표지는 휩쓸려 갔고, 길잡이는 낯모르는 얼굴이다…… 노 젓는 소리를 들으며 나는 불안에 사로잡힌다. 밀림에 밤이 덮치고 나무둥치 주위로 윙윙거리는 해충들이 늘어난다. 시몬은 더이상 내 말을 듣지 않고 옛 그리스인의 광산으로 빨리 돌아가기 위해 급류의 중심으로 진로를 정했다.

39

(12월 30일)

나는 셸리의 글이 정확한 칸타타 형식을 갖추도록 일련의 문장을 정리하는 작업을 하고 있었다. 장엄하게 시작하는 프로메테우스의 긴 탄식을 조금 줄였고, 이제 ─ 일부 불규칙한 연을 가진 ─ '목소리들' 장면과 티탄과 가이아의 대화를 조정하느라 바쁘다. 물론 이 작업은 내 초조함을 달래고, 벌써 삼주째 아눈시아시온 항구에서 옴짝달싹 못 하고 있는 상황에서 잠시라도 생각을 돌리기 위한 시도이다. 사람들 말로는 내가 관심을 두고 있는 길을 아는, 적어도 최종 목적지에 도착할 수 있는 다른 길을 아는 길잡이가 이제 곧 네그루강[26]에서 올 것이라고 한다. 이곳에서는 모두 다 완벽하게 자기 시간의 주인이기에 보름 동안 기다리는 것은 아무런 조바심도 일으키지 않는다. "곧 올 거예요…… 곧 올 거라니까요." 아침 커피 시간에 내가 길잡이에 대한 소식이 있느냐고 물을 때면 흑인 여주인 도냐 까실다는 대답한다. 마찬가지로 나도 아델란따도가 약품이나 씨앗이 필요해서 예기치 않게 나타날지도 모른다는 희망을 품고, 북쪽 수로를 탐색해보자는 시몬의 솔깃한 제안을 거절한 채 마을에 머문다. 산따 모니까 데 로스 베나도스였다면 나를

---

26 Río Negro. 꼴롬비아에서 발원해 브라질을 지나 아마존 본류에 합류하는 강.

행복하게 해줄 느리고 단조롭게 흐르는 하루였을 텐데 이곳에서는 정신이 집중이 되지 않아 피곤할 뿐이다. 게다가 지금 내가 관심을 가지고 있는 작품은 「장송곡」인데, 초안은 로사리오의 손에 있다. 새로이 작곡을 시작할 수는 있겠지만 그곳에서 한 즉자적인 작업의 자연스런 악센트가 큰 만족감을 주었기에, 날카로운 비평적 감성이 되살아난 지금 다시 기억을 더듬어 — 그와 동시에 여행을 계속하려고 안달을 부리며 — 작업을 시작하고 싶지 않다. 매일 오후 급류까지 걸어가서 빠르게 흐르는 물이 철썩대며 와서 부딪히는 바위 위에 눕는다. 홀로 천둥의 포효를 들으며 다른 모든 것으로부터 나를 떼어놓는 거품의 형태 — 급류의 흐름에 따라 부풀어올랐다 줄어드는 형태, 디자인과 볼륨, 지속성을 잃지 않고 계속 반복되는 속도의 변화를 살아 있게 하고, 강아지의 등을 쓰다듬듯 하거나 사과를 무는 입술처럼 둥글게 만드는 형태 — 속에 있으면 조급함을 달랠 수 있다. 수풀 속에서 소음이 지속되는 가운데 산따 쁘리스까 섬은 물에 비친 자신의 모습과 하나가 되고, 하늘은 강바닥에서 그 빛이 희미해진다. 늘 날카로운 리듬과 가락으로 짖어대는 한 마리 개를 따라 동네 개들이 울부짖으며 일종의 찬가를 불러대는 것을 바위에서 돌아오며 주의 깊게 듣는다. 매일 오후에 같은 시간 동안 지속되고, 마치 사냥개 무리의 신비로운 개-무당처럼 시작과 마찬가지로 두 울음이 동시에 — 결코 한쪽만 울부짖는 법 없이 — 그친다는 것을 알게 되었다. 원숭이와 특정 새들의 춤이 발견된 마당에, 인간과 함께 사는 동물들의 울음소리를 체계적으로 녹음하면 어느 오후 남쪽 밀림에서 나를 놀라게 했던 주술사의 노래에 가까운, 어떤 숨겨진 음악적 감각을 찾을 수도 있겠다는 생각이 든다. 닷새 동안 아눈시아시온 항구의 개들은 똑같은 방식으로 어떤 정해진 규칙에 따라 울부짖었고, 명백한 신호에 따라 울음을 그쳤다. 그러고 나면 각자의 집으로 돌아가 의자 밑에 누워 아무 걱정 없이 사람들의 대화를 듣거나 밥그릇을 핥는다, 인간이 동료이자 친구인 이 동물이 번식의 의식을 마칠 때까지 손 놓고 기다릴 수밖에 없는 발정기가 오기 전까지는. 이런 생각을 하며 마을의 첫번째 골목에 이르렀을 때 누군가 거친 두 손으로 내 눈을 가리고 무릎으로 등을 찍어 뒤로 꺾이게 해서 순간 나는 고통스런 비명을 질렀다. 이 짓궂은 장난에 나는 뒤돌아 상대를 때릴 뻔했다. 하지만 익숙한 웃음소리가 들리고 순간 분노는 기쁨으로 변한다. 땀에 젖은 셔츠를 입은 야네스가 양팔을 벌리고 나를 껴안는다. 도망칠까봐 두려운 듯이 그의 팔을 꽉 붙잡고 내가 묵는 여관으로 데리고 가자, 도냐 까실다가 독주 한병을 내온다. 결국은 내 유일한 관심사를 물어보겠지만, 일단 시작은 그의 근황을 물으며 다정한 어조로 친근감을 나타낸다. 분명 야네스는 그 물에 잠긴 길을 알고 있을 것이다. 그 길을 지날 때 우리와 함께 있었고, 게다가 밀림에서 오랜 시간을 보낸 경험으로 세계의 표지가 없어도 그 문을 찾을 수 있을 것이다. 또한 요 몇주 동안 수위가 낮아졌을 가능성도 있다. 그러나 나는 그리스인의 모습이 어딘가 바뀐 것을 알아챈다. 항상 통찰력과 자신감을 보이던 시선은 불안과 불신을 내비치며 어디에도 시선을 고정하지 못했다. 긴장한 듯 초조해 보였고 조리 있게 대화를 이어가기가 힘들었다. 무언가를 이야기할 때면 주저하고 멈칫거렸고 예전처럼 한가지 생각에 오래 집중하지 못했다. 갑자기 그가 공모자의 분위기를 풍기며 자신을 내 방으로 데려가달라고 부탁한다. 자물쇠를 걸어 문을 잠그고 창문이 닫힌 것을 확인한 후, 그는 램프 불빛 아래 통을 꺼내 그 속에 든 그을린 유리 같은 결정체를 보여준다. 낮은 목소리로 그 수정이 다이아몬드의 파수꾼 같은 것이라고 설명한다. 그 장소 근처에 내내 그가 찾던 것이 있다는 것이다. 그러고는 어떤 곳을 파헤치자 엄청난 양이 묻혀 있는 것을 발견했다고 목이 멘 듯한 소리로 털어놨다. "14캐럿 다이아몬드라고. 더 큰 것도 있을 게 분명해." 벌써 얼마 전에 발견된 100캐럿의 보석을 상상하는 것이 분명하다, 몽상가 펠리뻬 데 우뜨레가 찾던 보물을 발견하리라는 희망을 버리지 않고 엘도라도를 찾아 대륙을 헤매는 모든 이들의 뇌에 정신착란을 일으키는 보석을. 야네스는 이 발견으로 불안해한다. 이제 수도에 가서 광산의 소유를 위한 법적 절차를 밟을 텐데, 자리를 비운 동안 누군가가 자신이 찾은 그 외진 곳을 우연히 발견하지는 않을까 두려움에 떤다. 광대한 지도에서 하필 은이 묻혀 있는 같은 장소를 서로 자신이 발견했다고 주장한 두 채굴업자의 경우처럼 말이다. 그러나 나는 그 어떤 것에도 흥미가 없다. 목소리를 높여 그의 주의를 집중시킨 후 지금 내가 걱정하는 유일한 문제에 대해 말한다. 그는 "음, 돌아오는 길에, 돌아오는 길에"라고 답한다. 그에게 여행을 미루고 날이 밝기 전, 오늘 밤에 바로 출발하자고 애원해본다. 하지만 그리스인은 마나띠호가 막 도착했고 내일 정오에는 닻을 올려야 한다고 일러준다. 게다가 지금은 그와 대화를 이어갈 방법이 없다. 오직 자신의 다이아몬드에 대해서만 생각하고, 멜리시오 씨나 여주인이 들을까 두려워 입을 다물기 때문이다. 실망스럽지만 나는 일정이 지연되는 것을 받아들인다. 그가 돌아올 때까지 기다릴 수밖에. 탐욕이 재촉할 테니 곧 돌아오긴 할 것이다. 그리고 나를 반드시 찾아오게 만들기 위해 채굴 착수금을 빌려주겠다고 제의한다. 그는 호들갑을 떨며 나를 껴안고 형제라고 부르며 아델란따도를 만났던 선술집으로 데려간다. 헤이즐너트 향이 나는 독한 소주를 한병 더 시키고 나의 관심을 끌기 위해 자신이 이룬 성과와 수정을 주운 장소에 대한 비밀을 알려주는 척한다. 나는 이제 생각지도 못했던 사실을 알게 된다. 그는 우연히 산따 모니까 데 로스 베나도스에 도착하여 이틀간 그곳에서 지낸 후 돌아오는 길에 보석을 발견했던 것이다. "바보 같은 자들." 그가 말한다. "얼간이들. 바로 곁에 금이 있는데도 캐내질 않아. 내가 작업을 하려고 했더니 소총으로 쏘아 죽이려고 했다니까." 나는 야네스의 어깨를 붙잡고 로사리오에 대해 말해달라고, 건강 상태와 근황, 무얼 하며 지내는지 말해달라고 목소리를 높인다. 그리스인이 답한다. "마르꼬스의 부인이지. 아델란따도가 좋아해. 얼마 전에 임신했거든……" 나는 귀가 먹먹해진다. 속에서부터 차가운 바늘이 뚫고 나오는 듯 피부가 곤두선다. 안간힘을 써서 손을 술병으로 가져가지만 유리가 화상이라도 입을 듯 뜨겁게 느껴진다. 천천히 잔을 채우고 술을 한입에 털어넣지만 삼키지 못하고 기침이 터져나온다. 겨우 다시 숨을 쉬게 되어 반대편의 파리똥으로 거무스레해진 거울에 비친 나를 보니, 탁자 옆에 앉은 텅 빈 육체가 보인다. 내가 명령한다고 움직이고 걸을 수 있을지 모르겠다. 그러나 내 안에서 상처 입고 가죽이 벗겨진 채 소금으로 뒤덮여 신음하는 존재는 살아 있는 고깃덩어리로 감정이 목구멍까지 차올라 더듬거리며 항의하려 한다. 야네스에게 무슨 말을 하고 있는지 스스로도 모른다. 들리는 것은 내가 아닌 다른 이의 목소리로, '당신의 여인'에 대한 권리와 귀환이 늦어진 것은 외부적인 이유 때문임을 설명하고 변명하며 자신을 파멸시키려는 법정에 출두한 것처럼 항소를 요청하고 있다. 마치 아무 일도 일어나지 않은 것처럼 시간을 되돌리려는 그 부서지고 애걸하는 목소리에 자신의 다이아몬드 생각에서 벗어난 그리스인은 처음에는 놀란 듯이 나를 바라보다가 곧 동정의 눈빛으로 바뀌었다. "그녀는 페넬로페가 아니지. 젊고 건강하고 아름다운 여자는 남편이 필요한 법이야. 그녀는 페넬로페가 아니라니까. 이곳 여자들은 천성적으로 남자를 필요로 하지……" 진실, 절망스러운 진실 ─ 이제 알게 된 ─ 은 이 먼 땅의 사람들은 결코 나를 믿지 않았다는 것이다. 나는 잠깐 빌린 존재였다. 로사리오 자신도 나를 '방문자'로, 시간이 멈춘 계곡에 영원히 머물 수 없는 존재로 본 것이 분명하다. 글을 쓰는 행위가 아무짝에도 쓸모없는 그곳에서 꼬박 며칠을 미친 듯이 작곡에 빠져 있었을 때 나를 보던 그녀의 야릇한 시선을 이제 기억한다. 신세계는 설명하기 전에 직접 살아봐야 한다. 이곳에서 사는 이는 지적인 신념을 따르는 것이 아니다. 단순히 살아가야 할 삶이 이것이고, 다른 것이 아니라고 믿는다. 계시록의 조물주의 현재보다 이 현재를 선호한다. 모든 것을 이해하려 들고, 개종으로 인해 근심하고, 산과 나무와 싸우며 최초의 진흙 위에 자신의 운명을 새기는 이들의 풍습을 껴안기를 포기하는 이는, 그가 등 뒤에 두고 온 세계의 힘이 여전히 그 안에 작용하고 있다는 점에서 약점을 지닌 사람이다. 나는 세기를 가로질러 여행했다. 육체를 가로지르고 육체의 시간들을 가로질러 여행하며 아주 넓은 문의 숨겨진 좁은 틈을 통과했다는 것을 전혀 깨닫지 못했다. 그러나 마을 사람들과 함께 살고, 도시를 세우고, 에녹의 땅에서 직업을 창조한 자들 사이에서 발견한 자유는 어쩌면 나 같은 별 볼 일 없는 대위법 작곡가이자 기회가 있을 때마다 네우마 멜로디에서 죽음을 이기는 승리를 찾는 이에게는 주어지지 않는 위대한 현실이었을지도 모른다. 나는 나 자신의 나약함으로 인해 비틀린 운명을 바로잡으려 노력했고, 바로 나로부터 ─ 이제는 중단된 ─ 노래가 솟구쳐, 재로 가득 찬 육체와 다시는 옛날의 나로 돌아갈 수 없는 옛길로 나를 돌려보냈다. 야네스가 내게 내일 그와 함께 마나띠를 타고 가자고 표를 내민다. 그렇다면 나를 기다리는 무게를 향해 항해하리라. '미래의 추억'의 화려한 간판을 향해 이글거리는 눈을 치뜬다. 이틀이면 다시 한세기의 한해를 채울 테지만 지금 나를 둘러싼 이들에게는 전혀 중요하지 않은 소식일 것이다. 이곳에서는 올해 연도는 몰라도 되고, 인간이 자신이 속한 시대로부터 도망칠 수 없다고 말하는 이는 거짓말을 하는 것이다. 석기시대나 중세 시대가 바로 오늘 우리에게 주어진다. 여전히 낭만주의의 그늘진 저택과 그 안에 힘든 사랑이 열려 있다. 그러나 그 무엇도 내게는 주어지지 않았는데, 시간의 족쇄로부터 벗어날 수 없는 유일한 종족이 바로 예술을 하는 종족이고, 그들은 어제보다 앞서 나가야 할 뿐 아니라, 그들의 뒤를 따를 이들의 노래와 형식을 예측하고, 오늘까지 이루어진 것을 완벽히 인식하는 새롭고 실재하는 증인을 만들어내야 한다. 마르꼬스와 로사리오는 역사에 무지하다. 아델란따도가 첫장에 위치하고 있고, 만약 내가 ─ 그 종족의 마지막 직업인 ─ 음악 작곡가가 아니라 다른 직업의 종사자였다면 그 옆에 머물 수 있었을 것이다. 이제 어딘가에서 나를 기다리고 있을 갤리선 감독의 망치질에 따라 내 귀가 먹고 내 목소리가 잠잠해질지를 알아보는 일이 남았다. 오늘로 시시포스의 휴가는 끝났다.

누군가 내 뒤에서, 요 며칠간 강물의 수위가 확연히 줄었다고 한다. 물에 잠겼던 수많은 돌이 모습을 드러내고, 급류는 돌덩어리에 부딪혀 굽이치며, 그 아래 수초는 볕에 드러나 말라버린다. 이제 뿌리가 다시 햇볕의 따스함을 느끼기 직전인 강변의 나무들은 키가 더 커 보인다. 물살이 투명해지자 물 아래로 껍질이 벗겨진 어떤 나무둥치, 군데군데 연초록빛이 도는 황토색 둥치에 칼끝으로 새긴 세개의 표지가 보인다.

1953년 1월 6일, 까라까스.

라틴아메리카의 '경이로운 현실'을 만나러 가는 길

알레호 까르뻰띠에르는 누구인가

스페인어권 문학상 가운데 최고의 권위를 자랑하는 세르반떼스상 수상(1978) 작가인 알레호 까르뻰띠에르(Alejo Carpentier, 1904~80)는 평단으로부터 가브리엘 가르시아 마르께스(Gabriel García Márquez), 마리오 바르가스 요사(Mario Vargas Llosa) 등과 더불어 20세기를 대표하는 라틴아메리카의 소설가로 평가된다. 마르께스의 『백년의 고독』(*Cien años de soledad*)이 '마술적 사실주의'를 상징하는 작품으로 알려진 것처럼 알레호 까르뻰띠에르의 『잃어버린 발자취』(*Los pasos perdidos*, 1953)는 라틴아메리카의 '경이로운 현실'(lo real maravilloso)을 담아낸 작품으로 평가된다. 또한 변방의 문학에서 일약 세계 문단의 중심으로 부상하게 한 라틴아메리카 '붐(Boom) 소설'의 성공은 그 선구자적 역할을 한 알레호 까르뻰띠에르를 언급하지 않고는 설명할 수 없다. 환상적인 것과 일상적인 것의 경계를 허물고 라틴아메리카는 그 자체로 경이로운 공간임을 설파하며 증기처럼 피어오르는 열대의 대지 위에 세운 '까르뻰띠에르 문학의 성'은 오늘날 라틴아메리카 문학을 지키는 파수대이자 도저한 문학성을 상징하는 성채가 되었다.

이렇듯 라틴아메리카는 물론 세계 문학사에 큰 족적을 남긴 알레호 까르뻰띠에르는 스위스 로잔에서, 프랑스 출신의 건축가인 아버지와 러시아 출신의 언어 교사이자 음악가인 어머니 사이에서 태어났다. 유년 시절, 구대륙 유럽보다 새로운 희망이 꿈틀거리는 '신대륙'의 삶을 동경하던 아버지의 손에 이끌려 꾸바의 수도 아바나로 이주하고 이곳에서 청소년 시절을 보내게 된다. 제도교육을 받긴 했으나 아버지에게서 문학 수업을, 어머니에게서 음악 교육을 받았으니 가정교육이 소년 알레호를 키운 팔할의 힘이었던 셈이다. 일곱살에 쇼팽의 「전주곡」을 연주할 정도로 음악적 재능이 뛰어났던 소년은 까리브해의 햇살이 넘실거리는 시 외곽의 농장에서 사탕수수가 푸른 키를 키우며 익어가는 모습을 보고 럼주에 노을처럼 붉어진 인부와 대화를 나누며 자랐다. 아홉살이 되던 해에 가족이 유럽 체류를 하게 되어 아버지의 나라 프랑스와 어머니의 나라 러시아를 방문하고 빠리에서는 3개월을 체류하며 프랑스어를 익히고 신문물을 경험하게 된다. 이제 사춘기에 접어든 소년은 아바나의 중고등학교에서 음악 이론을 배우고 대학의 건축학과에 입학하여 음악과 건축학에 대한 지식 지평을 확장하는 데 몰두한다. 하지만 건축과 음악 모두를 사랑한 알레호와 달리 건축가인 아버지와 음악을 사랑하던 어머니는 서로 다른 길을 가기 위해 갈라섰으며 경제적인 어려움으로 청년 알레호는 학교를 그만두게 된다. 가슴에 불을 지닌 청년 알레호가 목도한 1920, 30년대 꾸바는 정치적 혼란기였고, 조국의 현실을 방관할 수 없었던 젊은이는 뜻을 같이하는 동료들과 언론에 글을 기고하며 적극적으로 헤라르도 마차도(Gerardo Machado) 독재정권에 저항하는 활동을 전개한다. 결국 구속 수감되었지만 감옥에서 아프로꾸바 문화를 고민하며 흑인 청년을 주인공으로 한 첫 작품 『에꾸에-얌바-오』(¡Écue-Yamba-ó!)를 구상한다. 얼마 지나지 않아 보석으로 풀려났으나 당국의 감시의 눈으로부터 자유롭지 못한 처지가 되었고, 감옥 아닌 감옥 같은 생활이 지속되던 와중에 한가닥 희망의 빛이 보이게 된다. 바로 1928년 국제회의 참석차 꾸바에 온 프랑스의 초현실주의 작가 로베르 데스노스(Robert Desnos)와의 조우였다. 데스노스의 도움으로 프랑스로 밀입국할 수 있었던 까르뻰띠에르는 빠리에서 1939년까지 11년을 체류하게 된다. 1차대전 후 인식론적 전환을 통해 새로운 예술의 형태를 고민하던 예술가들이 모여들던 빠리는 아방가르드의 진원지이자 수원지였고, 특히 프로이트 정신분석학의 영향으로 무의식의 세계 내지 꿈의 세계를 예술적 공간에 구현하고자 했던 초현실주의의 실험적 퍼포먼스는 당대 젊은이들을 미혹시켰다. 까르뻰띠에르는 초현실주의 작가 그룹의 수장 앙드레 브르똥(André Breton)을 비롯한 예술가와 교류했으며 초현실주의 화풍에 등장한 아프리카적 요소에도 관심을 두었고 음악과 미술, 문학 등 서로 상이한 예술 장르가 어떻게 혼융되며 창조되는지 목도하게 된다. 하지만 무엇보다 중요했던 것은 밖에서 바라본 라틴아메리카의 현실이었다. 당시 빠리에서 유학하고 체류하던 수많은 라틴아메리카 작가들과 교류하는 기회를 얻었으며, 특히 미겔 앙헬 아스뚜리아스(Miguel Ángel Asturias)와 만나 라틴아메리카의 독재를 다루는 소설을 써보자고 의기투합했던 것은 유명한 일화이다. 이렇듯 평생의 관심 주제였던 음악과 문학에 대한 연구는 물론 다양한 분야에 대한 지식 지평을 확장하는 시간이었던 빠리 체류는 예술가 알레호 까르뻰띠에르의 풍요로운 자양분이 되었으며 라틴아메리카의 신화와 문명에 대한 관심을 증폭시키는 계기가 되었다. 빠리 체류 때 글을 쓰고 라디오방송 프로그램을 제작하던 까르뻰띠에르는 꾸바 귀국 후에도 잡지를 편집하고 라디오방송에서 음악 프로그램 관련 업무를 담당하게 된다. 서른여섯의 까르뻰띠에르는 유년 시절부터 집안끼리 왕래하며 알고 지내던 릴리아 에스떼반(Lilia Esteban)과 결혼하였고(1941), 베네수엘라의 지인의 초청으로 까라까스로 향한다. 2년을 머물 계획으로 간 까라까스에서 까르뻰띠에르는 14년(1945~59) 동안 거주하며 『이 세상의 왕국』(El reino de este mundo, 1949) 『잃어버린 발자취』(1953) 등을 집필한다. 피델 까스뜨로가 꾸바 혁명에 성공하자(1959) 고향으로 귀환한 까르뻰띠에르는 까스뜨로의 혁명정부에서 출판 정책을 담당하는 총책임자로 도서전시회를 기획하고 문화 관련 일을 하면서도 창작 활동에 매진한다. 『계몽의 세기』(El siglo de las luces, 1962)에 이어 『바로크 콘서트』(Concierto barroco, 1974)와 『방법청원』(El recurso del método, 1974)을 출간하였으며, 1977년 마침내 스페인어권 최고의 문학상인 세르반떼스상을 수상한다. 평생 프랑스어 억양을 버리지 못했으나 꾸바의 아바나를 고향으로 여기고 라틴아메리카를 연인처럼 사랑했던 위대한 작가는 신문에 기고할 마지막

원고를 마무리한 1980년 4월 빠리에서 영면하였다. 작가의 유해는 꾸바로 옮겨졌고 아바나의 혁명광장에서 마지막 별리 의식을 진행한 후 근교의 묘지에 안장되었다.

경이로운 현실주의

멕시코의 지성 까를로스 푸엔떼스(Carlos Fuentes)가 "문명이 진정한 문명인지 야만이 진정한 야만인지 감히 질문을 던진 라틴아메리카의 첫번째 소설가"로 까르뻰띠에르를 거명한 것에서 확인할 수 있듯이, 『잃어버린 발자취』는 도시와 밀림, 문명과 야만이라는 이분법적 구별에 반대하고 그 한계를 넘어서고자 한다. 따라서 직선적인 연대기의 시간이 아니라, 동시대에 다른 세기가 펼쳐지는 라틴아메리카 특유의 시공간의 혼재를 문학적으로 형상화하려 한다. 이는 레비스트로스(C. Lévi-Strauss)가 문명과 야만, 과학과 신화를 구별하는 것을 비판하며 인간이 보편적으로 가져야 할 사고 형태로 '야생의 사고'를 주장한 것을 상기시킨다. 프랑스의 인류학자가 야생의 사고의 특성을 비시간성에 두고 세계를 공시적이며 통시적인 전체로 파악하려는 유추적 사고를 중시했던 것처럼, 까르뻰띠에르도 부분의 분석이 아닌 전체를 살피는 통합적 사고를 통해 인류가 꿈꾸던 원형적 세계에 접근하려 하였고 이는 '경이로운 세계'에 이르는 방법이었다. 결국 라틴아메리카는 경이로운 세계이고 따라서 문학은 '경이로운 현실'을 담아내는 그릇이었기 때문이다.

『이 세상의 왕국』과 더불어 『잃어버린 발자취』는 라틴아메리카의 '경이로운 현실주의'를 대표하는 작품으로 놀라움과 기괴함을 담아낸 바로크적인 문체가 특징이다. 작가 소개에서 언급한 것처럼 까르뻰띠에르는 11년의 프랑스 생활 동안 앙드레 브르똥, 로베르 데스노스 등 초현실주의 경향의 작가와 교류했고 예술운동에 동의했으며 영향을 받은 것이 사실이다. 하지만 까르뻰띠에르는 꾸바로 귀국한 후 초현실주의가 강박적으로 새로움과 놀라움(sorpresa)을 추구했으며 인공적인 형태의 경이로움을 추구했던 만큼 라틴아메리카 현실에 맞지 않고 라틴아메리카 고유의 문학 세계를 건설하는 데 적당한 질료가 아닌 것으로 판단했다. 그는 라틴아메리카를 구성하는 모든 것 즉, 사람·자연·역사가 다 놀랍고 경이로운 만큼 '경이로운 현실'이 펼쳐지는 공간이라고 설명하며 '경이로운 현실'은 우리를 둘러싼 주위 환경의 불가사의하고 놀랍고 경이로운 것을 발견하게 해주는 것[1]으로 파악하였다. 따라서 '경이로운 현실'은 라틴아메리카만의 독창적인 요소로서, "라틴아메리카적인 것에 두루 깃들어 있으며 거칠고 잠재적인 본래 그대로의 상태를 마주하는 것으로, 라틴아메리카에서 기이한 것은 늘 일상적이었으며 지금도 일상적인 것"[2]이라고 설파한다. 또한 경이로운 것이 아름다워서 영묘하다는 관념을 배제하고 추하고 보기 흉하며 무서운 것 또한 경이로울 수 있다고 설명하며 "라틴아메리카에서 생소한 것은 모두 경이롭다"[3]라고 주장한다. 이렇듯 라틴아메리카의 고유성을 현존하는 것에서 찾았던 만큼 까르뻰띠에르는

---

1 구체적으로 『이 세상의 왕국』의 서문에서 '경이로운 현실'(lo real maravilloso)이라는 개념을 처음 사용한다.
2 Alejo Carpentier, "Un camino de medio siglo", *Razón de ser*, Caracas, Universidad Central de Venezuela 1976, 68면.
3 같은 책 66면.

인공적이고 파괴적인 서구의 초현실주의 대신에 '경이로운 현실주의'를 대안으로 제시한다. 또한 경이로운 현실, 즉 광대한 대지와 웅장하고 변화무쌍한 라틴아메리카의 시공간을 포착하고 예술적으로 형상화하기 위해서는 바로크적 글쓰기를 시도해야 한다고 주장한다.

여행 서사로 읽는 『잃어버린 발자취』

지인의 초청으로 방송국 일을 도와주러 간 베네수엘라의 수도 까라까스에 거주하는 동안 까르뻰띠에르는 몇차례 여행할 기회를 가진다. 자신이 자란 꾸바 같은 까리브 연안의 국가와는 전혀 다른 식생을 가지고 있으며, 유년 시절 잠시 거주했던 유럽과도 전혀 다른 모습을 지닌 베네수엘라는 "야생의 밀림과 오리노꼬처럼 거대한 강, 안데스산맥처럼 큰 산에다 열대기후의 해변, 보석 같은 섬들, 놀라운 식생에다 끝이 없는 평원 등이 있는"[4] 만큼 식물도감을 보는 듯한 풍경을 연출하였을 것이다. 이런 매력은 작가에게 밀림으로 떠나는 여행의 동인이 되었고, 마침내 1947년 지도 제작용 비행기를 얻어 타고 정규 항공노선이 아니어서 일반인이 접근하기 어려운 밀림을 조망하고 장대한 오리노꼬강의 모습을 직접 마주하게 된다. 처음 접한 풍경에 감동한 작가는 이듬해인 1948년 버스와 배를 바꿔 타고 도시에서 시골로, 시골에서 밀림으로 여행하는데, 이때 직접 보고 접한 풍경을 녹여내고 재구성하여 『잃어버린 발자

---

4 Ramón Chao, *Conversaciones con Alejo Carpentier*, Madrid, Alianza Editorial 1998, 147면.

취』를 집필하게 된다. 이처럼 두번의 여행에서 겪은 경험이 작품의 모티브가 되었고 얼개를 이루었는데, 실제로 이 여행에서 만난 사람을 작품 속에 등장시키기도 했다. 예를 들면 "한쪽 주머니에는 『오디세이아』를, 다른 쪽에는 크세노폰의 『아나바시스』를 넣고 다니는 그리스 출신 다이아몬드 채굴업자를 만났던"[5] 기억을 되살려 작품에서 야네스라는 인물로 형상화하고 있다.

작품의 공간적 배경으로 설정한 밀림은 최초의 인류 '루시'가 살던 시원(始原)의 세계와 같아서, "거의 발길이 닿지 않은 이 새로운 광경 앞에 창세기의 첫번째 인간이 된 것 같은 느낌을"[6] 받았다고 작가는 술회하고 있다. 근대의 인간, 즉 문명화된 지식인이 알지 못했던 원형의 세계가 밀림 속에 숨겨져 있었던 것이다. 고층 빌딩이 즐비한 마천루에서 식민지 시대의 흔적이 남아 있는 후락한 도시는 물론 사람의 발길이 닿지 않은 밀림까지, 동일한 시대에 상이한 공간이 존재하는 유일한 공간 라틴아메리카. 그래서 라틴아메리카에서는 20세기의 사람이 신생대 시기의 사람과 만날 수 있으며 중세 시기로 거슬러 올라갈 수도 있는 것이다. 결국 주인공-화자가 오리노꼬강을 거슬러 올라가는 여행은 비가역적인 시간을 가역적인 시간으로 바꾸는 작업으로, 새로운 시공간의 세계와 조우하기 위한 방법적 모색이었다.

5 같은 책 150면.

6 Alejo Carpentier, *Visión de América*, Ed. Alejandro Cánovas Pérez, México, D.F, Océano 1999, 22면.

자아를 찾는 길에 만난 『잃어버린 발자취』

작품 속에서 주인공-화자의 이름은 드러나지 않는다. 따라서 독자는 주인공-화자의 이름을 알 수 없다. 근대의 도시화된 사회에서 인간은 분자화되고 파편화되어 익명의 섬에 떠다니는 표류물과 같다. 음악가인 주인공-화자는 톱니바퀴처럼 돌아가는 기계적인 삶에 싫증을 느끼고 있으며 고갈된 존재로, 작곡을 하려 하지만 악상이 떠오르지 않아 펜을 다시 잡지 못하는 유약한 사람이다. 주체적으로 사는 것이 아니라 살아지는 대로 사는 삶, 원하는 일이 아니라 해야 하는 일을 의무감으로 하며 사랑 없는 의무로 채워진 부부관계를 지속하는 나날 속에 지친 주인공-화자는 이제 심인성 질환인 신경증에 시달리고 있다.

여행하며 당일의 이야기를 기록하는 기행문 형식을 취하는 『잃어버린 발자취』는 호메로스의 『오디세이아』처럼 여행 서사의 형식을 취하고 있는 만큼 날짜가 바뀌면서 새로운 사건이 시작된다. 『오디세이아』에서 오디세우스가 새벽에 등장하듯이 『잃어버린 발자취』의 주인공-화자는 어둠 속에서 하루라는 분량의 달력을 찢으며 시간을 소비하는 도시인의 전형이다. "무한한 숫자와 벽에 걸린 달력의 도표 ─ 미로의 연대기, 내 존재의 연대기일 수도 있는 ─ 사이에서 영원을 걸어야 하는 잔혹한 형벌을 치르고 있는 것만 같았다. 매일 아침 나를 전날 밤의 시작점으로 돌려놓을 뿐인 조급증 속에서 시간에 대한 끊임없는 강박에 시달리는 내 존재의 연대기."(69~70면) 이제 선형적 시간에 나포된 지식인은 거대도시의 일상에서 시시포스처럼 "늘 같은 바위를 어깨에 짊어진 채 일상의 비탈길을 오르내리며 발작적으로 생기는 충동 ─ 언젠가, 매년 달력에 표시된 날짜 가운데 하루인 그날이 오면 멈출 충동——에 의지해"(15면) 버티고 있는 중이었다. 이렇듯 매일의 일상은 결박된 프로메테우스의 고뇌를 담고 있고 메트로폴리스의 세계는 고갈과 소생, 멈춤과 지속, 죽음과 삶 사이에서 주인공-화자의 선택을 강요한다. 삶을 위한 유일한 방법은 '여기'를 탈출하는 것이었고, 주인공-화자는 마침 원시 음악 관련 악기를 수집해달라는 스승의 제안을 수용하고 길을 떠난다. 주지하다시피 마르께스가 '마꼰도'라는 가상의 도시를 그린 것처럼 까르뻰띠에르는 '산따 모니까 데 로스 베나도스'라는 지구상에 없는 공간을 창조한다. 이 가상의 공간은 생명의 폴리스이자 영원을 꿈꾸는 장소이다. 열대의 증기가 스멀스멀 올라오는 곳, 머리 풀듯 안개가 흩어지면서 깔리면 밀림은 새로운 삶을 잉태하고, 인간이 중심이 아닌 세상에서 만물이 모두 자신의 목소리를 내는 가이아적 공간이 펼쳐진다. 인간이 중심인 인류세가 아닌 애니미즘적 질서가 지배하는 세계에서는 숲의 정령이 수천개의 눈을 부릅뜨고 상호존중과 감사의 관계를 요구한다.

숲에는 주인이 있었다. 한 발로 껑충껑충 뛰어다니는 천재로, 나무 그늘 아래에서 자라는 그 무엇도 비용을 내지 않으면 가져가지 못하게 했다. 치료용 새싹이나 버섯, 칡을 찾기 위해 숲에 들어가면 인사와 함께 오래된 그루터기 뿌리 부분에 동전을 두고 허락을 구해야 한다. 나갈 때도 다시 정중하게 인사를 해야 하는데, 수천개의 눈이 나무껍질과 잎 사이로 우리의 행동을 감시하고 있기 때문이다. (99면)

작가는 밀림이야말로 만물이 조화롭게 생장하며 대화할 수 있는 생태적인 공간이며 사물이 발산하는 에너지를 느낄 수 있는 경이로운 곳으로 이해했고, "문제가 해결되고 자신의 영혼의 힘과 사물에 대한 필수적인 지식을 회복하며 보다 진정한 모습을 갖게 되는 곳으로 파악하고 있으며 궁극적으로 밀림에서는 인간이 삶이라는 숙제로 돌아갈 수"[7] 있다고 설파하였다. 이제 도시의 삶에 지친 익명의 주인공-화자가 떠났던 길처럼, 독자 여러분에게 우리가 꿈꾸었으나 찾을 수 없었던 잃어버린 낙원을 찾아 길을 떠나기를 권유한다.

마지막으로 교환학생으로 간 꼬스따리까 나시오날 대학에서 나에게 『잃어버린 발자취』를 알려주신 후안 두란 루시오 교수님, 귀한 책 번역을 권유해준 서울대 김현균 교수님께 속 깊은 감사의 뜻을 전한다.

황수현(경희대 스페인어학과 교수)

---

7 Gerald J. Langowski, *El surrealismo en la ficción hispanoamericana*, Madrid, Gredos 1982, 98면.

작가연보

1904년   12월 26일 스위스 로잔 출생. 프랑스 출신의 건축가 아버지 조르
         주 쥘리앵 까르빵띠에(Georges Julien Carpentier)와 러시아 출신
         언어 교사 어머니 까쩨리네 발몬뜨(Catherine Valmont) 사이에서
         출생. 출생 직후 전가족이 꾸바로 이주.
1911년   7세에 쇼팽의 「전주곡」을 피아노로 연주.
1913년   가족과 함께 러시아, 오스트리아, 프랑스 여행, 빠리에서 학교에
         등록하여 프랑스어를 공부함.
1915년   11세가 되던 해에 아바나 근교의 농장으로 이주.
1916년   프랑스 작가 발자끄, 졸라, 플로베르의 작품을 읽음.
1917년   중등학교에 입학하여 음악 이론을 배움.

1921년	아바나의 건축학부에 입학, 건축학과 음악 이론을 공부함.
1922년	부모님의 이혼으로 생업 전선에 뛰어들게 되어 학업을 중도 포기함. 신문에 칼럼 등을 기고하며 저널리스트로 활동.
1924년	헤라르도 마차도(Gerardo Machado) 독재정권에 저항하는 움직임에 참여, 『까르뗼레스』(Carteles)의 편집자로 활동하고 『엘 에랄도』(El heraldo) 신문에 고정 칼럼 기고.
1926년	멕시코 방문에서 당대의 대표적인 화가 디에고 리베라(Diego Rivera), 호세 끌레멘떼 오로스꼬(José Clemente Orozco)와 만나 교류.
1927년	독재정권에 반대하는 선언문에 서명 후 7월 9일 구속 수감됨. 감옥에서 『에꾸에-얌바-오』(¡Écue-Yamba-ó!)를 집필하기 시작. 보석으로 풀려났으나 출국금지 조치가 내려짐.
1928년	프랑스의 초현실주의 시인 로베르 데스노스(Robert Desnos)의 도움으로 빠리로 건너감. 이후 1939년까지 빠리에서 거주하며 초현실주의 예술가들과 교류.
1931년	빠리에서 발간되는 에스빠냐어 잡지 『이만』(Imán)의 편집장으로 활동.
1933년	『에꾸에-얌바-오』 출간. 빠리의 방송 프로그램의 음악감독으로 활동.
1937년	꾸바의 시인 니꼴라스 기엔(Nicolas Guillen) 등과 함께 내전 중인 에스빠냐에서 개최된 '제2차 국제작가회의'에 참가, 페데리꼬 가르시아 로르까(Federico García Lorca), 라파엘 알베르띠(Rafael Alberti Merello) 등과 만나 교류.
1939년	꾸바로 귀환. 라디오 방송국에서 프로그램을 제작하고 여러 문학지의 편집과 출간에 관여함.

1941년	가족끼리 교류하며 유년기부터 알고 지낸 릴리아 에스떼반(Lilia Esteban)과 결혼.
1943년	아내와 함께 아이띠 여행. 이 경험은 이후 『이 세상의 왕국』(*El reino de este mundo*)의 창작 동기가 됨.
1944년	단편 「씨앗으로의 여행」(Viaje a la semilla) 발표.
1945년	베네수엘라로 출국, 까라까스에서 라디오방송 진행. 1959년까지 거주.
1946년	에세이 『꾸바의 음악』(*La música en Cuba*) 출간.
1947년	베네수엘라 대평원 '그란 사바나' 여행.
1948년	오리노꼬강 유역 여행. 이 여행이 추후 『잃어버린 발자취』(*Los pasos perdidos*) 집필의 동인이 됨.
1949년	『이 세상의 왕국』 출간.
1953년	『잃어버린 발자취』 출간.
1955년	빠리로 가던 도중에 기착한 프랑스령 과달루뻬섬에서 『계몽의 세기』(*El siglo de las luces*) 집필 구상.
1956년	『추적』(*El acoso*) 출간. 프랑스에서 『잃어버린 발자취』로 '최고의 외국문학 작품상' 수상.
1959년	피델 까스뜨로가 체 게바라와 함께 주도한 혁명이 성공하자 꾸바로 귀환.
1962년	멕시코에서 『계몽의 세기』 출간.
1964년	평론집 『더듬기와 차이』(*Tientos y diferencias*) 출간.
1966년	빠리 주재 꾸바 대사관의 문화 담당으로 근무.
1974년	『바로크 콘서트』(*Concierto barroco*)와 『방법청원』(*El recurso del método*) 출간.
1975년	알폰소 레예스 문학상 수상, 꾸바의 아바나 대학에서 명예박사학

위 받음.

1977년 스페인어권 최고 권위의 문학상인 세르반떼스상 수상.

1978년 『봄의 제전』(*La consagración de la primavera*) 출간. 칠레 출신 영화감독 미겔 리띤(Miguel Littin)이『방법청원』을 영화로 제작.

1979년 『하프와 그림자』(*El arpa y la sombra*) 출간. 이 작품으로 프랑스의 메디치상 수상.

1980년 4월 24일 빠리에서 사망. 아바나의 혁명광장에서 추모행사 개최. 유해는 꼴론 묘지에 안장됨.

1984년 단편집『다른 이야기들』(*Otros relatos*) 출간.

1992년 꾸바 영화감독 움베르또 솔라스(Humberto Solás)가『계몽의 세기』를 영화로 제작.

고전의 새로운 기준, 창비세계문학

오늘날 우리는 인간의 존엄과 개성이 매몰되어가는 시대를 살고 있다. 물질만능과 승자독식을 강요하는 자본주의가 전지구적으로 확산되면서 현대사회는 더 황폐해지고 삶의 질은 크게 훼손되었다. 경제성장만이 최고의 선으로 인정되고 상업주의에 물든 문화소비가 삶을 지배할수록 문학은 점점 더 변방으로 밀려나고 있다. 삶의 본질을 성찰하는 문학의 자리가 위축되는 세계에서는 가진 자와 못 가진 자 할 것 없이 모두가 불행할 수밖에 없다.

이 시대야말로 인간답게 산다는 것의 의미가 무엇인지 근본적인 화두를 다시 던지고 사유의 모험을 떠나야 할 때다. 우리는 그 여정에 반드시 필요한 벗과 스승이 다름 아닌 세계문학의 고전이라는 점을 강조한다. 고전에는 다양한 전통과 문화를 쌓아올린 공동체의 경험이 녹아들어 있고, 세계와 존재에 대한 탁월한 개인들의 치열한 탐색이 기록되어 있으며, 새로운 세상을 꿈꾸는 아름다운 도전과 눈물이 아로새겨 있기 때문이다. 이 무궁무진한 상상력의 보고이자 살아 있는 문화유산을 되새길 때만 개인의 일상에서 참다운 인간적 가치를 실현하고 근대적 삶의 의미와 한계를 성찰하는 지혜를 얻을 수 있을 것이다.

'창비세계문학'은 이러한 문제의식에서 출발한다. 세계문학의 참의미를 되새겨 '지금 여기'의 관점으로 우리의 정전을 재구성해야 할 필요성이 그 어느 때보다 절실하다. '정전'이란 본디 고정된 목록으로 존재하는 것이 아니라 그때그때 주어진 처소에서 새롭게 재구성됨으로써 생명을 이어가는 것이다. 우리는 먼저 전세계 문학들의 다양성과 차이를 존중하면서 국가와 민족, 언어의 경계를 넘어 보편적 가치에 기여할 수 있는 가능성에 주목하고자 한다. 근대를 깊이 성찰한 서양문학뿐 아니라 아시아와 라틴아메리카, 중동과 아프리카 등 비서구권 문학의 성취를 발굴하고 재평가하는 것 역시 세계문학의 지형도를 다시 그리려는 창비의 필수적인 작업이 될 것이다.

여러 전집들이 나와 있는 세계문학 시장에서 '창비세계문학'은 세계문학 독서의 새로운 기준이 되고자 한다. 참신하고 폭넓으면서도 엄정한 기획, 원작의 의도와 문체를 살려내는 적확하고 충실한 번역, 그리고 완성도 높은 책의 품질이 그 기초이다. 독서시장을 왜곡하는 값싼 유행과 상업주의에 맞서 문학정신을 굳건히 세우며, 안팎의 조언과 비판에 귀 기울이고 독자들과 꾸준히 소통하면서 진정 이 시대가 요구하는 세계문학이 무엇인지 되묻고 갱신해 나갈 것이다.

　1966년 계간 『창작과비평』을 창간한 이래 한국문학을 풍성하게 하고 민족문학과 세계문학 담론을 주도해온 창비가 오직 좋은 책으로 독자와 함께해왔듯, '창비세계문학' 역시 그러한 항심을 지켜나갈 것이다. '창비세계문학'이 다른 시공간에서 우리와 닮은 삶을 만나게 해주고, 가보지 못한 길을 걷게 하며, 그 길 끝에서 새로운 길을 열어주기를 소망한다. 또한 무한경쟁에 내몰린 젊은이와 청소년 들에게 삶의 소중함과 기쁨을 일깨워주기를 바란다. 목록을 쌓아갈수록 '창비세계문학'이 독자들의 사랑으로 무르익고 그 감동이 세대를 넘나들며 이어진다면 더없는 보람이겠다.

2012년 가을
창비세계문학 기획위원회
김현균 서은혜 석영중 이욱연 임홍배 정혜용 한기욱

창비세계문학 89

잃어버린 발자취

초판 1쇄 발행 / 2022년 2월 25일

지은이 / 알레호 까르뻰띠에르
옮긴이 / 황수현
펴낸이 / 강일우
책임편집 / 정편집실 양재화
조판 / 박아경
펴낸곳 / (주)창비
등록 / 1986년 8월 5일 제85호
주소 / 10881 경기도 파주시 회동길 184
전화 / 031-955-3333
팩시밀리 / 영업 031-955-3399 편집 031-955-3400
홈페이지 / www.changbi.com
전자우편 / lit@changbi.com

한국어판 ⓒ (주)창비 2022
ISBN 978-89-364-6488-2 03870